마스 룸

THE MARS ROOM
by RACHEL KUSHNER

Korean edition was published by MUNHAKDONGNE Publishing Corp., 2020
by arrangement with Rachel Kushner Inc. c/o Writers House LLC, New York, NY
through KCC(Korea Copyright Center Inc.), Seoul.

이 책의 한국어판 저작권은 ㈜한국저작권센터(KCC)를 통해
저작권자와 독점 계약한 ㈜문학동네에 있습니다.
저작권법에 의해 한국 내에서 보호를 받는 저작물이므로
무단 전재와 무단 복제를 금합니다.

이 도서의 국립중앙도서관 출판예정도서목록(CIP)은
서지정보유통지원시스템 홈페이지(http://seoji.nl.go.kr)와
국가자료종합목록 구축시스템(http://kolis-net.nl.go.kr)에서 이용하실 수 있습니다.
(CIP제어번호: CIP2020023387)

마스 룸

레이철 쿠시너 장편소설 | 강아름 옮김

THE MARS ROOM

RACHEL KUSHNER

문학동네

차례

또다른 별의 공기를 느낀다.
나를 향해 있던 친근한 얼굴들은
그러나 이제 어둠 속으로 사라진다.

I

1

'쇠사슬의 밤'은 일주일에 한 번, 목요일에 거행된다. 일주일에 한 번, 육십 명의 여자에게 결정적 변화의 순간이 찾아온다. 그 육십 명 중 몇에게는 저 결정적 변화의 순간이 거듭해서 벌어진다. 그들에게는 일상이다. 내게는 딱 한 번 벌어졌다. 새벽 두시에 기상당해 수갑이 채워진 뒤 점호—로미 레슬리 홀, 수감번호 W314159—를 마치고 다른 수감자들과 정렬하여 센트럴밸리로 가는 밤샘 버스에 올랐다.

호송버스가 구치소 부근을 벗어나면서부터는 철망이 덧대어진 창문에 바싹 달라붙어 바깥세상을 보려고 애썼다. 볼거리가 그다지 많지는 않았다. 굴다리와 진입로, 어둡고 텅 빈 거리. 길에는 아무도 없었다. 우리가 지나는 그 밤의 순간은 너무도 외진 나머지 신호등마저 초록에서 빨강으로 바뀌기를 관두고 하염없이 노랑으로만 깜빡이고 있었다. 옆으로 자가용 한 대가 나타났다. 전조등을 켜지 않았다. 자가용은 호송버스를, 사악한 기운을 지닌 그 음울한 것을 부리나케 앞질러 지나갔다. 구치소 동기 중에 운전을 했을 뿐인데 종신형을 선고받은 여자애가 있었다. 자기는 총을 쏜 사람이 아니라고, 그애는 얘기를 들어주는 누구에게나 말할 터였다. 자기는 총을 쏜 사람이 아니라고. 자기가 한 일이라고는 운전이 전부라고. 그게 다라고. 저들은 차량번호판 판독기술을 동원했다. 감시카메라 증거도 찾아냈다. 저들이 확보한 건 야간에 처음에는 전조등을 켰다가 나중에는 끈 채로 길을 따라 움직이던 자동차의 영상이었다. 운전자가 전조등을 끈다, 그게 바로 고의성이다. 운전자가 전조등을 끈다, 그게 바로 살인이다.

저들이 그런 시각에 우리를 옮기는 데는 이유가, 그것도 많은 이유가 있었다. 우리를 캡슐에 넣어 교도소까지 쏴보내는 게 가능했다면 당연히 그렇게 했을 것이다. 보안관국 호송버스 안의 우리들, 수갑과 쇠사슬로 결박당한 한 무더기의 여자들을 목격해야 하는 상황으로부터 보통 사람들을 보호할 수 있다면 뭐든 했을 것이다.

버스가 고속도로로 나가면서부터는 어린 여자애들 몇이 코를 훌쩍이며 울었다. 철창으로 분리된 공간에 들어가 있던 한 명은 임신 팔 개월쯤 되어 보였는데, 배가 어찌나 큰지 옆구리께에 양손을 결박하는 데 쓰는 허리사슬을 특별히 긴 것으로 준비해야 했다. 꺽꺽거리며 연신 고개를 가로젓는 그애의 얼굴은 눈물범벅이었다. 저들이 그애를 철창 안에 넣은 건 나이가 어리기 때문에 우리 나머지로부터 보호한다는 명분이었다. 그애는 열다섯 살이었다.

저 앞에 있는 여자 하나가 철창 너머에서 울고 있는 그애에게 몸을 돌리고는 쉭쉭, 개미약 뿌리는 소리를 냈다. 그래도 소용이 없자 소리를 질렀다.

"주둥이 닥치라고!"

"헐." 통로 건너편에 앉은 사람이 말했다. 나는 샌프란시스코 출신이고 그런 내게 성전환자는 조금도 새로울 게 없지만 이 사람은 진짜 남자처럼 보였다. 버스 통로처럼 떡 벌어진 어깨, 턱을 따라 난 수염. 구치소에서 부치들을 모아놓는 대디 탱크에 있다 온 건가 싶었다. 나중에 알고 지내게 된 이 사람의 이름은, 코넌이었다.

"헐, 그러니까. 애잖아. 울게 둬 그냥."

앞에 있는 여자가 코넌에게 닥치라고 하면서 둘의 말싸움이 이어졌고 교도관들이 끼어들었다.

구치소와 교도소에는 모든 수감자가 따라야 할 규칙을 만드는 몇몇 여자들이 있고, 조용히 하라고 닦달한 여자가 그런 부류였다. 규칙을 그대로 따르면 그들은 더 많은 규칙을 만든다. 맞서 싸우지 않으면 이도 저도 안 되는 거다.

울지 말아야 한다는 걸 나는 일찌감치 배웠다. 이 년 전에 체포 됐을 때는 주체할 수 없이 울었다. 내 인생이 끝장났다는 걸 알았 다. 구치소에서 보내는 첫날 밤이었고, 내 현실이 꿈처럼만 느껴 지는 이 상태가 어서 끝나기를, 그로부터 깨어나기를 바라고 또 바랐다. 그러나 깨어나고 또 깨어나도 지린내 찌든 매트리스와 쾅쾅 닫히는 문, 꽥꽥대는 미치광이들과 경보음의 틈바구니가 아 닌 어느 다른 곳에서 눈뜨는 일은 일어나지 않았다. 같은 방에 있 던, 미치광이는 아니었던 여자가 자기를 좀 보라며 나를 세차게 흔들었다. 눈을 들었다. 여자는 뒤로 돌아서서 수감복 상의를 걷 어올리고 등허리께의 문신을 내게 보여주었다. 거기에는 이렇게 새겨져 있었다.

아가리 닥쳐

내게는 그게 먹혔다. 나는 울음을 그쳤다.

구치소 동기와의 온정 넘치는 순간이었다. 그녀는 나를 돕고 싶었던 것이다. 하지만 누구나 아가리를 닥칠 수 있는 건 아닌데 다, 애를 쓴다고 내가 그녀처럼 되는 것도 아니었다. 후에 나는 그 구치소 동기를 일종의 성녀로까지 생각하게 되었다. 그 문신 때문이 아니라 거기 적힌 명령을 충성스레 따르기로 한 내 의지 때문이었다.

—

호송경찰들이 내 옆에 다른 백인 여자를 데려와 앉혔다. 흐느 적거리는 걸음걸이와 윤기 도는 갈색 모발, 소름 끼치도록 활짝 지은 미소 때문에 치아미백제 광고라도 찍는 줄 알았다. 구치소 와 교도소에서 치아가 하얀 사람이라고는 거의 없었고 옆자리 여 자도 마찬가지였지만, 그런 주제에 그토록 크고 부적절한 미소를 지었다. 그게 마음에 들지 않았다. 그 미소 탓에 여자는 뇌 부분 절제술을 받은 사람처럼 보였다. 그녀는 자신의 정식 이름이 로 라 립이라고 알려주며 치노에서 스탠빌로 이감되는 중이라고 말 했다. 우리 사이에 숨길 거라고는 아무것도 없다는 투로. 그 여자 이후로 내게 정식 이름으로 소개를 하거나 첫 만남에서부터 자신 이 누구인가에 대해 그럴듯한 이야기를 늘어놓고자 했던 이는 아 무도 없었고, 앞으로도 없을 것이며, 그건 나 또한 마찬가지다.

"p가 두 개인 '립Lipp'은 계부의 성이야. 내가 나중에 따른 거 고." 내가 묻기라도 했다는 듯 그녀가 말했다. 그런 게 내게 중요 한 문제가 될 수도 있다는 듯. 그때건 혹은 어느 때건.

"내 아버지의 아버지는 성이 컬페퍼였어. 애플밸리의 컬페퍼가 말이야, 빅터빌 말고. 거기에 컬페퍼 구두수선집이 있거든, 알지, 빅터빌에. 그런데 거기랑은 아무 상관 없어."

호송버스에서는 누구도 말을 할 수 없게 되어 있다. 이 규칙도 그녀를 막지는 못했다.

"우리 가족은 삼대째 애플밸리에 살고 있어. 이름만 들어도 끝내주는 곳일 것 같지, 그렇지 않아? 실제로도 사과꽃 향기가 나고 꿀벌들 소리가 들리는데 그게 갓 만든 애플사이다랑 따뜻한 애플파이를 생각나게 한단 말이야. 해마다 7월이면 크래프트 커비*에 달리기 시작하는 가을 장식도 있지. 밝은색 이파리며 플라스틱 호박이며. 그런데 애플밸리의 진짜 전통은 메스**를 만드는 거야. 우리 가족은 아냐. 자기한테 나쁜 인상을 주긴 싫어. 컬페퍼가는 쓸모가 있는 사람들이야. 건설업을 하는 우리 아버지는 자기 가게도 있다고. 내 남편네 가족과는 다르지. 그 사람들은…… 오! 오 저기 봐! 매직 마운틴이야!"

널찍한 다차선 고속도로 저편에서 롤러코스터 레일이 그리는 하얀 포물선들이 지나쳐갔다.

삼 년 전에 로스앤젤레스로 이사왔을 때, 저 놀이동산은 내 새로운 인생으로 들어가는 입구처럼 보였다. 남쪽으로 내달리는

---

* 인테리어 용품점.
** 필로폰으로도 알려진 메스암페타민의 줄임말.

고속도로를 벗어나면 가장 처음 보이는 장관이었고, 생기 넘치고 볼썽사납고 흥미진진했지만 이제 그런 건 더이상 중요하지 않았다.

"우리 방에 여자가 하나 있었는데, 매직 마운틴에서 애들을 훔쳤대." 로라 립이 말했다. "그 여자랑 그 여자의 또라이 남편이."

그녀는 팔을 못 쓰는 대신 고개를 튕겨 그 윤기 도는 머리칼을 뒤로 넘기는 기술을 지녔고, 그 모습이 마치 몸과 머리칼 사이에 전류라도 흐르는 듯 보였다.

"둘이 무슨 수작을 부렸는지 내가 들었거든. 사람들이 그 여자랑 남편을 곧잘 믿었다는데, 둘이 노인이어서 그랬대. 있잖아 왜, 인자하고 점잖은 어르신들. 그리고 거기 오는 엄마에겐 아이들이 있었겠지, 세 갈래로 뛰면서 어느 한 녀석 뒤를 쫓아다니는 아이들이. 그러면 이 늙은 여자—CIW*에서 방을 같이 썼는데 그때 싹 다 얘기해줬어—가 거기 앉아서 뜨개질을 하고 있다가 자기가 아이를 봐주겠다고 먼저 말하는 거야. 그러고선 그 부모가 시야에서 사라지자마자 아이 턱밑에다 칼을 들이대고 화장실로 모셔가는 거지. 노부부는 나름대로 범행 방법까지 갖추고 있었어. 아이한테 가발을 씌우고 다른 옷을 입힌 다음에 이 비열한 노부부가 그 짠한 것을 놀이동산 밖으로 끌고 나가는 거야."

---

* 캘리포니아 치노의 주립 여자 교도소.

"소름 끼치게." 나는 그렇게 말하면서 내 몸을 결박한 사슬이 허락하는 한 멀리 그녀에게서 떨어져 뒤로 기대려 애썼다.

내게도 아이가 있다. 잭슨.

나는 내 아들을 사랑하지만 그 아이 생각을 하는 건 힘겹다. 그래서 하지 않으려 한다.

———

어머니는 내 이름을 독일의 여자 배우에게서 따왔다. TV 토크쇼에서 은행 강도에게 상당히 마음에 든다고 말했던 여자였다.

"아주," 그 배우가 말했다. "당신이 아주 마음에 들어요."

독일 배우와 마찬가지로 은행 강도도 인터뷰 손님으로 토크쇼에 나와 있었다. 인터뷰 손님들은 대개 자기들끼리 말을 섞지 않았고, 진행자 데스크의 좌측에 마련된 의자에 앉아 있었다. 토크쇼가 진행되는 사이에 그 두 사람은 점점 바깥쪽으로 움직여갔다.

———

바깥쪽 것부터 써야지, 어떤 얼간이가 은식기 사용법에 대해 내게 말했다. 나는 그런 걸 배운 적도, 누가 가르쳐준 적도 없었다. 그는 데이트를 하는 대가로 내게 돈을 냈고, 이 교환 속에서 자기가 치른 비용의 본전을 뽑는 유일한 방법은 저녁 내내 온갖 자잘한 것들을 걸고 넘어져 나를 욕보이는 것밖에 없다고 생각한 모양이었다. 그날 밤 호텔방을 나서면서 문가에 있던 쇼핑백을 챙겼다. 그는 눈치채지 못했다. 나를 욕보이기 위해 바짝 갖췄던 경계 태세를 드디어 풀고 호텔 침대 속 호사로움을 만끽하느라 그랬으리라. 쇼핑백은 삭스피프스애비뉴 백화점 것으로 안에는 또다른 쇼핑백들이 잔뜩 들어 있었고 그 모든 선물의 주인은 한 여자, 즉 남자의 부인이지 싶었다. 나라면 결코 입지 않을 촌스럽고 비싼 옷들. 쇼핑백을 들고 로비를 가로질러 나가 내 차로 가는 길에 있던 쓰레기통에 그것을 처박았다. 차는 몇 블록 떨어진 미시온 스트리트의 차고에 주차해놓았다. 이 남자가 나에 대해 뭐라도 아는 게 싫어서였다.

———

　TV 토크쇼 세트장의 바깥쪽 의자에는 과거사를 얘기하러 출연한 은행 강도가 앉았고, 그 옆에 독일 배우가 앉았으며, 그리고 그녀는 은행 강도에게로 몸을 돌리고 그가 마음에 든다고 말했다.
　어머니는 이 여배우의 이름을 내게 붙였다. 토크쇼 진행자 대신 은행 강도에게 말을 걸던 여자의 이름을.

내가 쇼핑백을 훔쳤다는 사실을 그가 즐기고 있었다는 생각이 든다. 그 일이 있은 후 남자는 나를 정기적으로 만나고 싶어했다. 그가 원하던 건 여자친구를 사귀는 경험이었다. 이런 남자들은 일 년 치 집세는 족히 될 만한 돈을 낼 터였다, 그것도 선불로. 내가 아는 수많은 여자들은 그걸 최적의 요건으로 여겼다. 그런 남자 하나면 세팅 완료였다. 내가 그 데이트에 나갔던 건 오랜 친구 에바의 설득 때문이었다. 때로는 남들이 원하는 것이 바람직한 거야, 잠깐 동안은, 그것도 이내 네가 원하는 것 앞에서 녹아 없어지고 말겠지만. 그 밤, 이 실리콘밸리 샌님이 우리 사이에 연인 간의 은밀한 뭐라도 있는 척 가장하는 사이, 즉 나를 쓰레기 취급하고, 내가 예쁘긴 한데 '흔한' 수준이라고 떠벌리고, 제 돈에 기대어 대화와 행동에서 주도권을 잡으려 하면서 이것이 하나의 관계인 양 구는 동안에도, 비용을 부담하는 쪽이 그 인간인 이상 우리는 그의 뜻대로 움직일 것이었고 그는 내게 요구할 수 있었다. 무슨 말을 할지, 어떻게 걸을지, 무엇을 주문할지, 어느 포크를 사용할지, 즐기고 있는 듯 보이기 위해 무엇을 꾸며낼지. 그러는 와중에 그 여자친구 경험이라는 게 나와 맞지 않는다는 걸 깨달았다. 나는 마켓 스트리트의 마스 룸에서 스트립댄서로 쭉 벌어 먹고 살 거였다. 정직한 노동 같은 것에는 관심이 없었다. 내게

역겹지 않은 일을 하는 데만 신경썼다. 스트립댄스를 추며 배운한 가지는, 대화보다는 몸뚱이를 비비는 편이 더 쉽다는 것이었다. 개인적 기준들과 그로부터 무엇을 얻을 수 있는가에 대해서는 저마다 생각이 다른 법이다. 나는 친구인 척 구는 일에 소질이 없다. 누구도 나를 알게 되는 걸 원치 않았다. 개중에는 내가 관심 쪼가리를 좀 흘려줬던 남자들도 있기는 했지만. 턱수염 지미, 문지기였던 그 남자에게는 그의 가학적인 유머감각이 정상인 양 반응해주기만 하면 되었다. 그리고 다트, 야간조 매니저의 경우에는, 우리 둘 다 클래식 자동차에 빠져 있었기 때문에 그가 리노에서 열리는 핫 어거스트 나이트*에 나를 데려가고 싶다고 입버릇처럼 말했다. 그건 그저 희롱조의 농담일 뿐이었고, 그는 그저 야간조 매니저일 뿐이었다. 핫 어거스트 나이트라니. 내 취향이 아니었다. 나는 지미 달링과 함께 소노마의 더트 트랙**에 가서 경주용 자동차들이 체인링크 울타리에 진흙을 흩뿌리는 동안 핫도그를 먹고 생맥주를 마셨다.

마스 룸에는 단골을 원하는 여자애들이 있었고, 하나쯤 일궈볼 기회를 언제나 노렸다. 나는 아니었다. 결국 하나와 엮이는 신세가 되고 말았지만. 커트 케네디. 소름 끼치는 커트와.

---

* 대규모 클래식 자동차 행사.
** 석탄재와 흙 등으로 만든 경주용 도로.

———

   이따금 샌프란시스코가 저주받았다는 생각이 들 때가 있다. 평소에는 망조가 들 대로 들어 딱한 동네라고 생각하고. 다들 그곳이 아름답다고 말하지만 그 아름다움은 새로 들어온 사람들의 눈에만 보일 뿐, 거기서 자라야 했던 이들에게는 보이지 않는다. 부에나비스타공원 뒤편을 휘감고 있는 길을 따라 늘어선 옥외 연결통로들 틈으로 언뜻언뜻 보이는 푸르른 만灣의 모습처럼. 훗날, 교도소에서도 그 풍경이 보였다. 유령이 되어 그 도시 곳곳을 떠돌기라도 하는 것 같았다. 나는 부에나비스타공원 동쪽 산등성이에 즐비한 빅토리아풍 가옥들의 옥외 연결통로 문에 얼굴을 바짝 붙이고는 집집마다 볼거리들을 빠짐없이 보았다. 어렴풋이 남아 있는 안개에 그윽해진 푸른 물빛, 습기의 입맞춤, 은은한 불빛. 자유인이던 시절에는 그런 풍경들에 감탄하지 않았다. 자라는 동안 우리에게 부에나비스타공원은 음주 장소였다. 우리보다 나이든 남자들이 섹스 상대를 찾아다니고, 덤불 밑에 숨겨진 매트리스로 슬그머니 들어가던 곳. 그렇게 헤매고 다니는 이들을 내가 알던 남자애들이 흠씬 두들겨주고, 그중 한 명에게 맥주 한 상자를 받아 챙긴 뒤 사람은 절벽 아래로 던져버렸던 곳.

   모라가 10번가, 어렸을 때 어머니와 살았던 그곳에서는 골든게이트공원이, 그 너머로 프리시디오공원이, 빨간색 점점으로 엉겨붙은 금문교가, 그 뒤로 마린곳의 가파르고 초록 주름진 습곡들이 보였다. 세상 사람들이 금문교를 특별한 무언가로 생각한다는 걸 알았지만 나와 내 친구들에게는 아무것도 아니었다. 우리는 그저 만취하고 싶었을 뿐이다. 우리에게 그 도시는 안개의 축축한 손가락들이었다. 옷 속으로 파고들 궁리나 하는, 시도 때도 없이 축축한 손가락들. 또한 습한 박무가 만드는 거대한 절벽이기도 했다. 그 절벽들이 유다 스트리트에 무너져내리는 동안, 나는 모래 범벅인 전차 선로 옆에서 N선을 기다렸다. 심야에는 한 시간에 한 대만 운행하던 그 전차를 기다리고 또 기다렸고, 내 청바지 밑단에는 진흙이 덩어리져 있었다. 오션 비치 주차장의 물웅덩이에서 묻혀온 진흙이. 혹은 애시드*에 취해 애시드 마운틴을 오르다 묻힌 것일지도. 그래서 애시드 마운틴이라 부르는 거니까. 바짓단에 덩어리진 진흙, 나를 아래로 끌어당기는 추가된 무게가 주는 불쾌감. 공동묘지 옆 콜마의 모텔에서 낯선 자들과 코카인을 하는 일이 주는 불쾌감. 그 도시는 곧 클럽 그로브에서 비 오는 날 열린 맥주 파티의 젖은 발들이고 꿉꿉한 담배들이었다. 성 패트릭 축일의 비였고 맥주였고 피 터지는 싸움질이었다. 바카디 151에 숙취를 느끼는 것이었고, 미니파크의 콘크리트 담벼락에 턱을 찢기는 일이었다. 그레이트 고속도로 부근 백인 빈

---

* 환각제 LSD의 별칭.

민 주택단지의 어느 침실에서 약물을 과용한 누군가였다. 골든게이트공원 안, 사람들이 야구장으로 쓰는 빅 렉에서 아무런 까닭 없이 내 머리에 장전한 총을 겨눈 누군가였다. 밤이었고, 앉아서 40*을 마시고 있는 우리에게 이 사이코가 들러붙었던 상황은 너무 흔해서, 총까지 등장한 건 그때가 처음이자 마지막이었음에도 어떻게 결론이 났는지조차 기억에 없다. 내게 샌프란시스코는 맥골드릭스였고 맥키트릭스였고 보일스였고 오보일스였고 힉스였고 히키스**였고, 그들의 에린 고 브라*** 문신이었고, 그들이 시작하고 이기는 싸움들이었다.

—

버스가 우측으로 차선을 변경하고 속도를 늦추기 시작했다. 우리는 매직 마운틴 쪽 출구로 빠져나가고 있었다.

"지금 우릴 놀이동산으로 데려가는 거야?" 코넌이 물었다. "완전 죽여주겠는데."

매직 마운틴은 고속도로 건너편 좌측에 있었다. 우측은 주립

---

* 40온스짜리 저품질 맥주.

** 전부 아일랜드를 기원으로 하는 성(姓).

*** 게일어로 '아일랜드여, 영원하라'.

남자 교정시설이었다. 버스가 우회전했다.

　세상은 좋은 것과 나쁜 것으로 나뉘어서 한데 묶여 있었다. 놀이동산과 주립 구치소라니.

　"끝내주네." 코넌이 말했다. "근데 별로 끌리진 않음. 입장권이 미치게 비싸. 그러느니 '빅 오'에나 다시 가고 말지. 올-랜-도 말이야."

　"저 등신 말하는 것 좀 봐." 누군가가 내뱉었다. "올랜도에 가본 적이라곤 절대 없으면서."

　"거기다 뿌린 돈이 2만 달러거든." 코넌이 말했다. "딱 사흘만에. 내 여자도 데려갔어. 그 여자네 아이들이랑. 자쿠지 욕조 딸린 스위트룸에. 관광지 자유입장권에. 악어 스테이크에. 올랜도는 죽여줘. 이 버스보단 훨씬 죽여줘, 그거 하난 확실해."

　"저들이 자기를 매직 마운틴에 데려간다는 생각을 하다니." 코넌의 앞에 앉은 여자가 말했다. "미련한 쓰레기네." 여자의 얼굴은 문신으로 가득했다.

　"헐, 잉크깨나 쓰셨네.* 딱 보니 알겠다. 미래에 아주 큰 인물이 되시겠어."

　여자는 혀를 끌끌 차며 고개를 돌렸다.

---

* '문신'을 뜻하는 은어.

——

    샌프란시스코에 대해 마침내 알게 된 한 가지는, 내가 아름다움 속에 깊이 들어가 있느라 그것을 볼 기회를 차단당했다는 것이다. 그럼에도 그곳을 떠날 생각은 결코 해보지 못했다. 내 단골 커트 케네디가 그럴 수밖에 없게 만들기 전까지는. 하지만 그 도시의 저주는 나를 따라왔다.

——

    달리 보면 그녀, 내 이름을 따온 이 배우도 비참한 인간이었다. 그녀의 아들은 울타리에 올라갔다 다리 동맥을 잘려 열네 살에 죽었고, 그때부터 그녀는 쉬지 않고 술을 마시다 마흔세 살에 세상을 등졌다.

    내 나이 스물아홉. 십사 년은 영원 같은 시간이다. 나도 그녀만큼 살아내야 하는 것이라면. 어쨌든 내가 가석방 심의위원들을 만나기까지는 그 두 배가 넘는 기간—삼십칠 년—이 걸릴 테고, 그들이 가석방을 허가하면 그 시점부터 두번째 형기를 시작할 수 있다. 나는 두 번의 종신형에 추가로 육 년을 선고받았다.

    오래 살 계획은 없다. 그렇다고 짧게 살겠다는 것도 아니다. 내게는 그런 계획이라는 게 전혀 없다. 문제는 계획이 있든 없든 사람은 존재하지 않을 때까지 존재할 수밖에 없다는 것이고, 그렇다면 계획 따윈 무의미하다.

그러나 계획이 없다고 후회도 없는 건 아니다.

내가 마스 룸에서 일하지 않았다면.

소름 끼치는 커트 케네디를 만나지 않았다면.

소름 끼치는 커트 케네디가 나를 스토킹하기로 마음먹지 않았다면.

하지만 그는 마음먹었고, 그리고 나니 끈질겼다. 저 일들 중 어느 하나만 일어나지 않았어도, 콘크리트 구덩이 속 인생을 향해 달리는 버스에 타고 있지는 않았을 텐데.

———

고속도로 출구로 나와 정지 신호를 받았다. 차창 밖, 매트리스 하나가 후추나무에 기대어 있었다. 하물며 저 둘도 함께 가야만 하는 건데, 나는 혼잣말을 했다. 후추나무도, 레이스처럼 얽힌 나뭇가지와 적후추도 없는 거야. 껍질이 퍼즐처럼 갈라진 나무 몸통에 기대선 저 더럽고 추레한 매트리스 없이는. 모든 좋은 것들은 나쁜 것들에 묶여, 그렇게 나쁜 것이 되었다. 모든 나쁜 것들이.

"난 저런 걸 볼 때마다 내 거란 생각이 들었어." 로라 립이 버려진 매트리스를 내다보며 말했다. "로스앤젤레스를 운전해 다니는데 길가에 나와 있는 매트리스가 보이면 생각하는 거야. 잠깐, 내 박스스프링*은 누가 훔쳐가고 저것만 남은 거야! 계속 생각해. 저거 내 침댄데…… 저거 내 침댄데. 매번 그래. 왜냐면 거짓말 않고 딱 내 것처럼 보이거든. 집에 가보면 침대는 침실의 원래 자리에 고이 있는 거지. 커버랑 시트를 찢어서 매트리스를 확인해. 확실히 해두려고. 진짜 내 것이 맞는지 보려고. 그리고 매번, 맞았어. 항상 거기, 집에, 그대로 있는 걸 발견하는 거야. 정확히 그 매트리스가 길가에 내동댕이쳐져 있는 걸 지금 막 보고 들어왔는데. 그러는 사람이 나 하나만은 아닐 거라는 기분이 들어. 집단 혼란이라는, 뭐 그런 거겠지. 실은 모든 매트리스를 똑같은 천으로 싸고 똑같은 방법으로 박음질한다는 거고, 그래서 고속도로 출구에 버려진 매트리스를 보면 그게 자기 거라고 생각하지 않고는 못 배기는 거야. 아니, 내 침대를 대체 왜 여기 끌어다놓은 거야! 하는 식으로."

조명 달린 광고판을 스쳐지났다. 정장 3벌에 129달러. 어느 가게의 이름이었다. 정장 3벌에 129달러.

"너희들 저기 가면 정신 못 차릴걸. 완전 잘나가는 큰형님 스타일이 돼서 나온다고." 코넌이 말했다.

"이런 멍청이는 어디서 구해 왔대?" 누군가가 말했다. "개싸

---

* 침대 매트리스 아래에 설치해 지지대 역할을 하는 것.

구려 양복 얘기나 하고."

그러는 우리는 어디서 구해 왔을까. 그건 우리 각자만이 알 뿐 아무도 입 밖으로 꺼내지 않았다. 아무도, 로라 립만 빼고.

"그 인간들이 아이들을 데리고 무슨 짓을 했는지 얘기해줄까?" 로라 립이 물었다. "매직 마운틴의 그 늙은 여자랑 또라이 남편이?"

"됐어." 내가 말했다.

"들어도 못 믿을걸." 로라 립이 계속했다. "인정사정없어. 그 인간들이……"

차량 내부 확성기에서 굉음이 울리며 안내방송이 나왔다. 전원 착석 상태를 유지하라는 명령이었다. 버스가 멈추고 앞쪽 가까이에 따로 가둬뒀던 남자 셋을 하차시켰다. 죄수 이동이 이뤄지는 동안 그들에게 그리고 우리에게 총이 겨눠졌다.

"여기 미친 형아들 천지." 코넌이 말했다. "이 몸이 반년 동안 여기 계셨지."

코넌의 앞자리 여자가 실성이라도 한 듯 호들갑을 떨었다. "그 쪽 진짜 남자야? 진짜로? 망할. 교도관! 교도관!"

"진정하셔." 코넌이 말했다. "나 여기 있어야 하는 거 맞아. 아니 내 말은, 여기 있으면 안 된다고. 그건 진짜 아니지. 지금은 놈들이 내 기록을 고쳐놨어. 그전엔 날 보고 헷갈려서는 다운타운 샌님들이랑 같이 중앙 남자 구치소에 넣었다니까. 진짜 에구머니

나 상황이었지."

폭소와 낄낄거림이 이어졌다. "저들이 널 남자 감방에 넣었다고? 네가 진짜 남자라고 생각해서?"

"구치소뿐만이 아냐. 와스코 주립 교도소에도 있었거든."

버스 통로를 따라 불신이 잔물결처럼 일었다. 코넌은 그걸 굳이 걸고넘어지지 않았다. 나는 나중에 자세한 내막을 알게 되었다. 코넌은 실제로 남자 교도소에 있었다. 최소한 입감은 된 것이다. 그는 실제로 정말 남자처럼 보였고, 그를 처음 만난 순간부터 나는 그렇게 받아들였다.

———

나는 마스 룸을, 그리고 커트 케네디를 후회하지만, 내가 후회하기를 당신이 바라거나 기대할지도 모를 다른 것들에는 후회하지 않는다.

약에 취해, 그리고 도서관 책들을 읽으며 보낸 몇 해를 후회하지 않는다. 나쁜 삶이 아니었다. 아마 그 시절로는 결코 돌아가지 않겠지만. 옷을 벗어 버는 수입이 있었고 내가 원하는 것을 살 수 있었다. 그게 곧 마약이었다는 얘기고. 지금껏 헤로인을 해본 적이 없다면 그런 당신을 위한 얘기 하나. 헤로인은 자기 자신에 대해 기분좋게 느끼도록 해준다, 특히 초기에는 더더욱. 헤로인은 타인에 대해서도 기분좋게 느끼도록 해준다. 온 세상에 쉴 틈을, 작전타임을, 다정한 배려를 주고 싶어진다. 그토록 마음을 달래주는 것도 없다. 내가 그쪽에 처음 손을 댄 건 모르핀이었는데, 정제 한 알을 숟가락에 녹여 주사하는 것을 도와주었던 다른 누군가, 빌이라는 이름의 그 남자에 대해서나 약발이 어떨지에 대해서나 나는 별생각이 없었지만, 그가 신중히 내 팔을 묶고 정맥을 찾는 모습, 너무도 가늘고 섬세한 바늘이 들어가는 모습, 다시는 볼 일 없는 이 별 볼 일 없는 남자가 폐가에서 내 정맥에 마약을 주사하는 그 모든 경험은, 어린 소녀가 꿈꾸던 사랑의 정의에 완벽히 일치했다.

"이건 뽕갈 때 저릿저릿해." 그가 말했다. "뒷목에서부터 뻐근해질 거야." 고무집게처럼 단단한 아귀힘에 붙들린 뒤통수가 뻐근해졌고 이윽고 온몸으로 온기가 퍼졌다. 내 생애 통틀어 가장 느긋하게 땀이 터져나왔다. 나는 사랑에 빠졌다. 그날들이 그리운 건 아니다. 그냥 말이 그렇다는 거다.

———

다시 고속도로 위, 나는 로라 립에게서 할 수 있는 한 멀리 몸을 돌리고 눈을 감았다. 잠들려고 시도한 지 오 분, 그녀가 다시 속삭이기 시작했다.

"이게 다 내가 양극성이라 벌어진 일이야." 로라 립이 말했다. "자기가 궁금해하고 있을까봐 하는 말이야. 아마 궁금하겠지. 크로모소멀, 그러니까 염색체 문제야."

아니면 '크로모소미컬'이라고 잘못 말했을 수도 있다. 내가 지금 어쩔 수 없이 어울려야 하는 사람들이 원체 그런 부류였으니까. 모든 것이 '과학적' 음모라고 생각하는 사람들. 구치소에서 만난 이들 중, 에이즈가 게이와 약쟁이를 쓸어버릴 목적으로 정부가 만들어낸 병이라는 믿음을 갖지 않은 사람은 단 한 명도 없었다. 거기에 반박하기가 점점 힘들어졌다. 어떤 의미에서는 진실처럼 보이기도 했다.

모두에게 쉭쉭거리고 쉿쉿거리던 여자가 결박된 상태에서 최대한 이쪽으로 몸을 돌렸다. 빛바래고 흐릿해진 눈물방울 문신이 있고 눈썹은 연필로 그린 듯 보였다. 눈동자가 희끄무레한 초록빛으로 번득이는 덕에 이곳이 캘리포니아 주립 교도소행 호송버스가 아니라 좀비 영화 안이라도 되는 것 같았다.

"개 베이비 킬러야." 그녀가 우리에게, 아니 어쩌면 내게 큰 소리로 외쳤다. 로라 립을 두고 하는 말이었다.

호송경찰 한 명이 통로를 걸어왔다.

"오 이게 누구신가, 페르난데스 아닌가." 그가 말했다. "한 마디만 더 지껄이면 우리에 처넣어주겠어."

페르난데스는 그를 쳐다보지도, 뭐라고 대꾸하지도 않았다. 경찰이 자리로 돌아갔다.

로라의 얼굴이 엷은 미소와 함께 일그러졌다. 지금 막 벌어진 일이 슬쩍 민망하기는 하나 굳이 알은체할 정도는 아니라는 듯이. 마치 누군가가 의도치 않게 방귀라도 뀌어버렸을 때처럼, 물론 그게 절대 자기는 아니고.

"헐, 네 애를 죽였어?" 코넌이 말했다. "완전 망할 년이네. 너랑은 같은 방 안 되길 빈다."

"너한텐 누구랑 룸메이트가 되느냐보다 더한 문제들이 있지 싶은데." 로라 립이 코넌에게 말했다. "넌 구치소랑 교도소에서 오래오래 살 부류처럼 생겼거든."

"왜 그렇게 말하는데? 내가 흑인이라서? 적어도 난 여기에 어울리기라도 하지. 넌 꼭 맨슨*네 계집처럼 생겼거든. 섭섭하게 듣진 마시고. 난 숨길 게 하나도 없어. 내 기록 다 깐다. 갱생 불가. ODD. 반항성 장애라는 거야. 범죄 심리의 소유자, 나르시시스트, '습관성' 범죄자, 비협조적 인간. 거기다 포르노 중독자에 더럽게 밝히는 몸이시라고."

———

* 숭배 집단 '맨슨 패밀리'를 이끌며 악명 높은 범죄들을 저질렀던 찰스 맨슨.

사람들이 잠잠해졌고, 결국 몇은 잠들었다. 코넌은 불도저처럼 코를 골았다.

"센트럴밸리까지 동행하는 데 진짜 별난 인간이 몇 있네." 로라가 내게 속삭였다. "그리고 자기, 나 맨슨네 계집 아니고, 내가 무슨 말을 하는지 정도는 알아. 걔들이랑은 다르다고. 수전 앳킨스랑 레슬리 반 허튼*이랑 CIW에 같이 있었거든. 걔네 둘 다 정말 미간에 그 흉터가 있었어. 수전은 거기에 특수화장품을 발랐는데, 뭔 짓을 해도 가려지지 않았지. 이마에 X자를 새긴 싸가지 없는 속물. 걔 방엔 온갖 좋은 것들이 있었어. 비싼 향수. 터치식 스탠드. 여자 하나가 고자질하는 통에 교도관들이 수전네 방에 들이닥쳐서 그 멋진 것들을 죄다 압수해 갔을 땐 내 속이 다 상할 정도였다니까. 걔가 죽었다는 소식을 들었을 때 떠오른 게 그런 거였어. 뇌 쪼가리가 날아가서 사지가 마비됐는데도 저들이 걔를 집에 보내주지 않을 거라는 얘길 들었을 때는, 저들이 CIW의 감방에 들이닥쳐서 터치식 스탠드랑 로션을 빼앗아 간 게 생각났고. 보통 말하는 기결수에 더 가까운 쪽은 레슬리 반 허튼이지. 기결수라는 말에 존중의 의미가 있다고 생각하는 애들이 있어. 하지만 난 아냐. 그저 집단사고일 뿐. 걔는 감옥에서 죽을 거야. 수전 앳킨스랑 똑같은 꼴이 날 거라고. 저들이 걔를 내보내줄 리 없어.

---

* 둘 다 맨슨 패밀리의 일원이다.

폴저스 커피가 브루잉을 멈추기 전까지는 어림없지. 그리고 그런 일은 일어날 리 없잖아. 그리되면 사람들이 아침에 뭘 마시겠어? 걔네 희생자 중에 폴저스 커피 상속녀도 있었거든, 알지, 그래서 그들은 레슬리가 풀려나길 원치 않아, 영향력깨나 있다는 사람들 이니까. 폴저스가 존재하는 한, 레슬리는 감옥에서 죽을 거야."

———

그녀의 어머니는 히틀러와 정을 통했다. 그 독일 배우의 모친 얘기다. 내 이름을 따온 그 여자. 그녀의 어머니는 히틀러와 정을 통했다. 그렇지만 그 당시에, 내가 이해하기로는, 누군들 안 그랬을까?

———

"어떻게 자기가 독일어를 못할 수 있지?" 지미 달링이 물은 적 있다.

나한테 독일어를 가르치는 어머니라는 발상 자체를 나는 해본 적이 없었다. 나한테 무언가를 가르치는 그녀라는 발상은 상상조차 힘든 것이었다.

"그런 수고를 하기에 그 사람은 너무 우울했어." 어떤 부모들은 침묵 속에서 자녀를 키운다. 침묵, 짜증, 못마땅함. 그로부터 어찌 독일어를 배울 수 있었겠는가. 만약 배워야 했다면 "내 지갑에서 돈 빼 갔냐, 도둑년아?" 같은 말들에서였을 것이다. 아니면 "들어올 때 나 깨우지 마."

지미가 유일하게 아는 독일어가 있다고 말했다.

"혹시 앙스트Angst*야?"

"베기어든Begierden. 성욕, 욕망을 뜻하는 말이야. 독일 사람들이 욕망을 일컫는 말이 비어가든beer garden과 비슷하다니. 말 되지."

———

잠들려고 애를 썼지만, 그렇게 결박당한 상태에서 수면을 취할 수 있는 자세는 턱을 가슴에 딱 붙이는 것뿐이었다. 허리를 감은 복부사슬에 수갑을 연결해놓아 양손을 몸통 옆에 고정시킨 채 옴짝달싹할 수 없었고, 그렇게 수갑 부근에서 팔로 통증이 고동치며 올라왔다. 내부 에어컨 온도는 13도쯤에 맞춰져 있는 듯했다. 얼어죽을 것 같았고 불편했고 이제 겨우 벤투라카운티를 지나는 중이었다. 앞으로 여섯 시간은 더 가야 했다. 나는 매직 마운틴의 화장실에서 강제로 가발을 써야 했던, 선글라스며 다른 옷가지들

---

* '불안'을 뜻하는 말로, 독일어와 영어가 동일하다.

을 바삐 걸쳐야 했던 그 아이들을 생각하기 시작했다. 그들은 몰라보게 변해버리는 신세가 되고 말 것이다. 변장한 차림새뿐만 아니라 그들의 새로운 삶에서도. 낯선 사람, 전과는 다른 아이, 유괴를 당해 더럽혀지고 망쳐진 아이가 되어, 유괴의 사악한 목적이 무엇이었든 이제 그들의 것이 된 새롭고 느닷없는 운명에 익숙해지기까지 그로부터도 오랜 시간이 걸릴 터였다. 가발을 쓴 그 아이들이, 도둑맞은 미아를 도와야 한다는 사실을 모른 채 여기저기 흩어져 있는 놀이동산 방문객들이 보였다. 잭슨이 보였다. 벤치에서 뜨개질을 하던 노파가 그 아이를 내게서 거칠게 뜯어내버린 것만 같았고, 내가 할 수 있는 일은 아무것도 없었다. 내 마음속 그애의 조그만 주근깨투성이 얼굴 사진들을 들여다보는 것 말고는. 둥둥 떠다니며 맥박치고, 사라지지도 흩어지지도 않을 그 사진들을.

━

잭슨은 내 어머니와 지내고 있다. 잭슨에게 그녀가 있다는 것은 내 인생 단 하나의 은총이다, 비록 나 자신은 어머니를 별로 좋아하지 않더라도. 어머니는 벤치에 앉아 뜨개질을 하는 사이코 노파는 아니다. 목소리가 걸걸하고 줄담배를 피우는, 결혼과 이혼과 재혼을 이어가며 그럭저럭 살아가는 독일 여자다. 내게는 빙하처럼 굴지언정 잭슨에게는 충분히 자애롭다. 우리 사이는 수년 전에 틀어졌지만 내가 체포되자 어머니가 잭슨을 데려갔다. 그때 아이는 다섯 살이었다. 지금은 일곱 살이다. 내가 구치소에 있던 이 년 반, 내 사건이 재판을 거치는 동안 어머니는 가능한 한 자주 잭슨을 데리고 나를 보러 와주었다.

사선변호인을 둘 만한 돈이 있었다면 나도 하나쯤 고용했을 텐데. 어머니는 그녀의 아파트, 샌프란시스코 엠바카데로에 있는 원룸을 저당잡히고 대출을 받아보겠다고 했지만, 그걸로 이미 두 번이나 담보 대출을 받은 탓에 원래 가치보다 빚이 더 많았다. 그 옛날 이름을 날렸던 스트리퍼, 내 어린 시절 브로드웨이 위에서 빨간색으로 네온 젖꼭지를 깜빡이던 캐럴 도다가 어머니와 같은 건물에 살았다. 어머니를 만나러 갈 때면 그곳 복도에서 그녀를 보곤 했는데, 식료품 봉지와 요란스레 짖어대는 개 때문에 진땀을 흘리고 있었다. 그녀의 상태가 그다지 좋아 보이지는 않았으나, 백수에 진통제 중독에 시달리는 내 어머니도 상태가 좋지 않기는 매한가지였다.

타인의 자비로움 덕에 잠깐이나마 법적 지원을 받을 가능성을 보았던 시기도 있었다. 어머니의 신사 친구라던, 진홍색 재규어를 몰고 격자무늬 정장을 입고 병에 든 맨해튼 칵테일을 마시던 밥이라는 이름의 남자로부터였다. "밥이 변호사 비용을 댈 거야." 어머니가 말했다. 그러나 곧 그가 잠적했다. 문자 그대로 사라져버렸다. 후에 러시안강의 통나무 밑에서 그의 시신이 발견되었다. 어머니의 인맥은 보잘것없다. 게다가 그 인맥이라는 게 종종 수상쩍기도 하다. 내게는 국선변호인이 배정되었다. 우리는 상황이 달리 흐르리라는 희망에 차 있었다. 상황은 달리 흐르지 않았다. 결국 여기로 흘렀다.

—

호송버스가 견인 트레일러들과 함께 우측 차선에서 신음을 흘렸다. 우리는 그레이프바인에 닿기 전 캐스테이크의 마지막 휴게소를 지나고 있었다. 언젠가 지미 달링과 캐스테이크에 있는 술집에 간 적이 있었다. 커트 케네디에게서 벗어나려고 로스앤젤레스로 도망친 후였고, 그때까지만 해도 내가 그의 피해자였다. 지미 달링은 한 예술학교에서 강사로 일하기 위해 발렌시아로 이사한 참이었다. 그는 캐스테이크에서 별로 멀지 않은 곳에 있던 어느 목장에 딸린 집을 임대했다.

내게 허락되지 않는 말. 나는 여전히 커트 케네디의 피해자라는 말, 아무리 그가 죽었다 하더라도.

나는 이 지역을, 또한 그레이프바인을 알았다. 바람 많고 공허하고 녹록지 않은 곳, 노던캘리포니아에 도달한 이들이라면 이미 치르고 간 시험이었다. 철망 쳐진 차창 너머로 보이는 저 색

바랜 땅의 가까이에 있자니 더욱 간절해졌다. 현실이 마치 가방처럼 제 몸을 이리저리 비틀고, 그렇게 비틀리다 미어지고, 그러다 가방을 파열시켜 나를 풀어주기를, 저 무인의 땅으로 내보내주기를.

내 생각을 읽기라도 하듯 로라 립이 말했다. "개인적으로 난이 안에서 더 안전하다고 느껴. 저 밖에서 벌어지는 일들을 생각하면 그래. 메스껍고, 소름 끼치고, 충격적인 일들. 그게 대체 가당키나 하냔 말이야."

나는 창밖을 내다보았지만 보이는 거라곤 자연의 카펫, 그 끝없이 펼쳐지는 두루마리의 울퉁불퉁한 표면을 쏜살같이 지나는 바위와 관목이 전부였다.

"트럭 운전사 중에 연쇄살인마가 많아. 그리고 그들은 잡히질 않지. 계속 이동하잖아, 알지. 주에서 주로. 사법당국이 말을 안하니까 아는 사람이 없는 거야. 미국 땅을 가로지르는 그 모든 트럭들. 걔들 일부는 운전석 뒤에다 꽁꽁 묶어서 재갈을 물린 여자를 싣고 있어. 커튼도 그러려고 달아둬, 여자들을 숨기려고. 살해당한 여자들은 휴게소의 대형 쓰레기통에 버려지지, 조각나서. 그렇게 대형 쓰레기통에 이름이 생기는 거야. 사람들은 시체를 버려. 여자와 소녀의 시체를."

버스가 휴게소를 지났다. 휴게소, 그 얼마나 간절하고 아름다운 개념인가. 내가 무엇을 상상하든 이 버스, 그리고 옆에 앉은 이 여자에 비하면 무조건 아름다웠다. 바람처럼 스쳐지나는 우리에게 차가운 빛을 내뿜는 저 휴게소 자판기들 뒤에서 잠드는 대가로 나라면 무엇을 내놓았을까. 어쩌다 어딘가의 휴게소를 거쳐 갈지도 모를 모든 사람이 로라 립에게 함께 맞서주는 내 영혼의 동반자, 내 동맹이었다. 그러나 그런 이는 없었고, 나는 로라 립에게 붙들려 있었다.

"나는 살아 있어." 그녀가 말했다. "하지만 별 의미 없지. 난 내 심장을 전기톱으로 도려내버렸거든."

내리막길 위였고 런어웨이램프*를 하나 지났다. 그레이프바인의 초입을 통과해 센트럴밸리로 진입하는 중이었다. 내가 익히 아는 런어웨이램프였다. 가파르고 자갈이 튀는 막다른 길, 브레이크가 고장난 차들을 위한 길. 다시는 보지 못할 그 길에 사랑을 느꼈다. 참으로 좋고 유익한 길이었다. 이제야 눈에 들어왔다. 얼마나 좋고 유익하고 소중한 것이었는지, 얼마나 부서지기 쉽고 소중한 것이었는지, 모든 것들이.

"자기, 사람들이 그것에 대해 어떻게 말하는지 알아? 네가 갖고 있지 않은 것, 그런데 그걸 원치도 않은 남에게 주는 것."

그녀를 한번 째려봐주었다.

"난 지금 사랑에 대해 얘기하는 거야." 그녀가 말했다. "그건

---

* 비상시 안전하게 속도를 줄일 수 있도록 별도로 내놓은 보조 도로.

음, 내가 저 밖에 나가서 작은 돌멩이를 하나 집어든다고 해봐. 그걸 치켜들고 누군가에게 말해, 여기, 이 돌이 나야. 받아. 그럼 그들은 생각하지, 받기 싫은데. 아니면 그들은 고맙다고 말해, 그러고선 자기 주머니에 넣거나 혹은 분쇄기에 넣고 갈아버릴지도 몰라. 그리고 그 돌이 나라는 것 따위는 신경 안 써, 왜냐 그건 진짜 내가 아니잖아. 그냥 그게 나라고 내가 정한 것뿐이야. 분쇄기에서 가루가 되는 상황을 자초한 거지. 무슨 말인지 알겠어?"

내가 아무 대꾸를 하지 않는데도 그녀는 계속했다. 스탠빌까지 가는 내내 지껄일 태세였다.

"감옥에서는 말이야, 적어도 무슨 일이 벌어질지 가늠할 수 있어. 내 말은, 진짜로는 모르지. 예측이 불가능해. 근데 그 예측 밖의 일들마저도 다 따분할 뿐이야. 비극적이고 끔찍한 뭔가가 벌어질 수도 있는 그런 곳이 아냐. 내 말은, 물론 벌어질 수 있지. 당연히 벌어질 수 있지. 하지만 교도소에서 모든 걸 잃을 순 없어, 이미 모든 걸 잃은 뒤니까."

———

어쩌다 우리가 캐스테이크에 닿았던 밤, 술집의 바텐더가 지미 달링과 시시덕거렸다. 그런 상황은 지미 달링과 데이트할 때의 골칫거리 중 하나였다. 내가 버젓이 옆에 있을 때조차 골 빈 섹시녀들이 그에게 '이 쌍년 좀 쫓아버려'라는 무언의 메시지를 보내려 애쓰는 꼴을 늘 봐야만 했던 것.

그래도 그는 날 쫓아버리지 않았다. 그때가 오기 전까지는. 구치소에서 그에게 전화를 걸었을 때 그의 목소리를 듣고 나는 알았다. 끝났다는 걸. 하지만 방어적으로 구느라 개의치 않았다. 내게 일어나고 있는 일들에 집중할 필요가 있었다. 그는 정중히 격식을 갖춰 내 근황을 물었다. 내가 대답했다. "자기가 지금 받은 수신자부담 전화는 로스앤젤레스 주립 교정시설 수감자한테서 온 거야. 자기 생각엔 망할 내가 어떻게 지내고 있을 것 같은데?"

나의 시대, 내가 존재하는 단계는 정녕 끝나버린 것이었다, 내게도 그리고 그에게도. 한번은 그가 편지를 보내오기도 했지만 처음부터 끝까지 야구 시즌이 임박했다는 얘기뿐이었고, 내가 종신형을 목전에 두고 있다는 사실은 아는 척조차 하지 않았다.

당신이 지미 달링의 입장이었어도 똑같이 행동했을지 모른다. 편지에 야구 얘기를 쓰지는 않았을망정 인생이 끝장난 누군가와의 관계를 끊어버리긴 했을 것이다. 정신이 제대로 박힌 사람이라면 누구든, 이제 영원히 추방당할 처지인 나 따위 단념할 것이다. 그들이 그저 남자친구나 연인이라면, 그 관계가 그저 재미를 위한 것이었다면. 교도소가 엮이면 재미는 그걸로 끝이니까. 하지만 어쩌면 밀어낸 쪽은 그가 아니라 나였는지도 모르겠다.

———

지미 달링은 디트로이트에서 자랐다. 그의 아버지는 제너럴 모터스에서 일했다. 십대 시절에 지미 달링은 자동차 유리 제조사에 다녔다. 그가 얘기하길, 자동차 유리를 붙이는 데 쓰는 접착제의 냄새를 처음 맡던 그 순간에 알았다고 한다. 바로 그 냄새, 그특정 접착제의 냄새가 자신이 꿈꿔오던 것이라는 사실을, 그리고자동차 유리를 교체하는 일이 자신의 운명이라는 사실을. 지미로서는 행운이었던 게, 그에게는 운명이 여러 개였다. 그는 대학을중퇴하고 러스트 벨트*에 관한 영화를 만들기 시작했다. 그의 출신 배경은 곧 사람들의 관심을 끄는 술책이자 그만의 능력이었으니, 그는 '미스터 블루칼라 필름메이커'**였다. 나는 그걸로 그를놀렸지만 한편으로는 디트로이트에 대한 그의 낭만적 애착에 감동받기도 했다. 그가 만든 영화들 중 한 편에서는 그의 손이 '제너럴 모터스 트럼프카드 세트'를 한 장씩 넘기는 장면이 나온다.그의 아버지가 사십 년 넘게 조립 라인에서 일한 후 은퇴할 때 받은 것이었다. 수십 년에 걸친 그의 충성과 등골 빠지는 노동을 회사는 트럼프카드 한 팩으로 치하했다. "캐딜락 플레이스의 GM

---

* 미국 북부의 사양화된 공업지대.
** 노동자계급 출신의 영화감독이라는 뜻.

본사 자리에 지금은 뭐가 있게." 지미 달링이 물었다. "복권 당첨금 지급사무소." 지미는 당첨자가 당첨금을 받으러 걸어들어오는 모습을 카메라에 담으려 온종일 밖에 서서 기다렸다. 아무도 오지 않았다.

지미 달링을 만나게 된 건 그의 학생 한 명을 통해서였는데, 당시에 나는 그애와 자는 사이였다. 아약스라는 이름의 그애는 어리고 무일푼에다 소마 지구의 창고 지붕에 얹어진 지오데식돔*에서 살았다. 아약스는 마스 룸의 청소부였다. 쓰고 버린 콘돔이 가득한 쓰레기통이나 비우는 아이와 잔다며 남들이 놀려댔지만 나는 개의치 않았다. "게다가 걔 이름은 가루세제 이름이잖아." 그렇게들 거듭 말했지만, 아약스는 내게 자기 이름이 그리스어라고 했다. 자기 엉덩이는 팔되 청소부와는 데이트 안 한다는 이 여자들과 그 엉터리 기준. 그런 걸 다 떠나서 아약스는 어리고 귀찮았다. 선물들을 가지고 나를 찾아왔지만 그 정성치고는 죄다 쓸모없고 괴상한 것들, 가령 길에서 주운 고물 청소기 같은 것들이었다. 언젠가 한번은 LSD에 완전히 맛이 간 채로 나타나 웬 아일랜드 억양으로 말을 하기에, 그만 집어치우라고 했더니 그애는 집어치워지지가 않는다고 답했다. 어느 밤, 그애가 나를 예술학교 파티에 데려갔고 지미와 소개시켜줬으며 그걸로 끝이었다. 나는

---

* 다면체로 이뤄진 반구형 건축물.

더 잘생기고 신경을 긁지도 않는 지미와 파티장을 떠났다.

———

"어째서 자기가 대학에 안 간 거지?" 지미 달링이 물은 적 있다. 그는 내가 똑똑하다고 생각했지만, 다른 누군가가 대학에 가지 않은 이유가 단순히 그 사람의 능력 부족 탓이리라 치부해버리고 마는, 가방끈 긴 자들의 순진한 사고방식을 지녔다.

"그러기엔 내가 너무 우울했어."

"그건 자기 어머니가 독일어를 가르쳐주지 않은 이유라고 했던 말이잖아."

"그렇다고 그 말의 진실성이 깎이는 건 아니지. 자기는 스트립클럽에서 일하는 여자애가 영리하다는 게 놀랍다고 생각하지? 내가 아는 모든 스트리퍼들은 영리해. 몇몇은 말 그대로 천재야. 자기의 그 조그만 카메라를 들고 돌아다니면서 걔들한테 왜 대학에 가지 않았는지 한번 물어보시든가."

한창 자라던 시절, 그들은 내게 잠재력이 있다고 입을 모았다. 그렇다고 들었다. 선생님들과 다른 어른들에게서. 그게 사실이었다 한들, 나는 그걸 가지고 아무것도 하지 않았다. 에바와 같은 꼴이 나는 것만은 어찌어찌 면했고, 그게 하나의 성취처럼 느껴졌다. 주중 아침 일곱시에 에디라느니 존스라느니 하는 이들과 엮이지 않는 것 말이다. 임신 사실을 알고부터는 약을 끊었지만 그걸 어떤 성취로 보지는 않고, 그보다는 재난을 미연에 방지하는 쪽에 더 가까웠다. 나는 마스 룸에서 스트립댄스를 추며 일했다. 그마저 샌프란시스코에서 최고 축에 끼는 클럽도 아니다. 굳이 순위를 매기고 말 것도 없다. 마스 룸이 중간급 혹은 평균을 밑도는 수준의 스트립클럽이 아니라 두말할 것도 없이 최악에다 가장 악명 높은, 최고로 꾀죄죄하고 가장 서커스 판 같은 곳이라는 사실에 오히려 꽂히는 사람이 아닌 바에야. 아마 내가 그런 쪽 취향이었던 건지도 모르겠다, 지미가 내 취향이었던 것처럼. 마스 룸은 극단極端의 무언가였고, 그 극단 속에 특별함과 재미가 있었으며, 거기 여자들 몇은 진짜 천재였다.

내가 특별하다거나 극단적이라는 말은 아니지만 지미 달링의 경우, 운전하는 와중에 임팔라 밖으로 그를 밀어버리는 여자와 사귄 건 처음이었다. 우리는 천천히, 시속 8 혹은 16킬로미터로 달리던 중이었다. 그때 딱 한 번 홧김에 한 행동이었는데, 나중에 그는 스릴도 맛볼 겸 한번 더 해달라고 부탁했고 나는 거절했다. 그로서는 텐더로인 지구의 숙소에 사는 이를 알고 지내는 것도 처음이라 그곳 층계참에서 펼쳐지는 장면들, 그 혼돈과 고함, 그리고 위층으로 올라가려면 통행료를 내야 한다는 사실에 매번 어리둥절해했다. 한번은 그와 함께 건강식품점에 갔다가 내가 아는 여자애와 마주쳤다. 약에 완전히 맛이 가서 몸을 벅벅 긁고 있었다. 그애가 지미에게 자신이 고른 주스가 유기농이 맞는지 물었고, 지미는 그런 식의 모순은 생전 처음 접해본다는 듯 굴었다. 유기농 아닌 주스는 마시지 않겠다는 약쟁이라니. 타지에서 샌프란시스코로 옮겨온 사람들 대부분이 그렇듯 지미에게도 약간은 온실 속 화초 같은 구석이 있었다. 평균적이고, 고등교육을 받았고, 직업이 있고, 자기 존재에 어떤 목적이 있으리라 느끼는 등등. 그리고 그는 샌프란시스코에서 자란 사람들을, 그 허무주의를, 대학에 가거나 현실세계에 합류하거나 일정한 직업을 갖거나 미래를 믿거나 하지 못하는 그들의 무능력을 이해하지 못했다. 나는 그가 생각하는 어떤 서사에 부합하는 인물이었다. 나와 어울림으로써 지미 달링이 자기보다 하층인 계급에 빠져들었다는 말이 아니다. 그렇지 않았다. 그 역시 나만큼이나 흔한 인간, 서민이었다. 다만 슬럼가를 기웃거리는 그런 서민.

———

여자들은 흔해 보이는 게 가능한 반면 남자들은 절대 그렇지 않다는 걸 눈치챘는가? 어떤 남자의 외양을 묘사하면서 흔하다는 표현을 쓰지는 않을 것이다. 흔한 남자란 평균적 남자, 전형적 남자, 소박한 꿈과 자원을 가지고 근면히 일하는 번듯한 인간을 의미한다. 흔한 여자는 싸 보이는 여자다. 싸 보이는 여자는 존중할 필요가 없고, 그렇게 특정한 가치를 갖는다. 특정한 싸구려 가치를.

———

마스 룸에서는 제시간에 나타나거나, 미소를 짓거나, 어떤 규칙이건 따르거나, 혹은 우리에게 착취당하면서도 자기가 우리를 착취하는 거라고 믿는 남자들 대부분을 찌질이 이외의 어떤 존재로 생각할 필요가 없었고, 그러다보니 우리가 자처하는 가짜 복종으로 덧칠하는 그 순간에도 마스 룸의 분위기에는 상당한 까칠함이 섞여 있을 수밖에 없었다. 마스 룸은 원하는 것을 할 수 있는 곳이었다. 적어도 나는 그렇게 믿었다. 잭슨의 아빠와 데이트하던 시절, 내가 그의 머리 위로 술병을 던져 깨고 그는 내게 주먹을, 그것도 얼굴에 날렸던 날에 나는 멍든 눈 위에 선글라스를 쓰고 다섯 시간이나 늦게 출근했지만 아무도 뭐라고 하지 않았다. 걷기조차 힘들 정도로 만취해 클럽에 도착한 적도 몇 번 있었다. 어떤 애들은 분장실에서 한 손에 콤팩트를 든 채 꾸벅꾸벅 졸며 교대 후 첫 몇 시간을 보내는 걸 일상으로 삼았다. 그래도 전혀 문제될 게 없었다. 매니저들은 신경쓰지 않았다. 정식 유니폼인 레이스 브래지어와 팬티를 입고 손님을 맞는 애들도 있기는 했으나 그 아래에는 하이힐 대신 추레하게 망가진 테니스화를 신

고 있었다. 마스 룸에서는 그날 샤워를 했으면 경쟁에서 우위를
차지했다. 문신에 틀린 글자가 없으면 인기 폭발이었다. 임신 오
륙 개월 차가 아니면 그날 밤 클럽의 섹시녀로 등극했다. 손님 면
상에다 호신용 최루가스를 뿌리고 우리를 밖으로 내보낸 뒤 그들
을 발로 걷어차고 목을 조르기도 했다. 댄서 하나는 야간 매니저
다트 때문에 열받았다며 분장실에 불을 질렀다. 그애를 해고하는
선에서 마무리되었다. 사실이다. 파격적이긴 하지만.

우리는 손님들에게 과도한 알랑거림을 연출해야 했으나 정말
그거면 끝이었고, 그게 우리가 해야 할 유일한 것이었으며, 심지
어 그조차 하지 않아도 되었다. 돈을 번다는 동기가 있었으니 딱
히 어려울 것도 없었다. 턱수염 지미와 다트, 그들의 블랙리스트
에는 오르지 않아야 했다. 하지만 그것도 쉽기는 마찬가지였다.
그들과 시시덕거려주기만 하면 모든 게 오케이였다. 그들의 거대
한 자아가 얼마나 연약한지 거의 코미디에 가까웠다.

그렇긴 하지만 턱수염 지미를 지미 달링과 헷갈려서는 안 된
다. 이름이 지미라는 것 빼고는 아무 공통점도 없다. 턱수염 지미
는 마스 룸의 문지기였고 지미 달링은, 어쨌든 한동안, 내 남자친
구였다.

———

모든 게 오케이였다고 말했지만 아무것도 그렇지 않았다. 삶이 내게서 빨려나가고 있었다. 도덕적 문제가 아니었다. 도덕성은 아무런 상관이 없었다. 이 남자들은 내 빛을 사그라트렸다. 손길에 무뎌지게 만들고 분노케 했다. 나는 주었고, 그 대가로 무언가를 받았으나 충분했던 적이 없었다. 나는 지갑들—그 남자들을 그렇게 생각했다. 걸어다니는 지갑들이라고—을 할 수 있는 한 많이 뜯어먹었다. 어차피 공평한 교환이 아니라는 앎이 내게 얇은 막 같은 걸 씌워주었다. 이 글러먹은 교환의 깊숙한 한복판에서, 남자들의 무릎에 앉아가며 일했던 마스 룸에서의 몇 해 동안, 무언가가 내 안에서 부글부글 끓었다. 부글부글 끓어 거품으로 버글거렸다. 그리고 내가 그것을 쏟아냈을 때—끝내 하지 못했던 결심, 그걸 대신 본능이 넘겨받았다—가 바로 그때였다.

—

그럼에도 턱수염 지미와 지미 달링에게는 단지 이름 말고도 공통점이 더 있었다. 내가 그들의 공통점이었다. 그리고 내가 더는 그들의 공통점이 아니라는 것도.

—

이제 와 생각해보면 내 분노의 대상들 몇은 실제 원인 제공자도 아니었다. 여자친구 경험을 원했던 유부남, 내 식사 예절을 바로잡던 남자가 그랬다. 내가 그를 싫어했던 건 그가 내 유년기 기억 속의 누군가, 내가 길을 물었던 남자를 떠올리게 했기 때문이었다. 나는 열한 살이었고, 펑크록클럽에서 열리는 심야 공연을 함께 보기로 한 에바를 만나러 시내에 나간 참이었다. 늦은 시간에 길을 잃었다. 비가 쏟아지기 시작했다. 심야의 샌프란시스코 시내에는 인적이 거의 없다시피 한데, 머리 희끗한 어느 나이든 남자가 잘빠진 메르세데스의 차문을 잠그며 혹시 도움이 필요한지 물어왔다. 정장을 말끔히 차려입은 그는 누군가의 아버지, 존경받는 사업가처럼 보였다. 나는 도움이 절실했다. 목적지를 말하자 걷기에는 너무 먼 곳이라고 그가 답했다.

"내가 택시비를 줄 수 있는데."

"정말요?" 나는 희망에 차서 물었다. 빗물이 온몸을 흠뻑 적시고 있었다.

그는 기꺼이 나를 돕고 싶다고, 그러려면 그의 호텔로 가야 한다고, 그러고 나서 돕겠다고 말했다. 기꺼이 나를 돕고 싶으나, 그전에 먼저 그의 방에 올라가 같이 한잔해야 한다고.

—

메르세데스를 몰던 그 남자나, 여자친구 경험을 원했고 내 식사 예절을 바로잡던 그 남자나 아무도 아니기는 마찬가지였다. 둘 중 누구의 이름도 나는 알지 못했다. 그리고 사실 둘 다 같은 것을 원했다.

—

호송버스가 센트럴밸리로 들어가는 내리막을 따라 질주했다.

"다들 감옥이 좆같다고 말해도 매 순간마다 자기 운명을 살아야지." 코넌이 말했다. "그냥 사는 거야. 마지막으로 큰집에 갔을 때, 거기서 열렸던 파티가 어땠는지 말한들 너희는 못 믿을걸. 거기가 교도소라는 것조차 몰랐을 거야. 온갖 술이 다 있었어. 마약. 죽여주는 음악. 폴댄서들."

"이봐!" 페르난데스가 앞에 앉은 교도관들에게 소리쳤다.

"이봐, 내 옆자리 여자, 확인 좀 해보는 게 좋겠어."

페르난데스를 알고 있던 교도관이 몸을 돌리고는 조용히 하라고 말했다.

"그런데 이 여자…… 뭔가 잘못됐다고!"

페르난데스 옆자리의 덩치 큰 여자가 앞으로 꼬꾸라진 채, 머리를 가슴에 처박고 있었다. 그건 버스 안에서 다들 잠을 자는 자세였다.

—

당신이라면 가지 않았겠지. 그랬을 거라고 생각한다. 당신이라면 그 남자의 방에 올라가지 않았을 것이다. 애초에 그에게 도움을 청하지도 않았을 것이다. 열한 살 나이에 심야의 거리를 헤매고 다니는 일 자체가 없었을 것이다. 당신이라면 안전히, 그리고 뽀송뽀송하게 잠들어 있었을 것이다. 당신을 아끼느라 규칙이니 통금이니 기대니 하는 것들을 가지고 있던 어머니 그리고 아버지와 함께 집에서. 당신에게는 모든 게 달랐을 것이다. 허나 당신이나였다면 당신도 나와 똑같이 했을 것이다. 그를 따라갔을 것이다. 희망에 부풀어 그리고 미련하게, 택시비를 얻어보겠다며.

—

센트럴밸리 안 깊숙한 어딘가, 하늘이 아직 컴컴한 곳에서 창밖을 내다보는데 앞에 거대한 검은 그림자 두 개가 불쑥 나타났다. 고속도로 옆에서 꺼먼 기름을 위로 뿜어내는 간헐천처럼 보였다. 어떤 끔찍한 것이기에 저토록 허공에 뿜어대며 하늘을 검댕으로 채우는 걸까. 그 그림자들은 연기 내지 독극물이 만들어내는 거대한 검은 구름이었다.

전에 가스 유출에 대해, 프레즈노인가 어딘가에서 대기오염 물질 수킬로그램이 누출되었다는 기사를 읽은 적이 있었다. 기체의 양을 킬로그램으로 표시하면 그 심각성이 피부로 느껴진다. 창밖의 이것도 어떤 종류의 환경재해일지 모른다. 지하 파이프에서 터져나온 원유나, 혹은 설명할 수 없을 만큼 불길한 어떤 것, 가령 주황색 대신 검은색으로 타오르는 불길이라거나.

우리가 탄 보안관국 호송버스가 그 거대하고 시커먼 간헐천에 가까워지면서 나는 마침내 매우 가까이서 그 모습을 볼 수 있게 되었다.

그건 어둠 속 유칼립투스들의 검은 윤곽이었다.

비상사태가 아니었다. 지구의 종말이 아니었다. 그냥 나무들이었다.

———

동틀녘, 우리는 짙은 안개 속에 있었다. 센트럴밸리 전체가 바다로 떠내려가 있는 듯했다. 축축한 뭉텅이들이 고속도로를 가로질러 날았다. 눈앞이 온통 뿌연 잿빛이었다.

잠에서 깨어나니 로라 립이 기다리고 있었다.

"자기 차에서 살해된 여자에 관한 기사 봤어? 남자가 칼인지 뭔지, 무기를 들고 여자 앞에 나타나선 이러는 거야, 날 현금인출기로 데려다주시오. 그 차에 올라타서 결국 여자를 죽여버리는 거지, 아무 이유 없이 머리를 내려쳐서는. 진짜 아무런 이유 없이. 심지어 둘은 일면식도 없었는데. 도시 생활은 이제 너무 막돼먹고 위험해졌어. 생각해봐, 오후 두시에. 세펄베다 대로에서. 몇 시간 뒤에 경찰이 여자를 발견했어. 남자는 그날 아침에 출소했대. 누군가 죽일 사람을 찾을 때까지 어슬렁거렸다는 거야. 장담하는데, 저 안에서 우린 더 안전해. 저 밖에서 당하는 일 같은 건 없어, 절대로. 어림없지. 어림없어."

우리는 농지에 둘러싸여 있었다. 들판에서 일하는 사람의 모습이 보이지 않았다. 들판은 기계들에게 버려졌고, 나는 로라 립에게 버려졌다.

"저들이 그 남자를 풀어주지 않았다면 여자는 살아 있겠지. 어떤 사람들한텐 현실이 너무 얇기만 해. 어떤 사람들한텐 빛이 그대로 통과해 비친다고. 어떤 부류의 사람, 미친 부류의 사람, 정신병이 있는 사람들한텐. 그리고 그건 내가 잘 알지. 아까 말했다시피, 내가 여기에 있는 건 양극성 장애 때문이니까. 지금 에어컨이 팍팍 나와서 정말 다행이야. 왜냐면 더위가 내 증상을 촉발시키거든. 진짜 순식간에 일이 벌어져."

———

해가 떠오르면서 안개는 증발했다. 바람이 고속도로 중앙분리

대 위 크고 무성한 협죽도를 마구 뒤흔들고, 그 통에 복숭아색 꽃들이 변덕스레 광적으로 휘어지다 스스로를 추스르고, 그러면 다시 바람이 복숭아색 꽃송이들에 이리저리 채찍질을 했다.

호송버스 안을 가득 채운 암소 냄새, 그게 코넌을 깨운 듯했다. 그가 하품을 하며 창밖을 내다보았다.

"소가 끝내주는 건, 온통 소가죽으로 빼입고 있기 때문이지." 코넌이 말했다. "머리부터 발끝까지, 오로지 가죽으로만. 터프하게. 내 말은, 잘 생각해보면 그렇다고."

"그 딱한 여자한테 아이가 있었대." 로라 립이 내게 말했다. "걔는 이제 고아야."

고속도로 옆으로 유칼립투스들이 있었다. 밤의 어둠 속에서, 내가 지구 종말의 검은 그림자라고 생각했던 나무들. 이제는 그저 먼지투성이에 슬퍼 보일 뿐이었다. 서던캘리포니아에서는 같은 나무에 똑같은 이파리가 수십 년씩 붙어 있곤 한다. 이파리를 잃는 일이 없는 나무들은 그 대신 다른 일을 한다. 해마다 자기 몸에 계속해서 먼지를 모으고 흙과 배기가스를 가득 싣는다.

"지금 아웃백에서 판다는 스테이크에 대해 들은 적이 있거든. 스테이크용 소한테 맥주를 먹인다고." 코넌이 그 비참한 몰골의 생명체들을 바라보며 말했다. 녀석들이 옹송그리고 모인 곳은 먼지 속, 오로지 먼지 속이라 그 짐승들 또한 먼지처럼, 살아 있는 먼지처럼, 유기적으로 숨을 쉬고 똥을 싸는 먼지처럼 보였고, 눈길 닿는 곳 어디에도 풀 한 포기 없었다. "버드와이저, 콕 찍어 말하면. 그걸 소한테 강제섭취시킨대. 강제음주시킨다고. 고기를 더 부드럽게 만들려고. 그런데 어이, 그 소들 미성년자 아닌 거 맞아? 그 스테이크 한번 먹어보고 싶다. 이 썅년 같은 곳에서 나가는 날, 내가 하려는 게 그거야. 아웃백."

교도관 하나가 통로를 걸으며 통상적인 점검을 했다.

"거기서 파는 블루밍 어니언 잡숴봤나?" 코넌이 그에게 소리쳤다. 교도관은 계속 걸었다. 통로 저편으로 멀어지는 그의 등짝에 대고 코넌이 외쳤다. "그놈의 양파를 열어 발기고, 반죽을 입히고, 바싹 튀겨낸다고. 젠장, 얼마나 맛있는지. 다른 어디서도 경험 못할 맛. 광고 문구가 그래."

타이어 그네가 있는 목장 주택 한 채가 스쳐지나갔다. 복슬복슬한 캘리포니아 부채야자수 한 무리, 또는 쥐야자수라고도 알려져 있는, 캘리포니아의 비공식 마스코트. 마당의 표지판 하나. '프레즈노카운티 지방검사, 크리슬리를 선택하세요. 크리슬리를 선택하세요.'

좌측 차선에서 도로 인부들이 작업중이었고, 남자 하나가 '모든 차량 감속 및 우측 이동'이라 적힌 표지판을 들고 있었다.

"네가 입은 그 셔츠를 만든 게 나다, 쓰레기야!" 코넌이 차창에 대고 고함을 질렀다. 남자에게는 그의 목소리가 들리지 않았다. 애꿎은 우리만 듣고 있을 뿐. "런던, 조용히 해." 확성기에서 호송경찰의 목소리가 흘러나왔다.

"도로 인부들 조끼를 우리가 만들어. 와스코에서. 너희 여자들은 거기에 반사판을 붙이고."

하얗고 하늘거리는 것들이 버스 차창을 스쳐가는 게 보이기 시작했다. 고속도로 위가 그것들 천지였다. 비처럼 떨어지는 대신 허공을 맴돌며 소용돌이쳤다. 우리 앞 화물차에서 떨어져나오는 희고 보송한 파편들. 대체 무엇의 파편인지 알지 못하다가 그 원인 제공자를 지나쳐갈 때에야 보았다. 여러 겹으로 차곡차곡 쌓은 금속제 우리를 싣고 가는 트럭. 우리 안에 있는 건 칠면조들이었다. 어찌나 비좁게 들어차 있는지 그 기다란 목을 구부리고 있어야 했다. 바람에 뜯겨나온 깃털들이 꼭 치실로 고속도로를 문질러 나온 하얀 이물질들 같았다. 때는 11월이었다. 추수감사절용 칠면조였다.

"이 사람 좀 확인해보는 게 좋겠는데!" 페르난데스가 이제는 몸이 옆으로 기운 옆자리 여자 때문에 다시 소리를 질렀다.

"이봐!"

옆자리 여자는 거대했다. 140킬로그램은 족히 나갈 듯했다. 여자가 좌석에서 미끄러지기 시작했다. 그렇게 미끄러지다 결국 버스 통로 바닥에 민망한 몰골로 구겨졌다. 수군거림과 낄낄거림, 사람들 사이에 동요가 일었다.

"저 정도는 자야 낮잠이지." 코넌이 말했다. "완전 기절. 나도 저럴 수 있으면 좋겠다. 호송버스에선 편히 있기가 영 힘들어서."

"이봐!" 페르난데스가 앞에 대고 소리쳤다. "와서 이것 좀 어찌해보라고. 이 여자한테 문제가 있다니까."

호송경찰 한 명이 자리에서 일어나 버스 뒤쪽으로 다가왔다. 바닥에 미끄러진 여자 옆에 섰다. 그리고 소리쳤다. "이봐! 이봐!" 그래도 소용없자 군화 앞부리로 여자의 물컹한 어깨를 건드려보았다.

그가 버스 앞쪽을 향해 소리쳤다. "반응 없음."

저들은 스스로를 교정직 경찰이라 부른다. 진짜 경찰들은 교도관을 경찰로 쳐주지 않는다, 사법 시스템 밑바닥의 찌질이로 간주할 뿐.

버스 앞의 한 명이 어디론가 전화를 걸었다.

여자를 확인하러 왔던 호송경찰이 앞자리로 돌아가려다 멈추고 페르난데스를 마주보았다.

"결혼했다면서, 페르난데스."

"신경 끄시지." 그녀가 말했다.

"하나만 묻자, 페르난데스. 그 사람들, 특별한 결혼식도 치르나? 특별한 올림픽을 치르는 것처럼?"

페르난데스가 미소를 지었다. "혹시 댁 같은 저능아랑 결혼할 일이 생긴다면요, 선생님, 그때쯤 확실히 알게 될 것 같은데요."

코넌이 찬성하는 콧방귀를 뀌었다.

"나 같은 저능아는 뚱뚱하고 못생긴 감방 창녀랑 결혼하지 않
는단다, 페르난데스."

그가 통로를 걸어가 자리에 앉았다. 의식을 잃은 여자 따위는
완전히 잊은 듯했다.

로라 립이 잠을 청했다. 마침내 조용해지리라는 뜻이었다.

우리는 침묵 속에서 달렸다. 버스 좌석 밑을 반쯤 차지하고 고
꾸라진 한 인간의 덩어리를 싣고.

2

샌프란시스코와의 문제는 그 안에선 내게 미래가 없으리라는, 오직 과거뿐이리라는 것이었다.

내게 샌프란시스코는 곧 선셋 디스트릭트였다. 층층이 안개가 쌓이고 나무 한 그루 없이 을씨년스러운 곳, 사구 위에 끝도 없이 지어져 해변까지 장장 마흔여덟 블록에 걸쳐 늘어서 있는 단조로운 주택에 중산·중하층의 중국계 미국인과 아일랜드계 가톨릭 노동자계급이 살던 곳.

플라이 라이, 중학교 급식시간에 점심을 주문하며 우리는 그렇게 말하곤 했다. 종이용기에 나오는 볶음밥 얘기였다. 맛은 있었지만 항상 부족했고 약에 취해 있을 땐 더욱 그랬다. 우리는 그들을 구크*라고 불렀다. 그게 베트남인들을 의미하는 말이라는 건 몰랐다. 중국인들이 우리의 구크였다. 그리고 라오스와 캄보디아인들은 FOB, 배에서 막 내린 사람들**이었다. 이때가 1980년대였으니 미국에 도착하기까지 이들이 겪었을 일들을 생각해보라. 하지만 우리는 내막을 몰랐고 조심하는 법도 몰랐다. 그들은 영어를 할 줄 몰랐고, 이질적인 자기네 음식 냄새나 우리에게 풍기고 다닐 뿐이었다.

자랑스럽게도 그 선셋 디스트릭트가 곧 샌프란시스코였지만 당신이 지금 알고 있을 것과는 엇갈리는 샌프란시스코이기도 했다. 그러니까 무지개 깃발이나 비트족***의 시詩나 가파르고 비뚤비뚤한 거리와는 상관이 없었고, 안개와 아일랜드 스타일의 술집과 주류판매점을 지나고 지나 그레이트 고속도로까지 가면 오션 비치에 끝도 없이 펼쳐진 주차장을 따라 깨진 유리의 바다가 반짝반짝 빛나는 샌프란시스코였다. 밑칠만 된 누군가의 닷지 차저 혹은 챌린저에 올라타 저 짧고도 긴, 해변까지의 마흔여덟 블록을 운전해 가는 동안 뒷자리에는 우리 여자애들이 앉고, 조수석에는 남자애 하나가 훔친 소화기를 들고 타서 길모퉁이의 사람들을 몰아가며 닥치는 대로 흰색 가루를 뿌렸다.

---

* 동남아시아인을 모욕적으로 일컫는 말.

** fresh off the boat. 막 이주해 온 아시아계 이민자를 뜻하는 말.

*** 1950년대 미국의 경제적 풍요 속에서 관습적·획일적 삶을 거부하고 낙천적·방랑적 삶을 추구한 무리.

당신이 방문객으로 혹은 샌프란시스코 내의 보다 존경받는 다른 동네의 주민으로 오션 비치까지 가본 적이 있다면 방파제 저편에서 우리가 피웠던, 여자애들 머리에서 연기 냄새가 나게 만들었던 모닥불들을 봤을지도 모르겠다. 거기 들른 게 1월 초였다면 쓰고 버린 크리스마스트리를 모아 만든 덕에 평소보다 큰 불이었을 테고. 트리용 나무들은 어찌나 바싹 마르고 잘 타던지 높이 쌓아올린 더미 위에서 폭발했다. 매번 폭발이 있을 때마다 우리가 지르던 환호성을 당신도 들었을지 모른다. 내가 말하는 우리란 우리 WPOD들을 뜻한다. 우리는 미래 이상으로 삶을 사랑했다. 〈White Punks on Dope〉는 그저 어느 노래였을 뿐이고, 우리는 그 노래를 들어본 적조차 없었다. 그 약어는 무언가 다른 것, 특정한 패거리가 아니라 비슷한 것들을 공유하는 집단을 의미했다. 태도, 옷차림, 삶과 존재의 방식 같은 것들. 누군가 우리의 WPOD 그래피티를 '도넛 위 백색 파우더White Powder on Donuts'로 바꿔놓았는데, 우리 중 다수는 심지어 백인도 아니었으니 이쯤 되면 설명하기가 더 힘들어진다. 선셋 WPOD들의 모든 세계는 백색 파우더가 아니라 백색 파워에 관한 것이었지만 정작 이 파워를 믿는 건 파워라고는 전혀 없는 애들로, 디록스 뷰티스쿨에 입학하거나 어빙 스트리트와 링컨 웨이 사이 9번가의 공업사 존 존 루핑에 취업할 선택받은 소수, 정말 극소수의 아이들을 제외하면 결국 재활센터와 구치소를 전전하는 신세가 될 것이기 때문이었다.

—

어렸을 때 오래된 잡지의 표지에서 어떤 사람들의 예복과 발을 본 적이 있다. 가이아나에서 짐 존스가 건넨 쿨에이드 음료를 마신 이들이었다.* 유년 시절 내내 그 이미지를 떠올리며 마음 상하곤 했다. 언젠가 지미 달링에게 얘기했더니, 그는 그때 쓰인 게 실은 쿨에이드가 아니라고 말했다. 하이씨였다나.

그런 걸 지적질하고픈 인간은 대체 어떤 인간일까.

잘나빠진 인간이겠지. 나와는 달리 그런 이미지로부터 안전한 인간. 내가 사이비 종교에 넘어갈 리는 없었다. 죽은 자들의 발을, 그들이 마신 음료가 들어 있던 들통을 얼핏 보는 데서 느꼈던 위험은 그런 게 아니었다. 사진에 찍힌 발들이 몸소 증명한 진리 하나는, 너 또한 죽음을 마시고 거기에 합류하게 될 수 있다는 것이었다.

다섯 살인가 여섯 살 때 슈퍼마켓에 진열된 소설책 표지에서 한 여자의 그림을 본 적이 있다. 칼 두 개가 여자의 나신을 뚫고 나왔고 그 주변으로 피가 웅덩이를 이루고 있었다. 거기 이렇게

---

* 1978년 교주 짐 존스와 신도 900여 명이 집단 자살한 사건.

적혀 있었다. '두 번 죽이다.' 그게 제목이었다. 그때 어머니는 매장 어딘가에서 쇼핑을 하느라 곁에 없었다. 우리가 있던 곳은 어빙 스트리트의 파크 앤드 숍이었고, 나는 어머니에게서 고작 몇 통로 떨어져 있는 게 아니라 바다로, 사람을 완전히 집어삼키는 『두 번 죽이다』의 세계로 영영 빨려나가고 만 것 같았다. 마트에서 집으로 돌아오는 내내 메스꺼움을 느꼈다. 어머니가 만든 저녁을 먹을 수 없었다. 진짜 요리는 아니었다. 그녀가 준비한 건 아마 탑 라멘*이었을 테고, 그러고선 당시 데이트하던 아무개 남자를 챙겼다.

그후로 수년간, 『두 번 죽이다』의 표지 이미지를 떠올릴 때마다 구역질이 났다. 이제 와 생각해보면 정상적인 경험이었다. 어린 시절에 우리는 악의 존재를 배운다. 그 앎을 체화한다. 아무리 그렇대도 첫 경험에서는 삼키기가 쉽지 않다. 초대형 알약이라도 되는 듯 삼켜지지가 않는다.

—

열 살 때, 타이라라는 이름의 나보다 나이 많은 여자애에게 빠졌다. 무표정한 눈과 올리브색 피부와 허스키한 터프걸 목소리의

---

* 미국에서 파는 일본 브랜드의 인스턴트 라면.

소유자였다. 그애를 만난 밤, 나는 누군가의 차를 타고 여기저기 쏘다니며 뢰벤브로이 라이트를 마시던 중이었다. 일명 로이 라이트, 초록 병에 연파랑 라벨. 우리가 타이라를 실은 곳은 노리에가 스트리트, 여자애들을 비공식적으로 위탁 양육하던 집이었다. 그곳을 운영하던 남자 러스는 밤이면 여자애들을 덮쳤는데, 그건 예측불가인 동시에 예측가능한 일이었다. 거기 머물고 있다면, 지금이 됐든 나중이 됐든, 나이 많고 건장하고 비열한 러스의 야간 방문을 어차피 받게 될 터였다. 그에게 강간당하는 일에 대해 여자애들은 그게 마치 훈육 혹은 집세인 양 툴툴대고 말았다. 그애들이 그런 상황을 기꺼이 견디고자 했던 건 다른 선택지가 없었기 때문이다. 나머지 우리들은 방관으로 일관했을 뿐인데, 러스가 술을 사주었기도 했고, 조치를 취한다 한들 어떻게, 경찰에 전화? 그 경찰 중 하나는 여자애들을 터라벌에 있는 경찰서 대신 포인트로보스*로 데려간다는 소문이 자자했다.

타이라는 자기가 조수석을 찜했다고 으름장을 놓으며 앞자리를 차지하고 앉아 대시보드에 발을 올렸다. "벌써 알딸딸해." 그렇게 말하는 혀 꼬부라진 목소리가 내게는 매혹적으로 들렸다. 그애는 다이아몬드 귀걸이를 하고 있었다. 로이 라이트를 들이켜고 빈병을 차창 밖으로 내동댕이치는 동안 소녀스럽게 조그만 그

---

* 주립 자연보호구역.

애의 귀에서 귀걸이가 반짝였다. 모조품이었을지도 모르겠다. 그런 건 중요하지 않았다. 어차피 효과는 똑같았다. 그애가 내게 마법을 걸었다.

같은 해에 나는 괜찮은 여자애, 양친이 모두 있고 중산층에 속하는 아이와 알고 지낼 기회가 생겼다. 그애가 우리집에 자러 왔다. 그다음주에 학교에서 그애는 우리집 사람들이 저녁 대신 싸구려 호스티스 파이를 먹고 빈 포장지는 침대 밑에 버린다고 떠들고 다녔다. 나는 그런 기억이 전혀 없었는데. 그게 사실이 아니었다는 건 아니다. 어머니는 저녁으로 내가 원하는 걸 먹게 했다. 대개 그녀는 당시에 만나던 아무개 남자와 함께였고, 그 아무개는 아이를 좋아하지 않았으며, 그래서 둘은 문을 걸어 잠근 채 침실에 처박혔다. 우리는 길모퉁이 가게에 외상장부를 두고 있었고, 나는 그곳에 내려가 군것질거리, 감자칩, 탄산음료, 원하는 무엇이든 가져왔다. 나는 다른 아이에게 좋은 인상을 남기기 위해 어딘가 다른 삶을 사는 척 꾸며내는 법을 알지 못했다. 이 여자애가 나에 대해 그리고 우리집에 대해 퍼트리는 말들이 나를 슬프게 했다. 슬펐다. 하굣길에 6번 파르나서스행 버스에서 내리는 그애 엉덩이에 시침핀을 쑤셔넣는 순간에마저. 뒷문 근처에 서 있다가 그애가 버스를 떠나는 순간에 바지를 관통해 그대로 찔러버렸다. 다들 그렇게 했다. 시침핀은 가정시간에 훔쳤다. 항상 하는 일이었지만, 막상 당하는 입장이 되면 눈에서 눈물이 죽죽 나기 마련이었다.

—

다이아몬드가 영원하리라는 생각은 지미 달링에게는 농담거리였다. "이곳 지구상의 모든 광물은 영원해," 그가 말했다. "다이아몬드가 유독 영원한 존재처럼 보이게 하는 건 팔아먹기 위해서야, 그리고 그게 먹히는 중이고."

며칠 후, 타이라가 전화를 걸어왔고 우리는 일요일에 롤러스케이트와 친교의 장인 골든게이트공원에서 금문교까지 돌를 계획을 세웠다. 내가 사는 동네가 금문교에서 몇 블록 떨어지지 않은 곳이었으므로 타이라가 우리집으로 왔다.

그애가 말했다. "웬 쌍년의 면상을 좀 까줘야겠는데."

나는 알겠다고 했고 우리는 함께 공원으로 갔다.

타이라가 면상을 까주기로 예약된 여자애는 벌써 나와 있었다. 오빠 두 명과 함께였다. 선셋 애들이 아니었고, 하이트에 산다는 건 나중에 알았다. 성인인 오빠들은 둘 다 콜 스트리트에 있는 정비소의 정비공이었다. 그 여자애, 타이라의 상대는 키가 크고 여린 인상에 윤기 도는 흑발을 하나로 묶었다. 분홍색 반바지와 WHATEVER라 인쇄된 티셔츠를 입었다. 입술은 오팔색 립글로스를 발라서 푸르스름한 빛을 띠고 있었다. 타이라는 강건하고 거칠었다. 아무도 그애와 겨루기를 원치 않았다. 타이라와 머리를 하나로 묶은 이 껑다리 여자애가 신고 있던 스케이트를 벗었다. 둘은 풀밭에서 양말만 신은 채 싸웠다. 그렇다고 그 인정사정 없음이 덜해지진 않았다.

타이라가 매서운 킥을 날렸다가 상대 여자애에게 발을 붙들려서 균형을 잃으며 바닥에 나동그라졌다. 그 위로 여자애가 올라타더니 무릎으로 타이라의 가슴팍을 누르고 얼굴을 가격하기 시작했다. 양주먹을 번갈아가며, 왼손 오른손 왼손, 밀가루 반죽을 치대기라도 하듯 흠씬 두들겼다. 두들기고 또 두들기고, 얼굴을 밀가루 반죽삼아. 오빠들이 소리를 질러가며 기운을 북돋았다. 여자애를 응원했지만 설사 밀린다 한들 그들이 끼어드는 일은 없으리란 걸 나는 알았다. 그들은 싸움의 공정함과 잘 싸웠을 때의 긍지를 신봉하는 자들로서 그 자리에 입회한 것이었다. 여자애는 두들기고 또 두들겼다. 힘을 실어 때리기에는 그애의 팔이 너무도 마른 듯했지만 주먹에서 얼굴로, 끝내 나름의 타격을 만들어냈다. 말려야겠다는 생각은 전혀 들지 않았다. 나는 타이라가 얻어터지는 모습을 지켜보았다.

제 뜻을 충분히 보여주었다고 느끼자 여자애가 주먹질을 멈췄다. 자리에서 일어나 한 갈래 묶었던 머리를 정돈하고 엉덩이 사이에 낀 반바지를 빼냈다. 타이라가 일어나 앉아 눈물을 닦으려했다. 나는 그애를 도우러 갔다. 머리칼이 헝클어져 있었다. 온몸이 죽은 풀잎 조각투성이였다.

"한 방 제대로 먹였네." 타이라가 말했다. "내가 저 쌍년 가슴 팍 걷어차는 거 봤지?"

타이라의 양쪽 눈이 거의 감길 정도로 부어올랐다. 딱딱한 덩어리로 굳은 뺨이 번질거렸다. 여자애가 끼었던 반지에 맞은 턱이 찢겨서 벌어져 있었다. "진짜 한 방 제대로 들어갔다니까." 타이라가 거듭 말했다.

그게 세상을 보는 최선의 방식이기는 했으나, 진실은 그애가 무자비하게 얻어터졌다는 것이었다. 그렇게 만든 장본인은 WHATEVER 티셔츠를 입고 지나치게 점잔을 떨던 여자애, 예상 밖 승자였으되 결국 승자일 수밖에 없었던 아이로, 싸움이 시작되던 바로 그 순간에 이미 명백해졌다. 승자는 에바였다.

———

에바와 친구가 된 건 바로 그날은 아니고 나중의 일이었다. 그 나중이 언제였든, 아마 일 년쯤 뒤였을까, 그동안 그애와 그애의 주먹질에 대한 기억은 사그라지지 않았다. 나는 그애가 특별하다는 걸 알았다. 많은 여자애들이 크게 한판 붙자고 말하지만, 그래 놓고는 할퀴고 머리끄덩이를 잡거나 아니면 아예 싸움판에 나타나지 않는다.

당신은 내가 타이라를 에바와 맞바꿨다고 말할 수도 있겠지. 아약스를 지미 달링과 바꿨듯이. 하지만 두 경우 모두, 나를 두번째로 이끌기 위해 첫번째가 있었던 것이다. 삶에서는 평가가, 그리고 재평가가 용인된다. 게다가 어찌됐든, 패자 옆에 붙어 있기 싫은 건 당연하잖아?

에바는 프로였다. 라이터, 병따개, 그래피티용 스프레이, 플라스크, 아질산아밀*, 벅나이프를 상시 구비하고 있는 그런 여자애 중 하나. 심지어 전용 센서 제거기까지 있었다. 백화점에서 새 옷에 다는 절도방지용 클립을 점원들이 제거할 때 쓰는 도구였다. 에바는 그걸 훔쳤다. 나머지 우리들은 슬쩍한 물건을 가지고 매장을 떠나기 전에 거기에 달린 센서를 마구잡이로 뜯어냈다. 그걸 탈의실에 두면 증거가 되기 때문에 밖으로 가지고 나가려고 겨드랑이 아래에 쑤셔넣었고, 그렇게 하면 센서가 약해져 도난 경보가 울리지 않았다. 우리가 절도광이었던 건 아니다. 그건 충동적으로 도둑질을 하는 부자들에게나 쓰는 말이다. 우리는 갖가지 혁신적인 방법들을 동원해 화장품과 향수와 지갑과 옷을 획득했다. 여자애라면 갖고 싶어하고 원하는 게 당연할, 그리고 우리는 가질 만한 형편이 안 되는 그 모든 보통의 것들을.

내 옷들은 센서가 붙어 있던 자리에 죄다 구멍이 나 있었다. 에

---

* 혈관확장제, 마취제, 환각제로 쓰이는 약물.

바는 훔친 옷의 센서를 그 마법의 도구로 제대로 제거했다. 한번은 아이매그닌 백화점에 곧장 걸어들어가 토끼털 코트에 달린 도난방지용 와이어를 절단기로 자르고 옷을 걸친 다음 그대로 도망친 적도 있었다. 거기 와이어들은 모피와 가죽 재킷의 소매 너비에 맞춰져 있어서, 소매 끝에서 달랑거리는 큼지막한 고리가 꼭 거대한 수갑 같았다.

에바는 선머슴 단계를 거치면서 털 재킷 입기를 그만두었다. 선셋 남자애들 중 하나처럼 옷을 입었는데, 벤 데이비스 바지의 벨트 고리에 수위들이 쓰는 열쇠고리를 치렁치렁 달았다. 고리에 거는 열쇠는 많을수록 좋았다. 그걸로 대체 뭘 열 수 있는지는 아무런 상관이 없었고 맥주병이나 따면 그만이었다. 위에는 황금색 페이즐리무늬 안감을 대고 트레이드마크인 숄더-투-숄더*로 솔기를 처리한 검은색 더비 재킷을 입었다. 남자애들이 그랬듯 에바도 앞부리에 철을 덧댄 부츠로 패션을 완성했다. 필요한 경우에 사람들의 머리를 까기 위함이었다.

어느 밤, 나는 빅 렉에서 어둠 속에 앉아 바카디 151을 마시고 있는 남자들 무리와 맞닥뜨렸다. 크로커 아마존, 말하자면 적지敵地 비스무리한 곳 출신으로, 나는 한 번도 본 적 없는 나이 많은 사람들이었다. 그들은 내게 에바의 폴라로이드 사진을 보여

---

* 어깨 봉제선이 가슴 위쪽에서 빙 둘러진 방식.

주고 싶어했다. "이거 네 친구야?" 사진 속 에바는 만취해 기절한 상태로 평소에 입고 다니던 터프한 꼬마 의상을 모두 벗은 채, 아무것도 걸치지 않은 가랑이 사이에 야구방망이를 끼고 있었다.

에바는 남자들과 주먹다짐을 했고 이겼다. 마약에서도 술에서도 모두보다 한 수 위였다. 에바의 사진을 가진 남자들, 그들은 에바에게 그런 짓을 했다는 게 어떤 의미인지 잘 알았고, 그걸 내게 보여주기를 원했다.

그 얘기는 에바에게 절대 하지 않았다. 그리고 나중에 일어난 일들을 생각해봐도, 가령 텐더로인 지구에서 코카인 중독자가 된 에바를 감안하더라도, 야구방망이가 등장하는 그 폴라로이드 사진들은 타인이 에바에게 저질렀던 짓들 중 여전히 최악이었다. 에바 스스로 자신에게 그런 짓을 수없이 저지르긴 했으나, 그건 다른 문제다.

———

마약을 향한 욕구가 유독 강렬한 아이들이 있다. 그들은 어쩔 수 없다. 에바가 그랬다. 그애가 자기 엄마의 발륨을 처음 훔쳤을 때, 우리는 그걸 각자 한 알씩 먹고 웨스트포털 지구에 갔다. "아무 느낌이 없는데, 너는?" 에바가 물었다. "아니, 아직." "한 알 더 먹자…… 아직 아무 느낌이 없는데, 너는?" "조금." "한 알 더 먹자…… 아직 맛탱이 안 갔어?" "잘 모르겠어." 우리는 한 병을 몽땅 비웠고, 몇 시간 후 정신을 차렸을 때는 라운드 테이블 피자 집의 좌식형 미스 팩맨 비디오게임기 표면에 대고 있던 얼굴이 뜨뜻한 상태였다. 둘 다 휘청휘청 집으로 돌아가 내리 사흘을 잤다.

그로부터 얼마 지나지 않아 나는 포리스트힐역 건너편의 라구나혼다 버스정류장에 있었다. 자정쯤이었고 버스는 심야 시간표에 따라 한 시간에 한 대씩만 운행되었다. 나 말고도 다른 한 사람이 버스를 기다리고 있었는데, 그 남자가 내게 담배와 불을 주면서 무슨 약이건 구할 수 있는 곳을 아는지 물어왔다. 아마도 젊은 나이, 이십대 정도였을 텐데 당시의 나는 그의 나이에 대해 생각해보지 않았다. 그때 내게는 열여덟 이상이면 누구나 늙은이로 보였다. 남자는 어린 여자애에게 이야기하는 법을, 알랑거리는 법을 알았다. 나는 발륨을 좀 팔아줄 수도 있다고 으스댔다. 거짓말이었다. 나는 어쩌다 한번 자기 엄마가 타 오는 약을 운좋게 슬쩍해 오는 친구를 둔 열두 살 아이일 뿐이었다. 그럼에도 내가 좀 구해볼 수 있으리라고 말했다. "지금 살 수 있을까?" 남자가 물었다. 친구에게 전화를 해봐야 한다고 답했다. 남자는 내가 친구와 얘기를 끝낸 후 자신에게 전화할 수 있도록 연락처를 주고 싶어했다. 둘 다 펜도 종이도 갖고 있지 않았던데다, 발륨을 더 구하는 게 가능할지 속으로는 확신이 없었지만 나는 이미 내 거짓말의 덫에 빠졌다. 남자가 신발을 벗어들었다. 늙다리들이 신는 신발, 정장용 신발. 그는 검은색 굽으로 버스정류장 옆 옹벽의 거칠거칠한 벽토에 전화번호 일곱 자리를 적었다. 나는 이 남자, 그 추운 밤에 땀으로 흠뻑 젖은 채, 물건을 구하면 내가 전화를 걸 수 있도록 신발 뒤축으로 벽에다 번호를 긁어 쓰는 그를 보며 생각했다. 내가 무슨 짓을 한 거지.

———

나는 어디 한번 망가져보자 계획하는 편은 아니었다. 에바가 노크해오기 전까지는. 어느 날 아침에 에바가 델코트라고 불리는, 애시드와 PCP를 섞은 약 2회분을 가지고 왔다. 각자 하나씩 먹었다. 육학년을 마친 여름, 무엇으로도 채울 길 없는 또 하루의 따분하고 안개 짙은 날이었고, 아마도 어빙 스트리트의 카페 로마에서 비디오게임을 하거나, 간 소고기와 아메리칸 치즈로 도넛 속을 채운 피로시키를 사거나, 공원에서 땀에 전 양말 냄새가 나는 미키스라는 이름의 맥주를 마시거나, 블루 볼*이 무엇인지 내게 설명해주었던(내가 그걸 물어본 게 이미 그를 블루 볼 상황으로 만들었는지도) 만화방 점원과 얘기를 나누거나 했을 터였다.

---

* 성적으로 흥분했으나 사정하지 못할 때 하복부에서 느껴지는 통증.

그날은 다르게 보내보겠다며 우리는 애시드/PCP를 삼키고 전차 선로를 따라 오션 비치까지 마냥 걸었다. 유다 스트리트의 세븐일레븐에 들어갔다. 버터핑거 초코바를 사서 한입 베어물자 입안에서 모래로 변했다. 나는 생각했다. 내 삶이 싫어. 나중에는 누군가의 차고 속 밴에 들어앉아 슬레이어의 노래를 들었고, 에바가 고개를 뒤로 젖히며 눈을 감았고, 나는 그애의 얼굴과 긴 흑발을 옆에서 바라보며 확신하게 되었다. 나와 에바는, 악마에게 미래를 저당잡혔다고, 그리고 우리를 구원할 것은 세상에 없다고.

그건 사람들이 앤턴 라베이*의 집에 드나들기 전의 일로, 그곳에서는 모두가 무리 지어 사탄을 숭배했다. 그 집이 있던 곳은 리치먼드 지구, 골든게이트공원 건너편이었다. 나는 거기에 간 적이 없지만 내가 아는 아이들은 가보았다. 사탄 숭배에 완전히 빠지는 것도 이전에 보고 들은 게 있어야 가능했다. 내 어머니는 무신론자였고, 만약 내가 종교 단체에 발을 들였다고 생각했다면 설령 그게 사탄 숭배 집단이었다 한들 그녀는 나를 놀려댔을 것이다. 노스, 훗날 스탠빌 교도소 목공장에서 내 파트너가 될 그녀라면 앤턴 라베이의 집에 초대받는 걸 아주 좋아했겠지. 그러나 노스는 지금 교도소에 있고, 앤턴 라베이의 집은 과거 속에 있다.

---

* 1966년 '사탄의 교회'를 창립한 교주.

앤턴 라베이는 죽었고 그의 검은 집 또한 사라졌으며 그 자리에는 아파트가 들어섰다.

그보다 더 내 관심을 끌었던 집은 스커머즈라 불리던 집단의 소유였다. 에바가 나를 거기에 데려갔다. 하이트 근처의 머사닉 애비뉴였다. 언덕을 내려가는 디젤 버스가 지날 때마다 울퉁불퉁한 유리가 끼워진 돌출창이 덜컹이던, 곳곳이 마구잡이로 튀어나온 오래되고 전형적인 빅토리아양식의 건물. 그곳을 지나는 43번 버스가 경유하던 기어리 대로의 시어스 쇼핑몰. 피곤할 때면 우리는 그곳 가구 매장의 침대에 드러누워 있곤 했다. 스커머즈 사람들이 진짜 누구인지, 그 커다란 건물에 얼마나 오래 살았는지 나는 아무것도 몰랐다. 내부는 1969년에서 벗어난 적 없었다. 모든 방을 테니스공을 이용해 칠했다. 갖가지 색 페인트에 적셔진 테니스공이 방 여기저기, 벽과 바닥과 천장을 맞고 튀어나오며 만든 스파게티 면발 같은 온갖 색채가 그 공간에 차분함과는 거리가 먼 단조로움을 부여하고 있었다. 그것은 혼돈에 찬 어느 뇌를 온 벽에 그대로 투영해놓은 낙서, 일종의 환경 오물이었다. 스커머즈에는 전혀 가족이 아닌 사람들이 많이 살았는데, 그들 모두는 자주색 마이크로도트*를 판매하는 가족형 사업의 일원이었다. 몸집이 거대한 여자 하나가 부엌에 앉아 육류용 칼로 얇

---

* LSD 등 아주 작은 알약으로 된 마약.

은 반투명 봉투에 마이크로도트를 담았다. 마이크로도트는 허투루 버려지는 법이 없었다. 여자는 봉투들을 미리 채워두었고, 물건을 사러 가서 테이블 앞에 앉아 있으면 여자가 준비를 마친 후 고개를 들고 돈을 챙긴 다음 봉투를 건넸다. 내가 그곳에 처음 갔을 때, 웃통을 벗은 소년 하나가 몽유병자처럼 퀭한 몰골로 여자 뒤쪽의 스토브 앞에 서서 마카로니앤드치즈를 만들 물을 끓이고 있었다. 소년의 몸은 마르고 호리호리했으며 머리칼은 서캐 껍질처럼 누르스름하니 색이 없었다. 가슴 한복판에 꼭 골프채에 팬 잔디처럼 오목한 부분이 있어서, 물이 끓기를 기다리는 그 모습이 더더욱 유령 같아 보였다. 마른 면발이 상자에서 미끄러져나오는 소리에 기분이 나빠졌다. 소년이 치즈를 개봉해 냄비에 뿌렸다. 면발을 뒤적이는 데 썼던 스푼으로 음식을 먹었다. 소년은 맨발이었다. 그리고 바지에는 벨트가 필요했다. 그애는 열 살 정도로 보였다.

———

그 사람들, 스커머즈네 사람들은 누구였을까. 그리고 그들은 어디로 갔을까. 많은 역사들이 미지로 남았다. 인터넷 접근권이 없는 나는 누리지 못하는 검색의 자유가 아무리 당신에게는 있다고 친들, 인터넷에서든 그 어떤 책에서든 찾아볼 수 없는 세계들도 지금껏 많은 수로 존재해왔다. 스커머즈를 검색해보라. 아무것도, 그 어떤 흔적도 찾을 수 없을 테지만 그래도 그들은 존재했다.

그리고 누군가가, 나 말고도 그들을 기억하는 누군가가 있다면 그자가 하는 설명은 그들의 실제성을 오히려 훼손하고 말 것이다. 그들을 향한 내 기억은 팩트들에 의해 수정될 수밖에 없을 텐데, 팩트라는 게 워낙 하나의 인상을 만드는 어떤 것, 이토록 오랜 시간이 지난 후에도 여전히 마음에 남은 것, 지워진 과거임에도 나를 붙들고 놔주지 않으려는 완전한 진짜 이미지들을 결코 감안하지 않기 때문이다.

———

에바의 엄마가 시간을 보내던 하이트 북쪽의 술집은 폴 몰이라 불렸다. 그곳은 꼬마들도 출입을 시켜줬고, 사람들은 우리에게 러브 버거를 사주곤 했다. 그냥 햄버거일 뿐이었지만, 딱 하나 다른 점은 원한다면 빵에 카레를 올릴 수 있었다는 거고, 양손을 연노란 꽃가루 색으로 물들이던 바로 그 소스가 러브 버거의 '러브'에 해당하는 것인지도 몰랐다. 먹고 남은 것들은 술집 밖에서 레더맨에게 주면 되었다.

레더맨을 기억하는가? 하이트 출신들에게 그에 대해 물으면 기억하는 사람이 꽤 될 것이다. 레더맨은 검은 가죽 바지와 가죽

셔츠를 입고 검은색 가죽 모자를 썼다. 그의 맨발은 길에서 묻은 그을음으로 검었다. 그는 폴 몰 밖에 서 있거나, 골든게이트공원의 동쪽 경계를 이루는 스태니언 스트리트를 헤매고 다녔다. 샅샅이 훑어야 할 그만의 해안선. 거기에는 조개껍데기 대신 길 건너 맥도널드에서 나온 쓰레기들이 어지럽게 널려 있었다. 레더맨이 그 가죽옷들을 절대 벗지 않는다는 소문이 돌았다. 그 옷들을 벗지 않은 게 수십 년이라고. 한번은 에바의 엄마와 함께 폴 몰 밖에 서서 레더맨이 쓰레기통을 뒤지는 모습을 구경했다. 에바의 엄마가 말했다. "너희들, 저 남자가 저 옷을 벗으면 어떻게 될지 알아. 몰라?"

우리는 고개를 저었다.

"죽어."

그녀가 연기를 내뿜으며 길바닥에 꽁초를 튕겼다. 엄지와 검지로 담배를 날리는 그 동작을 나는 나중에 그대로 따라 했다. 나 자신이 터프하다고 느끼게 해주는 조그만 몸짓 하나.

레더맨이 꽁초를 주워들고 최후의 몇 모금을 즐겼다. 에바의 엄마도 그쯤은 베풀 여력이 되었다.

———

레더맨을 리버맨과 헷갈려서는 안 된다지만, 양쪽 모두를 아는 사람이라면 그럴 리 없겠지.

리버맨은 71번 노리에가행 버스를 타고 다녔다. 그를 본 건 딱한 번인데, 나는 대번에 이 남자가 전에 들은 적 있는 그 악명 높은 인간이라는 걸 알았다. 어찌 보면 고깃덩어리나 간肝 모양 같은 딱딱한 플라스틱 형태의 것이 그의 머리에 눌어붙어 혹은 부풀어올라 있었다. 그를 보고 있기가 잔인할 정도로 괴로운 건, 그 물건이 그의 일부로 영구히 들러붙어 있다는 점 때문이었다. 원래 머리칼, 혹은 두피가 있었을 곳에 붙어 있는 두껍고 반짝이는 조각 하나. 누군가는 그가 한국전쟁 참전용사라고 했다. 정수리에 이 물건을 붙이는 결과를 가져온 어떤 트라우마를 지닌 참전용사.

간간이 목격되는 인물로 셔플러도 있었다. 장소는 골든게이트 공원 맞은편, 내가 고등학생 때 일했던 배스킨라빈스 기어리 대로점 근처였다. 셔플러는 보통 걸음걸이로 걷다가 느닷없이 두 다리를 빠른 속도로 움직이기 시작했다. 보도에 광을 낼, 그 광을 신발 밑창으로 낼 목적으로 만들어진 기계라도 되는 양. 그는 미끄러지듯 발을 끌며 그 블록 전부를 내려갔다가, 잠시 멈추고, 정상적인 걸음걸이로 다시 올라왔다. 일종의 장애, 신경과 관련된 그런 것이었을 수 있지만, 그건 운명 같아 보였다. 그는 기어리 대로에서 셔플에 빠져들었다가 빠져나오는 남자였다.

일했던이란 표현은 좀 과하다. 우리는 아이스크림을 떠주는 역할을 했지만 판매량을 있는 그대로 기록하지 않았고, 그렇게 슬쩍한 이윤은 그날 저녁의 마지막에 매출을 정산할 때 챙겼다. 휘핑크림 용기를 채우는 데 썼던 아산화질소 탱크도 털었다. 거기고용된 건 대부분 여자애들이었고, 우리는 남자애들이 스케이트보드를 타고 매장 안을 돌아다니고, 카운터 뒤로 들어가고, 아산화질소 탱크를 마음대로 쓰고, 아이스크림을 알아서 퍼먹게 내버려두었다. 저녁 근무가 끝나면 바닥이 넘치도록 물을 퍼붓는 것으로 걸레질의 의무를 완수했고, 매장 시계를 뒤로 맞춰서 마감시간을 당겼다. 매장은 감독도 없이 아이들끼리 운영했는데, 저녁 매니저였던 헬렌이라는 스코틀랜드 출신 알코올중독자가 우리에게는 없는 전문 기술로 아이스크림 케이크들을 만든 후 매일같이 일찍 퇴근해버렸기 때문이다.

———

발륨을 원했던 라구나혼다 버스정류장의 그 남자. 내가 두려웠던 건 남자의 그 저돌적인 낙관주의, 신발 뒤축으로 벽에다 전화번호를 적는 그 고집이었다. 그는 약이 필요했고, 열두 살 소녀와도 거래할 준비가 되어 있었다. 그는 소녀를 믿을 필요가 있었다. 그애가 거짓말을 하고 있을 것이 명백한 순간에마저도.

—

에바의 엄마는 백인이었다. 아빠는 필리핀 사람이었다. 엄마는 헤로인 중독자였다. 아빠는 엄격한 사람이었다. 그가 다니던 보안업체는 베이뷰에 있는 거대하고 낡은, 그리고 이미 문을 닫은 러키 라거 양조장 입구에 그를 세워두었다. 우리가 거기에 간 것은 딱 한 번, 용돈을 챙기기 위해서였다. 그는 지폐를 마구 구겨 에바에게 던지고는 정문 안으로 사라졌다. 십 년 후, 나와 어울리던 남자들이 그곳에 난입했다. 내 친구들은 장비를 잔뜩 훔쳤다. 그중 하나는 나중에 임대용 굴착기를 가져와 그냥 들기에는 너무 무거운 기계를 챙겼다. 그때 에바의 아빠는 이미 은퇴했다. 에바는 거리에서 살아가고 있었다. 그애의 엄마는 약물과용으로 죽었다. 폴 몰은 문을 닫았다. 스커머즈네 사람들은 사라졌다. 선셋은 변했다. 어빙 스트리트의 식료품점에서는 고급 재료를 취급했다. 고등학교 때 친구였던 여자애가 거기 정육코너에서 일했다. 사교 클럽의 일원처럼 생긴 사람들이 거리에 복작였다, 대학교 운동복을 입고 거대한 스티로폼 용기에 든 건강음료를 홀짝이면서. 심지어 옛 우체국까지 자리를 옮겼는데, 그게 꼭 극악무도한 모독처럼 여겨졌다. 돈이 모든 것을 바꾸어놓았고, 나는 이 암울한 장소들을 그리워하기 시작했다. 행복한 기억이라곤 없는 곳들이었지만 그래도 되찾고 싶었다. 바닥은 끈적거리고 화장실에는 콘돔

자판기가 있던 술집들, 말하자면 골든 그로밋 같은 곳. 우리는 그곳을 골든 보밋*이라 불렀는데, 늙은 아일랜드 남자들이 아침 일곱시 개점을 기다리며 그곳 문간에서 곯아떨어졌기 때문이다. 나는 그 외롭고도 못 믿을 시내 전차들이 그리웠다. 이제는 팔 분 간격으로 벨을 딩딩 울리며, 비싼 신발에 정성 들인 헤어스타일을 장착한 사람들을 가득 싣게 되었지만.

44번 버스를 기다리곤 했던 라구나혼다의 조그만 정류장은 새 단장을 했다. 사라진 것은 그곳의 지린내, 그리고 옹벽과 정류장에 칠했던 분홍빛 도는 베이지색. 정류장 뒤쪽 언덕 꼭대기에 있는 청소년 지도 센터 YGC와 같은 단조로운 색이었다. YGC는 이제 다른 이름, 좀더 친절하고 사려 깊어 보일 의도로 만들어진 이름으로 불렸다. 남자가 구두 뒤축으로 번호를 썼던 벽에는 페인트가 칠해졌다.

하지만 그 벽을 새로 칠하지 않았다면 어땠을까. 거칠거칠한 벽토 위에 남자가 긁어 썼던 숫자들이 어떤 요행으로 아직 거기 있다면, 그간의 세월에 번져 흐르면서, 그가 구둣굽에 묻은 검댕으로 썼던 그 숫자들이 그대로 있다면. 그 전화번호에는 누가 응답할까. 그리고 그 남자는 지금 어디에 있을까. 머사닉 애비뉴에서 스토브 앞에 서서 냄비를 휘젓던 소년, 그 어린 스커머즈 사람

---

* '토사물' '구토하다'라는 뜻.

은 어디 있을까. 레더맨은 어디에 있으며, 에바는 어디에 있을까. 모두는 어디에 있으며, 그들에게는 무슨 일이 일어났을까.

3

주황색 복장 금지.

청색 계열 복장 금지.

흰색 복장 금지.

황색 복장 금지.

베이지색 또는 카키색 복장 금지.

녹색 복장 금지.

적색 복장 금지.

보라색 복장 금지.

데님 계열 재질 또는 색조의 복장 금지.

운동복 상의 또는 하의 금지.

와이어 또는 금속이 달린 브래지어 금지.

여성들은 브래지어를 반드시 착용할 것.

속이 비치도록 얇거나 '시스루' 재질의 복장 금지.

'겹쳐 입기' 금지.

어깨 노출 금지.

탱크톱 또는 '캡 소매' 상의 금지.

가슴이 깊게 파인 상의 금지.

불필요한 신체 노출 의상, 배꼽티 또는 '골반'바지 금지.

로고 또는 무늬 금지.

'칠부'바지 금지.

반바지 금지.

무릎 위 길이의 치마 또는 의상 금지.

사실상 '긴 반바지'에 해당하는 바지 금지.

칼라 없는 셔츠 금지.

셔츠 끝은 예외 없이 하의 안으로 넣을 것.

장신구 금지. ('단정한' 결혼반지 1점은 착용 가능, 접견 수속 시 교정직 경찰이 반입 물품 목록에 추가)

피어싱 금지.

머리핀 또는 헤어용 금속핀 금지.

머리는 절대 단정해야 하며 뒤로 넘길 것.

욕실용 슬리퍼 금지.

플립플롭 금지.

선글라스 금지.

재킷 금지.

'셔츠형 외투' 금지.

'후드티' 및 후드가 달린 의상 금지.

몸에 붙는 의상 금지.

필요 이상으로 헐렁하거나 '배기 스타일' 복장 금지.

외양, 머리, 복장은 품위 있고 단정해야 한다.

부적절한 복장으로 주립 교정시설을 방문할 시 입장 거부 및 접견 취소의 대상이 된다.

4

그의 교육생들이 제대로 생각하는 법을, 독서를 즐기는 법을 배울 수 있다면 그들의 일부나마 굴레에서 벗어날 텐데. 이는 고든 하우저가 홀로 하는 말이자, 그들에게 하는 말이기도 했다. 그런 날들이 있었다고 했다. 여자 하나가 교도소 교육장으로 걸어 들어와 다른 여자의 얼굴에 펄펄 끓는 설탕물을 끼얹었다던 날들이. 그는 그 말이 믿기지 않았다. 대신 그런 날들은 있었다. 서로의 얼굴에 화상을 입힐 생각이나 하는 이들을 가르쳐보겠다고 애쓰는 게 실은 그 자신의 인생을 망가트리는 행위에 지나지 않는 듯 보이던 날들이. 교도관들은 모든 걸 더 어렵게만 만들었다. 여성을 향한 증오, 고든 같은 자유세계 직원들을 향한 적개심 때문이었다. 그들은 의무적으로 감수성 훈련을 받아야 했고 그에 격분했다. "이게 다 네년들이 질질 짜면서 해명하라고 난리치는 덕분이다." 교도관들은 말했다. "너희 계집년들은 왜, 왜, 왜를 입에 달고 살지." 그들 모두는 남자 교도소에서 일했던 더 나은 시절을 회상하며 추억에 잠겼다. 그곳에서는 감시사무소에 안전히 앉아 폐쇄회로 모니터에 보이는 유혈 낭자한 칼부림을 구경했고, 수감자들이 자체적으로 정립한 규율을 엄수하며 생활하는 자들을 상대했다. 여자 수감자들은 교도관과 언쟁을 벌이고 불평했으며, 교도관들은 여자들이 대거리를 해오고 모든 것에 이의를 제기하는 게 폭동을 진압해야 하는 상황보다 더 위협적이라고 받아들이게 된 듯했다. 여자 교도소에서 근무하고 싶어하는 교도관은 없었다. 고든은 그게 이해되지 않았다. NCWF에 배정되기 전까지는. 고든이 그곳을 선택한 건 오클랜드에서 통근이 가능했고, 교도소 교육장에 남자들이 앉아 있는 것보다는 여자들을 상대하는 편이 덜 위협적으로 느껴진 까닭이었다.

그의 최초 발령지는 샌프란시스코 소년원이었다. 근무 기간은 여섯 달가량. 하지만 너무도 우울했다. 위탁가정 학대와 성적 학대를 비롯해 정말 별의별 학대의 사연들을 털어놓는 철창 속 아이들. 대부분은 부모가 없었으나, 있는 아이들도 있었다. 고든은 출입구를 지나 교육장으로 가기 전 법원 대기구역에 있는 그들을 보았다. 구멍난 운동복 바지, 아무 로고나 박혀 있는 티셔츠, 부적절한 신발, 혼돈의 삶을 살아가는 빈민들. 소년법원 판사들은 저 보호자들을 보고도 알지 못했나? 저 아이들에게는 기회 자체가 없다는 것을? 바지를 올려 입으라는 안내문이 있었다. 바지를 내려 입는 게 실례라는 이유였다. 고든의 교육생 중에 바지를 너무 내려 입어 매번 곤란한 지경에 처하던 아이가 있었다. 두 눈이 유독 얼굴 한가운데에 몰려 있던 덩치 큰 백인 소년. "넌 말하는 건 꼭 흑인 같은데." 흑인 남자애 하나가 몰린 눈의 백인 소년에게 말했다. "근데 생긴 건 제대로 저능아임." 맨발 금지, 건물 입구에 붙은 경고문. 그건 마치 소년원과 법원 겸용인 이 건물에, 음산하고 바람 많고 해변으로부터는 마냥 멀기만 한 동네 귀퉁이의 지자체 건물에 신발도 안 신고 들어오려는 누군가가 있다는 뜻 같았다. 다른 경고문, 탱크톱 금지. 그 아래에는 늘 그렇듯 모두 탱크톱을 입고 맨살을 드러낸 어느 가족 삼대의 그림. 그런데 어깨가 뭐 어때서? 치안당국은 왜 그토록 어깨를 두려워하는 걸까?

———

"여기는 역겹게 생기고, 이는 다 빠지고, 뭉개진 빵처럼 뚱뚱한 것들이나 오는 데라니까." NCWF 근무 일 주 차에 운동장 담당 교감이 고든에게 말했다. 그 말을 하고 있는 교감 뒤로 아리따운 여자들이 지나갔다. 대걸레와 빗자루를 들고 바퀴 달린 쓰레기통을 밀며 가는 사동청소부들. 일부는 말랐고 치아도 온전히 붙어 있는 그 젊은 것들이 고든에게 미소를 지으며 윙크했다. 운동장 교감의 그 농담이 실은, 저부터가 비만인 교감 자신을 놀리는 말이라는 듯.

이내 고든의 은밀한 관심을 독차지한 소녀가 있었다. 그녀의 음울하고도 천진한 얼굴과 크고 까만 눈동자가 그를 움직였다. 저런 게 바로 아름다움일 거라고, 고든은 생각했다, 누군가의 얼굴이 강렬한 감정들을 불러일으키는 때가. 소녀는 항상 책을 읽었고, 내리깐 시선을 책장에 고정하고 있었다. 외모가 준수한 것들이란 대개 제 아름다움을 과하게 인지하고 있기 마련이었다. 아름다움은 타인을 종속시키는 무언가, 이리저리 다니며 팔고 교환하고 관리하는 어떤 것이었다. 고든은 그런 가식에 넘어가는 법이 없었다. 교도소에서나 그 밖에서의 삶, 그러니까 그의 실제 삶, 이제는 점점 덜 실제적이 되어가는 그 삶 속에서도. 소녀는 미모를 이용해 타인을 조종하는 법을 알기는커녕 자신이 아름답다는 사실조차 모른다는 느낌이 들었다. 더구나 하루는 소녀를 쳐다보고 또 줄곧 쳐다보는 사이에 그 모습을 힐끗 본 그녀가 고개를 돌리기 직전, 고든은 두려움 혹은 그가 두려움이라고 여긴 무언가를 보았다.

소녀가 어느 사동 소속인지는 몰랐다. 원래 운동장 관리조였으나 더이상 거기 나오지 않는 걸로 보아 다른 곳으로 배정된 것 같왔다. 법률도서관에서 몇 번, 수감자들이 으레 그러듯 인신보호법 관련 탄원서를 쓰고 있는 것을 보았다. 한번은 교회에서 소그룹으로 기도하는 모습. 한번은 입감장에서 소포를 기다리던 모습, 그리고 고든은 그녀가 소포를 받는다는 사실에 비이성적 질투를 느꼈다. 누가 보낸 것이기에? 그의 경쟁자, 아마도 남자. 소포를 보낸 사람이 남자가 아니라기엔 소녀가 너무 예뻤다. 보낸이가 혹여 소녀의 어머니 혹은 자매라 해도 그건 곧 그녀가 하늘에서 떨어진, 고든만의 업둥이가 아니라 누군가의 사랑하는 혈육이라는 얘기였다. 그러면 그들 둘 사이에 존재할지도 모르겠다고 고든이 상상하곤 했던 연결고리는, 그가 알지는 못하나 그녀 인생에 지분이 있는 진짜 사람들을 향한 그녀의 충성심 앞에서 무색해지고 말 것이었다.

———

NCWF는 노던캘리포니아 여자 교정시설의 줄임말이었지만 교도관들은 그걸 '좆같은 년들 때문에 4만 달러를 날릴 순 없지 No Cunt Worth Forty K'로 바꿔 불렀다. 그 말을 듣고 있으면 이 교도관들 전부가 자기 직업과, 수감자를 대하는 너그러운 태도 사이에서 어떤 딜레마에 봉착해 있는 듯했다. 그 판타지 속에서 교도관이 출근카드에 도장을 찍는 행위는 슬롯머신의 레버를 당겨

달러 기호 세 개 혹은 체리 잭팟 중 하나를 얻는 것과 같았다. 레버를 당겨 나온 것이 혹시 체리라면 그때야말로 남자들의 강인한 기개, 훌륭한 판단력을 발휘해 저항해야 할 순간이었다.

"넌 자제력이 아주 강해. 너에 대해 내가 그것 하나는 확실히 말할 수 있겠다." 고든이 자란 지역인 카퀴네즈해협 근처 동네의 조그마한 도서관보다 규모가 컸던 마르티네즈 공립 도서관으로 어린 고든을 실으러 온 날, 그의 아버지가 한 말이었다. 고든의 아버지는 금속가공 기술자였고, 하루종일 자리에 앉아 책장 위의 작은 상징들을 들여다볼 수 있는 사람은 누가 됐든 다른 충동은 거부하고 있는 게 분명하다고 생각했다. 그러나 고든에게는 독서가 곧 충동이었다. 그것이 세상을 더 크게 만들어주었다. 고등학생 시절, 그는 도스토옙스키와 사랑에 빠졌다. 그가 품고 있었던 음울한 의심에 일치하는 문학이었다. 도스토옙스키가 유일하게 믿음을 가졌던 것은 기름 낀 세속의 세계였고, 그 안에서 인간은 방황하고 싸우고 타락하고 죽임을 당했다. 그러나 다른 한편으로 도스토옙스키는 기독교도였고, 그의 소설 속에서 싸우고 방황하는 이들은 이미 길 잃은 자들이었으나 신은 그렇지 않았다. 도스토옙스키는 우주의 크기만큼 광활한 무언가였고, 질서가 존재하는 하나의 우주였으나, 그것이 확고하고 인위적인 그리스식 질서는 아니었다. 그 우주는 혼돈에 빠진 재판들이 열리는 와해된 왕국이었고, 그의 작품을 읽으며 고든은 자신이 진실의 영역으로 발을 내딛고 있음을 알았다.

이제 그의 아버지는 죽었고, 고든은 마침내 아버지가 인정했을 법한 종류, 즉 조합과 수당이 있는 직장을 갖게 되었다. 교도소에서 일하겠다는 생각은 해본 적 없었다. 그렇게 되기까지는 층층이 쌓인 체념, 대학원에 머물러보려던 시도들, 두 번의 도전 끝에 붙은 구두시험, 중간 지점에 도착했음을 승인받는 절차―영문학 석사학위 취득―가 있었다. 그러나 헨리 데이비드 소로를 주제―영적 털갈이의 시기이자 새로운 인간이라는 소로의 이미지, 아메리칸 아담*이라는 운명적 개념―로 쓸 계획이었던 논문, 고든은 그 발상에 담긴 아찔한 오만이 마음에 들었으니 누군들 자신의 삶을 바꾸고 싶지 않겠는가? 속박 없이 결백하게 다시 태어나라? 그것을 좇는 모든 과정이 참담할 정도의 스트레스를 유발했다. 고든과 지도교수 사이는 좋지 않았다. 지도교수가 원하는 방향으로 진전을 이뤄갈수록 고든은 자신의 주제에 쏟을 열정을 내기가 힘들어졌다. 불가능한 전념이라는 함정에 빠진 기분이었다. 그에게는 빚이 있었고, 조교 자리는 잃기 직전이었다. 일이 필요했다. 오클랜드에 있는 지역전문대학에서 외래교수 자리를 얻었다. 이 직장에서 버는 돈으로는 생활비나 간신히 충당하는 수준이라 논문에 들일 시간이 없었다. 그래서 좋았던 건지도 모

---

* 미국인의 개척적인 이미지를 일컫는 개념.

르겠다. 논문 작업을 마음 편히 피할 수 있었으니까. 그러나 외래교수 일은 항상 있는 게 아니었다. 무일푼인데다 어쩌면 될 대로되라는 심정으로 고든은 캘리포니아 교정본부의 강사모집 공고에 지원서를 냈다. 면접을 보았다. 그들은 고든을 상근직 강사로채용하기를 원했고, 그렇게 돈을 둘러싼 스트레스가 사라졌다. 친구 알렉스가 허먼 멜빌을 주제로 쓴 논문과 함께 미국연구가라는 타이틀을 달고 취업시장에 나갔다. 사석에서는 미국연구가들이 감상적이고 진부한 집단이라고 비난하던 장본인이 바로 그였지만. 알렉스의 환영회, 인터뷰, 진로특강이 진행되었다. 고든을비롯한 다른 동기들과 동갑내기였던 알렉스를 두고 사람들은 신동이라 불렀다. 그는 열여덟 살 정도로 보였다. 그게 이유라면 이유였다. 알렉스는 힘있는 사람들 주변에서 처신하는 법을 알았고, 비꼬기와 존경을 알맞게 섞어 내놓았다. 그를 키워주고 코치해주는 이들이 영문학과 쪽에도 있었다. 고든에게는 한 번도 따뜻한 적 없던 사람들. 고든은 기를 쓰고 알렉스의 친구로 남았다. 부럽지 않아, 그렇게 혼잣말했다.

———

그가 미처 깨닫기도 전에, NCWF에서 강의하는 나날들은 그가 즐겨 궁금해하는 이 소녀를 잠깐이나마 볼 수 있을지에 맞춰

짜였다. 고든이 바라볼 때면 그녀는 눈길을 피했다. 고든은 소녀에게 말을 거는 것에 대해 고심해보았다.

소녀가 미용기술반에서 일한다는 사실을 알았을 때 이 불확실성의 나날들이 끝났다. 미용반이 운영하는 헤어숍에서는 교도소 직원이면 12달러에 이발을 할 수 있었다. 고든은 그곳에 신청하고 확인을 거쳐 그녀가 있을 때 방문했다. 대망의 그날, 의자에 앉은 그에게 그녀가 가운을 둘러주고, 앞치마를 입은 채 그의 가까이에 바짝 붙어섰다. 두피에 와닿는 그녀의 손가락 감촉에 그의 몸은 이발용 의자에 붙박이고 신경에는 연쇄반응이 일었다.

그날 이발용 의자에서 그가 손길에 극도로 민감했다는 말이 맞을 수도 있었다. 이미 수개월간 혼자 지낸 터였으니까. 빗의 모서리, 그 모서리가 머릿결을 따라 움직일 때면, 거기서 시작된 어떤 욱신거림이 머리와 목을 타고 쏟아져내렸다. 그라는 배선도에 환하게 불이 밝혀졌다. 이 소녀의 빗질은 기가 막힌 갈망과, 갈망이 성취된 것 같은 어떤 느낌을 동시에 주었다.

"머릿결이 좋네요." 소녀가 말했다. 그의 머릿결은 지극히 보통이었고 특별할 게 없었다. 직모에 갈색.

아름다움이라는 것이 어떨 때는 그토록 장엄했다가, 또다른 때는 참으로 아무것도 아니며 아무런 감흥이 되지 않는다는 사실이 고든은 신기했다. 소녀는 피부가 좋지 않았고, 그 피부 덕에 심지어 더 예쁘게, 더 실제적으로 보였다. 아래에는 그곳 여자들이

'풍선껌'이라 부르던, 주정부 지급 테니스화를 신고 있었다. 그 신발은 궁핍한 처지를 상징했으니, 그렇지 않고서야 약간의 호들 갑만으로도 우편주문 카탈로그에서 유명 스니커즈를 주문할 수 있었을 테니까. 소녀는 카탈로그 주문의 특권, 외부의 조력을 나타내는 그 어떤 장식물도 자신이 지니고 있지 않다는 사실을 아예 깨닫지 못하거나 알더라도 신경쓰지 않는 듯했다. 그녀가 등장하는 고든 하우저의 꿈속에서 주정부 지급 푸른색 옷은 수감복이 아니라 병원 수술복, 간호사복에 가까워 보였다. 타인을 돌보는 사람들의 유니폼. 기실 그녀는 타인을 돌보는 게 맞았다. 그의 머리칼을 다듬고 빗으로 매만졌다.

그게 다가 아니었다. 소녀는 흑인이었지만 고든에게 말을 할 때는 백인 여자 같았다. 모범수사동에서 지냈고 가는 곳마다 성경을 들고 다녔다. 고든은 그녀가 성경을 읽는 이유를 책벌레적 습성과 관련지어 생각했지만 어쩌면 착각일 수도, 어쩌면 아닐 수도 있었다.

고든은 매주 이발을 하러 가기 시작했다. 하루는 고든이 미용반 쪽으로 걷고 있는데 그 살찐 돼지 같은 운동장 교감이 클럽카를 타고 지나갔다.

"거기 꽤 자주 가시네, 하우저 선생, 그렇지 않나? 새로 이발한 걸 본 게 고작 지난주 아니던가?"

그 운동장 교감과 다른 교도관들, 그들 다수가 걷기도 힘들 정도로 뚱뚱한 모습을 볼 때면 고든은 『기네스북』에 실린 비만 쌍둥이, 카우보이모자를 쓰고 침실에서 부엌까지 가는데 전동자전거를 타던 쌍둥이가 떠올랐다.

은근한 경멸을 담아 운동장 교감을 쳐다보던 고든의 눈길이 그 너머, 그가 보러 온 소녀에게 가서 닿았다. 그녀가 미용기술실에서 맨 마지막 의자 바닥에 떨어진 머리칼을 쓸고 있었다. 그가 앉을 의자, 소녀가 곧 그의 머리를 만지게 될 그 자리.

걷기도 힘들 정도로 뚱뚱한 교도관들, 그중 다수는 여행용 캐리어 크기에 버금가는 점심도시락을 가져왔다. 도시락 용기에는 접이식 손잡이와 바퀴가 달려 있었다. 들어서 옮기기에는 너무 커서. 이 소녀에게 머리 손질을 받으려고 고든이 얼마나 빈번히 12달러를 쓰는지가 운동장 교감과 무슨 상관이 있단 말인가? 그가 참견할 일이 아니었다.

고든은 운동장 교감에게 머리칼이 유독 빨리 자라서 그런 것 같다고 답했다. 운동장 교감은 고든을 충분히 곤란하게 했다는 사실, 약간은 초조하게 만들었다는 사실에 만족한 듯 보였다.

교감은 클럽카를 타고 멀어져갔다. 군용바지 속 그의 거대한 엉덩이가 꼭 옆으로 눕힌 B자 같았다.

———

고든의 부친 같은 사람들, 책이라고는 몇 권 없는 이들도 집에 『기네스북』은 한 권쯤 있었다. 교도소 도서관에도 몇 권 있었다. 신의 가호 아래에 있는 미국인 가운데 책 없는 자들의 성경이었다.

고든이 사랑하는 이의 깡마름을 지식과 동일시했던 이유가 뚱뚱한 교도관들이 무식해서였다는 생각이 스친 건 훨씬 나중의 일이었다. 사실 그걸 진실로 받아들인 적은 없었다. 그의 열병은 모든 것이 한데 합쳐진 결과였다. 속물근성, 교도소 내 군대식 문화로부터의 소외, 소녀에 대한 육체적 끌림. 그 모든 것이 그의 안에 어떤 감정, 그녀가 중심인 일종의 희망, 어떤 것에 대한 약속, 그러나 실현되지는 않는 것들을 쌓아올렸다.

———

여자친구도 있기는 했다. 이름은 시몬이었고, 그가 외래교수로 있었던 전문대학의 강사였다. 준수한 외모에 상당히 영리했으며 말이 많지 않았다. 사람들 대부분은 고요를 메꾸기 위해 말을 하고 그로 인해 얻는 손해는 잘 몰랐다. 시몬은 할말이 있을 때만 입을 여는 사람이었으나 그는 관계를 끝냈고, 가끔은 이유 없는 일들도 일어나는 법이었다. 고든이 원했던 것보다 그녀의 감정이 깊었던 게 이유라면 이유일까. 더 갈구하는 쪽이 되기를 원치 않는 사람들이 있다는 걸 고든도 이해했으나 그는 아무래도 그쪽이 아니었다. 여자가 먼저 무언가를 필요로 하는 표정으로 의지하는 순간 고든의 마음은 반쯤 사라졌다. 가끔 시몬이 그리웠지만 그녀를 다시 보고 싶다는 욕망을 느낀 직후면 여지없이 그녀와 상대하지 않아도 된다는 안도감이 밀려왔다. 그가 성적으로 흥분했거나 대화할 누군가가 필요할 때, 정확히 바로 그 순간에나 시몬이 나타날 수 있다면 둘의 관계도 괜찮게 전개되었을지 모르지만 인간사라는 게 그렇지 않았다. 별로 중요해 보이지도 않는 일에 타인이 감정을 표출하는 것을 억지로 들으며 고개를 끄덕이고 중요한 일인 척해주는 데 시간을 들여야 했다. 자신의 양가감정에 가면을 씌우고 사귀는 내내 백 퍼센트 사랑에 빠진 양 가장하는 것. 그럴 바에는 차라리 지옥불의 호수에서 헤엄치고 말 터였다.

소녀는 그가 그토록 자주 이발하러 오는 이유를 알기라도 한다는 듯 친근하게 굴었다. 그러나 자기 감정에 대해서는 아무런 암시도 주지 않았다. 다른 여자들은 그를 귀요미라 부르고 놀리면서 추파를 던졌다. 소녀는 그런 게 전혀 없었다. 그의 머리칼을 자르면서도 눈길을 피했다. 그의 질문에는 수줍게 최소한으로만 답했다. 서로를 희롱하고 있음을 의미하는 그 어떤 몸짓도 없었다. 덕분에 모든 것이 안전했다. 모든 것이 그의 두피에 와서 닿는 그녀의 빗질로 국한되었다. 소녀의 조용한 숨결. 젖은 머리칼을 집는 느린 질감의 가위질 소리. 그의 어깨에서 머리칼을 쓸어내는 그녀의 손가락.

이 소녀를 향한 집착에도 불구하고 교도소 일을 그만두고픈 마음이 들 때가 있었지만 변화란 실로 손에 넣기 힘든 것이었다. 남자가 삶을 바꾸고 싶다고, 바꿀 거라고 매일같이 말할 수는 있으나 입버릇 같은 그 신세한탄이 결국 기존의 삶을 이루는 단순한 일부로 자리잡고, 그래서 변화를 향한 그 욕망이 사실상 변화 없는 삶이 지속되게 만드는 정적인 균형 같은 것으로 작용하곤 했다. 그런 욕망이라도 있기에 최소한 자기 삶에 안주하고 있지는 않다고 느끼고, 그 덕분에 아직 모든 것을 잃어버린 건 아니라고 안위할 수 있었다.

어느 밤, 그가 가방에 자료를 정리해 넣고 있을 때 소녀가 프로그램 참여 허가증을 가지고 텅 빈 교육장을 찾아왔다. 그녀는 그의 반 교육생이 아니었다. 그녀가 등뒤로 문을 닫았다. 교육장 문에는 작은 감시창이 하나 있었으나 이후 십에서 십오 분간 그곳을 지나는 교도관이 없으리라는 걸 고든은 알고 있었다.

아무 일도 일어나지 않았다고 말하고 싶었다. 정말 이렇다 할 일이 없었으므로. 그는 공정치 못한 대우를 받는다는 생각이 들었다. 문을 닫은 후 소녀가 가까이 다가왔다. 둘의 입술이 맞닿았다. 그랬다. 그녀에게 키스했고 그게 다가 아니었다. 그의 손이 그녀 상의의 앞섶을, 다음으로 다리 사이를 가볍게 스치며 반응을 살폈다. 옳게 가고 있다는, 흥미가 있다는 식의 답이 돌아왔고 누군가는 그것을 생각, 결정, 실행이라 부를지도 모르지만 고든은 그렇지 않았다. 그건 생각이 아니었다. 신체 밀착은 상호적이었고, 거기에 심각할 것은 전혀 없었으며, 옷을 전부 입은 상태에서 일 분, 아니 어쩌면 그보다 짧은 동안에 일어난 일이었다. 이내 야간점호 시각이 되었고 소녀는 사동으로 복귀해야 했다.

소녀는 그에게 추행을 당했다고 주장하며 수감자진정서602를 제출했다. 이 미모의 소녀는 애초부터 그를 노린 것이었다. 후에 알게 된 바에 따르면, 고든의 교육생이었던 그녀의 여자친구와 관련된 어떤 복잡한 이유 때문이었다. 이 부분에서 고든과 그녀의 주장이 엇갈렸다. 조사국에서 연락을 해왔고 면담을 진행했으며 유죄를 시사하는 어떤 증거도 발견하지 못했으나, 그들은 그에게 '과도한 친밀감'의 위험이 있다고 간주했다. 그를 다른 시설에 배정할 것을 제안했다. 복도 아래로 깡통을 차듯 그를 센트럴밸리로 차버렸다. 스탠빌 여자 교정시설로 전근시켰다. 아무도, 그야말로 아무도 일하고 싶어하지 않는 그곳으로.

5

당신은 나를 기다리던 커트 케네디를 발견한 그 밤에 내 운명이 결정됐다고 판단할지 몰라도, 내가 보기에 내 운명을 결정지은 건 재판과 판사와 검사와 국선변호인이다.

내 변호인을 만난 날에 대한 기억은 이렇다. 스테인리스스틸에 이온화되는 인간의 땀내가 진동하던 엘리베이터에 강제 탑승. 풀가동중인 패널 조명의 전기적 어둠. 법정의 색조. 각각의 측면에 LA카운티라고 적힌 슬리퍼.

때가 되자 집행관들이 나를 데리고 복도를 내려갔다. 그들은 걷고 나는 족쇄에 묶인 발을 질질 끌며 향한 곳은 30호 법정 안의 기다랗게 유리로 분리된 공간이었고, 구류중인 피고는 판사와 대면하는 동안 그 안에 앉아 있어야 했다. 내가 이끌려 간 죄상인부절차罪狀認否節次* 공간에는 피고가 변호인과 대화할 수 있도록 얼굴 높이에 구멍이 뚫려 있었다. 법정이 한눈에 들어왔다. 어머니가 와 있었다. 나는 그녀의 딸이었고 그녀의 딸은 무고했다. 어머니가 거기 있다는 것이 내게 어린애 같은 희망을 주었다. 나를 본 어머니가 침울하게 손을 흔들었다. 집행관이 다가가 무언가를 말했다. 손을 흔들면 안 됩니다. 아마 그랬겠지.

법정 내 안내문들에는 이렇게 적혀 있었다. 불량한 자세 금지. 껌 씹기 금지. 수면 금지. 취식 금지. 휴대전화 사용 금지. 증인으로 소환된 경우를 제외하고 10세 미만 어린이 입장 금지. 재판이 사법시스템을 구불구불 통과하는 동안 나는 끌려가 앉아 있어야 했던 모든 법정에서 그 안내문들을 읽지 않으려고 애썼다. 누군가, 배심원 혹은 피해자의 친지, 재판장이 이쪽으로 눈길을 던질지도 모를 매 순간에 견딜 수 없는 가책을 느끼고 있다는 것을 보여주어야 한다. 매 순간, 그런 짓을 저지른 자기 자신을 도저히 참을 수 없다는 듯 보여야 한다. 지겹다거나 배고프다거나 피곤해 보여서는 안 된다. 죄가 조금이라도 덜하게 보이려면 죄진 자의 모습을 끈질기게 유지하는 수밖에 없다.

나는 판사석 앞 변호인석의 무리 중에서 내 변호인일 법한 이

---

* 법정에서 공소장을 읽어준 후 피고가 혐의를 시인하면 즉시 유죄를 판결하고, 무죄를 주장하면 증거 조사를 시작하는 형사소송 절차.

들 모두를 훑어보았다.

나는 옆자리의 피고, 법정에서 존슨이라 불리는 사람의 '존슨 대 더 피플' 사건의 다음이었다. 내 변호인과 만나기를 괴로울 정도로 간절히 바랐지만 그든 그녀든 나타날 생각을 하지 않았기 때문에 나는 이 존슨이라는 남자가 그의 변호인, 희끗한 머리칼을 등까지 늘어트린 늙은 남자와 소통하려고 안간힘을 쓰는 모습을 구경했다.

"우리 엄마가 보안관이거든요." 존슨이 부자연스러운 어투로 말했다. 얼굴을 철사로 엮어놓아 입이 간신히 벌어졌다. 목구멍이 막힌 사람처럼 쉰 소리가 났다.

"존슨 씨, 어머니가 보안관이라고요?" 늙은 변호인이 짐짓 놀란 목소리를 꾸며내며 물었다. "관할이 어딘데요?"

"나 말고. 내 여자친구요. 보석보증 쪽인데."

"여자친구가 보석보증 업계에서 일한다고요? 그렇다면 보안관은 아니겠네요, 존슨 씨?"

"그 업체 주인이 여친 엄마라고요."

"여자친구의 어머니가 보석보증 업체를 소유하고 있다고요? 상호가 뭐죠?"

"욜란다."

"위치가, 존슨 씨?"

"온 천지에 있는데."

"그렇다면 지점에서 일한다는 건가요?"

"전체 주인이라고요. 말했잖아요. 올-란-다."

존슨 사건을 담당하는 검사가 나타나 판사 앞에 섰다. 그는 고압세척기에 들어갔다 나온 무언가처럼 빛이 났다.

그날 이후 법정에서 보내야 했던 매 순간마다 검사들이야말로 가장 자신감 넘치는 모습을 일관되게 유지하던 사람들이었다. 잘생기고 매끈하고 깔끔하고 제대로 준비된 그들은 맞춤 정장을 입고 값비싼 가죽 서류가방을 들었다. 반면 국선변호인들은 그들 특유의 나쁜 자세와 몸에 안 맞는 정장과 흠집 난 신발로 알아볼 수 있었다. 여자들은 머리칼을 짧고 안 예쁘게 실용적으로 잘랐다. 남자들은 스타일의 다양성 혹은 스타일의 부재라 할 만한 장발에, 정말이지 하나같이 넥타이의 너비 제한을 초과하는 죄를 지었다. 셔츠의 단추는 달랑거리며 곧 떨어질 준비가 되어 있었다. 검사들은 다들 푹 쉬고 나온 부유한 공화당원처럼 보이는 반면, 국선변호인들은 과로에 찌든 공상적 박애주의자였다. 헐레벌떡 도착하고, 재판에 지각하고, 흘리고 다니는 서류에는 지난번에 떨어트렸을 때 찍힌 신발자국이 와플 모양처럼 남아 있었다. 나, 존슨, 국선변호인을 쓰는 여기 모든 사람들, 우리는 망했다는 생각이 들었다. 그냥 완전히 망했다고.

존슨은 고혈압 약이 필요하다고 했다. 정신과 약이 떨어졌다. 진통제가 필요했다. 총상으로 인한 만성 통증이 있었다. 그가 수감복 상의를 걷어올리고 변호인에게 보여주었다. 내 쪽에서는 그의 가슴이 보이지 않았다. 변호인이 휘청하며 뒤로 물러났다.

"맙소사, 존슨 씨. 살아 있는 게 용할 정도군요. 입은 대체 왜 그런 겁니까?"

늙은 변호인은 존슨의 청각에 문제라도 있는 것처럼 소리를 질러댔다. 나는 긴장과 경계 속에서 그 모습을 보고 있었다. 내가 다음 차례이기 때문이었다.

"철사예요. 턱이 부서졌거든요. 나는 선량한 시민입니다. 내겐 딸이 있어요."

변호인은 딸이 언제 태어났는지 물었다.

"1980년."

"존슨 씨, 그건 당신이 태어난 해라는 생각이 들고요."

이 존슨이라는 피고는 스물한 살이었다. 총상. 고혈압. 만성 통증. 마흔여덟 살은 되어 보였다. 나는 그의 인생의 흔적들이 밖으로 뒤집혀나온 바짓주머니처럼 까발려지는 모습을 지켜보았다.

"그래요, 그래요." 존슨이 말했다. "그들이 약을 낳거든요. 죄송해요. 잠시만……"

나는 그가 다리를 들고 쇠사슬에 묶인 손으로 어설프게 바지를 걷어올리는 모습을 가만히 보았다. 딸아이의 생일이 종아리에 문신으로 새겨져 있었다. 그는 마치 역사적으로 중요한 명판을 해독하려고 애쓰듯 천천히 날짜를 읽었다.

"이번 판사는 주거침입범죄를 좋아하지 않아요, 존슨 씨."

"내가 잘못했다고 전해줘요." 존슨이 철사로 엮인 턱 틈으로 웅얼거렸다.

—

자기 나름의 바닥에서는 존슨 또한 완벽한 능력자일 거라고, 제 분야에서는 최고의 기량을 발휘하는 남자일 거라고 생각하고 싶었다. 그 분야가 무엇이건. 삶. 최고의 기량을 발휘한다는 건 삶을 꾸려나간다는 것을 의미했다. 그걸 제대로 하는 것. 존경을 유발하는 사람이 되는 것. 여자들로부터는 사랑을, 적들로부터는 두려움을 얻는 사람, 그리고 이제는 자신을 빛나게 하던 것들로 부터 뜯겨나온 사람. 둘 중 어느 쪽이든 존슨은 온전한 한 인간 이었다. 비록 제 딸이 태어난 날조차 기억하지 못한다 해도.

존슨이 있었던 이 새로운 세계에 나 자신도 깊숙이 들어가본 후에야 그날 죄상인부절차 공간에서 그가 그토록 어수룩해 보였 던 이유를 알게 되었다. 저 개새끼들이 그의 의지와는 상관없이 액상 소라진을 주사한 것이었다. 특정 유형 수감자들의 법원 이 송이 정해지면 교도관들은 이런 식의 비자발적 투약으로 제 일을 더 쉽게 만들었다. 이 피고들은 불쾌감을 주는 두뇌둔화제에 완 전히 취해 침을 질질 흘리면서 판사 앞에서 혹은 자신의 국선변호인 앞에서 제대로 처신하지 못했고, 판사와 변호인은 세 살배기를 다루듯 그들과 대화했다.

존슨의 죄상인부절차가 끝나자 그를 담당하는 집행관들이 푸른색 고무장갑을 꼈다. 존슨은 족쇄를 하고 걷느라 애를 먹었다. 곁을 지나갈 때 보니 집행관들은 존슨을 제 몸에서 가능한 한 멀리 떨어트린 채 붙들고 있었다. "천천히." 한 명이 말했다. 존슨이 발을 헛디디자 그들이 펄쩍 뛰다시피 하며 그에게서 비켜났다. 그는 바로 거기, 유리장 안에서 넘어지며 이미 성치 않은 얼굴을 바닥에 부딪혔다. 아무도 그를 돕지 않았다. 존슨이 입은 일체형 수감복은 갈색, 즉 의료사동이란 얘기였다. 개방창開放創 환자임을 의미하는 구치소용 손목밴드. 그가 세균성 감염, 혹은 그보다 나쁜 무언가를 퍼트릴지도 몰랐다. 반항. 우울. 난독. 에이즈. 지능 저하. 지독한 불운.

———

다음이 내 차례였지만 잠잠하기만 했다. 판사가 판사석을 떠났다. 한 이십 분쯤 앉아 있었을까. 뒤에는 집행관 한 명, 내 이름을 부르는 변호인은 없이, 내 어머니의 슬픔을 느끼며, 그녀와 눈을 마주칠 엄두를 내지 못하며. 눈을 마주친다면 이 상황이 더 힘들어질 테니. 나는 법정 깃대 꼭대기의 독수리를 조목조목 살폈다.

독수리는 깃대에 달린 미국 국기를 제가 물어오기라도 했다는 양
그 목제 깃대 위에서 날개를 펴들고 있었다. 우뚝 솟은 게양대에
드높이 매달린 채 물결치는 거대한 깃발들이야 익히 봐왔다. 자
동차 대리점들에 있다. 가끔은 맥도널드에도 있다. 상업적 목적
으로. 그리고 '미국'이라고 선언하기 위해 휘날리는 거대한 깃발
들. 여기 이 법정의 깃발들은 축 늘어진 채 움직임 없이 걸려 먼
지나 모으고 있었다. 깃발한테는 바람이 필요한 법인데, 그 생각
을 하는 찰나 판사가 내 이름과 사건 번호를 불렀다. 그리고 다
시, 내 이름과 사건 번호.

죄상인부절차 때 변호인과의 첫 만남이 있을 것이라 들었다.
나는 집행관의 명령에 따라 자리에서 일어났지만 아무도 나타나
지 않았다.

존슨의 변호인이 희끗한 머리칼을 등까지 늘어트린 채 절뚝거
리며 다가왔다. 저 남자가 무슨 일로, 의아했다.

"홀 씨? 로미 홀? 내가 당신의 국선변호인이에요."

———

꼭 그래야겠다면, 당신은 존슨의 변호인에게 감정이입을 해도
좋다. 그러나 나는 그럴 필요가 없다. 그의 의도는 좋았다. 하지
만 그는 무능했고 과로에 찌든 늙은이였다. 내게 두 번의 종신형

을 안겼고, 커트 케네디가 저지른 그 모든 추악한 짓거리의 역사와 나를 향한 집착을 법정이 인정하게 만드는 데 실패했다.

커트 케네디는 내게 병적으로 꽂혀 있었다. 그 인간은 내 아파트 건물 밖에서 진을 치고 있기를 일생의 과업으로 삼았다. 내가 차를 대는 차고에 들어가 있기. 내가 다니는 구멍가게의 좁아터진 통로에 도사리고 있기. 도보나 오토바이로 나를 미행하기. 그 인간의 오토바이 소리, 고음으로 끽끽거리는 그 소리를 들을 때마다 나는 흠칫흠칫 놀랐다. 그는 습관적으로 내게 연달아 서른 통씩 전화를 걸었다. 나는 번호를 바꿨다. 그가 새 번호를 입수했다. 마스 룸에 찾아오거나 이미 거기 있거나 했다. 다트에게 그 인간 좀 입장시키지 말아달라고 부탁했지만 거절당했다. "그 사람, 우수 고객이야." 다트가 말했다. 나는 소모품이었다. 돈을 쓰는 남자들은 아니었다. 커트 케네디는 나를 사냥했고, 그칠 줄 몰랐다. 그러나 담당 검사는 피해자의 그 같은 행동이 사건과는 관련 없다고 판사를 설득했다. 그의 과거 행적들이 사건 당일 밤에 급박한 위험을 야기한 것은 아니었고, 그에 따라 배심원들에게는 스토킹에 대한 그 어떤 정보도, 단 하나의 세부사항도 제공되지 않았다. 그 사실의 증거 능력을 인정하지 않은 것은 판사였지만 나는 존슨의 변호인을 탓했다. 나를 돕기로 되어 있었으면서 정작 그랬다는 느낌은 들지 않았기에 나는 존슨의 변호인을 탓했다.

"내가 직접 증언하고 설명하면 안 되는 이유가 뭐죠?" 그에게 물었다. "반대신문에서 박살날 게 뻔하니까." 그가 대답했다. "그런 상황을 자초하게 둘 순 없어요. 유능한 변호인이라면 절대 당신을 증언대에 세우지 않을 겁니다."

그래도 다시 요구하자 그가 질문을 퍼부었다. 생계를 위해 내가 했던 일에 대해. 커트 케네디를 비롯한 다른 고객들과의 관계에 대해. 그날 밤 육중한 물체를 집어들기로 한 내 결정에 대해. 의자에 앉아 있는 남자를, 그것도 지팡이 두 개에 의지하지 않고서는 걷기조차 힘든 남자를 공격했다는 엄연한 사실―엄연한 사실, 그는 반복했다―에 대해. 나는 질문들에 대답을 해보려고 했다. 그가 내 답들을 갈가리 찢어 또다른 질문으로 만들었고, 거기에도 대답하려 노력했지만 힘들었다. 그가 다시 질문을 던졌을 때 나는 그만하라고 소리쳤다.

"당신이 증언대에 서는 일은 없을 거예요." 그가 말했다.

열두 명의 배심원에게 알려진 바는, 미심쩍은 도덕성을 지닌 젊은 여자―스트리퍼―가 강직한 시민, 베트남전 참전용사이자 직무 수행중에 입은 사고로 평생 불구가 된 남자를 죽였다는 사실이었다. 사건 현장에 아이가 있었으므로 그들은 아동위해 혐의도 추가했다. 그 아이가 내 아이이고, 정작 그애를 위험에 처하게 만든 인간이 커트 케네디라는 사실은 깡그리 무시했다.

존슨의 변호인은 자백을 하라고 설득했다. 나는 거부했다. 사법

시스템이 돌아가는 방식을 희미하게나마 알고 있었다. 대다수 사건들은 재판까지 가지도 못하는데 그건 검사가 피고를 겁박해 자백하게 만들고, 변호인 역시 패소하고 싶지 않다는 자신만의 이유로 자백을 부추기기 때문이었다. 내 상황은 달랐다. 내게는 정황이 있었다. 거기에 있었고 그 역사를 아는 사람이라면 누구든 그날 무슨 일이, 대체 왜 벌어졌는지 이해할 것이었다. 비록 거기에 있었던 사람도, 그 역사를 아는 사람도 실제로는 없었지만.

사람들 대부분이 자백을 하는 이유가 교도소에서 평생을 썩고 싶지 않아서라는 사실을 당시의 나는 알지 못했다.

———

그를 내 변호인으로 생각한 적은 단 한 번도 없었다. 그는 항상 존슨의 변호인이었다. 존슨이라는 사람을 전혀 몰랐고, 그에게 벌어진 일들에 대해 생각조차 해본 적이 없는데도 그랬다. 그는 그저 시스템을 촘촘히 채우고 있는 또다른 개체, 수천의 존슨 중 하나일 뿐이었다. 그래도 나는 존슨이 좋았다. 여자친구의 어머니가 보안관이었던 존슨, 거기에 누군가 의문을 제기하든 말든.

———

법정에서 존슨의 변호인은 계속 "삭제 바랍니다"라고 말했다. 말하는 도중에 "삭제 바랍니다". 원래 다들 그렇게 하는 것일지도 몰랐다. 나는 알 방도가 없었다. 그러나 그가 그렇게 말할 때마다 가슴이 내려앉았다.

———

배심원들은 커트 케네디가 내게 했던 짓을, 그 끝없는 스토킹을, 기다림을, 미행을, 전화를, 또 그 뒤를 잇는 전화를, 느닷없는 출몰을 알지 못했다. 그중 어떤 것도 법정에서 다뤄지지 않았다. 배심원단에게 제시된 내용은 타이어 공구가 사용되었다는 사실이었다(검사측 증거 89호). 또한 최초 가격 때 그가 간이의자에 앉은 채였다는 것(검사측 증거 74호)과 그가 살려달라고 울부짖는 소리가 들렸다는 것(증인 17번, 클레멘스 솔라)이었다.

———

"지금껏 부검을 몇 차례나 진행하셨습니까." 검사가 그의 첫번째 증인인 검시관에게 물었다.

"오천 건 이상입니다, 검사님."

"두부 손상과 관련해서는요?"

116

"어림잡아 수백 건은 될 겁니다."

검시관은 사진에서 치명적 외상 두 개를 찾아내 가리켰다. 공표된 사인은 중증 두개뇌손상이었다. 검시관은 케네디 씨가 피고의 집 현관에 다량의 피를 토한 것으로 보인다는 점을 언급했다.

"케네디 씨가 머리를 몇 차례나 가격당했습니까?" 검사가 물었다.

"최소 4회이며, 5회일 가능성도 있습니다."

"이런 정도의 상해를 입는 동안 케네디 씨가 느꼈을 고통이 상당했겠군요?"

"네, 물론입니다."

"피해자의 팔과 손에 난 다른 상처들은 자기를 방어하려는 이들에게서 전형적으로 나타나는 것입니까?"

"네, 그렇습니다."

"오십대 중반인 사람의 두개골을 골절시키는 데는 훨씬 젊은 사람일 때보다 힘이 적게 드는 게 사실 아닙니까?" 이건 반대신문에서 존슨의 변호인이 한 질문이었다.

"그렇기는 하겠습니다만……"

"이의 있습니다. 변호인의 가정일 뿐입니다."

"인정합니다."

검사는 내 이웃을 증인으로 불렀다. 클레멘스 솔라는 사람들의 주목을 받을 수만 있다면 무슨 말이든 할 여자였다. 커트 케네디가 살려달라고 외치는 소리를 들었다는 등등의. 그 여자는 거짓말쟁이였다. 피고측 증인, 코로나도라는 이름의 남자는 클레멘스네서 한 집 건너에 살았다. 나는 그와 말을 섞은 적이 없었다. 그는 스페인어만 할 줄 알았고 나는 영어밖에 모른다. 그가 밖에서 차를 고치는 모습을 보았던 게 기억났다. 한번은 그가 소유한 차량에서 연료통 하나 분량은 되는 휘발유가 새어나왔고, 다른 이웃이 그에게 악을 썼다. 그는 경찰에게 커트 케네디가 오토바이를 멈추고, 한쪽에 대고서, 기다리는 모습을 보았다고 말했다. 다투는 소리를 들었고 그뒤에 벌어진 일은 정당방위가 분명하다고. 원래 계획은 그랬다. 존슨의 변호인이 면담을 진행했고 남자는 선뜻 동의했다. 증언을 하겠다고 했다.

　"코로나도 씨에게는 샌버너디노카운티 법원으로부터 체포영장이 발부된 상태입니다." 검사가 판사에게 말했다. "증인은 수년에 걸쳐 다수의 음주운전을 한 전력이 있으며 법원으로부터 치료 명령을 받은 바 있습니다."

　통역관이 증인에게, 내 증인에게, 내 이웃, 코로나도 씨에게 말을 전하자 그가 판사에게로 몸을 돌려 무언가를 얘기했다. 통역관이 말을 옮겼다.

"존경하는 재판장님, 그 문제는 지금 여기서 정리하고 싶습니다. 저는 정리할 준비가 됐습니다. 필요한 게 있으면 뭐든지 하겠습니다."

판사와 법원서기가 남자의 영장에 대해, 그리고 어느 법원이 즉결심판 신청을 받는지 또는 받지 않는지에 대해 요란스레 상의했다.

"증인, 귀하의 법적 문제는 샌버너디노카운티 관할입니다. 그 문제는 그쪽과 상의해야 할 것입니다. 금요일이므로 그쪽에서도 오늘은 즉결심판 신청을 받지 않아요. 월요일 오전에 가시기 바랍니다."

남자가 다시 말했다. 통역관이 한 얘기를 제대로 이해하지 못한 듯 보였다.

"존경하는 재판장님, 저는 준비가 됐습니다. 벌금을 내고 형을 살겠습니다. 바로 지금 정리하고 싶습니다. 저는 준비가 됐습니다, 존경하는 재판장님. 그 문제를 정리하고 싶습니다."

그게 우리 측 증인이었다. 나를 돕고 싶었으나 그럴 수 없었던 남자.

———

최후변론이 있던 날, 존슨의 변호인은 술에 취한 듯 보였다. 배심원단에게 소리를 지르며 발을 쾅쾅 굴렀다. 그들이, 배심원들이 잘못이라도 했다는 듯 꾸짖는 목소리로 한바탕 연설을 늘어놓았다. 배심원들은 그와, 혹은 나와 얽히길 원치 않았다. 그들이 서식을 작성해 판사에게 건넸다. 용지에는 칸이 두 개 있다. 배심원장이 그중 하나에 체크했다.

6

아동은 보호자의 관리감독하에 정숙하고 올바르게 행동할 것.
이를 어길 시 해당 아동에게 접견실 퇴장 조치가 내려질 수 있음.

수감자들의 자동판매기 카드 사용을 금함.

자동판매기는 현금 사용이 불가함. 접견수속실에서 선불카드
를 구입할 것.

선불카드 구입비용은 5달러. 재사용이 가능한 상태로 반납할 경
우 2달러 50센트를 환불받을 수 있음.

수감자들은 자동판매기로부터 최소 90센티미터 이상 거리를
유지할 것.

접견 시작시 짧은 포옹 1회, 접견 완료시 매우 짧은 포옹 1회
를 허함. 지속적 신체 접촉 금지. 이를 어길 시 접견이 강제 종료

될 수 있음.

 손을 잡는 것은 지속적 신체 접촉에 해당히며 좌시되지 않음.

 하이파이브 금지.

 접견이 진행되는 동안 손을 탁자 밑에 위치시키는 행위 금지.
접견인과 수감자는 양손을 교도관이 볼 수 있는 곳에 항시 위치
시킬 것.

 호주머니에 손을 넣는 행위 금지.

 고함 금지.

 언성을 높이는 행위 금지.

 언쟁 금지.

 '거친 장난' 금지.

 시끄럽게 웃거나 떠드는 행위 금지.

 울음은 최소 수준으로 유지할 것.

7

스탠빌 교도소로 가는 도로는 일직선이다. 그 길은 스모그가 덜한 날이면 스탠빌의 중앙 운동장에서도 보이는 산맥으로 이어진다. 겨울에는 산봉우리들에 흰 가루가 뿌려진다. 눈은 저멀리에 있다. 스탠빌이 위치하고 있는 계곡 아래에는 절대 내리지 않는다. 층층이 구워진 계곡 공기 틈으로 저 하얀 봉우리들이 보일 뿐이다. 우리에게 눈은 집만큼이나 멀다.

———

그 도로 위에는 오직 스탠빌로 가야 하는 사람들만 있다. 도착하던 아침에는 우리 말고 아무도 없었다. 도로 양옆에 아몬드 농장이 늘어서 있었다. 원래의 나라면 거기서 자라는 게 무엇인지 인지하거나 신경쓰지 않았겠지. 잠에서 깨어나 다시 떠들기 시작한 로라 립만 아니었다면. 그녀는 사람들이 아몬드라고 포장해 파는 것이 실은 진짜 아몬드가 아니라 독성이 있는 과일 씨앗이라며, 그걸 알고 있었느냐며, 자기 아이 중 하나가 그걸 먹고 거의 죽다 살아났다고 했다.

"자기, 복숭아씨 갈라본 적 있어?" 로라 립이 물었다. "아몬드라는 게 사실은 거기서 나오는 거야. 진짜 아몬드가 아니라고. 복숭아의 독성이 있는 부분이야. 한번은 이웃 여자가 우리 애한테 그걸 먹여버린 거 있지. 나한테 먼저 물어보지도 않고. 구급대원들이 아니었으면 그 여편네가 내 아들을 죽이고 말았을걸."

"걘 네가 죽였잖아." 우리 뒷자리 여자가 말했다.

내 주변으로 한바탕 일렁임이 지나갔다. 혐오에 차 혀를 끌끌거리는 사람들.

교도소의 백인 여자들이 저지르고 들어온 범죄는 둘 중 하나, 비속살해 아니면 음주운전이다. 물론 다른 범죄들도 많고 많지만, 이 둘은 여자들 그리고 인종들 간에 어떤 질서를 세우게 도와주는 정형화된 기준이다.

"저들은 무슨 일이 있었는지 몰라." 로라 립이 말했다. "그 인간에 대해, 그 인간이 내게 무슨 짓을 했는지, 그 인간이 우리, 그러니까 나와 그애한테 무슨 짓을 했는지. 너희 누구도 날 심판할 자격 없어. 너흰 아무것도 몰라. 내가 너희에 대해 아무것도 모르는 것처럼."

그녀는 말이 통하는 사람은 나뿐이라는 듯 내 쪽으로 몸을 돌렸다.

"자기, 메데이아가 누군지 알아?"

"몰라." 내가 답했다. "조용히 좀 해줬으면 좋겠어. 난 그쪽을 모르고, 그쪽과 얘기하고 싶지도 않아."

"나보고 조용히 해달라 그거지. 근데 난 할말을 다 해야 닥칠 거고 그전엔 아냐. 난 대학에도 다녔어. 너희하곤 달라. 메데이아는 남편한테 버림받았고, 나도 같은 일을 겪었어. 메데이아의 남편은 모든 걸 빼앗아 갔어, 아이들을 포함해서. 메데이아는 그 인간에게 고통을 줘야만 했어. 그도 메데이아의 고통을 알 수 있게. 역사에 나와 있는 얘기야. 실화라고. 남한테 그런 짓을 할 때 자기도 피해를 볼 수밖에 없는 법이지. 그 남자는 메데이아의 삶을 갈가리 찢어버렸고, 그래서 메데이아도 똑같이 되갚아줄 방법을 찾은 거야. 그랬다는 게 내 유일한 위안이야. 너무 너무 너무 작은 위안이지. 너무도 작아서 평소엔 있는지도 모르고 살아."

내 두 눈이 감겼다. 생각을 멀리로 보내야만 했다. 그녀와 꼼짝없이 갇힌 신세였지만 나를 어딘가 다른 곳으로 보내고 싶었다. 어느 호텔의 층계참에서, 너저분한 빨간 카펫 위 보푸라기가 혹시 크랙코카인인지 보려고 집어드는 여자의 모습을 그렸다.

부스러기를, 성냥 머리를, 양탄자 보풀을 집어든다. 손가락 사이의 물체를 면밀히 살피고, 냄새를 맡고, 살짝 맛보고, 내려놓는다. 다른 부스러기를 집어들고 같은 방식으로 조사한다. 그녀, 이여자는 그 수색에, 끝나지 않는 수색에 울음이 터진다. 지금껏 봐온 중 더없이 서글픈 장면이다. 로라 립이 지껄이고 또 지껄이는동안에 나는 그 장면을, 그러고 싶지 않았지만, 계속 지켜보고 있었다.

그리고 깨달았다. 카펫을 뒤지는 여자는 에바였다. 나는 어떤것들을 일부러 차단한다. 누구나 그렇다. 그게 건강하다. 하지만로라 립이 꺼내놓는 말들을 차단하려다 뜻하지 않게 불쾌한 기억을 떠올리고 만 것이다. 에바는 코카인에 빠졌다. 처음에는 그랬다. 코카인을 정제해 쓰다가 주사하기 시작했고, 마침내 피울 수있는 크랙에 정착했으며 그게 딱이었다. 비쩍 마르고, 어느 싸움에서 치아 하나를 잃었으며, 자동차 사고로 한쪽 다리를 절었다. 그래도 여전히 에바였고 나는 그애를 사랑했다.

———

경기장 조명보다도 높이 달린 불빛들이 보이면 교도소에 온 것이다.

저들은 우리에게 둘씩 짝지어 버스에서 내리라고 재촉하며 소리를 질렀다. "움직여, 어서들 가자고." 나는 발을 헛디디지 않으려고 애썼다. 내 앞의 코년은 멀쩡했다. 그의 걸음걸이는 쇠사슬에 조금도 구애받지 않았다. 어떻게 그럴 수 있었는지는 나도 모른다. 그는 말 그대로 미끄러지듯 걸었다. 느릿느릿 끌었고 매끄럽게 끌려갔다. 콤프턴의 거리, 아니면 잉글우드 포럼 경기장의 주차장, 혹은 포모나의 야외 자동차 전시장에나 어울리는 걸음걸이였다. 교도소 입감을 향해 줄지어 가는 결박당한 여자들의 무리 속이 아니라.

우리를 맞이하는 교도관들은 화가 나 있었다. 특히 여자 교도관들. 무례하고 공격적인 환대였으나 그 덕분에 로라 립의 입이 닫혔다. 그나마 부드러운 대접을 받은 사람은 버스 좌석에서 미끄러진 엑스트라 라지 사이즈의 여자가 유일했다. 저들은 여자를 조용히 누워 있도록 내버려두고 그녀에 비해 몸 성하고 의식 멀쩡한 우리들을 쿡쿡 쑤셔 통로를 걷게 했다. 발을 질질 끌며 곁을 지나다 본 여자는 평화롭게 잠든 듯했다. 마지막 승객, 그녀는 들것에 실려 버스에서 내렸다. 여자를 옮긴 의료진들은 사망 선고를 내리고 방수천으로 그녀의 얼굴을 덮은 뒤 입감장 바닥에 그대로 두었다.

———

나머지 우리들은 일렬로 서서 살균 과정과 무무*를 기다렸다. 담당 교위는 존스라 불리는 크고 건장한 미식축구 수비수 같은 체격의 여자로, 나중에 알게 된 바에 따르면 몸집이 그렇게 보이는 게 부분적으로는 안에 입은 방검복 때문이기도 했다. 방검복은 남자라면 헬스장에서 몸에 펌프질을 해놓은 것처럼, 여자라면 화물용 나무상자처럼 보이게 한다.

우리는 이를 비롯해 다른 무엇이든 죽일 수 있게 온몸에 살충용 로션을 떡칠했다. 살충제는 독이다. 전에 마스 룸에서 옮은 옴을 치료하려고 두 번 써본 적이 있는데, 그때마다 몇 시간도 안 돼 생리가 터졌다. 저들은 그 여자애, 임신 팔 개월은 되어 보이던 아이에게도 살충제를 바르려 했다. 나는 말렸다. 샤워장에서 우리는 나란히 서 있었다. 저들이 억지로 떠밀었고, 여자애는 살충제를 바르면서 울었다. 임신 사실이 공표되면 특정 절차들을 면제받겠지만, 그렇게 특수한 지정사항은 침상 카드에나 적히는 법이고 그때 우리에게는 아직 침상 카드가 없었다. 그애 또한 나머지 우리와 마찬가지로 예정된 날짜에 있을 건강검진을 기다리고, 임신검사를 한 후 필수서류 작업이 완료되기까지 다시 기다려야 했는데, 이 절차들은 사실상 뱃속 아기의 발차기가 육안으로 보인다 하더라도 절대 건너뛸 수 없었다. 최종적으로 CDC 지

---

* 원피스 형태로 된 펑퍼짐한 옷.

정 임신부 판정을 받고 나면, 그 사실이 주정부에서 지급하는 상의와 주정부의 재산에 해당하는 우비의 등판에 대문짝만한 블록체로 명시될 것이었다. 여분의 음식도, 산전검사도, 임부용 비타민도, 심리상담도 허락되지 않을 터였다. 그애가 얻게 될 것이라고는 이층침대의 아래 칸, 그리고 운동장 경보음이 울릴 때 바닥에 엎드리기까지 약간의 시간을 더 받는 게 전부였다. 상의에 임신부라 적는 것도 그 때문이다. 경찰특공대랑 똑같다. 쏘지 마시오(난 느립니다)라는 뜻이었다.

다음으로 알몸수색이 진행되었다. 구치소를 거친 탓에 내게는 이미 익숙했다. 교도관들은 다리를 더 넓게 벌리라고 호통을 쳤는데, 음모가 무성한 여자들에게는 특히 심했다. 우리가 몸을 구부리면 저들이 거기에 불을 비췄다. 여자애들 몇은 울음이 터졌다. 호송버스에 막 탔을 때 임신한 어린애한테 닥치라고 소리를 질렀던 페르난데스가 알몸수색에 우는 애들에게 다시 호통을 쳤다. 교도관들 모두가 그녀를 알았다. "페르난데스, 또 왔냐." 저들이 하고 또 하는 그 말에 페르난데스는 친근하게 굴며 농을 치거나 혹은 꺼지라고 했다. 다른 애들은 그녀가 두려운 듯했다.

저들은 우리에게 '사이즈 하나로 모두를 때우는' 물방울무늬 무무와 '사이즈 세 개로 대부분을 때우는' 캔버스천 슬리퍼를 지급했다. 크고 건장한데다 턱선을 따라 수염까지 난 코넌조차 강제로 무무를 입어야 했다. 그는 교도관들에게 가슴을 활짝 펴 보이며 무무가 너무 작다는 사실을 어필하려 했다.

"난 바지와 셔츠가 필요해. 이건 입을 순 없어. 이건 옳지 않아요, 부장."

그가 양팔을 계속 들었다 내렸다. "어깨가 너무 꽉 낀다니까."

존스 교위가 말했다. "그걸 입고 뭘 하실 계획이신데요, 부인? 오케스트라 지휘라도 하시게? 입 닥치고 팔 내려."

그 무무들을 보고 있으면 돼지주둥이의 립스틱이라는 표현이 떠올랐다. 돼지에 비견되어 마땅한 여자도, 저들이 주는 저 천 쪼가리를 강제로 입어 마땅한 여자도 없다. 그건 코넌도 마찬가지였다. 슬리퍼는 괜찮았다. 자라는 동안 늘상 신었던 위노 신발을 떠올리게 했다. 마켓 스트리트의 군용품점에서나 구할 수 있는 스타일이었다. 나는 학교 체육복도 거기서 샀다. 나중에 성인이 되어 그 가게 앞을 지날 때는 마스 룸에 출근하는 길이었다. 군용품점과 마스 룸 둘 다, 비 내리던 밤 메르세데스를 몰던 사업가가 택시비를 약속한 그 모퉁이 근처에 있었다. 샌프란시스코는 그런 곳이었다. 켜켜이 쌓인 내 역사가 단 하나의 평면에 전부 압축되는 도시. 그 군용품점과 마스 룸 사이에는 패시네이션* 게임방이 있었다. 십대의 우리가 많은 시간을 보낸 그곳에서 에바는 계산

---

* 가로 5개×세로 5개, 총 25개의 구멍이 뚫린 게임판에 공을 굴려 빙고처럼 한 줄을 완성시키는 게임.

대 직원과 시시덕거렸고, 나중에는 게임방의 북쪽에 있는 텐더로인 지구에 넋을 빼앗겼으며, 그 떠들썩하고 지저분한 호텔들은 에바의 헐벗은 인생, 나보다도 더 헐벗었던 그애 인생의 줄에 꿸 진주알들을 만들어주었다.

에바를 마지막으로 본 건 다른 친구의 결혼식장에서였다. 그 친구는 약을 끊는 데 성공했고, 역시 재활중이던 남자를 만나 그와 함께 그리스도교회에 들어간 전직 매춘부였다. 우리 모두가 같이 간 그 무알코올 결혼식에서는 사람들이 크리스천TV 속이라도 되는 양 미소를 지었다. 그 사람들이 우리 친구에게 무슨 짓인가를 했다. 그애 얼굴에서 읽을 수 있었다. 그애가 단상에서 흐느꼈다. 어떤 심판이 있었음이 분명해 보였다. 그애를 부서트린 그들이 이제는 그애에게 도덕적 과부하를 유발하는 존재였다. 그애는 아름다웠다. 장례식장의 플라스틱 조화처럼. 그 결혼식에 온 선셋 디스트릭트 출신 여자애 하나는 연신 제 남자친구를 들먹이면서, 그의 클럽에서 한 남자가 죽는 바람에 그날 아침 장례식에 가느라 함께 오지 못했다고 말했다. "그이의 클럽 말이야. '헬스에인절스'* 대원을 위한 대규모 공개 장례식이 오늘이라고." 그애는 으스대고 싶으면서도 한편으로는 언행을 조심하는 듯 보이고도 싶어했다. 피어 39에서 웨이트리스로 버는 벌이가 얼마나

---

* 1948년 캘리포니아 폰태나에서 결성된 세계적인 모터사이클 클럽.

좋은지 거듭 얘기했다. 내가 뭘 해서 먹고 사는지를 어떤 연유로든 알고 있다는 투로 이렇게 말했다. "난 떳떳하게 돈을 벌어." 피어 39는 쓰레기다.

에바는 예식 중간쯤에 나타났다. 느끼한 남유럽 놈 하나와 함께였다. 둘은 꼬박 사흘 밤은 샌 듯한 몰골이었다. 에바의 얼굴을 덮고 있던 풀셰이드 파운데이션이 그애의 피부에는 너무 밝았다. 에바는 실내에서도 선글라스를 벗지 않았다. 그녀가 화장이 반쯤 지워진 얼굴을 내게 돌렸다.

"로미, 망할 이게 다 뭐래?"

정확한 질문이었다. 내 말이 그 말이었다.

그 느끼한 남유럽 놈은 아마 에바의 딜러였을 것이다. 남자친구라고 했지만 그런 식의 구분은 중요하지 않다. 그전 해에 에바는 원래 존*이었던 남자와 사귀었다. 그는 단골이 되고 나서부터 에바가 다른 존들을 받는 걸 원치 않았다. 그래서 에바가 거리에서 일할 필요가 없도록 마약을 살 돈을 대기 시작했다. 이 남자가 어느 밤에 얘기 좀 하자며 마스 룸 밖에서 나를 기다리고 있었다. 남자는 에바를 찾고 있었다. 고통스러워하고 있었다. 에바에게 코카인을 대느라 그해에만 8만 달러를 썼는데 이제 그애가 사라져버렸다고 했다. 그럼 무얼 기대했단 말인가? 남자가 에바를 사

---

* 성매수자를 일컫는 말.

132

랑했다는 건 의심하지 않았다. 혹은 그렇게 돈을 뿌리지 않고서는, 그리고 애초에 에바가 그라는 남자로부터 무언가를 필요로 하는 약쟁이가 아니었다면 자신이 에바 같은 여자를, 그토록 눈부시고 자유로운 여자를 얻을 리 만무하다는 사실을 최소한 그도 알고 있으리라는 건 의심하지 않았다. "저리 꺼져." 나는 그렇게 말하고 마스 룸의 입구에 서 있는 그를 떠났다.

헨리가 그의 이름이었다. 에바에게 집착하던 존. 그는 내가 가는 거의 모든 곳에 출몰하기 시작했다. 내가 에바를 만나러 가는 길이기를 바라면서, 그렇게 그애를 잡을 수 있길 바라면서. 그러나 나는 에바와 연락이 끊긴 상태였고, 어디 있는지 몰랐으며, 그애는 전화 연락이 가능한 인간형이 아니었다. 내가 가진 그애의 전화번호가 열 개는 되었고 그중 어떤 것도 연결되지 않았다. 후에 나는 헨리와 그의 일화를 모조리 잊었는데 그건 나 자신의 스토커가 생겼기 때문이다. 커트 케네디. 헨리는 내 스토커가 아니라 에바의 스토커였다. 그가 나를 스토킹 또는 미행했던 건 그애를 찾기 위해서였다. 에바는 그에게서 벗어나기 위해 잠적해버렸다. 헨리 혹은 커트를 생각하면 목구멍이 뻣뻣해진다.

———

우리는 어느 강당의 기다란 의자에 사슬로 묶인 채 면담을 기다렸다. 조그마한 콘크리트 방에서 마약 복용, 성적性的 이력, 정신 건강, 현재 스탠빌에서 복역중인 조직원이나 앙숙이 있는지에 대한 조사가 진행되었다. 수시간에 걸친 면담 후 우리 각각에게 침낭과 'CDC 수감자 지침서', 그와 더불어 사십 페이지 분량의 'CDC 수감자 지침서를 위한 지침서'가 지급되었다. 코넌은 그 지침서를 위한 지침서를 위한 지침서도 받게 될지 큰 소리를 내며 궁금해했다.

"규율위반을 신고하지 않는 것도," 코넌이 목소리에 비음을 섞어 말했다. "규율위반에 해당한다. 규율위반을 신고하지 않는 규율위반을 신고하지 않는 것도 규율위반이다."

존스가 말했다. "교도소에 들어온 지 여섯 시간도 안 됐는데, 런던, 넌 이제 막 첫번째 규율위반115를 달성했다."

나는 교위가 그저 빈정대는 것이라 생각했지만 그녀는 교도관실로 가서 기록하기 시작했다.

"런던이래." 누군가가 말했다. "런던."

여자애들 몇이 웃음을 터트리며 코넌의 이름이 적힌다고 낄낄거렸다. 우리끼리는 서로 뭉칠 거라고 당신은 생각할 것이다. 호송버스에 함께 탄 우리가 아무리 어중이떠중이들이라도, 우리 육십 명이 힘을 합쳐 호송경찰 둘을 가볍게 제압하고 버스를 탈취해 멕시코로 갈 수도 있었을 거라고. 하지만 그런 식의 협력은 없었다. 그저 자신을 짓이기는 망치에 다른 이들도 짓이겨지는 모습을 보고과서 안달인 인간들만 있을 뿐.

구치소에서도 똑같았다. 주립 구치소에 들어가자마자 나는 스티로폼 컵을 잃어버렸다. 일회용처럼 생겼지만 내 앞으로 할당된 유일한 컵이었다. 나는 그 사실을 몰랐고, 다른 여자들은 굳이 얘기해주지 않았다. 그들은 내가 쓰레기통을 뒤져 탄산음료 캔을 꺼내는 꼴을 보며 비웃었다. 이후 열여덟 달 동안, 나는 그 캔에 물을 담아 마셨다. 구치소가 경찰 같은 태도를 기르는 완벽한 인큐베이터라지만 어떤 환경에든 경찰들은 있기 마련이다. 마스 룸의 무대 뒤에서 어떤 여자들은 값비싼 의상을 준비하지 않는다거나, 객석 쇼에 나가 안무를 자연스럽고 능숙하게 소화하지 못한다는 이유로 다른 여자들을 비난했다. 그런 걸 누가 신경이나 쓴다고. 그 일의 목적은 결국 돈을 버는 것이지 그 돈을 의상에 쓰는 게 아니었는데도, 여전히 분장실에는 스트립쇼에조차 일련의 규칙들이 존재하기를 바라는 여자들이 있었다. 그들은 남들 또한 좋은 쇼를 선보이고 비싼 의상을 사야지만 보다 품위 있고 프로다우며, 자기들이 유지하고자 하는 어떤 기준들을 존중하는 것이라고 믿었다. 그러나 우리 대부분이 마스 룸이라는 공간에서 일했던 이유는, 우리가 기준 같은 것들을 믿지도 않고 유지해보려 노력할 일도 없을 부류의 인간들이어서였다. 마스 룸에서 일하면 그런 어떤 것도 믿을 필요가 없다. 러시아 여자들은 마스 룸에서 춤추기 시작하면서 의상이나 화려함처럼 이윤과 직접 관련이 없는 건 무엇이든 깔끔히 무시해버리는 포스트소비에트식의 새로운 무자비함을 들여왔다. 그들 대부분이 관객석에서 수음을 해주었고, 덕분에 우리 나머지는 일이 왕창 줄고 말았다.

가장 추잡한 유형의 남자들이야 접촉을 극대화한답시고 얇고 미끈거리는 운동복 바지를 입고 마스 룸에 왔지만, 대부분은 경험이 부족하거나 혹은 좀더 신사적이었다. 개중에는 여자가 제 무릎에 앉는 것조차 싫고, 대신 옆자리에 앉아 얘기나 하기를 원하는 사람도 있었다. 나는 운동복 유형의 남자들이 차라리 낫다는 걸 깨달았다. 그들을 대할 때는 일이라는 걸 할 필요가 거의 없었다. 미소도, 가짜 인격도, 둘 사이에 은밀한 무언가가 있는 척도 필요치 않았다. 자기가 원하는 대로 알아서 여자의 위치를 바꿨으니 여자 입장에서는 스스로 움직일 필요가 없었으며, 그러고도 노래 한 곡당 20달러를 냈다. 하지만 러시아 여자들이 클럽을 침공한 이후, 남자들 전부가 곡당 20달러에 사실상 수음을 요구하기 시작했다. 러시아 여자들이 나머지 우리를 저가에 넘긴 셈이었다. 그들은 걸어다니는 지갑들에서 돈을 족족 빼돌렸다.

———

우리는 이제부터 지내게 될 사동의 공용구역에 모여 침상 배정을 기다렸다. 콘크리트 벽돌로 지어진 거대한 건물의 두 개 층에 수감실들이 늘어서 있었다. 어딜 보나 둘 중 하나였다. 콘크리트가 생으로 드러나 있든지, 더티핑크 계열로 칠해져 있든지. 수감실 안 여자들이 출입문에 난 좁은 유리창에 얼굴을 붙이고 우리를 뚫어져라 쳐다보았다. 한 명이 문틈에 대고 우리가 꼭 못생긴 잡종년들 무리처럼 보인다고 소리쳤다. "야, 잡종아! 야, 멍청이! 와서 내 똥구멍이나 닦아라. 하는 김에 보지도 좀 빨아라." 그렇게 계속 소리를 지르다 교도관 하나가 진압봉으로 문을 후려치자 멈췄다.

로라 립이 내 옆에 앉았다. 내가 자리를 옮기려 하자 존스가 빽빽거렸다.

"내가 앉으라는 곳에 앉는다. 여긴 뮤지컬 관람석이 아냐."

"베이비 킬러 옆자리에." 페르난데스가 작지 않은 목소리로 말했다.

"너희 둘, 꼭 밥시 쌍둥이* 같다." 페르난데스가 덧붙였다.

"밥시 쌍둥이가 누군데?" 아무도 모르는 것 같다. 페르난데스의 말은 나와 로라 립이 똑같아 보인다는 뜻이었다. 백인이라는 이유로. 무슨 수라도 내야 했다. 로라 립에게서 벗어나야 했다.

---

* 미국의 동명 아동소설 시리즈에 등장하는 이란성쌍둥이.

"난독증 있는 사람이 몇이나 되지?" 존스가 우리 육십 명에게 물었다.

나만 빼고 모두가 손을 들었다.

존스는 머릿수를 세면서 내가 손을 들지 않았다는 사실을 놓치고 지나갔다. 나로서는 잘된 일이었다. 나중에 알게 된 사실이지만, 미국 장애인법은 저들이 우리에게 무제한적 학대를 가하지 못하도록 막아주는 마지막 남은 보호벽이나 다름없었다. 로라 립은 이 순간을 친목 도모의 기회로 삼았다.

"난 사실 난독은 아닌데 이렇게 하면 서류작성 시간을 더 받을 수 있거든. 자기, 독서 좋아해?"

나는 눈길을 돌렸다. 다른 누군가와 눈을 마주쳐보려 했지만 아무도 이쪽을 보지 않을 터였다. "잘해서 모범수사동에 가면 말이야, 거기 애들은 책을 돌려 읽어. 물론 다 쓰레기 같은 책이긴 해도."

우리 모두가 난독이거나 혹은 추정상 문맹이었으니, 존스가 생활관 여기저기에 붙은 수감자 수칙을 큰 소리로 해독해주기 시작했다. 수칙은 그 시작이 하나같이 똑같았다.

수감자들은 포도상구균 감염시 교도관에게 보고한다.

수감자들은 울음소리를 내지 않는다.

수감자들은 지정된 구역을 벗어나지 않는다. 이를 어길 시 자동으로 규율위반115가 부과된다.

경고사격에 대한 안내문은 더 직설적이었다. 이 구역에서는 경고사격 없이 바로 발포함.

벽에 걸린 시계에는 열두시 오 분 전에서 시작해 오 분 후까지 빨간색 부채꼴이 그려져 있었다. 시계를 볼 줄 모르는 수감자들을 위한 것이었다. 존스가 빨간색 부채꼴에 대해 설명했다. "여러분은 큰 시곗바늘이 빨간색 영역에 있을 때 수감실 출입문이 개방된다는 것만 기억하면 된다."

교도소 안의 모든 것은 시계에 빨간색 부채꼴을 표시해줘야만 하는 여자들, 즉 백치들에 맞춰져 있다. 나는 여기서 그런 백치라고는 본 적이 없다. 교도소에서 만난 여자들 상당수가 글을 몰랐고, 간혹 시계를 볼 줄 모르는 이들도 진짜 있기는 했지만, 그렇다고 그들이 지식층을 이겨먹을 수 없을 정도로 야물지 못하고 열등한 건 아니었다. 교도소 안의 사람들은 정말 지독히도 영리하다. 수감자 규칙과 안내문들이 배려하고 있는 백치들은 이곳 어디에도 없다.

존스는 수감자 지침서에 대한 지침서를, 다음으로 수감자 지침서를 읽었다. 거기에는 모든 것들, 외양과 생각과 서신과 언어, 음식과 태도와 일과, 도구와 기구와 그 이용 등에 대한 규칙이 있었다. 만져서는 안 될 사람(전부 다) 또는 만져서는 안 될 부위(전부 다)에 대한 많은 지침들에다, 간음은 절대 용납되지 않았다. 존스가 강조하면서 간음이라는 글자를 유독 천천히 읊조렸다. 발정난 목사라도 되는 양.

"잠깐만, 간음이 뭐라고?" 코넌이 물었다. "그거 그냥 씹질 말하는 거죠, 그쵸?"

여자들이 곯아떨어지기 시작했다. 밤샘버스를 타고 온데다 모두가 지쳤으니까. 존스는 고개를 들지도, 기계적인 낭독을 멈추지도 않았다. 나 역시 깜빡 졸았다가 비명소리에 깨어났다.

임신한 여자애가 배를 끌어안은 채 울부짖고 있었다. 존스가 그애를 힐끗 쳐다보더니 엄지에 침을 묻혀 지침서의 책장을 넘기고 읽기를 계속했다. 전체 팔십 페이지짜리 지침서와 그 지침서를 위한 지침서를 매주 금요일에 버스가 신입들을 퍼다 나를 때마다 읽어야 했으니, 속도를 올리면 휴식시간을 더 벌 수 있음을 교위는 너무도 잘 알았다. 그 임신한 여자애가 분만에 돌입함으로써 교위의 지침서 낭독에 제동을 걸었다.

교도소 여자들이 동료 수감자의 처벌에 동참하기를 즐긴다고 내 입으로 말했지만 언제나 그런 건 아니다. 그날 입감한 우리 중 몇은 그애를 도왔다. 존스가 전원 착석 상태로 의료진을 기다리라고 했다. 페르난데스는 교위의 명령을 무시하고 가서 여자애를, 호송버스에서 자신이 대놓고 윽박질렀던 그 여자애를 도왔다. 나도 그렇게 했다. 내게는 로라 립에게서 벗어날 기회였다. 게다가 의지할 곳 없는 이 아이가 홀로 괴로워하는 모습을 그저 보고만 있을 순 없었다. 여자애가 끔찍한 고통 속에서 비명을 내

질렀다. 페르난데스와 내가 그애의 손을 한쪽씩 붙들었다. 코넌은 존스와 입감 담당 교도관들의 접근을 막았다. 저들이 코넌에게 최루액을 뿌렸다가 오히려 그의 화만 돋우는 꼴이 되고 말았다. 코넌이 존스를 바닥에 패대기쳤다. 경보음이 울렸다. 나는 여자애에게 계속 말을 걸었다. 호흡을 해야 한다고 상기시켰다. 그애는 "싫어"라는 말만 거듭했다. 아기를 낳기를 원치 않는다는 듯, 현재로 어우러져 들어오는 저 미래를 막을 수라도 있다는 듯. 사동 내부로 기동타격대가 밀고 들어왔다. 그중 넷이 코넌과 씨름했다.

괜찮을 거야, 나는 거듭 말했다. 괜찮을 리 없었다. 그애가 있는 곳이 교도소인 이상은. 그럼에도 온 힘을 다해 그애를 안심시키고 있는 사이에 결국은 더 많은 대원들이 달려들어와 나를 거칠게 뜯어낸 다음에 포박했다. 저들은 한창 진통중인 여자애는 전혀 돌보지 않았다. 결국 그애는 혼자인 채 고통 속에서 비명을 질렀다.

코넌과 마찬가지로 페르난데스 또한 용감했다. 저들이 최루액을 뿌렸다는 사실조차 인지하지 못하는 것 같았다. 끝까지 저항을 멈추지 않다가 테이저건에 맞고 철창 안에 갇혔다.

나도 갇혔다. 공간이 충분치 않아서 고개를 아래로 숙이고 있어야 했다. 고속도로 위 그 칠면조들 신세가 된 것이다. 코넌은 그 안에 사실상 욱여넣어져 있었다. 철창에 갇힌 코넌은 무무를 걸친 코넌보다 더 엉망이었다. 온몸이 꽉 끼인 채 성난 눈으로 노려보며 근육을 들썩이고 있었다. 우리 셋 모두 행정격리사동으로 가게 될 터였다.

교도소에 도착한 첫날, 나는 가석방 심의의 기회를, 그나마도 삼십칠 년 뒤에나 있을 그 기회를 날려버렸다.

—

의료진이 도착했으나 여자애를 옮기기에는 너무 늦었다. 본격적으로 분만이 진행되고 있었다. 그애는 입감 도중에 아기를 낳았다. 아기가 뱉어낸 한 차례 울음이 콘크리트 실내에 메아리쳤다. 자기 존재를 알리는 날카롭고 새된 비명.

탄생은 기뻐 마땅한 일이다. 하지만 이건 외로운 탄생이었다. 어미가 주정부의 손아귀 안에 있었으므로 아기 또한 주정부의 소관이었으며, 그들 각각이 쥔 유일한 끈은 관료조직뿐이었다. 교도관들은 입감 수속중에 아기를 보는 광경이 웃기다고 생각하는 모양이었다. 어떤 아기든 거기 있어서는 안 되었다. 그 아기는 밀수품이었다.

존스는 자기가 담당하는 사동에서 아기가 태어났다는 사실이 마치 우리가 사회를 살아가기에 얼마나 능력 부족의 인간들인지 보여주는 또하나의 예, 추가적 증거라도 되는 양 고개를 절레절레 저었다. 의료진이 여자애를 들것에 실었다. 그애가 아기를 안아보게 해달라고 부탁했지만 의료진은 그 요청을 무시했고, 그들 중 하나가 그 조그마한 핏덩이를 제 몸에서 멀찍이 떨어뜨려 들었다. 내용물이 샐지도 모르는 쓰레기봉투라도 된다는 듯.

—

잭슨은 샌프란시스코 종합병원에서 태어났다. 의료보험이 없는 사람도 받아줄 수밖에 없는 곳이다. 간호사가 아기를 내 가슴 위에 놓아주자 그애가 나를 올려다보았다. 이제 막 늪지에서 기어나온 축축한 야생의 생명체가 그토록 빤히, 동그랗게 뜬 눈으로. 그리고 그 울음은 신경질적 발작도 한탄도 아닌 어떤 간절한 질문이었다. "여기 있어요? 옆에 있어요?" 하는.

나 또한 울고 있었고 계속 대답했다. "여기 있어. 바로 옆에 있어." 간호사가 아기를 씻긴 뒤 투명한 플라스틱 상자에 넣었고, 밤새 서로 다른 간호사들과 조무사들이 오가며 아기를 찌르고 쑤시고 귀찮게 했다. 약속했던 대로 나는 거기에 있었지만 그렇다고 그애의 보호자는 아니었다.

잭슨의 아빠는 크레이지 호스의 문지기였다. 마스 룸에서 길을 따라 내려가면 있는 클럽으로, 내가 가끔 일을 가던 곳이었다. 그는 제 아들이 태어난 밤에 내 곁을 지키는 대신 친구들과 나갔고,

나는 그 비참한 회복실에서 역시 보호자 없이 들어와 밤새 텔레비전을 보던 또다른 산모와 함께였다. 잭슨이 태어나고 며칠, 그리고 몇 주가 지나는 동안 그애 아빠가 내 아파트에 불쑥 나타날 때마다 나는 그에게 새끼 양육비나 떼어먹는 아비라고 빽빽거렸고, 실제로 그는 그런 아비가 맞았으니 이내 집에 찾아오기를 그만두었다. 나는 그 인간이 우리 주변에 얼쩡대는 걸 원치 않았지만, 그가 약물과용으로 죽었다는 소식을 듣고부터 이 짠하고 어린 잭슨을 볼 때마다 속이 썩어들어가는 것만은 어쩔 수 없었다. 아이는 막 루저 아빠를 잃었다. 이제 그애가 의지할 사람은 딱 하나뿐이었다. 목에 얹힌 고개를 제대로 가누지도 못하는 채 근시안적 호기심에 찬 크고 촉촉하고 푸른 눈동자를 내게 고정하고 있는, 보슬보슬한 왕관 같은 머리칼이 차렷 자세로 선 이 아이는 제가 아빠 없는 자식이라는 사실을 알지 못했다. 제 유일한 사람이 나라는 것만 알 뿐이었다. 오직 나라는 것만.

그때 나는 이런저런 동네들을 전전하며 살고 있었다. 잭슨이 태어난 지 세 달째에 내가 살던 아파트 주인이 건물을 팔았다. 새로 온 관리자는 집세를 올릴 속셈으로 기존 세입자들을 정리했다. 샌프란시스코는 변하고 있었다. 집세가 너무 비쌌다. 둘 중 하나였다. 서로 마음을 상한데다 내게 진저리가 나선지 같이 살자는 제안이라고는 절대 하지 않던 어머니에게로 가거나, 아직까지는 월세를 감당할 만한 수준의 원룸이 있는 텐더로인 지구로 가거나.

물론 그곳 건물들의 분위기를 견뎌낼 수 있다는 전제하에. 나는 테일러 스트리트로 이사했다. 에바랜드, 그렇게 생각했다. 마스 룸으로 돌아갔고, 새로운 이웃에게 돈을 주고 잭슨을 맡겼다. 이 웃에게는 세 살배기 아이가 있었는데 나와 비슷한 처지였다. 무일 푼에, 홀로 딸을 키웠다. 그 여자가 잭슨을 참 많이 봐주었다. 내 가 지미 달링과 데이트를 시작하면서부터는 더욱 그랬다.

───

우리 셋이 각자의 칠면조 우리 속을 맴도는 사이에 존스가 다 른 수감자들을 강압해 자리에 앉히고 남은 교육을 진행했다. 모 두가 감정이 격해진 상태였다. 사람들이 울고 있었다. 존스는 닥 치라고 말하며, 이런 선택을 한 건 그들 자신이라는 사실을 되새 겨주었다. 산체스, 아기를 낳은 여자애를 그렇게 부르면서 그애 가 정말로 잘못된 선택을 했고, 법을 어기기 전에 아기의 미래부 터 생각했어야 했다고 상기시켰다.

존스는 사동청소부, 두피에서부터 바짝 땋은 머리에 피부가 까 진 침울한 인상의 백인 소녀 둘을 불러 출산의 흔적을 치우게 했 다. 그들이 눈앞의 상황에 슬픔을 느낀 건지, 아니면 원래 그리고 영구히 그렇게 슬픈 상태인 건지는 알 수 없었다.

침울한 사동청소부들이 주정부 지급 세제를 뿌리고 호스로 물을 끼얹었다. 배수관이 거품투성이 액체로 가득찼다.

철창 안에 들어앉아 있는 동안 머릿속에는 아기의 새된 비명이 그대로 맴돌았다. 아기와 그 어미가 사라지고 한참이 지나서까지도. 저들은 우리를 굳이 서둘러 처리하지 않았다. 입감장에서 행정격리사동으로, 일반사동보다 훨씬 끔찍한 그곳으로 전방시키는 데 필요한 서류 작업이 느긋하고도 느긋하게 진행되는 사이, 우리는 철창에 갇혀 옴짝달싹 못하는 신세로 버려진 채 더티 핑크색 벽이나 뚫어져라 쳐다보며 기다리게 될 터였다.

참으로 박복하게도, 태어난 아기는 여자애였다.

8

지난 5년간의

근무 이력을 기입해주십시오.

정확하고 구체적으로 기록해주십시오.

  직무 경험을 묻는 항목에 여성 용의자는 피고용인으로 근무한
적이 있다고 썼다. 입건 담당 경찰이 그 정도로는 부족할 것이라
고 설명했다.

———

강력계 형사들과 남성 용의자 간 면담 내용을 기록한 바에 따르면, 주로 무슨 일을 했는지에 대한 질문을 받았을 때 그는 이렇게 답했다. "재활용."

품질관리, 그녀는 업무 유형에 이렇게 썼다.

나는 피고용인이에요, 그가 말했으나 직종을 구체적으로 제시하는 것은 불가능해 보였다.

—

재활용하는 사람.

관리직원.

소매.

도매.

전단지 배포.

물류 유통.

달러 스토어.

달러 트리.

유통 창고.

월마트.

그는 전단지를 나눠줬다고 했다.

그는 재활용하는 사람이었다고 썼다.

그들 둘 다 전단지 배포팀과 일했다.

그는 무료 신문을 배달했지만 정기적이지는 않았다.

그는 유통 창고에서 일했다.

그녀는 품질관리라고 썼다.

그는 영업을 마친 1달러 숍들의 매장 청소 일을 하는 친구를 도와 시간제로 근무했다고 말했다.

계산원.

무직.

현재 고용 상태 아님.

QC, 그녀는 그게 품질관리를 의미한다고 설명했다.

트럭 하역부.

포장 담당.

유통 창고에서 상자 포장을 벗기는 일을 했다고, 그가 말했다.

생계를 위해 무엇을 했냐는 질문에 그녀는 일을 했다고 말했다.

재활용, 그는 그렇게 썼다.

재활용품을 교환센터에 가져다주는 일을 했다고 그가 설명했다.

재활용하는 사람.

재활용하는 사람.

재활용하는 사람.

재활용하는 사람.

재활용품 교환, 그가 그들에게 말했다.

재활용품을 교환하는 사람이라고 그녀가 썼다.

———

여성 용의자는 주로 병과 캔을 모아 생계를 유지했다고 말했다.

9

스탠빌을 검색하면 얼굴들이 튀어나온다. 머그샷*들이다. 머그샷 다음으로는 스탠빌이 캘리포니아주에서 최저임금노동자의 비중이 가장 높은 곳이라고 언급하는 기사가 나온다. 스탠빌의 물은 오염되었다. 공기는 나쁘다. 유서 있는 가게들 대부분이 문을 닫았다. 1달러 숍들, 주류 매장 노릇을 하는 주유소들, 코인빨래방이 있다. 하루의 가장 더운 시간, 섭씨 45도에 육박하는 기온에도 차 없는 사람들은 대로변을 걷는다. 빈 쇼핑카트를 밀며 길가 배수로를 따라 느긋하게 거닐고, 카트의 헐거워진 금속을 덜

---

* 범죄자를 구금하는 과정에서 촬영하는 상반신 사진.

컹거리면서 늦은 오후의 데드 존*을 뚫고 다닌다. 보도는 없다.

스탠빌은 그 지역 소재의 교도소 이름이기도 하다. 코코란이 그렇듯이. 그리고 치노, 델러노, 차우칠라와 애비널, 수전빌과 샌 퀜틴처럼, 교도소에 자리를 내주고 하나의 이름을 공유하는 캘리 포니아주의 여러 동네들이 그렇듯이.

—

고든 하우저는 집을 직접 보지 않고 세를 얻었다. 웨스턴시에 라 기슭, 스탠빌로 이어지는 산 위의 오두막이었다. 방은 하나에 장작 난로가 있었다. 자신한테는 '소로의 해'가 될 것이라고, 친 구 알렉스에게 오두막 정보 링크를 보내면서 덧붙였다.

'테드 카진스키**의 해'가 더 맞는 말이겠지. 알렉스가 오두막 사 진을 살펴본 후 답장했다.

맞아. 둘 다 단칸 오두막에 살기는 했지. 고든이 말했다. 그것 말 고는 둘이 별 관련 없어 보이지만.

자연에 대한 경외, 자급적 삶. 게다가 카진스키는 『월든』의 독자 였잖아. 알렉스가 썼다. 그의 오두막에서 발견된 도서 목록에도 있

---

* 통신신호가 없어 휴대전화 등을 사용할 수 없는 지역.
** '유나바머'라는 이름으로 알려진 시어도어 존 카진스키. 은둔의 삶을 살다 16차 례의 폭탄 테러를 일으켰다.

었다고. R.W.B. 루이스*도 있더라, 네 우상.

지나치게 단순화하는 거 아냐?

맞아. 근데 하나 더. 둘 다 숫총각으로 죽었음.

카진스키는 아직 안 죽었어, 알렉스. 고든이 답했다.

무슨 말인지 너도 알잖아.

하지만 소로는 기차 때문에 속을 끓였지. 고든이 썼다. 테드 K는 원자폭탄의 시대에 살았고. 기술이 세계를 파괴하는 시대에.

그게 물론 상당한 차이라는 건 인정. 둘 중 누구도 역사적 맥락에서 떼어놓을 순 없지. 그리고 소로가 편지 폭탄을 만들었다면 꽤나 엉성했을 거야. 그가 했던 선동적 저항의 행위라고 해봤자 집에 신발 터는 깔개를 두지 않는 정도가 전부였으니.

샤턱 애비뉴의 단골 술집에서 작별의 맥주를 마시면서 알렉스는 고든에게, 일종의 농담으로, 테드 카진스키의 문집을 한 권 건넸다. 그의 선언문은 고든도 본 적이 있었다. 사람들 모두가 보았다. 카진스키는 잠시간 UC버클리의 최연소 교수로 재직했었다.

둘은 고든의 출발을 위해 건배했다. "내 낙향을 위하여." 고든이 말했다.

"그건 옥스퍼드대에서 쫓겨날 때나 쓰는 말 아닌가? 넌 그냥 잠시 시골로 보내지는 것뿐이야."

---

* 미국 영문학자.

—

　고든은 늦은 오후에 오클랜드 시내를 떠나 동쪽으로, 그리고 남쪽으로 운전했다. 99번 고속도로를 따라 컴컴하고 탁 트인 대규모 농지 사이를 뚫고 가는 동안, 재순환 장치를 거쳐 차내로 들어오는 것인데도 합성비료의 탄내는 여전했고, 고속도로에서 멀찍이 떨어진 곳의 오렌지색 불빛 하나, 어둠에 둘러싸인 채 빛나는 거대한 둥근 빛이 눈에 들어오기 시작했다. 불가사의한 광원, 칠흑같이 어두운 들판 한복판에 대규모 공장이라도 있는 듯했다. 저게 그들이다, 그는 알았다. 그 여자들. 그 여자들 삼천 명. NCWF와 마찬가지로 스탠빌은 밤이란 게 존재할 수 없는 곳이었다. 하루 이십사 시간, 주 칠 일 내내 삼엄한 경비가 이뤄지기 때문이었다.

　그는 홀리데이 인에 체크인했다. 이튿날 아침에 부지 관리인을 만나 새로 머물 곳의 열쇠를 받을 예정이었다. 호텔 프런트의 여자에게 스탠빌 교도소에서 일하는 지인이 있는지 물어보고 싶었다. 묻지 않았다. 대신 지역의 수돗물을 그냥 마셔도 괜찮은지 물었다. "나는 수돗물을 마시는 타입이 아니라서요?" 말끝으로 갈수록 높아지는 억양으로 여자가 말했다. 그는 식사를 할 만한 곳을 추천해줄 수 있을지 물었다.

　"어디 보자, 혹시 새우튀김 러버lover세요?" 거기에도 타입이라는 게 있는 모양이었다.

———

  고든의 산중 보금자리에는 오염수가 나왔다. 농사 때문이 아니
었다. 우라늄 자연발생 지역인 까닭에 병생수를 사서 날라야 했
다. 그는 오두막이 마음에 들었다. 막 대패질을 한 소나무의 향이
났다. 사리에 맞게 협소했다. 심지어 아늑했다. 하부는 기둥으로
받쳐 지면에서 띄웠고, 몇 안 되는 이웃집들과 함께 가파른 언덕
에 위치하고 있었으며, 굉장한 계곡 전망을 자랑했다.
  새 직장에는 일주일 내로 도착 사실을 보고하도록 되어 있었
다. 보잘것없는 짐을 풀고 장작을 패며 며칠을 보냈다. 산책을 갔
다. 밤이면 난로에 땔감을 넣으며 책을 읽었다.
  고든이 알게 된 바에 따르면 테드 카진스키는 토끼를 주식으로
삼았다. 다람쥐들이 악천후를 좋아하지 않는 것 같다고 기록했
다. 그의 일기 대부분이 산중 생활과 주변 야생에서 벌어지는 일
에 대한 목격담으로 구성되어 있었고, 그를 소로에 견주는 게 처
음에 느꼈던 것만큼 상스러운 일이 아닐 수도 있겠다는 생각이
들었다. 그렇지만 테드가 이런 문장을 쓰는 일은 단연코 없었을
것이다. 우리가 자신의 순수함을 되찾는다면 우리 이웃 안에도 순
수함이 있음을 발견하게 된다.

고든의 새 이웃들은 모두 백인에, 기독교도에, 보수주의자였다. 트럭과 산악 오토바이를 어설프게 손보는 사람들. 그들이 고든을 두고 하는 갖가지 추정들을 그는 굳이 불식시키려 하지 않았다. 그들의 도움이 필요한 순간에 그런 추정들이 유리하게 작용하리라는 사실을 알았기 때문이다. 산 위에는 눈이 내렸다. 도로가 끊겨 물자 접근이 막혔다. 나무들이 쓰러지며 전선을 망가트렸다. 여름과 가을에는 산불이 기승을 부렸다. 주말이면 온 계곡에 끝도 없이 메아리치는 산악 오토바이의 2행정 엔진 굉음이 달갑지는 않았지만, 시골이란 곳이 원래 그랬다. 태곳적의 야생과 소리 고운 새들의 지저귐이 있는 순수하고 자유로운 세상이 아니라 시골 사람들, 사유지의 나무를 전기톱으로 말끔히 잘라 바닥을 포장하거나 인공잔디를 깔고, 모토크로스* 코스와 스노모빌** 주행을 위해 숲 사이에 길을 내는 이들이 있는 세상이었다. 고든은 판단을 유보했다. 이 사람들은 고든보다 아는 게 훨씬 많았다. 산중 생활을 어떻게 꾸려나가야 하는지. 겨울과 산불과 봄비가 만든 이류***를 어떻게 이겨내는지. 땔감을 어떻게 쌓아야 적합한지는 언덕 아래에 사는 이웃이 인내심을 발휘해 직접 보여주

---

* 산악 오토바이 경주.
** 앞바퀴 대신에 스키를 단 설상차.
*** 산허리를 따라 진흙이 고속으로 미끄러져내리는 현상.

었다. 손가락 대부분이 없는 비버라는 이름의 남자가 고든네 진입로에 장작용 통나무 두 더미를 던져놓고 간 뒤의 일이었다. 고든은 통나무 쪼개는 법을 배웠다. 그의 낙향 생활의 1장이었다.

땔감 쌓기를 도와준 길 아래 이웃에게는 아내인지 여자친구인지가 있었다. 그녀를 만난 적은 없지만 그들 둘이 다투는 소리는 들은 적 있었다. 목소리들이 메아리치며 언덕을 올라왔다.

산중에서 새로운 삶을 시작한 초반의 어느 밤, 고든은 저 밖 깊은 어둠 속에서 들려오는 소리, 그가 생각하기에는 여자의 비명소리에 잠에서 깼다. 손을 더듬어 램프를 찾았다. 이웃 남자의 부인이 분명했다. 그들의 집은 언덕 아래로 300미터가량 떨어져 있었다. 또다른 비명이 들렸다. 겁에 질린 새된 소리. 이번에는, 더 가까웠다. 누군가 곤경에 처한 것처럼 들렸다.

고든은 속옷 바람으로 데크로 나갔다. 이웃집에는 불이 켜져 있지 않았다. 오랫동안 서 있었지만 소리는 더이상 들리지 않았다. 그는 운에만 맡기지 않기로 결정했다. 옷을 입고 소리가 들려온 언덕 아래쪽으로 걸음을 옮겼다. 길에 서서 귀를 기울였다.

달이 없는 밤이었고, 눈은 적응하지 못했다. 보이는 게 거의 없었다. 가장 높게 뻗은 소나무들의 꼭대기가 하늘과 만나 이루는 어렴풋한 경계 말고는.

별들이 밝았다가 어두웠다가 더 밝아지며 대중없이 깜빡이는 모습이 자동차 전조등을 연상시켰다. 나무가 늘어선 길을 따라 움직이며 간간이 불빛을 반짝이는 야간의 자동차 한 대. 하지만 별들은 그저 경이로우나 전조등들은 사악해질 수 있었다. 별들은 자연이었다. 자동차들은 인간의 숨은 의도였다.

나무들이 바람에 쉭쉭거리고 휙휙거렸다. 그는 궁금했다. 별들을 반짝이게 만드는 것도 바람이 아닐까, 여기 이 바람의 연장인 저기의 어떤 바람이.

다시 들렸다. 그 여자의 비명소리. 이번에는 더 멀리로부터였다.

그가 소리쳤다. "거기 누구십니까? 괜찮으세요?"

그는 한기 속에 서서 기다렸다. 오직 바람소리뿐이었다.

언덕을 걸어올라가 다시 잠자리에 들었다. 잠들려고 애썼지만 그럴 수 없었다.

10

　매서운 추위 속을 걷다 나무 안 호저 한 마리를 발견하고 총으로 쐈다. 처음에는 죽은 듯 보였지만 아직 숨이 붙어 있다는 걸 알았다. 굵은 털과 가시 때문에 녀석의 머리 어디에 뇌가 있는지 알 수 없었다. 대충 맞겠다고 짐작되는 부위에 총구를 겨누고 발사했다. 해체 작업은 힘들었다. 피부가 살점에서 깨끗이 벗겨지지 않았고 가시도 조심해야 했기 때문이다. 내장에 조충이 많았으므로 손질을 마친 후 리졸 소독제를 고농도로 풀어 손과 칼을 꼼꼼히 씻었다. 당연히 나는 저 고기를 아주 훌륭하게 요리할 것이다.

　오늘 아침 몇 시간 동안 눈을 헤치며 걸었다. 돌아와서 내 호저의 나머지 부분(심장, 간, 콩팥, 지방덩어리 몇 개, 가슴에서 꺼낸

커다란 핏덩어리 하나)을 삶았다. 콩팥과 간 일부를 먹었다. 맛
있었다. 핏덩어리도 조금 먹었다. 맛은 충분히 좋았으나 식감이
건조했다. 나는 개의치 않았다.

첫 해빙이 있은 후, 온 언덕에서 다이너마이트 터지는 소리가
쿵쿵거리기 시작했다. 가끔은 내 오두막에서도 들린다. 원유를
찾아 탄성파 탐사중인 석유회사 엑손. 헬리콥터들이 언덕 위를
날아다니고, 다이너마이트가 탑재된 무언가를 줄에 매달아 내려
보내고, 땅에서 폭파시킨다. 장비들이 진동을 측정한다. 나는 늦
은 봄에 크레이터산 동부로 가 진을 치고 기다렸다. 헬리콥터를
쏠 수 있기를 기대하면서. 당초 예상보다 힘든 일임이 증명되었
다. 헬리콥터라는 것들은 늘 움직이고 있기 때문이다. 불완전한
기회가 딱 한 번 있었을 뿐이다. 헬리콥터가 나무 사이의 공간을
가로지를 때 재빨리 쏜 두 발. 모두 빗나갔다. 캠프로 돌아와 울
었다. 부분적으로는 실패에 따른 화 때문이었다. 그보다 주요한
이유는 이 전원에서 벌어지고 있는 일에 대한 비통함이었다. 너
무도 아름다운 곳이다. 저들이 원유를 발견한다면, 재앙이다.

11

"됐어, 물 내려!" 새미 페르난데스가 내게 변기로 물건 보내는 법을 가르쳐주고 있었다. 변기 배관에 달린 줄을 움직여 물건을 위아래로 보내는 것이다. 부리토. 트윙키 케이크. 담배. 샴푸통에 든 프루노*.

새미와 나는 앞으로 구십 일 동안 행정격리사동의 수감실을 같이 쓰게 되었다. 교도관들의 명령에 불복한 대가로 받는 벌이었다. 우리가 쓰는 1.8×3.3미터 크기의 방에는 변기가 하나, 비닐 매트리스가 붙은 콘크리트 침대가 두 개 있었다. 우리는 서로 이런저런 얘기를 하고, 출입문에 난 작은 창문 앞에 번갈아 서서 복

---

* 교도소 내에서 수감자들이 몰래 만드는 술.

도, 다른 말로는 '중앙로'로 알려진 곳을 내다보았다. 그러다 운이 좋으면 행정격리사동의 다른 수감자가 수갑을 차고 격리사동 규정에 따라 교도관 두 명을 거느린 채 샤워장으로 떠밀려 가는 모습을 구경할 수도 있었다. 일주일에 두 번 우리가 각각 복도 아래의 샤워장으로 인도되는 때와, 일주일에 한 번 야외 철창 안에서 보내는 한 시간의 운동시간을 제외하고는 하루 이십사 시간을 갇혀 지냈다.

같은 건물 안의 우리 아래층에 사형수사동이 있었다. 교도관들은 사형수를 'A등급'이라고 부른다. 저들이 그 단어를 입에 올릴 일이 하루에 오십 번은 되는데, 교정당국은 '사형수'를 반복적으로 말하는 게 직원들의 사기를 꺾는다고 생각한 모양이었다.

한 층 아래서 우리와 배관을 공유하는 사람은 새미의 오랜 친구인 베티 라프랑스였다. 사형수사동의 다른 여자들과 마찬가지로 그녀는 매점과 밀반입품에 접근할 수 있었다. 그런 베티에게 우리는 변기와 환풍기를 통해 접근할 수 있었고. 게다가 하느님 감사합니다. 베티는 아무하고나 말을 섞지 않았기 때문에 부리토나 밀주를 우리 아닌 다른 사람에게 넘길 일도 훨씬 적었다. 그녀와 새미는 수년 전, 베티의 재판이 진행중일 때 주립 구치소에 함께 있었다.

"거기 치카나*, 혹시 내 새끼니? 새미?" 우리가 도착한 첫날 밤, 베티가 환풍구에 대고 외쳤다. 베티에게는 '흑인 베이비'들과

'치카나 내 새끼'들이 있었고, 새미는 그녀의 총아였다.

베티는 헤인스허웨이 팬티스타킹의 다리 모델이었다. "베티의 다리에 수백만짜리 보험이 들어 있어. 발바닥에 곡선이 있거든. 바비 인형이랑 똑같이. 진짜 사람 발이 그렇게 생겼다고." 새미의 말에 따르면 베티는 사형수사동의 독거실에 하이힐을 지니고 있었다. 시시때때로 신어보며 자기 다리에 감탄할 목적으로 교도관에게 수백 달러를 주고 밀반입했다는 얘기였다.

수백. 수백만. 사람들이 말하는 건 아무것도 곧이곧대로 믿을 수 없다. 하지만 여기서는 그들의 그런 말만이 전부다.

다리 모델이든 아니든 베티의 프루노는, 프루노란 게 원체 그렇듯이 생김새도 냄새도 토사물 같았다. 프루노의 쓰레기 같은 냄새는 너무도 확연히 티가 나서 그걸 내릴 때면 사람들은 향을 감추려고 수감실의 공기 중에다 베이비파우더를 흩뿌리곤 한다.

"그게 스탠빌에서 제일 좋은 술이긴 한데 디캔팅**을 더블로 해줘야 해, 예쁜이." 베티가 환풍구 구멍에 대고 소리쳤다. "디캔팅 잊지 마. 그것도 숨을 쉬어야 하니까."

베티는 그 프루노를 통상적인 방식으로, 비닐봉지에 팩주스를 붓고 일회용 케첩을 설탕 대용으로 섞어 만들었다. 비닐봉지 안

---

* 멕시코계 미국 여성을 일컫는 말.
** 술의 앙금을 제거하고 향을 살리기 위해 다른 용기에 옮기는 것.

에는 이스트 대신 빵을 채운 양말을 넣어 며칠간 발효시켰다.

그다음에 베티는 받침을 붙였다 뗄 수 있는 플라스틱 와인잔을 올려보냈다.

"이 잔은 대체 어디서 구했대?"

"다들 하는 식으로." 새미가 말했다. "볼트 아니면 카누지."*

여자들은 접견에 나갔다가 헤로인, 담배, 휴대전화를 질과 직장에 넣어 왔다. 베티는 플라스틱 와인잔들을 밀반입하고 있었다.

프루노를 주거니 받거니 하며 새미는 베티가 생명보험금을 노리고 남편의 살해를 사주한 얘기를 해주었다. 원래 남의 범죄에 대해서는 떠벌리지 않는다. 그러나 베티는 달랐다. 사형수들은 달랐다. 그들은 스탠빌의 거물급 인사였고, 유명인들의 가십에는 나름의 역할이 있다.

남편을 대신 죽인 사람은 베티의 내연남이었다. 그러나 보험금이 지급되기를 기다리는 동안 베티는 남자가 자기에게 해코지를 할까 걱정스러웠고, 그래서 시미밸리의 술집에서 만난 부패경찰을 시켜 그를 죽이게 했다. 베티는 체포되었을 당시에 두번째 킬러, 그러니까 첫번째 킬러를 죽인 부패경찰도 해치우려던 참이었다. 남자가 경찰에 찌르거나, 협박을 하거나, 돈을 뜯어내기라도 할까 두려워서였다. 둘은 베티가 받은 생명보험금으로 라스베이

---

* 각각 직장과 질을 비유하는 말.

거스에서 진탕 노는 중이었다. 베티가 엘 코르테즈 카지노의 보안요원에게 돈을 줄 테니 그 부패경찰을 죽여줄 수 있는지 물었다나.

"예쁜아, 엘 코르테즈가 아니란다." 베티가 환풍구에다 소리쳤다. "시저스 팰리스였어. 그리고 솔직히, 내 얘기를 하려면서 시저스와 엘 코르테즈조차 구분을 못하면 다른 것들도 이해 안 되는 게 많을 텐데. 엘 코르테즈는 일을 마친 리무진 기사들이랑 필리핀 사람들이 가는 곳이야. 그들을 비하하려는 건 아니고. 기회가 있었을 때 박사를 없애줄 사람을 구했어야 했는데."

"박사가 그 부패경찰이야." 새미가 말했다.

"그 인간이 내 목에 돈을 건 게 얼추 다섯 번은 돼. 너흰 사형수가 조금이나마 평화를 누릴 수 있을 거라고 생각하지. 사람들이 가만 내버려둘 거라고."

베티의 유죄판결을 이끌어낸 증거 중 하나는 그녀가 돈더미 아래에 나체로 누워 있는 사진 한 장이었다. 그 사진을 찍은 게 박사, 그 부패경찰이었고 촬영 시점은 베티가 남편의 사망보험금을 받은 직후였다. "베티는 돈을 사랑해," 새미가 말했다. "구치소에서는 지폐로 속을 채운 베개를 베고 잤다니까." 베티는 법정에 출두할 때면 새미에게 베개를 봐달라고 부탁했다. 새미는 베티 라프랑스처럼 지체 높으신 분이 돈으로 가득찬 베개를 자기에게 맡긴다고 생각하면 꼭 여왕이라도 된 기분이었다고 했다.

베티와 박사는 라스베이거스에서 체포되었다. 새미는 전부 아는 내용이었지만 베티의 이야기가 처음인 청중을 위해서라면 한번 더 반복할 가치가 충분했다. 베티가 환풍구를 통해, 캘리포니아로 다시 인도되기 전에 있었던 네바다 구치소 이야기를 해주었다. 거기 여자들, 베티의 표현대로라면 그 처녀들은 모두 일을 했다. 라스베이거스 주립 구치소에 있는 여성 수감자들 전부가 트럼프카드를 세고 순서에 맞게 넣어 카지노에서 쓸 카드 세트를 만들어야 했다. 그것들이 나한테도 그 일을 시키는 통에 손가락이 엉망으로 터버렸다고, 베티가 말했다.

그때쯤 우리는 얼큰히 취했다.

"베티가 그 사진 보여준 적 있어? 돈더미 사진?" 나는 그게 보고 싶었다.

"보진 못했어. 근데 베티가 저 아래에 자기랑 관련된 자료를 몽땅 가지고 있긴 해. 신문에 난 기사며, 재판 기록이며, 전부. 베티의 사건은 큰 건이었거든, 특급 뉴스거리." 새미가 말했다. "베티는 킬러를 여럿 썼지, 부패경찰은 다른 사건 여럿에 연루되어 있었지, 그래서 로스앤젤레스 경찰국이 얽힌 대규모 스캔들로 번져버린 거야." 새미는 아래층 베티에게 그 사진을 보여줄 수 있을지 외쳐 물었다. 취한 와중에, 내 모든 희망과 소망을 통틀어 바랐던 유일한 한 가지가 환풍구를 통해 들려오는 저 목소리 주인의 사진, 돈에 파묻힌 여자의 사진을 보는 것이었다. 실은 좁아

터진 수감실의 벽이 아닌 다른 뭐라도 볼 수 있으면 좋겠다는 심정이었지만.

베티는 사진을 변기로 올려보내는 걸 거부했다. 사진이 망가질까 두려워서였다. 물건을 비닐에 잘만 싸매면 물은 스며들지 않는다. 매점에서 산 아이스크림 샌드위치도 생리대로 감아 방수기능을 더한 뒤 비닐에 싸서 변기로 주고받곤 하니까. 베티는 비싸게 굴고 있었다. 새미가 그날 밤 행정격리사동 담당이었던 교사矯士 맥킨리에게 독서를 하고 싶다며 베티에게서 책 한 권을 받아다줄 수 있을지 물었다. 모두가 그를 '빅 대디'라 불렀다. "그 책을 마저 읽고 싶어서 그래, 빅 대디." 새미가 말했다. "지난번에 들어왔을 때 마지막 장만 빼고 다 읽었단 말야." 그가 승낙하면 베티가 책장 사이에 사진을 끼워 보낼 수 있었다.

"물품 전달은 못해줘, 페르난데스. 네 물건이 아닌 걸 갖고 있다 적발되면 격리 기간이 늘어날 거야. 너도 알잖아. 난 우리 작은 아씨들이 여기 다시 들어와서 고통받는 모습을 보는 게 싫어. 그냥 규칙대로 해, 페르난데스. 그럼 편입*까지 금방이야."

"빅 대디, 자기가 내 아빠였으면 얼마나 좋았겠니. 내 인생이 완전히 달라졌을 텐데."

---

* 일반사동을 주류로 보는 경향에서 유래한 교도소 은어로, 일반사동으로의 복귀를 의미.

"이런, 페르난데스." 맥킨리가 말했다. "네 아버지도 할 수 있는 한 최선을 다했을 거야. 그건 내가 확신해."

그의 군화 소리가 복도를 따라 멀어져갔다.

"난 그 아버지란 사람이 누군지도 모르는데!" 새미가 배식구에 대고 소리쳤다. "그게 누군지는 우리 엄마도 몰라! 어느 놈이 어느 놈인지조차 확신을 못한다고!"

베티가 우리의 웃음소리를 들었고 그게 먹혔다. 자신이 더이상 관심의 대상이 아니라는 생각에 사진을 올려보내는 데 동의했다.

비닐 랩을 서른 겹쯤 벗겨낸 후 새미가 유죄 입증의 사진이 실린 신문기사를 펼쳤다. 내가 그렸던 모습은, 백만 달러짜리 보험에 든 긴 황갈색 다리를 가진 여자가 100달러짜리 지폐들을 비키니삼아 누워 있는 전형적인 누드였다.

사진 속 여자는 시체처럼 딱딱하게 굳어 침대에 누워 있었다. 산사태라도 난 듯 어마어마하게 쏟아져내린 지폐들에 깔려 돈더미 밖으로 겨우 머리만 꺼내놓은 채였다. 트럭이 침대로 후진해와 싣고 있던 자갈 수톤을 여자의 몸 위에다 쏟아붓기라도 한 것처럼 돈에 매장되어 있었다.

우리 둘 다 한 마디 말도 하지 않았다. 새미가 신문을 접어 다시 포장한 뒤 파이프로 내려보냈다.

일주일에 한 번 오는 운동시간은 진짜 운동장이 아니라 행정격리사동의 마당에서 보냈다. 가시철조망이 둘러진 조그마한 콘크리트 공간. 그래도 거기 가면 코넌을 만날 수 있었다. 그 또한 자기 격리실 근처에 딸린 가시철조망 속 콘크리트 땅덩이로 운동을 나왔다. 팔굽혀펴기를 하고, 나와 자동차 얘기를 나눴다. 시작은 코넌이 내 출신지가 어디인지 물으면서부터였다.

"프리스코. 허." 그가 말했다. "그 동네가 90년대에 차축 연장인가 뭔가를 했던 데잖아. 도로의 쑤시개들. 이봐, 너흰 그 일에 대해 변명을 좀 해봐야 되지 않겠냐."

샌프란시스코를 '프리스코'라 부르는 것 또한 차축 연장만큼이나 우스꽝스럽고 글러먹은 일이지만, 코넌의 말이 맞았다. 어느 날 아침에 일어나보니 마치 우리 동네 이웃들 전부가 차축을 죄다 연장해둔 광경을 발견한 것과 같았다. 바퀴들이 차체 바깥으로 모조리 튀어나와 있었다. 이제 그건 머나먼 기억, 철 지난 어떤 것이었다. 막대한 자본에 도시가 침공당해 텐더로인 지구의 숙소 말고는 더이상 갈 곳이 없어진 내가 도심의 동네들을 떠나기 전 일이었다. 차축 연장은 우리가 대화 주제로 삼았던 다른 기억들 못지않게 중요했다. 그것 또한 우리가 알았던 삶이었으므로.

코넌과 나는 빅 휠, 플로터 휠, 스피너 휠을 추억했다. 네온빛을 내는 차 밑 조명. 홀리 카뷰레터와 헤미 엔진. 인기를 끌었던 트럭과 SUV. 쉐보레 인트루더. 닷지 렌디션.

쉐보레 인트루더는 꼭 다른 무언가에 삽입하도록 디자인된 것처럼 생겼다는 생각에 우리 둘 다 동의했다.

"닛산에서 신차가 나왔는데 이름이 큐브야." 코넌이 말했다. "일본에서만 살 수 있어. 그렇대도 사각형 차를 사고 싶은 사람이 어디 있겠냐? 큐브라니. 이제는 무슨 공기역학이 어쩌고 하는 개념까지 등장했어. 닛산 트럭에 달린 촉매변환장치는 딱 톱질 삼 분이면 바로 절단이야. 그냥 걸어가다가도 이놈의 자동차 소음기를 훔치지 않고는 못 배길 지경이라고. 이 몸이 죄를 짓게 떠미는 혐의로 닛산을 고발해야 할 판이야."

스마트카는 우리에게 비웃음의 대상이었다. 내 눈에 그 차들은 가구 다리에 씌우는 보호 캡처럼 보였다. 여기저기 쏘다니는 뭉툭하고 세로로 길쭉한 것.

"네 차는 뭐였어?" 코넌이 물었다.

"63년형 임팔라." 내가 대답했다.

"헐."

"오, 예." 새미가 말했다. "그래야 내 새끼지."

그러나 그 말을 내뱉는 순간에 재미는 산산조각났다. 이제 내게는 차가 없다.

"있지, 난 뭐가 싫으냐면 사람들이 캐딜락 에스컬레이드에 오

픈헤더를 다는 거." 코넌이 말하는 동안 나는 생각을 되돌리려고, 얘기를 들으려고, 다른 것에는 신경쓰지 않으려고 애썼다. "망할 에스컬레이드. 그것들은 뭔가 싸구려 플라스틱 느낌이 나. 나라면 엘도라도를 고르지. 괜찮은 미국 차들은 70년대 모델이 마지막이야. 이 나라에서 트럭을 만들던 시절도 있었지. 지금은 트럭 너츠*를 만들고."

"시속 130킬로미터 도로에서 덜렁거리는 그 추잡한 것들 말이야? 그걸 그렇게 부르는지는 몰랐네."

남자들이 인조 고환—남성 신체에서 가장 연약한 부분—을 제 트럭 뒤에 전시하고 싶어하리라는 생각이 어이없다는 내 주장에 코넌이 동의했다.

"범퍼에다 그딴 것들을 매달고 다닌다고 무슨 자부심이 생기겠나? 내가 남자라면, 완전 큰 트레일러를 달고 그 위에다 할리 데이비슨을 실을 거야." 코넌이 말했다. "아니면 그냥 할리만 타든가."

"네가 실제로 할리를 몬다고 맥킨리한테 뻐기는 걸 들었는데." 내가 말했다.

"내 말이 그 말이야. 내가 남자였어도 지금이랑 똑같았을 거라고. 갇혀 있다는 것만 빼고."

---

* 차량 뒤쪽 번호판에 매다는 고환 모양의 액세서리.

새미는 열다섯 살에 트랜스앰을 갖고 있었다고 했다. 딜러 겸 남자친구였던 스모키가 준 것이었다고.

"스모키라면 나도 한 명 아는데." 코넌이 말했다.

나도 한 명 알았다. 개인적으로 아는 사이는 아니었다. 내가 아는 스모키는 스모키 유닉, 나스카*의 개발자였다. 지미 달링과 나는 스모키 유닉의 얘기를 하다 가까워졌다. 그는 나스카에서 자신이 개발한 모든 것에 부정한 방법을 썼지만 그건 다른 이들도 전부 마찬가지였다. 게다가 스톡 자동차 레이서였던 젊은 시절의 그는 한 팔을 차창에 걸치고 경주를 했다. 스모키 유닉에겐 스웨그가 있었다. 하지만 그는 죽었다. 나는 교도소에 있었다. 지미는 저 어딘가에 있었다. 다른 여자와, 어련할까. 그리고 그 다른 여자가 누구건 내가 그의 여자가 아니라는 것만 상기시킬 뿐이었다. 더는 아니라는 것만.

코넌이 물었다. "네가 말하는 사람이 벨가든스 출신 스모키는 아니지, 그렇지?"

"맞는데." 새미가 대답했다.

"스모키가 네 남자친구였다고? 내가 벨가든스 출신이거든. 그리고 내가 아는 스모키는 여자야."

"처음 만났을 땐 나도 몰랐지." 새미가 말했다. "이 끝내주는

---

* 전미 스톡 자동차 경주 협회.

섹시남이 목에다가, 그걸 뭐라고 부르더라, 그 작고 하얀 조개껍데기로 만든 목걸이를 하고 딱 나타난 거야. 우린 한창 파티중이고, 그 남자한텐 PCP가 한 병 있어. 그리고 다음으로 기억나는 건내가 있는 곳이 휘티어의 모텔이고, 이틀이 지난 뒤라는 거지."

"그게 푸카셸이란 거다." 확성기에서 맥킨리의 목소리가 들려왔다. 그는 교육실의 편면유리 너머에서 원거리 마이크로폰으로우리 대화를 듣고 있었다.

"깨어났는데 거기에 어떻게 갔는지 기억이 하나도 없는 거야. 내 몸은 온통 키스 자국이고, 이 스모키라는 사람이 옆에서 자고있어. 우리 둘 다, 그러니까, 옷을 안 입고 있는 거지. 시트 밑을 이렇게 들여다보니 그 남자의 저 아래 거기가 나랑 똑같더라 그거야. 얼마나 충격을 받았던지. 그때부터 우린 이 년을 함께 지냈어."

스모키는 철사만 있으면 모든 차의 시동을 걸 수 있었다. "걔가 차를 훔치면 그 안에서 파티를 하고, 지문을 닦고, 버리는 거야." 한번은 둘이 다투던 중에 새미가 콤프턴의 햄버거 가판대에서 헤로인을 사려 한 적이 있었다. 그러자 스모키가 끔찍스럽게시끄러운 레미콘 트럭을 몰고 와서는 뒤에 달린 믹서를 전속력으로 회전시키며 공회전을 해댔다. 새미는 끝도 없이 계속되는 굉음 너머로 그놈의 엔진 좀 끄라고 악을 썼다. "옆에 시멘트 믹서가 떡 버티고 있는 채로는 도저히 약을 살 수 없잖아. 그래서 내가 저쪽으로 걷기 시작해. 걔랑 그 시끄러운 것 좀 떨쳐버리려고.

근데 스모키가 그놈의 것을 내가 걷는 속도에 맞춰서 모는 거야. 그렇게 난동을 피우는데 나한테 약을 팔 딜러가 있을 리 없지. 그놈의 것 좀 끄라고 내가 소리를 질러, 그걸 뭐라고 하더라, 그 빙글빙글 도는 거. 그랬더니 걔가 이래. '어떻게 끄는지 몰라.' 할 줄 아는 게 기어 넣고 운전하는 것뿐이었던 거야. 서로한테 막 소리를 지르다 결국엔 내가 차에 타고 말았지. 둘만 있는 곳에서 싸우려고. 레미콘 트럭을 여기저기 몰고 다니다 또 사이가 좋아지기 시작해. 내 화도 다 풀렸어. 근데 레미콘 기사가 좌석에다 자기 점심도시락을 놔뒀더라고. 주스도 마시고 샌드위치도 먹고 그 안에 있는 건 뭐든 먹어야지 생각하면서 열었는데 도시락 안에 그 기사 놈 지갑이 떡하니 들어 있는 거야. 스모키와 난 다시 싸움을 시작했어. 걔는 트럭을 자기가 훔쳤으니까 지갑도 자기 거라는 황당한 생각을 갖고 있었지. '어림없지. 미안' 하고서 난 현금을 챙겨 차에서 내렸어. 우리 사이엔 그런 드라마가 참 많았어. 세상에 대한 생각이 달랐지."

———

교도소에 폐쇄 조치가 내려지면 운동시간도 주어지지 않았다. 가끔은 안개 때문이었다. 다른 때는, 인력 부족. 내 입소 삼 주 차에는 아몬드 농장에서 걸어서 사라진 최저경비등급 수감자 때문

174

이었다. 교도소 밖에 위치한 그 농장에서 작업할 수 있으려면 남은 형기가 육십 일 이하여야 한다. 탈출을 감행한 여자애는 모든 걸 날려먹었다. 베티가 자기 방 텔레비전에서 그 소식을 보고는 환풍구를 통해 우리에게도 알려주었다. 여자애는 모친의 집에서 붙잡혔다. 곧장 집으로 간 것이다. 새미는 지금까지 스탠빌 탈출에 성공한 사람은 아무도 없다고 말했다.

"에인절 마리 재니키라는 무기수가 해낼 뻔했지. 거의 성공하다시피 했어. 내 말은 거어어의."

그녀는 운동장에 정비용 작업복과 야구모자를 미리 숨겨두고 현장에서 일하는 하청업자로 위장하려 했다. 와이어 절단기는 다른 누군가가 가져다주었다. 계곡 안개가 우유처럼 뿌옇게 낀 날에 그녀는 중앙 운동장을 끼고 있는 감시탑 사각지대에서 일을 벌였다. 철조망에 구멍을 만들고 통과한 다음에 걸어나갔다. 교도소에서 나가던 교도관 하나가 길가에서 사람 형상을 보고 수상히 여겼다. 교도소 주변의 길들은 인간을 위한 것이 아니었다. 기계식 농업과 교도소행 차량을 위한 것이었다. 그녀는 몇 분 만에 붙잡혔다. 이제 스탠빌에는 전기철조망이 있다. 새미는 그걸 쩐기철조망이라고 발음했다. "만지기만 해도 전기통구이가 될걸."

"작업용 트럭의 기자재함에 숨으면?" 내가 물었다.

"거길 확인 안 할 것 같아? 모든 차를 다 뒤져."

"그럼, 트럭 아래. 차 밑에다 몸을 묶는 거야."

"저들한테 거울 달린 롤러가 있거든. 차량 이래쪽도 일일이 다 확인해. 헬리콥터를 타고 와 감시탑에 총을 갈기고 운동장에 착륙해줄 애인이 없는 한, 넌 못 나가. 아니면 진짜 심각한 응급상황을 꾸며내서 스탠빌 부속병원으로 실려간 다음에, 거기서 대기하던 대원들 한 무더기가 수류탄이랑 살상무기랑 그리고 헬리콥터로 널 빼내고, 새 여권이랑 현금이랑 너한테 필요한 모든 것이 준비되고 계획된 상태라면 또 모를까."

—

행정격리구역의 콘크리트 마당 오 주 차, 코넌이 남자로 분류되던 당시의 얘기를 해주었다.

"그 계곡 어딘가 경찰서에 잡혀 있었어. 그 인간들이 동네 패거리들이랑 같이 집어넣었는데, 난 저들의 실수는 그냥 저질러지게 놔둬야 한다는 주의지. 절대 바로잡지 않는다. 왜냐, 저들의 잘못이 나한텐 옳음이 될지도 모르니. 그냥 기다려. 일이 어떻게 돌아가는지 봐. 놈들의 바보짓을 두고 어찌 비벼볼 각이 나오는지 보는 거야. 거기서 밤을 반쯤 보내고 시내로 이송됐어. IRC*에

---

* 구치소의 수감자 입소국.

도착했을 땐 사람이 무지하게 많아서 K-10[*]이 아닌 바에야 손짓으로 그냥 통과 다 통과야. 나한테 라이터가 있었는데 그것도 보질 못하더라니까. 그냥 내 엉덩짝 사이에다 불빛 한번 비추고는 다음, 이러더라고. 면담을 하는데 나한테 게이냐고 묻데. 그렇다고 했지. 가능한 한 항상 진실할 것. 네가 다니는 클럽이 어디냐, 클럽 위층엔 뭐가 있느냐 묻기에 적당히 둘러대는데, 그게 또 다 맞아요. 거기 문지기 이름이 뭐더라, 교도관이 물어. 릭이요, 내가 말해. 확실합니까? 그가 물어. 네, 내가 대답해. 하지만 잘못 짚었더니 교도관이 이러더라고. 당장 여기서 꺼져. 진짜 호모 놈들만 게이사동에 간다. 네겐 줌바댄스는 없다, 친구. 그 말을 계속하는 거야. 네겐 줌바댄스는 없어. 내가 무슨 줌바 강습반이나 다녀보자고 로스앤젤레스 중앙 구치소에 들어오기라도 했다는 양. 난 그놈의 줌바가 뭔지도 모르는데. 결국 얼굴에 분칠한 애들이 입는 연파랑 옷 대신에 보통 애들이 입는 진청색 옷을 받고 일반사동으로 갔지. 지내보니 괜찮았어. 룸메이트도 쿨했고, 이름이 체스터였어. 걔가 환풍구 덮개 조각을 찾으려고 샤워기 위를 뒤지는 걸 내가 도와줬거든. 그 줄에서 샤워를 같이 하는 애들 중에 내 키가 가장 커서. 그 대가로 녀석이 내 뒤를 봐줬지. 남자 교도소가 여러 면에서 더 나아. 음식도 더 낫지. 헬스장 시설

---

[*] 독거실 수용이 필요한 보호 대상자.

좋지. 도서관 훌륭하지. 전화기도 더 많고, 수압도 더 세고⋯⋯"

"샤워까지 했는데 네가 남자가 아니란 건 아무도 눈치 못 챘다고?" 내가 물었다.

"남자 감방에선 언제 사달이 날지 몰라." 코넌이 말했다. "늘 패싸움과 폭동에 대비하고 있어야 돼. 그래서 모두가 팬티랑 작업화 바람으로 샤워를 했다고.

"내가 거기 있었을 때 슈그 나이트*도 있었거든. 교도관들이 그러는데 그 사람이 감방에서 읽는 책 속에 8만 달러가 있다는 거야. 컵누들을 왕창 살 수 있는 돈이지. 데오도란트도 왕창."

"체스터는 환풍구 덮개로 뭘 하려고 했는데?" 내가 물었다.

"창을 만들고 있었어. 거기서 본 것 중엔 그게 새로웠지. 성경을 둘둘 말아서 손잡이처럼 붙인 창."

"그걸 어디다 쓸 생각이었는데?" 내가 물었다.

"나야 모르지. 남 일은 상관할 바가 아냐. 이봐, 넌 남자 감방에서 일 분도 못 버텨. 그렇게 엉망진창 질문들을 해대다가는."

코넌은 로스앤젤레스 중앙 남자 구치소에서 와스코 주립 교도소로 이감되었다. 하루는 작업조 교대를 위해 탈의를 실시하던 중에 그들은 코넌이 생물학적으로 여자라는 사실을 발견했다. 그를 다시 호송버스에 태웠고, 여자 구치소에서 재처리 절차를 밟

---

* 데스 로 레코드 설립자. 폭행으로 5년, 뺑소니 살인으로 28년 형을 선고받았다.

게 한 뒤 스탠빌로 보냈다.

———

어느 날 아침, 맥킨리가 수감실 문에다 대고 오후에 내 검정고시 준비반 수업이 있다고 외쳤다.

"중식 후에 직원들이 왔을 때 바보 같은 짓은 보이지 않았으면 한다, 홀."

스탠빌의 평생교육 프로그램으로는 유일했던 검정고시 준비반을 나는 신청한 적이 없었다. 나는 고등학교를 졸업했다. 노력하면 성적도 괜찮은 편이었다. 코년의 말이 떠올랐다. 절대 바로 잡지 않는다. 저들의 잘못이 나한텐 옳음이 될지도 모르니.

그날 오후, 수감실에서 끌려나왔다. 수주간의 감금 후라 쇠사슬에 묶여 복도 아래로 떠밀리는 게 자유처럼 느껴졌다. 행정격리사동 교육실의 새장 속에 넣어진 후, 사형수사동의 재봉틀이 덜덜거리고 딸깍거리는 소리를 들으며 마냥 기다렸다.

"공부 열심히 해, 홀. 모두가 틀렸다는 걸 보여줘. 너라고 마냥 나쁜 것만은 아니라는 걸 세상에 보여주라고."

맥킨리가 거대한 군화를 쿵쿵거리며 복도로 사라졌다.

—

　교도관들이 일반직원을 얼마나 미워하는지 알았더라면 G. 하우저에게 좀더 친절하게 굴었을지도 모른다. G. 하우저, 검정고시 준비반 강사의 셔츠에 꽂힌 ID카드 위 이름이었다. 남자는 연습문제지 한 뭉치를 들고 내 새장 옆에 마련된 의자에 앉았다. 나이는 내 또래거나 멋부리지 않은 콧수염과 추레한 운동화 탓에 조금 더 들어 보였다.

　"간단한 것부터 시작해봅시다." 그가 수학 문제지의 1번 문제를 읽었다. "4 더하기 3은 ⓐ 8 ⓑ 7 ⓒ 답 없음."

　"씨발, 지금 장난하나."

　"ⓐ 8 ⓑ 7 ⓒ 답 없음 중에 뭘까요. 때론 손가락을 쓰는 것도 도움이 됩니다, 하나씩 세어볼 필요가 있는 경우에는요."

　"7이잖아요." 내가 말했다. "좀더 도전적인 걸로 가볼 수 있을 것 같은데."

　그가 종이를 획획 넘겼다. "좋습니다. 문장형 문제는 어때요. 어린이 다섯 명, 어머니 두 명, 사촌 한 명이 극장에 갑니다. 영화표는 몇 장이 필요할까요? ⓐ 8 ⓑ 7 ⓒ 답 없음."

　"무슨 영화를 보러 간 건데요?"

　"그게 수학의 멋진 점이죠, 상관없다는 것. 그렇게까지 세세히 몰라도 계산은 할 수 있습니다."

"그들이 누구인지, 무슨 영화를 보러 간 건지 모르는 채 머릿속에 상황을 그려본다는 게 난 힘이 드는데."

그가 고개를 끄덕였다. 내 대답에 일리가 있고, 전혀 문제될 것 없다는 듯.

"우리가 너무 앞서나가고 있는 건지도 모르겠군요. 문제를 직접 만들어보는 건 어때요." 그가 말했다. "아니 그보다는, 이 문제를 그대로 가져다 단순화시켜봅시다."

이 남자에게는 진짜 멍청이들이 갖는 인내심이 있었다.

"성인 세 명에 어린이 다섯 명이 있습니다. 영화표는 몇 장이 필요할까요?"

그의 목소리에 비아냥거림은 없었다. G. 하우저는 내가 어떤 인간으로 보이든지 수업을 진행하겠다고 작심한 터라, 나로서는 순순히 장단을 맞춰줄 수 없었다.

"만약 극장에서 아이들을 공짜로 들여보내주면, 필요한 영화표가 몇 장인지 내가 어떻게 알죠? 그리고 그들이 어떤 사람이냐, 이 극장이 어떤 곳이냐에도 달렸는데, 혹시 규칙 따윈 개나 줘버리라는 곳인가요? 아니면 맥처럼 꽉 막힌 곳? 그들이 혹시 어른 한 명, 말하자면 그 사촌을 비상문으로 들여보내준다면 돈은 두 장 값만 내면 되는 거니까."

그 사촌이 표를 사는 대신 비상문을 통해 들어갈 그 극장, 오클랜드공항 밖 멀티플렉스의 얼룩투성이 플러시 카펫이 보였다. 그곳도 아마 사라졌겠지, 내가 알았던 다른 모든 극장들이 사라졌듯이. 마켓 스트리트의 스트랜드 극장, 그곳에서 꼬마 에바와 나는 어른들과 함께 리플 와인을 마셨다. 데일리시티의 세라 극장, 〈로키 호러 픽처 쇼〉를 상영했다. 오션 비치 근처 서프 극장, 내 이름을 따온 그 배우가 나오는 영화를 어머니와 함께 보러 갔다. 영화는 같은 자동차 사고 장면을 슬로모션으로 계속 보여주었다. 지금 생각하면 그때 내가 너무 많은 질문을 했던 것 같다. 참다못한 어머니가 좌석에서 나를 거칠게 일으키며 나가자고 말했던 걸 보면. 어머니의 영화를 내가 망쳤다.

"꽉 막힌 곳입니다." G. 하우저가 대답했다. "저처럼요."

"꼬마들도 전부 표를 사야 하고요?"

그가 고개를 끄덕였다.

"답은 8이에요."

"아주 훌륭합니다." 그가 말했다.

"지금 스물아홉 살짜리 여자가 3 더하기 5를 맞혔다고 축하해주는 건가요."

"어디서부터든 시작은 해야 하니까요."

"내가 셈을 못 할 거라고 생각한 이유가 뭐죠?"

"이곳에는 산수를 모르는 수감자들이 있습니다. 덧셈도 힘들어하죠. 검정고시 모의고사를 보게 해드릴 수 있습니다. 합격할 자신이 있다면 시험 일정을 잡아드릴 거고요."

"검정고시 필요 없어요." 내가 말했다. "여긴 오라고 해서 온 것뿐이니까."

"지금은 학위가 필요 없다고 생각할지도 모르지만 미래에는, 출소가 눈앞에 닥치면 학위가 있다는 것에 감사하게 될 텐데요."

"난 출소 안 해요."

그는 출소일이 없는 사람들, 고졸 학력을 인증받으면 참여 자격이 생기는 장기수를 위한 다양한 프로그램에 대해 차분하고 반은 기계적인 장광설에 돌입했다. 나는 고등학교를 졸업했다고 털어놓지 않았다. 생각해보겠다고 대답하고 수감실로 다시 이끌려 갔다.

———

지미 달링은 잭슨과 함께 재미삼아 수학을 공부하곤 했다. 그 시작은 셈의 역사에 대한 수업이었고, 발렌시아 목장집의 야외용 테이블에서였다. 지미가 종이에 원을 하나 그렸다. "이건 어느 아저씨가 자기 동물들을 넣어두는 외양간이야." 지미가 말했다. 그러면서 동물을 의미하는 원을 세 개 그렸다. "무슨 동물인데요?" 잭슨이 물었다. 내 생각에 우리는 둘 다 관계없는 정보를 캐내기를 좋아했던 것 같다. "양, 어때." 지미가 말했다. "농부 아저씨한테는 양이 세 마리 있고, 각각 이름을 붙여주었어. 샐리,

팀, 조. 매일 아침 아저씨는 양들을 풀어주고 가서 풀을 뜯어먹게 해. 저녁이면 녀석들을 몰아와서 우리에 넣지. 어차피 셋뿐이니까 아저씨는 양들의 이름을 쉽게 확인할 수 있어. 샐리랑 팀이랑 조가 잠을 자러, 늑대에게 잡아먹힐 일이 없는 외양간으로 안전하게 돌아왔구나, 확신할 수 있게 되는 거야.

"근데 농부 아저씨한테 양이 세 마리가 아니라 열 마리가 있다고 해보자. 각각 이름을 붙여준다면, 녀석들이 돌아올 때 아저씨가 기억해야 할 이름이 열 개인 거잖아. 양 열 마리를 전부 구분할 수 있어야 하고, 각각 이름이 정해져 있으니까. 새끼를 밴 양의 이름이 샐리라면 농부 아저씨는 커다란 배를 보고 알아본 후 샐리가 외양간으로 돌아왔다고 기록할 거야. 근데 아저씨의 양이 서른 마리라고 해볼까. 이름을 일일이 붙여주기엔 너무 많지, 그렇지? 그래서 아저씨는 양 한 마리당 돌 하나씩 짝을 맞춰서 바구니에 담아둬. 아침에 양들이 한 마리씩 풀을 뜯으러 나갈 때마다 돌을 하나씩 꺼내는 거야. 저녁에는 돌아오는 녀석 한 마리당 돌을 하나씩 바구니에 넣고. 아침에 꺼내놓은 돌이 바구니 안에 전부 들어가면 양들 모두가 집에 안전히 돌아왔다는 걸 알 수 있지. 양들한테 이름을 붙일 필요도 더이상 없고, 농부 아저씨는 그저 몇 마리가 있는지만 알면 된단다." 그는 잭슨에게 숫자는 셈에서 시작되었고, 셈은 이름에서 시작되었다고 설명했다. 이름에서 숫자로, 교도소와 같았다. 내 번호에는 양을 세는 데 썼던 돌보다는 좀더 이름 같은 측면이 있었다는 점만 빼면. 돌은 어떤 양에게나 갖다붙일 수 있었지만 내 번호는 오직 내게만 붙여지는 것이었으니까. 물론 우리도 매일같이 셈을 당하긴 했다. 그러나 그 셈은 수감자들 전체의 수를 파악하는 것이지 수감번호를 확인하는 게 아니었다. 그러니 우리는 둘 다에 해당했다. 풀을 뜯으러 나가지 않는 짐승이자, 헷갈릴 수 없는 개인.

———

주1회 운동시간을 위해 저들을 따라 걸으면 아래로 사형수사동의 철창 둘러진 공간이 보였다. 새미는 비좁은 통로에서 소리를 질렀다.

"캔디 페냐, 사랑해요! 베티 라프랑스, 사랑해요!"

캔디가 올려다보았다. 슬픈 미소로 보조개가 피었다. 그들은 저 아래에서 재봉틀 앞에 앉아 마대의 솔기를 박음질하고, 90도로 돌리고, 다른 솔기를 박음질하고, 다시 돌려 세번째 솔기를 박음질한 후 작업을 마친 조각들이 쌓여 있는 더미로 던졌다. 베티는 보이지 않았다. 그녀는 작업을 거부하고 수감자 특전을 박탈당하기 일쑤였다.

사형수사동에서 박음질하는 건 모래주머니였다. 그것 말고는 없었다. 재봉틀 여섯 대로 수해방지용 모래주머니를 박음질했다.

당신이 캘리포니아 도롯가에서 보는 모래주머니들에는 우리네 유명 인사들의 손길이 묻어 있는 것이다.

급여는 시간당 5센트, 거기서 55퍼센트는 피해자 배상금으로 공제. 작업은 반복적이며, 하나라도 완제품을 만드는 데서 오는 만족감이 결여되어 있다. 모래주머니들은 완성된 것이 아니다. 아직 속을 채우는 일이 남았다.

완성은 누가 시키느냐고? 내 생각에는 남자들. 남자들이 모래로 속을 채우고 위쪽을 닫는다.

———

다른 때 샤워하러 가면서 보면 그들은 사형수사동의 전화기 두 대에 붙어 있거나 전화를 기다리고 있었다. "기자나 변호인이랑 통화하는 거지." 새미가 설명했다. 사형수사동 여자들은 미디어에 작업을 걸었고 바깥세계 사람들과 늘 소통했다. 자신들의 이름값 덕분에 온갖 종류의 사람들을 알았다. 그들을 꾀면서 인터뷰 혹은 접견에 응할 수도 있다는 암시를 주었는데, 애초에 지킬 생각이 없는 약속들이었다. 사실 인터뷰에는 관심이 없었다. 그들의 관심은 전화할 사람이 생긴다는 것, 자신으로부터 무언가를 원하는 사람들을 갖는다는 데 있었다. 추적의 대상이 된다는 건 기분좋은 일이었으니까. 그건 관심을 끌기 위한 일종의 게임이었

다. 그것 말고는 할 수 있는 게 아무것도 없다는 점에서 게임이
아닌 게임.

행정격리사동에서는 서신이나 전화가 허락되지 않았다. 그럼
에도 나는 아래층에서 〈프레즈노 비〉 기자와 통화중인 저 여자
들에 비하면 운이 좋다고 느꼈다. 접견이 허용되면 그 즉시 어머
니가 잭슨을 데리고 교도소로 올 것이었다. 이놈의 격리구역 생
활만 마치면, 그리고 일반사동으로 전방—편입—되기만 하면.
어머니가 책갈피 사이에 끼워 준 돈으로 커피며 치약이며 우표
며, 살아남는 데 필요한 물건들을 살 수도 있을 터였다. 새미는
교도소 밖에서 도와줄 누군가가 있는 게 얼마나 중요한지 거듭
말했지만, 나는 내게도 도움 줄 이가 있다는 사실을 굳이 밝히지
않았다. 두 번의 종신형에 추가로 육 년을 선고받았다는 것도.
그건 다른 누구도 상관할 바 아닌 내 문제였다. 마스 룸의 분장
실에서와 마찬가지로, 진짜 이름은 알려주지 않는다. 정보를 주
지 않는다. 내 얘기는 하지 않는다. 그렇게 해서 얻을 것이 전혀
없으므로.

전에 새미가 행정격리사동으로 돌아왔던 밤에는 캔디 페냐가
형 집행 서류를 받았다. 캔디는 본인이 선호하는 처형방식을 고
르고 양식에 서명해야 했다. 새미는 캔디 페냐가 가스와 약물 중
하나를 선택할 것을 제안하는 서류를 읽으며 흐느끼는 소리를
들었다. "우린 저항의 의미로 방범등을 전부 껐어." 새미가 말했

다. "격리사동의 수감자 모두가 저녁식사를 거부했고. 그러면 교도관들이 작업해야 할 서류가 엄청 늘거든. 배식을 거부하고 등을 끄는 사람 한 명낭 각각 서류를 다 만들어야 해서. 캔디는 끝도 없이 비명을 질렀어. 격리사동이랑 사형수사동 사람들 전부울고 있었다니까. 심지어는 교도관들도 울었어. 석식시간에 장애가 있는 여자 딱 한 명만 식판을 받았는데, 내 생각엔 돌아가는 상황을 제대로 이해하지 못해서 그런 것 같아. 캔디는 약물을 선택했어."

캔디 페냐는 어린 소녀를 찔러 죽였다. 필로폰과 PCP에 제정신이 아닌 상태에서 일을 벌였다. 그녀는 사형수사동의 수감실에 그 어린 소녀를 위한 제단을 만들고 매일, 매시간, 매분 기도했다. 캔디는 울면서 서류에 서명했고, 가끔 양아치 짓을 저질러도 새미 역시 인간이라 캔디에게 연민을 느꼈다. 행정격리사동에 가보라, 무언가를 느끼느라 쉴 틈이 없을 것이다. 그곳에서 들려오는 어느 여자의 울음소리, 그건 진짜다. 그곳은 법정이 아니다. 모순을 가려내고 고의성을 밝히고자, 관련은 있으나 애초에 틀린 질문들을 던지고, 자세한 내막을 말하라는 옹졸한 요구들을 반복하는 그런 곳이 아니다. 사형수 수감실의 정적, 그 안에서 여자의 마음속에는 진짜 질문 하나가 떠나지 않는다. 진실한, 그러나 답하기 불가능한 단 하나의 질문. 네가 왜. 어떻게. 보통 생각하는 어떻게가 아닌 다른 의미의 어떻게. 어떻게 네가 그런 짓을 할 수 있었단 말인가. 어떻게 네가.

———

새미의 범죄는 침대에 오줌을 싼 것이었다. 새미가 전말을 얘기해주었다. 교도소에서는 자기 신상을 공개하지 않는 법이라고 내 입으로 말했다는 건 나도 알지만 어쨌든 새미는 내게 모든 것을 얘기했다.

"내가 네 살 때 트레일러에 살았거든. 거긴 전기가 안 들어왔는데, 엄마가 약쟁이라 돈이 생기는 족족 약을 사는 데 써야 해서 그랬어. 나는 밤에 침대에 오줌을 쌌어, 침대를 덥히려고. 그러다 다리에 발진이 생긴 거지. 내 다리를 본 이웃이 CPS를 불렀어."

아동보호서비스국이 새미를 데려갔다. 그녀는 시설을 들락날락하다 결국 소년원에 가게 되었고 거기서 싸우는 법을 배웠다. "나중의 교도소 생활에 필요할 기술들을 거기서 엄청 배우는 거야." 열두 살이 되어 소년원에서 나온 새미는 엄마에게로 돌아갔고, 그녀에게 마약을 대주기 위해 성매매를 했다. 남자들은 어린 상대를 좋아했다. 새미가 처음으로 원조교제를 한 남자는 말도나도라는 이름의 보석보증인이었다. 결국 새미 자신도 마약중독자 신세가 되어 체포당한 후 마약사범 번호, 지금 새미의 표현대로라면 '내 인생에 다신 없어야 할' 번호를 달았으며 그후로 마약

판매 및 밀수 혐의로 교도소를 들락거리며 살았다. 그녀의 어머니는 죽은 지 오래였다. 소년원에서 함께 지냈던 사람들 다수가 이곳 스탠빌에 와 있었다. 새미의 인맥은 방대했다. 평생에 걸쳐 일군 교도소 인맥이었다.

이전에 들어왔을 때 새미는 여섯 달 일찍 가석방되었다. 교도소 밖에서 보낸 시간은 짧았다. 그녀가 편입을 간절히 바랐던 건 자기 물건들을 되찾기 위해서였다. 그녀에게는 TV와 개인용 선풍기, 물을 끓이는 데 쓰는 전기코일이 있었다. 안대는 친구 리복이 가지고 있었다. "조그만 돼지무늬가 있는 거란 말이야." 새미가 말했다. "이제 되돌려받아야지." 그녀는 자기 물건을 여기저기 나눠줬지만 그녀가 돌아오면 되돌려받는다는 조건이었다. 새미는 자신이 교도소를 나가는 일이 딱 그 정도라는 것을, 떠남이 아니라 휴가라는 것을 알고 있었다.

그러나 그렇게 빨리 돌아오게 되리라고는 그녀 자신도 예상치 못했다. 전에 출소했을 때 새미는 편지로 만난 새 남편에게 갔다. 모든 일은 그 남자가 쓴 편지로 시작되었지만, 편지의 수신인이 처음부터 새미는 아니었다. 남자는 스탠빌 교도소의 다른 여자에게 편지를 썼고 여자는 그 편지를 돈줄, 즉 펜팔을 원하는 다른 수감자에게 팔아넘길 무언가로 삼았다. 수감자들은 항상 펜팔 상대를 찾았다. 이 남자와의 편지 교환을 위해 누군가는 분명 대가를 지불할 터였다. 편지는 얼마나 많은 여자들의 손을 거쳤던지 새미에게 도달했을 때는 접히고 펴지기를 반복한 주름 부분이 너덜너덜 닳아 있었다. 그 편지와 그것을 쓴 남자, 이름이 키스 어쩌고—그의 성이 무엇인지는 끝내 알아듣지 못했다—에게는 잠재력이 있었으니, 그의 편지를 받은 여자는 가격을 계속 올렸다. 편지가 새미에게 왔을 때 경매가는 이미 50달러를 넘어 있었다. 가장 높은 금액을 제시하는 사람에게 답장을 보낼 주소가 적힌 봉투가 넘겨질 것이었다. 새미가 내게 말하기를 편지를 읽기 시작하자마자 거기에 50달러 이상, 훨씬 그 이상의 가치가 있다는 걸 알았다고 했다.

"그 남자, 글쓰는 게 꼭 초등 삼학년 같았다니까." 그런 게 어마어마한 가치의 표지라도 된다는 양 새미가 제법 진중한 투로 말했다.

"심지어는 이름 철자도 이상해. K-e-a-t-h? 키스를 그렇게 쓰는 새끼가 또 어딨겠어?"

키스는 온몸에서 희생양의 기운을 뿜어대는 것도 모자라 이름의 철자까지 이상했다.

키스의 편지를 판 여자는 교도소 펜팔 사이트에 어느 고등학교 인기녀의 사진을 썼다. 수감자들은 우연히 발견했거나 교환한, 혹은 누군가의 딸, 누군가의 사촌, 혹은 그냥 누군가의 사진들을 올렸다. 절대 그들 자신의 사진은 아니었다. 러너—영치금을 넣어주는 사람—를 구하는 문제는 매우 중요했다. 러너를 얻는 방법

중 하나가 편지를 써줄 남자를 찾는 것이었다. 키스는 고등학교 인기녀라고 생각한 존재에게 편지를 썼지만, 그건 그저 사진을 도용한 여자일 뿐이었다. 여자는 후두암으로 고생하는 나이든 수감자로, 인공후두를 썼다. 새미와 가격 흥정을 할 때도 배터리로 작동하는 작은 도구를 목에 대고 말했다. 새미는 대가로 CD 플레이어를 제안했다. 여자가 키스의 주소가 적힌 봉투를 건넸다.

새미는 키스에게 보내는 답장에서 자신을 소개하며, 그의 편지를 읽자마자 인연임을 느꼈다고 썼다. 연애가 시작되었다. 새미는 몇 달 내로 가석방될 예정이었고, 흔히 말하는 의미의 러너가 아니라 출소 후 찾아갈 누군가가 필요했다. 아파트, 재정적 안정, 돈벌이가 되는 직장 없이는 가석방심의위원회가 그녀를 놓아줄 리 만무했다. 새미의 옛 남자친구 로드니가 콤프턴의 제 집에 머물게 해줄 수도 있었겠지만, 얘기를 들어보니 그는 자주 손찌검을 했고 새미도 그것에 넌더리가 났다. 점점 키스만이 진정한 해답처럼 보이기 시작했다.

키스는 공군에 복무하며 비행기를 조종했고 군인 연금도 괜찮은 수준으로 받는다고 했다. 교도소에 첫 접견을 왔던 날, 새미에게 청혼했다. 그는 육중하고 굼뜬데다 시선을 도무지 한곳에 집중시키지 못하는 허여멀건 백인 얼간이였다. 새미는 청혼을 받아들였지만 접견실에서 그의 키스를 허락할 엄두가 나지 않았다. 우리 나머지와 마찬가지로 그녀도 오만 가지 종류의 성매매를 해봤지만, 이 아무것도 모르는 얼간이가 그녀의 뺨에 키스 하나 심는 건 도저히 허락할 수 없었다. 그녀는 수감자 특전을 박탈당하는 바람에 포옹이나 키스를 할 수 없다고 말했다. 키스는 그걸 곧이곧대로 믿었다. "오, 맙소사, 난 당신이 곤란에 빠지는 걸 원치 않아요." 그가 말했다. "그냥 악수만 하죠." 새미는 가석방되었다. 그들은 스탠빌에서 멀지 않은 핸퍼드의 법원 청사에서 결혼했다. 핸퍼드는 키스의 아버지가 트랙터 용품을 팔면서 살고 있는 칙칙한 농촌 마을이었다. 그의 가족은 둘을 위해 아파트를 수리했고 그 안의 모든 걸 파란색으로 꾸몄다. 전에 새미가 가장 좋아하는 색이 파란색이라고 말했던 까닭이었다. 파란색 커튼, 파란색 소파, 전자레인지에 돌려도 되는 파란색 사발. 새미에게 좋아하는 색 따윈 없었다. 키스에게 그렇게 말했던 건 그저 그가 듣고 싶어하리라 생각해서였다. 하필 파란색을 고른 건 그날 접견실에서 새미가 입고 있었던 게 그 색이었기 때문이고. 접견실의 다른 모든 수감자와 마찬가지로.

거기 그녀가 있었다. 이스트LA의 저소득층 주거지인 에스트라다코트 출신의 멕시코 소녀가 센트럴밸리의 작은 마을에서 짜증스러울 정도로 단순한 백인 남편, 나중에 밝혀진 바에 따르면 비행기를 조종한 적도 공군에 복무한 적도 없으며, 그 대신 온종일 TV 자동차 경주를 보는 남자와 살고 있었다. 그는 데이토나 레이싱장에 갈 거라고, 쉬지 않고 그 얘기를 했다. 한 달에 한 번씩 SSI* 양식을 왼손으로 작성해 정부가 자신을 둔한 사람으로, 이미 둔한 주제에 그보다 더 둔한 사람으로 여기도록 만들려고 했다. 육중하고 허여멀건 시골 가족들은 새미에 대해 아무것도 몰랐고, 키스가 대체 그녀를 어디서 만났는지 묻지 않았다. 그가 5번 주간州間고속도로 남단으로 가는 소풍에 새미를 데려갔다. 남북전쟁에서 전투중인 척 흉내내기를 좋아하는 사람들의 모임이었다. 그곳 통나무집에서는 옛날식 복장을 한 여자들이 비스킷을 만들었다. 키스는 새미가 다른 여자들과 어울리기를 원했다. 새미가 지금껏 만들어본 것이라곤 교도소식 스프레드가 전부였다. 스프라이트와 크림 대용품을 휘저어 교도소식 치즈케이크를 만들 수도, 교도소 매점용 도리토스를 물에 담가 수작업으로 걸쭉하게 한 반죽으로 타말레**를 만들 수도 있었다. 그녀는 교도소에서 한 문신이 안 보이게 긴소매 옷을 입고 왔으면 얼마나 좋았을까 생각하며 쭈뼛쭈뼛 서 있었다. "햇볕에 그을린 피부가 멋져요." 그 하얀 여자들 중 하나가 하얀 비스킷 반죽을 밀며 새미에게 말했다. 남자들은 대포를 쏘고 있었다. 한 명은 군대용 나팔을 불었다. 키스는 척하는 군대의 척하는 대위였고, 그날 진짜 검을 상으로 받았다. "그거 버려야 해요." 핸퍼드까지 머나먼 길을 운

* 사회연금 및 생활보조금.
** 옥수수 반죽 안에 고기, 채소, 치즈 등을 넣고 옥수수 잎으로 감싼 뒤 증기로 찌는 멕시코 요리.

전해 돌아가면서 새미가 설명했다. 새미는 4급 가석방자였다. 화기도, 길이 25센티미터 이상의 칼도 휴대 금지였다. 그걸 어기면 곧장 교도소로 돌아갈 판이었다. "에이, 염병." 키스가 한숨을 내뱉고 애처럼 푸르르 입술을 털었다. 그 모습이 영락없이 꿈속에 사는 키스 어쩌고였다. 스탠빌에서 잘나가는 수레냐* 한 명을 구해 그녀의 그을린 피부를 동경하는 백인들의 소풍에 데려가는 키스 어쩌고.

그러나 그후로 키스는 새미를 아무데도 데려가지 않았다. 일주일에 한 번, 일요일 저녁에 적십자 자율방범대 노릇을 하러 혼자 집을 나설 뿐이었다. 그는 그걸 가지고 유난깨나 떨었다. 항상 서류가방을 들고 다니면서 말하기를, 그 안에 다음번 데이토나 경기 연구에 필요한 중요 서류가 들어 있다고 했다. 그건 진짜 서류가방도 아니었다. 백개면** 세트가 들어 있는 상자를 비운 것이었다. 언젠가 새미가 그걸 열어보았다. 안에는 초콜릿바가 가득했다.

새미에겐 돈도 차도 없었고, 가축 사육장 옆 아파트에 덩치만 컸지 하는 짓은 얼뜨기인 인간과 꼼짝없이 갇힌 신세였다. 키스는 보고 있는 TV 경주의 트랙 위에 있기라도 한 것처럼 의자를

---

* 서던캘리포니아 기반의 라틴계 폭력조직에서 뛰어난 일원을 일컫는 말.
** 전략 보드게임의 일종.

왼쪽으로 또 오른쪽으로 회전하며 하루를 보냈다. 어깨에 펜조일이라 인쇄된 데이토나 대표팀의 경주용 유광 티셔츠를 입었다. 새미는 그에게 돈을 요구하기 시작했다. 그가 마지못해 몇 푼 쥐여주었다. 그녀는 1달러 숍까지 걸어가서 맥아주 1쿼트를 산 뒤 주차장 뒤편 판잣집에 살던 농장 인부들과 얘기하며 마셨다. 어느 밤, 새미가 취한 채 집에 돌아왔다. 키스가 TV 속 트랙을 획획 도는 경주용 자동차를 따라 의자를 이리 돌리고 저리 돌렸다. 그 꼴을 더는 봐줄 수 없었다. 묵직한 유리 재떨이를 집어들어 그의 머리를 갈기고는 아파트를 뛰쳐나왔다.

새미는 갈 곳 없는 도망자였다. 어느 철도 건널목, 저멀리 사이렌 소리가 들렸다. 선로전환기 뒤에 숨어 소리가 사라지기를 기다렸다가 선로를 따라 걷기 시작했다. 고속도로가 나오자 남쪽 방면 도로의 갓길에 내내 서 있다가 마침내 태워주는 사람을 찾았다.

새미는 빈민굴을 잘 알았고, 수감과 수감 사이에 그곳을 오가며 살아남았으니, 그때 향한 곳도 바로 거기였다. 조심만 하면 한 사람의 자취쯤이야 그저 감출 수 있는 곳이었다. 몇 개월은 용케 체포를 피했으나 끝내 수색에 덜미를 잡히고 말았다. 키스가 그녀를 고소했지만 둘은 이혼 절차를 밟은 적이 없었고, 그래서 새미가 아는 바대로라면, 그녀는 지근거리에 사는 이 멍청한 촌뜨기와 여전히 부부 사이였다.

—

포장 바닥의 야외 철창 안에서 주1회 운동시간을 보내던 중 가시철조망 틈으로 검정고시 선생을 발견했다. 행정격리사동의 수감동으로 이어지는 길 위에 있었다. "안녕하세요." 내가 외쳤다. 철조망 사이로 그가 답했다. "시험 준비를 하고 싶은지 생각을 좀 해보셨습니까?"

해보지 않았다고 말했다.

"시험을 치르고 싶거든 관리자들에게 알려주세요. 그 문제들이 쉬웠잖아요. 그건 좋은 신호입니다. 읽기 평가는 아직 진행해보지 않았지만요."

"나, 글 읽을 줄 알거든요." 내가 말했다. "고등학교도 졸업했고요."

그가 끄덕였다. "제가 몰랐군요."

"대학에 갈 뻔도 했었어요. UC버클리에 합격했거든요." 교도소에 들어오기 전의 나는 그렇게 대단한 거짓말쟁이가 아니었다. 직원들과 교도관들에게 거짓말을 하고픈 욕구는 반사적 본능이다. 저들이 우리를 가지고 노니 우리도 저들을 가지고 논다.

"와, 정말입니까? 저도 거기서 공부했습니다."

나는 아버지가 병에 걸리는 바람에 간호를 떠맡게 되어 대학 입학이 불가능해졌을 때 얼마나 슬펐는지 하는 얘기를 들려주었다. "책을 읽던 시절이 진짜 그리워요." 내가 말했다. "난 독서를 좋아하거든요." 이건 거짓말이 아니다.

"읽을거리를 좀 챙겨드릴 수 있다면 기쁘겠는데요, 물론 원하신다면. 보다 상위 단계에 해당한다는 사실을 알게 되었으니, 검정고시 참고서는 아닐 겁니다, 약속드릴게요. 무슨 책이 읽고 싶으십니까?"

———

"무슨 책이 읽고 싶으십니까." 선생이 사라진 후 새미가 그를 흉내냈다. "저 남자, 만만찮게 희생잣감이다. 네 버전의 키스가 될 수도 있겠어." 새미가 낚싯줄 감는 동작을 했다. "천천히 해. 제대로 하고. 그럼 키스Ⅱ를 마주할 것이다."

나는 검정고시 선생을 낚는 데 관심이 있는 척했지만 그건 그저 새미가 짠해서였다. 그녀는 모두를 잠재적 희생자로밖에 볼 줄 몰랐다. 희생자가 곧 구원자를 의미하는 순간에마저.

———

'쇠사슬의 밤' 이튿날 아침에 호송버스에서 봤던, 바람에 뜯긴 깃털이 차로에서 소용돌이치던 와중의 칠면조들은 스탠빌로 향하던 게 아니었다.

추수감사절은 행정격리사동에 있은 지 한 달째 되던 날이었다. 배식구로 우리의 명절 음식이 거칠게 떠밀려 들어왔다. 내 식판을 보았다. 웬 새의 크고 두툼한 다리가 놓여 있었다. 비정상적으로 컸다. 새 다리가 그렇게 큰 건 본 적이 없었다.

"여긴 매년 이딴 식이지." 새미가 말했다.

"무슨 말이야?"

"특대 사이즈 추수감사절 고기 말이야. 사람들이 그러는데 이거 에뮤래."

에뮤는 덩치 크고 못생기고 성질 더러운 새로, 몸을 치켜세우면 키가 1.8미터까지 늘어난다. 지미 달링이 지냈던 목장집의 이웃이 에뮤를 키웠다. 때때로 녀석들이 목장으로 들어와 헤매고 다니기도 했다. 거칠고 예측불가능한 것이 꼭 인간 같았다. 호두 크기의 뇌를 가진.

역겨운 식사가 끝나고 맥킨리가 우리를 철창 두른 콘크리트 광장에 풀어놓았다. 명절 기념 특전이었다. 얼어죽을 정도로 추웠다. 하늘은 낡은 주방기구처럼 황량한 흰색이었다. 바람에 날린 먼지가 눈으로 들이치는 동안 우리는 바닥에 앉아 가시철조망 저편으로 직원이나 교도관이 지나가는 모습을 구경하게 되기를 기다렸다. 그런 게 우리가 죽고 못사는 재밋거리였다. 간호사 하나가 달려 지나갔다. 그리고 두 명 더. 코넌이 소리쳤다. "생명을 구하라!" 그 외침 탓에 그들이 맡은 임무의 긴박성이 떨어지고 말았다. 우스워 보였다. 생명은 별문제가 아니었다. 위아래로 출렁이는 간호사들의 가슴을 감상하는 동안 코넌이 그냥 하는 소리일 뿐이었다.

배가 고팠다. 내 몫의 에뮤를 먹지 않은 터였다. 먹지 않았기는 새미도 마찬가지였다.

"행정격리사동에 처박혀 있지만 않았어도 그 새 다리를 팔아먹었을 텐데." 새미가 말했다. "흑인 여자애들은 그걸 빵부스러기에 캔 옥수수랑 섞을걸. 작년에 흑인 영계가 식사시간에 커다란 새 다리 하나를 빼돌리는 걸 봤거든. 허벅지 안쪽에 징글징글한 화상을 입으면서."

"넌 왜 그렇게 인종차별적이냐?" 코넌이 말했다. "흑인 여자애들이 이래. 흑인 여자애들이 저래. 여길 접수한 게 우리라서 그러는 거지."

"여길 접수한 게 우리가 될 수도 있었지." 새미가 말했다. 여기서 우리는 라틴계를 뜻했다. "단체로 약에 절어 있지만 않았어도."

"근데, 좋은 생각이긴 하다. 남는 다리를 사들여서 옥수수랑 빵부스러기랑 섞는 거." 코넌이 말했다. "나초치즈에도 좀 때려넣고, 할라피뇨피클을 곁들일 수도 있겠지. 놈들도 저 새 다리에는 개수작을 부리지 않을 거잖아. 보통 일이 아니었지. 저건 '모티머 포션'에 해당이 안 돼."

추정컨대 모티머는 스탠빌 수감자로, 교도소를 고소했다. 그 여자 때문에 저들은 우리에게 하루에 딱 1400칼로리분의 음식만 제공해야 했다. 뚱뚱하게 만들었다는 이유로 모티머에게 고소당했던 전철을 밟지 않으려는 것이었다. 모티머 포션은 음식 부족을 의미한다. 그러나 저들은 교도소를 탓하는 대신 모티머를 원망하라고 말한다. 바보 같은 소송으로 이어진 수감자진정서602를 제출함으로써 우리 나머지의 생활까지 엉망으로 만들어버린 건 바로 그녀라면서. 그런 식으로 수감자의 이름이 붙은 규칙들이 꽤 많았다. 약을 탈 때는 '암스트롱 박스' 안에 서 있어야 한다. 암스트롱 박스는 약품 수령대를 빙 둘러 바닥에 빨간색으로 칠해둔 사각형의 공간이다. 프라이버시를 보호하기 위해서라나. 약품 창구에서 이름이 불리지 않았는데, 혹은 복도를 걷다가 실수로라도 암스트롱 박스의 빨간 선 안에 발을 들이면 곧장 규율 위반115였다. 암스트롱이라는 이름의 편집증 환자 덕분에.

다른 모두의 생활까지 망쳐버린 그 수감자들을 우리는 증오했지만, 어쩌면 이 사람들은 존재조차 하지 않았을지도 모른다. 수감자진정서602가 사실상 어디로 가는지 새미가 얘기해주었다. 소송 대리인 사무실에 있는 문서파쇄기행이라고. 애초에 진정을 제기하는 것조차 불가능한 마당에 수감자 한 명이 역사를 만드는 일이, 새 규칙에 자기 이름을 붙이는 일이 가당키나 한지 의문이었다.

———

교도소에서 맞는 명절은 우울하다고들 한다. 사실이다. 자신이 한때나마 가졌던 혹은 갖지 못했던 삶에 대한 생각을 떨쳐버릴 수가 없기 때문이다. 명절은 삶이라는 것이 어떤 모습이어야 하는지에 대한 하나의 아이디어다.

나는 자유세계에서 마지막 추수감사절을 허투루 보내고 말았다. 마스 룸에서 낮 근무조로 일을 했다. 남자들의 중독에는 명절이 없다. 우리가 명절에 바쁜 까닭은, 남자들이 자신의 실제 삶으로부터 우리, 즉 그들의 판타지가 있는 진정한 진짜 삶 속으로 탈출해야 하기 때문이다.

추수감사절을 마스 룸에서 보내라고 아무도 강요하지 않았다. 바로 그날에 특별히 돈이 궁했던 것도 아니다. 왜 나는 잭슨과 무언가를 하지 않았던가. 나는 그애를 이웃에 맡겼다. 이웃 여자와 친구들 몇이 식사 자리를 만들었다. 꼬마들은 신나게 놀았다. 나는 커트 케네디와 어두침침한 객석에 앉아 있었다. 그때쯤에는 나도 단골을 만들어보겠다는 다른 여자들의 난리에 경계심을 늦춘 상태였다. 본능적으로는 반발심을 느꼈지만 그것이 주는 전에 없던 확실성이 눈에 들어왔다. 그는 내 근무시간에 거기 있을 것이다. 자동적으로 나를 고를 것이다. 점심시간에 들른 어두컴컴한 자신의 봉토인 마스 룸에서 너쯤 되면 돈을 내고 어울릴 의향이 있다고 나서줄 누군가를 기다리며 실내를 훑고 맴도는 일도 더는 없을 터였다.

제 필요를 충족시켰거나 혹은 더 나은 무언가, 다른 누군가를 본 남자들은 내게 꺼지라고들 한다. 단골이 있으면 그런 순간은 오지 않는다. 출근하기 전부터, 그가 마스 룸에 도착하기 전부터, 나는 이미 누군가의 선택을 받은 몸이었다. 커트 케네디의 선택을. 그는 몇 시간 사이에 내게 몇백 달러를 쥐여줄 것이었다. 내가 제 여자인 척해주는 게 그가 원하는 전부였다.

"너, 내 여자지, 그렇지?" 내 허벅지 위, 거칠고 건조한 그의 손. 걸걸한 목소리. 주로 말을 하는 쪽은 그였다. 그는 업무 수행 중에 다리에 총을 맞았고 그 때문에 다리를 절었다. 형사 비슷한 뭐였다고 하더니 나중에는 정확히 그렇다고 말하기는 어렵다면서 실제 직업에 대해 장황히 늘어놓았지만 나는 듣고 있지 않았고, 그의 직업이 뭐든 혹은 그가 거짓말을 했든 진실을 말했든 전혀 관심이 없었다. 그는 장애인 연금을 받고 있었고, 자유시간이 지나치게 많았다. 그는 나를 자기 보트에 데려가고 싶어했다. 난 보트가 싫은데, 말로 하지는 않았다. "그럼요. 정말 재미있겠네요." "거기 항구에 계류장 하나를 빌리는 데 얼마나 돈이 많이 드는지 넌 모를 거다. 당연히 모를 거야. 일 년에 2만 달러나 되지." 그렇게 말하며 내게 20달러를 더 쥐여주었다. "그렇군요." "궁둥짝 맞는 거 좋아하나? 네 궁둥짝을 때리고 싶다." 20달러를 더 건넸다. 그가 주는 지폐들은 가끔 신권이었고, 그 빳빳하고도 매끄러운 느낌 때문에 혹시 위조지폐는 아닌지 확인하고 싶어졌다. 돈은 돈이다. 위대한 중화제. 즉, 저건 일이고 이건 대가다. "네 궁둥짝을 벌겋게 만들고 싶구나. 아 젠장, 좆같이 시뻘건 색으로 말이야." 그 거칠거칠한 손이 내 엉덩이를 찰싹 때렸다. 그 손길의 가벼움. 그는 생각에 빠져 있었다. 그걸 생각이라고 부를 수나 있다면. 궁둥짝 이벤트 같은 건 없을 터였다. 그럴 필요가 없었다. 옷을 고스란히 입고 앉은 그의 무릎 위로 엉덩이를 들이미는 나는 그 남자의 VR 기계였을 뿐이니까. 그렇게 지갑을 털어먹었다. 지갑이 비면 둘 중 하나였다. 마스 룸 로비의 현금지급기에 가서 돈을 더 뽑아오거나 아니거나. 혹여 뽑아오지 않는데도 다음날이면 그는 다시 돌아올 터였다.

———

추수감사절이 지나고 며칠 후, 맥킨리가 교육실에 내 앞으로 온 소식이 있다고 전했다.

나는 수갑을 찬 채 맥킨리와 다른 교도관 하나를 거느리고 걸었다.

교육실에서 존스 교위와 마주했다.

"사망한 친지가 있다는데." 존스가 말했다.

"친지요?"

"적혀 있기로는 네 어머니라는데."

스탠빌에 있는 여자만 삼천 명이다. 잘못된 정보를 전달받는 건 늘 있는 일이다. 당신이 에이즈 양성이라느니 뭐라느니, 실제로는 아닌데도. 다른 사람의 서신이 잘못 전달되기도 한다. 존스가 뭔가 착각한 게 분명했다. 아니면 나를 고문하는 것이든가. 왜냐면 그게 그 여자의 역할이니까, 고문.

나는 그녀의 말을 믿지 않는다고 답했다.

"그레천 베커, 여기 그렇게 적혀 있네. 자동차 사고로 사망. 지난주 일요일, 11월 30일에."

"아뇨." 내가 말했다. "아뇨. 그럴 리가 없어요."

"여자와 아이 둘 다 샌프란시스코 종합병원으로 이송되었으며," 존스가 기계적으로 읽었다. "아이의 생명에는 지장이 없음."

"제 아들이에요." 내가 말했다. "이제 겨우 일곱 살이에요. 돌봐줄 사람이 아무도 없어요. 제가 가봐야겠어요."

"네가 가봐야겠다고? 넌 두 번의 부정기형을 선고받았다, 홀. 아무데도 가지 않는다."

"내 아들이라고요. 걔가 병원에 있는데, 내가……"

"홀, 누군가의 어미 노릇을 하고 싶으면 사고 치기 전에 그 생각부터 했어야지."

나는 존스의 손에 들려 있는 종이를 향해 돌진했다. 내 눈으로 봐야 했다.

맥킨리가 붙잡았다. 그에게서 벗어나려 안간힘을 썼다. 종이를
봐야 했다.

맥킨리가 나를 바닥으로 눌렀다. 그의 커다란 군화가 어깨를
지그시 내리누르며 나를 제압했다. 다치게 하고 싶지 않은 그의
마음을 나도 알았다. 느낄 수 있었다. 그러나 존스는 교위, 즉 그
의 상관이었다. 맥킨리의 군화가 나를 짓눌렀다. 이렇게 말하고
있었다. 네 어머니는 죽었어. 내 어머니는 죽었다. 이제 나와 이
것, 이 전쟁뿐이었다.

"종이 좀 보게 해줘요." 내가 말했다. "제발."

나는 침착하지 못했다, 인정한다. 제발, 그건 말이 아니라 비명
이었다. 제발. 제발. 내놔요. 망할 그 종이를 내놔.

"난 네년들이 안됐다고 생각하곤 했지." 존스가 말했다. "하지
만 부모가 되고 싶으면, 교도소 신세는 되지 말아야지. 분명하고
도 단순한 이치다. 분명하고도 단순한 이치."

몸을 일으키려 했다. 내 위로 더 많은 교도관들이 있었다. 손을
물어뜯었다, 누구 건지는 몰랐다. 저들이 내 머리를 바닥에 대고
눌렀다. 나는 머리를 모로 돌리며 침을 뱉었다. 맥킨리에게 침을
뱉었고 진압봉에 뒤통수를 맞았다. 경보음이 울렸다. 경보음 소
리가 삐이이 귓속을 울렸고, 할 수 있는 건 몸부림뿐이었다. "내
가족이야! 내 아들이야! 내 아들이라고!"

고개를 들려고 안간힘을 썼다. 일어나려고 날뛰었다. 다리를
허우적거렸다. 마침내 붙박이게 될 때까지. 마침내 온몸이 붙박
일 때까지.

II

12

박사는 로스앤젤레스 경찰국 램파트 지서의 형사들 중 부패 행위로는 선구자 격이었다. 생각해보면 박사는 그곳 형사들이 악명을 얻기 훨씬 전부터 죄를 저지르고 다녔다. 그런 이유로 스스로가 시대를 앞서나가는 인물이라고 생각했다. 그는 가석방 없는 종신형을 살며 뉴폴섬의 특별관리사동에 수감중이었다.

특별관리사동에는 콘크리트로 만든 계단식 좌석과, 생활관의 천태만상이 펼쳐지는 넓은 무대가 있었고, 그 너머로 온통 파란색에 각각 조그만 감시창이 달린 자동문들이 늘어서 있었다. 박사의 수감실은 다른 모두와 마찬가지로 2.5×3.0미터, 그리고 다른 모두와 마찬가지로 혼거실이었다. 수감실 동기는 고를 수 없다. 그리고 뉴폴섬의 특별관리사동에서는 아동강간범, 밀고자,

성전환자와 한 방을 쓸 확률이 백 퍼센트다. 그런 인간들을 수용하려고 만들어진 게 특별관리사동이니까. 성전환자라, 박사에게는 괜찮을 터였다. 가슴 달린 남자들은 개의치 않았다. 대놓고 즐기는 그런 건 아니었지만, 대개 뒤에서 음미하고 살피는 애들이 박사에게도 몇 있었다. 인생 모든 게 그렇듯이 그 순간만큼은 말이 되는 경험이라고 할까. 같은 사동의 성전환자들은 파우더퍼프로 소프트볼을 했고, 제 옆의 정력 넘치는 수컷만큼이나 박사 또한 그 게임 구경을 즐겼다. 그들 모두가 즐겼다. 누군들 아니겠나. 여자 취향인 당신이 만약 다른 남자들 무리와 평생 감방에 갇혀 있어야 한다면? 그런데 난데없이, 이 생명체들이 있는 것이다. 풍만한 엉덩이에, 주정부 지급 면 티셔츠 아래서 진짜로 실제 가슴을 출렁이며 베이스를 돌고 폴짝폴짝 뛰고, 타석에서 앙증맞게 쩔쩔매고, 혹은 제 쪽으로 날아오는 공을 쫓아 달리고, 그리고 그걸 절대 잡지는 못하는 그들이. 웃기고 멍청하고 몸놀림이 둔하고 좋은 냄새를 풍기는 꼴이 딱 여자들 같았다. 그리고 딱 여자들처럼, 완두콩만한 뇌를 가진데다 부드럽고 꺅꺅대는 목소리를 냈다.

그들 중 하나와 방을 썼다면 아무 문제 없었을 터. 그 대신 그는 딸을 강간했다는 고약한 인물과 짝이 되었다. 특별관리사동의 의무적 관행에 따라 박사가 새 룸메이트의 신상명세를 요구하자 남자는 그애가 의붓딸이었다고 말했다. 그래, 우리 모두에게는 각자의 사연이 있지. 박사는 어린 시절 양부에게 강간당한 얘기도 공개적으로 하는 사람이었다. 수감실 동기에게는 이러쿵저러쿵 따지고 들지 않았다. 여기는 교도소다. 친구 따윈 없다. 그들의 감정을 상대할 필요가 없다. 수감실에서 지킬 규칙을 만들고, 각자의 일에 참견하지 않는다. 박사의 규칙은 대개가 청소 원칙들이었다. 뉴폴섬 특별관리사동의 남자들 다수가 자신의 청소 원칙들을 갖고 있었다. 공용구역의 콘크리트 바닥은 유리처럼 번쩍였는데, 광을 무지하게 내고 또 냈기 때문이다. 말하자면 겹겹이 쌓인 청결과 광택과 완벽 그 자체였다. 박사네 수감실에서 풍기는 셀블록 64 세정액의 냄새는 압도적이었다. 그건 어디에나 있는 향의 차원을 넘어 총체적인 감각, 호흡과 사고와 존재의 수단인 냄새가 되었다. 사동청소부였던 박사에게는 접근권한이 있었다. 그는 셀블록 64의 개인 공급책도 갖추고 있었다. 그걸 향수 대용으로 쓸 수도 있었겠지만 박사에게는 책갈피 사이에 돈이 있었고, 썼으면 진짜 향수를 썼지 그는 '올드 씨부랄 스파이스'조차 쳐주지 않았다. 이름을 떠올리는 데 매번 실패하는 이탈리아 명품 디자이너의 고급 향수. 뒤에 가서야 생각난다. 체사레파치오티. 그 이름을 되살리기까지 늘 시간이 좀 걸린다. 셀블록 64는 그의 개인용품, 즉 밀반입 물건들의 먼지와 때를 없애는 용도로만 엄격히 국한한다. 저들이 불시검사를 실시할 때 수감실의 어떤 물건이든 직접 구입한 것이 아니고 구입을 증명할 기록도 없다면 압수다. 수감실의 어떤 것이든 CDC, 즉 캘리포니아 교정본부가 명시적으로 허가한 물건이 아니면 밀반입품이다. 아니 잠깐, 캘리포니아 교정·재활본부. 올해 저들이 단어 하나를 더했다. 새 교정 프로그램이 생긴 건 아니다. 그냥 이 지랄맞은 단어 하나만 얹었을 뿐이다. 재활.

—

박사는 침대에 누워 파일을 넘겨가며 괜찮은 이미지를 찾는다. 포르노물은 반입 금지다. 당연히 인터넷도 없다. 마음속, 그곳이 바로 딸감을 숨겨놓는 장소다. 박사는 저장해둔 이미지들을 획획 넘긴다. 그가 섹스했던 마지막 여자, 베티 라프랑스. 그를 여기 처넣은 그녀와의 기억은 너끈히 넘어선다. 그 여자 때문에 신세를 조지기 이전의 시절에 집중한다.

위장순찰차를 타고 거리를 누비는 제 모습이 보인다. 과거의 삶 속으로 들어갈 수 있다면 괜찮은 시나리오도 하나쯤 시동을 걸어볼 수 있다.

들창코의 칵테일 웨이트리스가 있었다. 그가 즐겨 갔던 이글록의 술집, 토퍼스라 불리던 곳.

사복 경찰 하나가 술집에 들어왔다.

그 농담의 마무리가 뭐였는지 박사는 절대 기억을 못했다.

사복 경찰 하나가 술집에 들어왔다. 그게 다다. 그걸로 끝이었다.

토퍼스의 칵테일 웨이트리스가 술에 취하고 약에 절어서는 박사가 팬티 옆에 찔러준 지폐 두 장이 미국달러가 아니라 그보다 가치 낮은 캐나다달러라는 사실에도 성질머리를 부리지 않던 밤이 있었더랬다. 하 하 하. 그런데 칵테일 웨이트리스가 대체 왜 달랑 팬티 한 장만 걸치고 있었을까? 그건 토퍼스 미스터리의 일부였다. 토퍼스 유일의 미스터리였다. 그는 그 미스터리를 부수고 여자를 위장순찰차로 데려갔다. 팬티를 내리고 가랑이 사이로 손을 넣었다. 여자가 제모기인지 왁스인지로 정리한 저 아래가 꼭 아이처럼 느껴졌으니, 박사로서는 용납할 수 없는 일이었다. 그는 아이들의 보호자이자 수호자가 아니던가. 털 없는 보지의 감촉에 소스라치게 놀라 손을 거둘 수밖에 없었다. 그러고 보니 마음속 롤로덱스*에서 이 파일을 고를 때 그 부분을 까먹고 있었다. 그는 구깃구깃한 20달러 지폐 한 장을 여자에게 던져주며 내리라고 말했다. 이제 그의 마음은 섹시한 스트립쇼 혹은 이 입에다 네 자지를 넣어달라고 애걸하는 여자의 모습을 소환하는 대신, 나쁜 놈들과 죄 없는 아이들의 땅으로 서서히 기어들어가며 우지 기관단총 한 정으로 그 풍경화를 채색하는 꿈을 꾼다. 아동

* 회전인출식 인덱스카드함의 상품명.

성추행범들이 있는 그 거대한 풍경화를 온통 떡칠하는 꿈을.

우지. 라스베이거스에서 스위트타르트 사탕색의 짧은 분홍 반바지를 입은 아이가 제 교관을 쏴 죽인 일이 있었다. 모두가 개인용 TV로 그 뉴스를 보았다. 주 전역에서 가석방 없는 종신형을 살고 있는, 박사와 같은 신세의 남자들 수만 명이 째지는 소리가 나는 싸구려 헤드폰을 '바깥세상 기계'에 연결시키고 드러누워, 사탕색 반바지를 입은 이 아이가 성인 남자를 우지로 쏴서 쓰러트리는 순간을 얼핏이나마 볼 수 있기를 소원하고 있었다. 뉴스 장면에서는 아이가 훈련받는 모습이 나오고 화면이 일시정지, 다음으로 교관이 응원의 말을 건넨다. "좋아!" 마치 아주 좋군, 괜찮은 녀석이야라고 하듯. 다시 발포하려던 아이의 총구가 교관을 향하기 직전에 화면이 바뀐다. 문제의 장면을 보여줄 일은 절대 없었으나 특별관리사동의 모두가 보고 또 본다. 보여주리라 기대하며. 그렇게 계속 보고 있으면 반복재생될 때마다 어떤 기술상의 요행으로, 우주의 결함으로, 뉴스의 장면이 절대 보여줘서는 안 될 부분, 즉 아이가 교관의 뇌를 산산조각내는 부분으로 곧장 이어질지도 모를, 정말 그럴지도 모를 가능성이 생기기라도 한다는 듯.

박사는 스스로를 부드럽게 조종해 이 생각에서 빠져나온다. 원하는 건 다 가질 수 있다. 기억의 저장소를 훑을 때는 이 사실을 기억하는 게 중요하다. 허나 너무 많은 선택지는 때로 억압이다.

선택의 억압, 이것이 교도소에서 겪는 가장 큰 문제이리라고는 생각지들 않는다. 그건 그렇고 박사는 아직까지도 하나의 이미지에 정착하지 못했다. 정해진 시간에 출입문이 개방되기 전까지는 룸메이트가 돌아오지 않을 테고, 박사는 이 시간을 생산적으로 쓰고 싶다.

　아무도 모르게 여자를 잘도 찾아다니던 형사 시절로 다시 돌아가 어느 훈훈한 밤에 저지른 망나니짓에까지 이른다. 박사는 뻔뻔하고도 자연스럽게 성매매가 이뤄지던 로스앤젤레스 술집 감별의 대가가 되어 있었다. 코리아타운 윌셔 대로의 폴리시드 눕. 지하에 감옥이 있는 중세풍 식당. 베벌리 대로와 웨스턴 애비뉴 사이의 바비 런던. 한국 남자들과 로스앤젤레스 경찰만을 상대로 영업하는 곳이었는데, 경찰에게는 순전히 뇌물의 의미였고, 그 경찰은 박사가 유일했으며, 엄밀히 말해 그건 뇌물을 바치는 게 아니라 갈취를 당하는 것이었다.

　경찰 하나가 사창가에 들어왔다.

　그 농담도 당최 기억을 못하기는 마찬가지다.

　라스 브리사스는 다저스 스타디움 근처, 길고 황량하게 뻗은 선셋 대로에 있었다. 거기서는 차들이 시속 110킬로미터로 내달렸다. 라스 브리사스의 창고에서는 바텐더와 섹스를 할 수 있었고, 그녀는 상냥한데다 모성을 자극하는 쪽으로 섹시했다. 그녀에게서는 소고기 타말레와 파불로소 세정제, 지금 와서 생각해보면 셀블록 64와 별반 다르지 않은 꽃기름 냄새가 났다. 그의 라스 브리사스 방문은 거기서 성매매를 하는 다양한 여자들과의 끈적한 포옹과 사타구니 대 사타구니의 접선으로 시작되었지만, 셀블록 64랑 똑같은 냄새를 풍기는 그 바텐더와 창고에 있는 것으로 언제나 끝이 났다. 그녀가 파불로소를 손에 짜서 박사와 제 몸에 기름칠한 다음 둘은 선 채로, 박사가 여자의 몸을 캔맥주 박스 더미에다 밀어붙이고는 미끌거리며 넣었다─뺐다를 반복했다. 그 마음 좋은 숙녀는 늘 행복하게 굴었다. 박사의 오르가슴이 곧 자신의 자랑거리라도 되는 양. 덩치 큰 아기인 박사가 허벅지 안쪽에 정액을 흩뿌리는 게 줄기가 기다란 붉은 장미 열두 송이를 선물하는 일이라도 되는 양.

박사는 깊게 그러나 조용히 숨을 삼킨다. 출입문이 열렸기 때문이다. 자동타이머에 따라 앞으로 십 분간 수감실 문이 개방될 것이다. 룸메이트가 돌아와 아래층 침대에 걸터앉는다.

붉은 장미. 올드폴섬, 박사가 복역을 시작했던 그 교도소의 정문 밖에는 활짝 핀 붉은 장미들이 있었다. 교도소 버스의 닫히고 막힌 차창 틈으로 그것들이, 무겁고 과하게 큰 꽃들이 보였으니 버스 안의 표백제 냄새와 역한 체취는 개뿔, 박사는 분명 그 꽃들의 내음을 맡았다. 게을리 고개 숙인 그 커다란 꽃들의 냄새를 맡았다. 그건 다른 누군가가 누리는 자유의 향이었다. 캣아이 안경에 카디건 스웨터 차림을 한 나이 지긋한 여자들의 자유세계. 자신은 치지 않는 업라이트피아노와 찾아오지 않는 손주들의 사진을 가진 여자들. 고인이 된 남편들. 그들이 고수하던 민권운동 이전 스타일의 버즈컷*. 은퇴자들의 크고 쭈글쭈글하고 늘어진 귀. 플로이드 같은 이름을 가졌던 남자들. 아니면 로이드. 남편을 먼저 보낸 이 나이든 여자들이 바늘 끝으로 수놓는 자유와 대문 기둥을 장식한 완벽한 장미. 노령의 경련인지 약물 때문인지, 매사에 다 '아니야'라고 말하듯 고개를 흔드는 여자들. 영원토록 못마땅해하는 여자들, 박사네 가족의 그 여자들처럼. 그들은 박사를 사랑하지 않았으며, 위탁가정에서 자라게 했다.

박사가 올드폴섬에 처음 도착했을 당시에는 특별관리사동이 없었다. 관리가 필요한 사람들이야 당연히 있었지만, 밀고자와 경찰 출신 수감자들을 보호 차원에서 따로 구금할 목적으로 운영되는 사동은 없었다. 박사는 많이 돌아다니지 않았다. 전에 협박 편지를 받은 적이 있었다. 그에게 직접 서신을 보낼 수 없는 처지인 베티 라프랑스가 무슨 조화인가를 부려서 보낸 게 분명했다. 프레드 퍼지라는 사람의 이름으로 온 이 편지는 또라이 같은 사각 글씨체로 박사네 사동 사람들이 그가 한낱 부패경찰일 뿐이라는 사실을 곧 알게 되리라 단언하고 있었다. 그게 그 여자의 스타일이었다. 와서 날 먹어보시지, 부패경찰님. 그래서 갔었

---

* 두피가 보일 정도로 아주 짧게 깎은 헤어스타일.

다. 순진했다. 그들이 잡힌 건 그 여자의 싸디싼 주둥이 때문이었고, 지금도 들어줄 사람 누구에게나 그 입을 놀리고 있을 게 분명했다. 박사는 수감실에 누워 탈출을 꿈꿨다. 올드폴섬의 벽들은 지면 위로 솟은 높이보다 땅속으로 뻗은 길이가 더 긴 거대한 화강암제 어금니들이었고, 그 건설에 동원되었다는 이전 기결수들을 박사는 증오했고 질투했다. 그들의 노동이 그를 가두었다는 점에서, 그리고 그들에게는 무언가 할일이, 실질적인 프로젝트가 있었다는 점에서. 교도소의 뒤쪽 경계에는 아메리칸강이 흐르고 있었고, 횃대처럼 솟은 감시탑이 내려다보는 가운데 급류가 부글거렸다.

〈폴섬 교도소 블루스〉는 박사의 어린 시절 인기곡이었다. 그 노래를 사랑했고, 어린 박사에게 가학적이었던 빅, 그의 양부에 대해 박사가 느끼는 감정은 애증이었다. 후에 경찰차 바닥에 산탄총을 고정하고 다니는 성인이 되어, 무기와 배지가 있고 빅의 샌드백 노릇을 하려야 할 수도 없는 남자가 되어 박사는 그 노래를 다시 들었다. 토퍼스의 주크박스에서 그 노래가 흘러나왔고, "리노에서 한 남자를 쏘았네, 그저 그가 죽는 걸 보려고" 하는 가사는 박사가 다른 누구보다도 잘 이해하는 진실이었다. 그와 똑같은 이유로 박사 또한 상당히 성의껏 사람들을 쏘아본 적이 있어서다. 장소가 리노는 아니었지만.

조니 캐시는 코카인 중독자였고, 이것이 그와 박사의 또다른 공통점이었다. 그 가수의 얼굴에는 주름이 자글자글했고, 분투하느라 찌들어 수척하고 경직된 듯한 그 모습에서 누군가는 허들을 넘는 육상선수의 얼굴을 떠올릴 수도 있겠지만 실은 밤새도록 코카인을 하느라 그런 것이다.

빅이 유일하게 중독되어 있던 것은 어린 박사를 폭행하고 강간하는 일이었다. 그것만 아니면 하루에 정확히 여섯 개비의 담배를 피우고 때때로 랜서스 와인 한 잔을 마시는 보험사정인이었다. 그는 박사가 마지막 남은 잎사귀 하나까지 제대로 갈퀴질했는지 확인하겠다고 광적으로 마당을 살피고 다녔다.

어린 시절, 박사는 올드폴섬의 구내식당에서 열린 조니 캐시의 그 유명한 공연을 TV로 보았다. 훗날 박사가 칼부림을 당하리라는 공포 없이 식당에 갈 용기가 생기면 가서 식사를 한 바로 그곳이었다. 박사가 올드폴섬에 수감된 지 두 달째에 그 식당에서 폭동이 일어났다. 누군가가 기준 미달 크기의 케이크를 배식받았고, 남자들 이백육십 명이 분노로 폭발했다. 수적으로 열세였던 교도관들이 황급히 식당을 빠져나갔다. 박사는 스파이더 테이블* 밑으로 기어들어가 식기와 피와 음식물들이 바닥에 패대기쳐지는 모습을 지켜보았다. 금속제 배식판이 머리를 후려치는 도구로 쓰였다. 사실 맞춤했다. 다시 나타난 교도관들은 구내식당과 비

---

* 하나의 상판과 여러 개의 의자가 일체형으로 된 고정식 테이블.

산방지벽으로 분리되어 있는 비좁은 바깥쪽 통로에 모여 있었다. 진압복을 갖춰 입은 채였다. 그들이 구내식당 안으로 최루탄을 던졌다. 누군가, 수감자 하나가 최루탄 깡통을 들어 다시 밖으로 던졌다. 진압복으로 덩치를 키운 교도관들로 그득한 좁은 통로에서 최루탄이 가스를 뿜자 그들이 깩깩거리며 서로를 밀기 시작했다. 숨통을 조이는 가스에서 도망쳐보겠다고 옆 사람을 밀어젖혔다. 수감자들이 포효했다. 방지벽을 넘어 식당으로 새어들어오는 최루가스에 자신들 또한 눈물을 줄줄 흘리면서. 그건 최루가스 눈물이었다.

——

라스 브리사스의 바텐더에 대해 박사가 마음에 들어했던 건 그녀가 보여주는 철저한 수용 의식이었다. 온몸에 사정하도록 허락한다는 건 때로, 있는 그대로의 너를 완전히 그리고 전적으로 받아들인다는 뜻을 전하는 방법이기도 하니까.

그리고 라스 브리사스의 카운터에는 한 노인이 앉아 창고에서 나오는 박사에게 눈을 찡긋거렸다. 아니, 포주는 아니었다. 햇볕에 그을린 해시계 같은 얼굴로 테카테 맥주를 홀짝이며 남자들에게 찡긋대기를 좋아하는 멕시코 노인일 뿐, 그의 찡긋거림은 이렇게 말하고 있었다. 지금 보는 걸 봐서 좋고, 지금 아는 걸 알아서 좋네.

남자들은 소개팅을 한다. 박사에게도 하나 있었다. 소개팅에 얽힌 농담.

리처드라는 남자가 린다라는 여자와 소개팅을 하러 간다. 약속은 전화로 잡았다. 린다가 말하기를, "음료가판대 앞에서 만나요." 남자 리처드가 음료가판대에 가서 기다린다.

젊은 여자 하나가 그에게 다가온다. "혹시 리처드?" 그녀가 묻는다.

그가 그렇다고 답한다.

여자가 그를 훑어본다. 그리고 말하기를, "전 린다가 아니에요."

———

박사는 한때 불가리아 출신 여자와 결혼해 살았다. 일시적 합의, 나중에 생각해보면 그랬다. 그 여자와 결혼한 이유에 대해서는 정당화도 이해도 절대 불가능했다. 그녀와 그 짓이야 지금도 할 수 있지, 하라고만 한다면. 그는 오래전 자기가 시어스 쇼핑몰에서 사준 잠옷을 들어올리고 그 여자 안으로 자지를 밀어넣어 빙글빙글 돌리는 상상을 한다. 원래 섹스란 그토록 간단한 것인데 사람들이 왜 이런저런 장애를 겪는지 박사는 이해하지 못했다. 그는 섹스가 좋았다. 그쪽에 문제가 있었던 적은 한 번도 없었다. 그 불가리아 여자는 섹스하는 동안 죽은듯 조용했는데, 그게 좀 소름 끼쳤다. 그가 방아질을 하며 한계에 다가가는 사이에도, 곧 폭발해 그녀의 배에 눈을 뿌리려는 때에도, 여자는 숨소리조차 달라지지 않았다. 박사는 아래층 침대에서 룸메이트가 뒤척이는 지금, 그 생각을 하고 있다. 여자가 왜 조용했을까 생각하는 게 아니다. 거기에는 눈곱만큼도 관심 없다. 지금 그가 기억을 되살리려 하는 건 그 여자한테 방아질을 한다는 게 어떤 느낌이었는지다.

대낮에, 아래층 침대에 룸메이트가 떡하니 버티고 있는 상황에서 자위를 하는 게 이토록 평범한 일이 되어간다는 것이 너무도 슬픈 노릇이다, 라고 박사가 굳이 설명할 필요도 없겠지.

한밤중에 사동 전체가 딸딸이를 치는 것만 같은 소리가 들릴 때가 있다. 젖은 리듬의 낮은 코러스. 역겨워라, 아마 지금 그렇게 생각하고 있겠지. 그런 당신에게 박사는 이 사실을 상기시켜주고 싶다. 이게 인간이라고. 감금된 신세든 아니든 음경에는 혈류가 몰리고, 발기는 되었으나 눈앞에 섹스의 가능성이 없다면, 본능적으로 인간 수컷은 발기한 성기를 손으로 감싸쥐고 상하운동에 돌입하는 것이다.

그러고 보니 그 농담이 떠오른다.

그가 온전히 기억하는 유일한 농담. 떠올랐다 사라지는 모든 농담들. 그러니까 말 한 마리가 술집에 들어왔다. 촐로* 몇 명이 있어야 이 말을, 이 말을 뭐더라? 그 농담의 시작조차 기억나지 않는다.

이 세월 내내 박사의 마음에 확실히 박힌 농담은 딱 하나뿐이었다.

남자와 그 아내가 부부 문제를 겪고 있다. 섹스를 하지 않는 게 문제다. 그래서 둘은 어, 당신들이 그걸 뭐라고 부르더라, 섹스 치료사에게 간다. 치료사가 말하기를, 얘기를 들어보니 그들이 서로의 필요에 대해 소통하는 데 서툰 것 같다고 한다. 남자와 아내는 섹스에 대해 얘기하는 게 민망하다는 데 동의한다. 치료사는 마음이 동할 때 상대에게 신호를 보낼 수 있도록 몸짓 언어를 만들라고 제안한다. 부인이 말한다. "좋아요, 여보, 이거 어때요. 놀아나고 싶거든 내 배를 두 번 두드리세요. 그리고 그럴 기분이 아니거든 배를 한 번 두드려요." 남편이 대답한다. "그거 좋겠어요, 여보. 한 번 톡, 오늘밤은 아니라는 뜻. 두 번 톡톡, 파티를 시작해보자는 뜻. 그리고 당신이 보낼 신호는 이거예요. 그 짓을 하고 싶거든 내 자지를 한 번 문질러요. 그럴 기분이 아니거든 백 번 문지르고요."

———

* 라틴계 조직폭력배를 일컫는 말.

램파트 지서의 남자들은 그 불가리아 여자를 박사의 '우편주문 신부'라고 불렀지만, 두 사람에 대해 그리고 그들이 함께인 이유에 대해서는 외부의 누구도 제대로 이해하지 못하는 법이다. 박사의 나이 스물셋, 그는 경찰학교를 막 졸업한 신참이었다. 그녀가 거리에서 길을 물어왔다. 그는 여자의 보조개와, 영어를 거의 못하다시피 하는 그 모습이 좋았다. 목적지까지 실어다주고 연락처를 받았다. 그녀는 거대한 미지의 국가 속 고아나 마찬가지였다. 박사가 그녀를, 잠시 동안, 입양한 셈이었고. 그녀는 요리와 청소에 능숙했다. 그러나 부루퉁해 있을 때가 많았고, 그는 조용한 사람도 시끄러운 이들 못지않게 효과적으로 남을 통제할 수 있다는 사실을 깨달았다. 그걸 쟁취하는 방식이 다를 뿐이었다. 그는 부루퉁함과 질질 짜는 것에 지쳤고 그렇게 끝을 냈다.

그는 스물일곱 살에 이혼했고 다시는 결혼하지 않기로 마음먹었다. 여자를 밝히는 편이었고, 여럿 거느리기도 했다. 그들 중 누구도 사랑하지는 않았다. 우편주문 신부도 사랑하지는 않았다. 이혼한 지 십 년째, 베티 라프랑스를 만났고 그 여자에게 빠졌다. 푹 빠졌다, 요리도 청소도 하지 않고 그 짓을 할 때면 어마어마하게 큰 소리를 내던 이 여자에게. 보다 극적인 효과를 위한 연출이었을지도 모르지만, 이런들 저런들 무슨 차이가 있다는 말인가? 그런 차이가 어떻게 문제가 된다는 말인가? 핵심은 오르가슴이었다.

이 무슨 삐딱함인지 모르겠으나 그는 베티가 그립다. 물론 베티가 죽어주면 기쁘기는 하겠지. 죽이려고도 해봤지만 불가능해 보인다. 그 여자는 사형수사동에 있고, 교도소 내 폭력이라는 탁월한 행위를 감당하기에는 여자들이 너무 멍청해서 그녀에게 접근할 방법도 전혀 없었다. 남자 교도소에서는 누구든 찌를 수 있다. 여기 사람들은 껌누들에도 그 일을 해줄 것이다. 아이리시 씨부랄 스프링 비누(냄새 좋고 괜찮게 거품도 빨리 나고) 몇 개면 사람을 죽여줄 것이다. 그러나 유일하게 베티에게 접근 가능한 사형수사동의 또다른 서러운 사이코들은 아마 아무렇게나 퍼질러져 질질 짜고나 있겠지. 그사이에 남자들은 지략가적인 면모를 과시하며 가슴팍에 칼침을 놓을 수 있는 수준으로 사물함 경첩을 갈아두거나, 도끼질로 누군가의 면상 가죽을 벗길 수 있게 칫솔 손잡이에 면도칼을 심거나 하는데 말이다.

그렇대도 베티는 못할 게 없는 계집이었다. 대부분의 계집들과 달랐다. 한편으로는 그래서 그 여자를 좋아한 것이기도 했다. 혹여 박사가 다른 누군가를 찔러야 한다면 그런 일을 해줄 능력이 있을지도 모를 유일한 암컷이 바로 베티이겠으나, 목표물이 그 여자인 이상 그 방법은 사용할 수 없었다.

———

베티는 박사의 여자 문제가 어머니와의 문제에서 왔다고 바가지를 긁었다. 그러나 박사의 어머니에 대해 베티가 뭘 안다고? 박사 자신부터도 아는 게 별로 없었다. 어머니와 함께 산 건 겨우 다섯 살까지였으니까. 어머니에게 직업이 무엇인지 물었던 기억이 있다. 어머니가 그를 항상 낯선 남자들의 집으로 데려가, 그로서는 작은 영접과도 같았던 시간 동안 혼자 소파에 앉아 있게 했기 때문이다. "부탁." 어머니가 대답했다. "난 사람들의 부탁을 들어줘."

베티는 박사의 아기를 갖고 싶다고 했지만 알고 보니 자궁이 고장이었다. 아니면 그의 좆이 고장이었을 수도. 그러니까 그 짓을 하는 데는 문제없이 작동하는데, 박사 2세를 만들어보겠다고 그 여자 안에다 정액을 수없이 조준하고 쏘았음에도 임신이 되지 않았다. (평소라면 박사는 몸에, 혹은 이상적으로, 얼굴에 사정하는 걸 더 선호했을 터였다.)

말 한 마리가 술집에 들어왔다.

말 한 마리가 술집에 들어왔고 바텐더가 말한다. "왜 그렇게 울상인데?"

백 번 문지르고요. 그 농담은 언제 들어도 재미 만점이었다. 때로는 그 문지르기를 오롯이 혼자서 할 수 있었으면 싶지만. 교도소에서는 물건 앞에 누구의 손이 있을 것인가에 선택의 여지가 거의 없다. 좆을 다른 남자가 쥐게 하지 않는 한. 박사도 여기서 수음을 한 번 해준 적이 있었으니, 당신이 게이가 아니고 그래본 경험도 없다면, 우어, 아주 놀라 자빠질 것이다. 여자 취향의 남자에게 다른 남자의 발기한 좆은 꼭 뿌리채소처럼 느껴진다. 여자들이야 그것에 익숙하고 남자들 전부가 제 발기한 좆의 느낌을 안다지만, 자기 물건을 가지고 할 때는 그 행위를 느끼는 게 아니라, 그 물건이 느끼도록 만드는 것이다. 다른 누군가의 성기, 어찌 보면 제 것과 비슷하나 막상 제 것은 아닌 그것을 만졌을 때 박사의 뇌는 생체자기제어 작용에 따라 일순간 정지했다. 그는 그대로 손을 떼고 더는 진행하지 않았다. 상대는 그 파우더퍼프 소프트볼 성전환자 중 하나였다. 예쁘장한 라틴계 귀염둥이였고, 박사는 그녀가 실제 숙녀들이 할 법하게 애원하고 낑낑대고 고개를 젖히길 원했다. 하루하루 변화라고는 거의 없는 이런 곳에서 색다른 일이 되어주리라 생각했으나, 뒤이어 그 계집의 바지 속이 거대하게 부풀어올랐고, 박사는 그때를 생각하기도 싫지만 가끔은 그냥 생각나게 두었다. 다시는 그런 짓 말자고 되새기는 차원에서.

박사가 만지는 성기는 제 것이 유일하다. 지금도 만지고 있다. 대부분 남자들이 거의 매일 딸딸이를 친다. 그러고서는 그 눈물을, 증거를 닦아내니 모두가 알면서 아무도 모른다. 그리고 솔직히 말해, 박사네 사동에서 그런 종류의 행위가 집단적으로 혹은 합창이라도 하듯 벌어지는 소리를 실제로 들을 일은 없다. 그 만지고 당기는 짓은 그저 박사가 추측하는 어떤 것일 뿐이며, 많은 종류의 앎들이 이런 식으로 굴러간다. 우리는 경험적 증거가 나타나기를 마냥 기다리지 않는다. 이 경우에는 경험적 증거를 보게 되는 걸 원하지도 않는다. 우리는 안다. 그냥 아는 것이다.

———

베티는 그가 잡놈처럼 굴도록 자극하는 요상한 재주를 가졌다. 야비하고 부패한 인간을 좋아했으며 특히 경찰들에게 끌렸다. 그녀와 박사는 술을 어마어마하게 마셔댔고 코카인도 어마어마하게 해댔다. 베티는 코카인 먹는 걸 좋아했다. 박사는 그러는 사람을, 코카인 먹는 사람을 본 적이 없었다. 그 자신은 주사기가 주는 효율성을 더 선호했다.

코카인에 취하고 사랑에 빠진 박사는 어리석게도 자기가 부패 경찰의 최고봉이라고 큰소리를 쳤다. 그렇게 얘기하게 된 것이었다. 잠자리 토크. 잠자리에서 사람들이 서로에게 하는 어리석은 말들이었다. 권력을 다방면으로 써먹었고, 마약을 빼돌렸고, 사람을 죽였다는 그런 얘기.

사형 선고에 직면한 베티는 박사가 했던 모든 얘기를 끄집어냈다. 박사는 베티의 첫번째 청부업자를 살해한 혐의와, 몇 년 앞서 어느 스트립클럽 매니저의 청부살인에 가담한 혐의로 기소되었다. 그가 없애버린 사람은 두 명 더 있었지만 입증할 증거가 없었기 때문에 기소가 불가능했다. 그중 하나는 아무도 아쉬워하지 않을 놈이었다. 그 더러운 새끼는 다섯 살배기 아들을 강간했다. 그 학대에 질려버린 이웃이 911에 신고했다. 박사는 현장에 가장 먼저 도착한 경찰이었고, 그 새끼는 바지 지퍼도 채 올리지 않은 상태였다. 울고 있는 꼬마. 항문에서 피가 흐르고 있었다. 박사는 용의자에게 긴장 풀라고 말했고, 놈이 손을 내리자마자 발포하기 시작했다.

———

린다와 리처드가 나오는 농담은 사실 박사의 것이었다. 박사 자신의 얘기. 그러나 그 얘기를 할 때면 사람들은 늘 그가 농담을 한다고 생각했다. 그 일이 벌어진 건 고등학생 때였다. 단 한 번의 경험이었지만 그의 사춘기 전체, 그리고 리처드 린 리처즈, 일명 박사로 알려진 그의 삶 전체는 버뱅크 매그놀리아 스트리트의 음료가판대에서 린다라는 소녀에게 당했던 그 치욕의 순간 하나로 요약될 수 있었다. 박사의 인생 이야기는 바늘귀 하나에 끼워 넣는 것이 가능했다. 전 린다가 아니에요.

———

플로이드와 로이드는 실존 인물이었다. 둘은 형제였고 박사의 두 이모할머니와 각각 결혼했다. 그 박정한 두 늙은 여자, 그리고 서로 형제였던 남편들에 대한 박사의 몇 안 되는 기억 중 하나가 바로 그가 가끔 하려던 농담이었다. 플로이드가 갖고 있던 복숭아를 한입 베어물었다. 그리고 로이드를 보며 말했다. "이 복숭아에서 보지 맛이 나. 엄청난데." 과즙이 플로이드의 턱을 타고 흘러내렸다. 그가 복숭아를 건네자 로이드가 한입 베어물었다가 풀밭에 뱉어버렸다. "똥 맛인데." 로이드가 말했다. 플로이드가 로이드에게 복숭아를 반대쪽으로 돌리라고, 네가 엉뚱한 곳을 맛본 거라고 했다. 박사는 헷갈린다. 이 농담은 실제 장면을 그리듯 말해야 하는데, 그가 어린 시절에 진짜로 본 장면이 아니었다. 플로이드와 로이드, 박사의 이모할아버지들은 서로 말을 섞지 않았다. 누구에게든, 끝내, 입도 뻥끗 않던 남자들이었다. TV나 보며 드러누워서는 여자와 아이들이 경박하다고, 존재 자체가 곤혹이라고 느끼게 만드는 남자들이었다. 게다가 지적할 것 하나 더. 세상 모두가 아는 얘기. 박사의 비참한 가족에 관한 것이 아니라 인류 공통의 얘기. 복숭아는 맛있다, 정말 맛있다. 그리고 복숭아에서는, 박사가 되뇐다, 똥 맛이 나지 않는다.

13

룸메이트 로미가 전방되었지만 어디로 갔는지는 나도 몰랐어. 빅 대디는 말해주기를 거부했고. "네 일에나 신경써, 페르난데스." 그 말만 하고 또 했어.

이제 나는 혼자였어. 저들이 로미를 자살감시동으로 옮겼다고, 행정격리사동의 다른 여자가 우기더라. 그 여자의 말을 믿진 않았어. 행정격리사동은 방에 갇혀 문틈에서 빽빽대는 인간들이 돌리는 거대한 루머의 방앗간이거든. 빅 대디는 어떤 부탁도 들어주지 않을 거였어. 나는 읽을 책조차 구할 수 없었지. 그는 이 말만 했어. "물품 전달은 안 돼, 페르난데스. 안 되고말고." 승진이라도 노리시는 모양이지.

어느 해엔가 행정격리사동에서 대니엘 스틸의 소설을 여덟 권이나 읽었거든. 그 여자가 교도소 소설을 하나 썼는데, 그게 또 아주 죽여준단 말이지. 수감자들이 죄다 그걸 읽고 있었어. 책을 부분별로 찢어서 수감실 출입문 밑으로 주고받았고, 모이기만 하면 그 얘기를 했어. 그 책이 교도소에 산불처럼 번졌지. 교도소에 있는 여자들이 교도소에 있는 다른 여자들의 얘기를 읽고 싶어한다는 게 이상하다고 생각해본 적은 없어. 사람은 자기가 아는 세상에 대해서도 읽고 싶어하는 법이잖아, 자기가 모르는 세상에 대해서만이 아니라.

내게는 할일도, 대화할 사람도 없었어. 환풍구에다 소리를 지르는 베티 라프랑스에게는 진저리가 났고. 베티를 처음 만났을 때 나는 열여덟 살이었는데, 감동도 그런 감동이 없었지. 그녀는 부자였고, 모든 사람을 '달링'이라고 불렀어. 주립 구치소에서 여자들한테 예의범절을 가르쳤지. 하지만 그건 수십 년 전 얘기고, 사람한테는 싫증이 나기 마련이잖아. 내 역사의 일부인 만큼 나는 그녀를 영원히 사랑할 거고, 또 좋아하지 않기에는 베티가 너무도 멋지고 묘한 인간이긴 해. 그래도 그녀가 조용히 좀 해줬으면 싶은 때도 있는 거니까.

베티가 환풍구에 대고 자신의 최근 계획에 대해 계속 외쳤어. 쥐새끼 면상을 한 그 경찰한테 마침내 앙갚음을 해주게 되었다나. 나는 조용히 하라고 했어. 하지만 그녀는 그럴 수가 없어. 그게 베티야. 그러더니 성경에 대해 횡설수설하기 시작해. 내가 아직 어리고 멍청했던 시절에 베티는, 다니엘서라는 게 실은 외계인이 지구에 오는 얘기라고 믿게 만들었거든. 공포도 그런 공포가 없었다고. 이번 횡설수설은 온통 사사기 얘기였어. "이봐, 새미. 꿀보다 달고 사자보다 강한 게 뭐게?" 베티가 환풍구 파이프를 통해서 계속 물었어. "꿀보다 달고, 사자보다 강한 거?"

무슨 소리를 하는 건지 모르겠더라고. 베티는 그냥 돈 얘기, 아니면 수백만짜리 보험에 든 자기 다리 얘기나 할 때가 더 나아.

"삼손이 그 사자를 죽이거든." 그녀가 말했어. "그리고 사자의 배를 갈라. 그랬더니 안에 벌집이 들어 있는 거야. 벌들이 꿀을 만들지, 그렇지?" 마치 '꿀'이 자기 수수께끼의 열쇠라도 된다는 양, 그리고 그쯤 되면 내가 모든 걸 이해해야 한다는 양 말하더라. 꿀이 무슨 암호라도 되는 것처럼.

"짐승의 시체에 꿀이 있어. 달콤한 꿀이." 그녀가 말했어. "하지만 사자를 죽이지 않는 바에야 그걸 알 수 없지. 먼저, 사자를 죽여야 하는 거야. 내가 놈을 치는 거지. 내가 놈을 궁지로 몰았어."

그녀가 전쟁에 대해 말하기 시작했지만 나는 귀를 닫아버렸어.

"우리가 전쟁중이라는 걸 알고는 있는 거야?" 내가 반응하기를 멈추니 그렇게 묻데.

"알고 있어요." 내가 대답했어. 근데 잘은 몰랐어. 주립 구치소 TV에 뉴스는 절대 안 나오거든. 너무 위험하다나 뭐라나. 저들은 〈프렌즈〉만 재탕 삼탕 보여줘. 감옥에 있는 모두가 〈프렌즈〉를 사랑하지. 거기 등장인물들은 사실상 우리 수감실 동기나 다름없었어.

"미국 군인들이 이라크에 가 있다고." 베티가 소리쳤어. "네 자유를 보호하려고."

"내 자유, 지들이나 가지라고 하세요." 내가 소리쳤지. "좆같으니까."

구치소에 있을 때, 우리 층 누군가가 가족한테서 미국이 이라크에 쳐들어갔다는 소식을 들었다는 거야. 나는 사람들에게 그게 어디인지 아느냐고 묻고 돌아다녔지만 아는 여자가 단 한 명도 없었지. 구치소에서 먹물깨나 먹었다는 사람들조차 모르더라고. 우리가 폭탄을 떨어트리기 전에는 이 지역들이 존재조차 하지 않았던 것 같았다니까.

베티가 아래층 교도관을 괴롭히기 시작했어. 환풍구로 목소리가 들려왔지. 파병 부대를 위해 함께 기도하자고 청하는 소리가.

———

로미와 얘기를 하다보니 옛날 생각이 났어. 어느 밤에 스누티 폭스 모텔 꿈을 꿨거든. 나는 객실 밖 발코니를 따라 걷고 있었지. 낮 시간이었고, 피게로아 스트리트 위 자동차들 소리가 들렸어. 문고리에 '방해하지 마시오' 푯말이 걸린 채 커튼이 쳐진 방들을 계속 지나쳤어. 문이 열려 있는 어느 방에 닿았지. 방은 비어 있었고 깨끗했고, 나는 안으로 들어가서 문을 닫았고, 침대보 위에 누워서 잠들었어. 내 생각에는 교도소가 사람을 너무나 피곤하게 하는 통에 말 그대로 잠을 자는 꿈이 진짜 최고의 꿈인 거야. 그게 우리가 꿈꾸는 거지. 잠자는 거. 일어났을 때는 평소보다 훨씬 제대로 쉰 것처럼 느껴졌어. 빅 대디한테 배식구로 아침을 받은 후에, 우리 층 가장 끝에 있는 코넌에게 소리를 질러가며 꿈 얘기를 해줬거든. 꿈에 스누티 폭스에서 잤더니 잠을 두 배로 잔 기분이라고.

베티 라프랑스가 파이프에 대고 외쳤어. "스누티 폭스? 스누티 폭스? 내가 그 이름을 어떻게 알지? 그게 뭐야?"

"모텔이요."

"생각해보니 박사가 거기 가곤 했던 것 같아." 베티가 말했어.

참으로 베티스럽지. 모든 게 늘 자기에 관한 일이어야 하는.

스누티 폭스는 내 영업소였어. 좀더 비싼 방 침대에는 빨간 벨벳 덮개가 있었어. 그리고 마사지 기능도. 동전을 넣으면 네 밑에서 침대가 움직이는 거야. 샤워기에는 분사구가 두 개 있었는데, 하나는 저 위쪽 보통 자리에 달렸고 다른 하나는 은밀한 높이에 있었거든. 내 고객 중 하나, 시내 법원에서 일하던 늙은 남자가 얘기해줬는데 유명한 대통령이라는 린든 B. 존슨도 가랑이 분사구가 있는 그런 샤워기를 갖고 있었대. 린든 B. 존슨, 스누티 폭스에 있는 것과 꼭 닮은 불알 세척용 샤워기를 갖고 있었던 사람.

덜 사치스러운 방은 한 시간에 10달러였어. 나는 고객들과 흥정하면서 방 사용료가 한 시간에 20, 아니면 30이라고 말하고 그렇게 남긴 돈을 수입에 얹어 따로 챙겼어. 그렇대도 우리가 방에 함께 있는 건 어림잡아 이십 분 정도가 다였지. 나를 찾아오는 사람들이 꼬리에 꼬리를 물어서 어떨 때는 한 시간에 다섯 명을 받기도 했고.

어느 날 밤에 손님이랑 방에 있는데 모텔 프런트의 한국 여자가 와서 문을 쿵쿵 두드리는 거야. 그러면서 소리를 질렀어. "삼촌이 너무 많아! 삼촌이 너무 많아!"

저 여자가 뭐라는 거야? 하고 손님이 묻더라고. 그 사람이야 그게 다 무슨 일인지 전혀 몰랐겠지. 나는 엄청 웃었어.

결국 콤프턴 롱비치 대로의 허브 모텔로 옮겼고, 거기 사람들은 내가 얼마나 많은 삼촌들을 방으로 데려오든 신경쓰지 않았어. 내가 로드니를 만난 곳이 이 롱비치 대로야. '허브' 말이야. 허브 모텔 말고. '허브'는 콤프턴을 부르는 말이기도 했거든.

그때 나는 그린 아이즈랑 같이 있었어. 둘 다 손님을 막 치르고 나서 크랙을 사고 싶었는데 내 딜러가 근처에 없었거든. 그린 아이즈가 아는 사람이 있대서 그가 산다는 아파트로 갔지. 안으로 들어가서 보니 그 딜러가 바로 로드니였던 거야. 내가 살면서 봐온 사람 중에 제일 못생겼다는 생각이 들었어. 그가 그린 아이즈에게 가서 "쟤는 누구?" 하고 날 가리키며 묻자 그린 아이즈가 이렇게 말해. "저건 새미." 그리고 그가 직설적이고 무뚝뚝하게 내게 물어. "과일 좋아해?"

이 말에는 어떤 대답을 하게 되어 있는 건지, 무슨 신호라도 주기를 바라면서 그린 아이즈를 쳐다봤어. 우리는 마약을 사려는 중이었고, 몇 차례 거래해보기 전에는 사람을 가늠하는 게 불가능한 일이라. 나는 그린 아이즈가 신호를 보내주기를 바랐지. 그러니까 내가 뭐라고 대답해야 해? 내가 과일을 좋아하나? 그리고 그린 아이즈가 속삭여. "좋아한다 그래, 멍청아."

봤지, 그는 내게 개인적인 질문을 하고 있었던 거야. 나는 완전히 당황했지. 내가 뭘 좋아하는지 이 남자가 신경쓸 게 뭐람?

그가 말해. "오렌지 줄까, 사과 줄까?"

나는 딸기랑 수박만 좋아한다고, 그게 제일 좋아하는 과일이라고 대답했어. 우리 몫의 크랙을 챙겨 떠났지, 나랑 그린 아이즈 말이야. 나중에 일을 하려고 버스정류장에 앉아 있으니 자동차 한 대가 와서 서는데 흥정을 해봤지만 남자가 가진 돈이 충분치 않아서 그냥 보냈어. 다른 차가 와서 아주 느릿느릿 멈춰 서. 창문이 내려가고 보니 로드니야. 거리에서는 다칠 수도 있으니 조심해야 한다고 그가 말해. 손님도 없고 해서 마트에 함께 가기로 했어. 그가 딸기를 좀 샀고, 그걸 그 사람 집으로 가져갔어. 밤새 거기 있으면서 크랙을 피우고 얘기하고 딸기를 먹고, 그렇게 그와 시작했지. 지금 로드니는 자기 몸 스물여섯 군데에 내 이름 문신을 새긴 상태지.

로드니는 루이지애나주 곤잘러스 출신이야. 열일곱부터 스물두 살까지를 앵골라에서 보냈어. 말을 채찍질하는 데 썼던 회초리로 맞은 상처를 덮으려고 항상 콧수염을 길러. 오크라 농장에서 일해야만 했대. 고무장화도 없이 물속에 서 있었던 통에 발은 엉망이 되고 말았지. 그가 앵골라에서 빠져나왔을 때 주에서 추방령을 내렸다나. 그는 루이지애나를 그대로 품고 콤프턴으로 왔어. 시골스럽고 미신을 믿었지. 생리중에는 요리 금지, 이런 식이야. 그리고 위생관념이 강박적이었어. 그건 나를 포함해서, 여기 사람들 몇이 하는 행동과도 상당히 닮았었어. 나는 깨끗한 게 좋아. 그렇게 하면 통제하는 힘을 가질 수 있어서가 아닐까, 아마도. 물론 헛웃음이 나올 일이긴 해. 우리 대부분이 크랙 중독을 어떻게든 유지해보겠다고 온갖 수를 쓰면서 빈민굴 텐트에 살고 양동이에 똥을 싸던 것들인데, 여기서는 우두머리 노릇을 하면서 다른 여자들한테 하루에 세 번씩 샤워하고 양치한 후에는 화장실을 표백하라고 시킨다는 게 웃기는 일이잖아. 우리는 수감실이 군대라도 되는 양 규율과 감시와 호통과 학대로 움직이고, 내가 바로 그 판을 짜는 사람이지. 세면대에 어디 물 한 방울이라도 떨어져 있어봐, 나한테 혼꾸멍날 테니.

로드니는 나를 개 패듯 팼어. 그가 그러는 게 나를 사랑해서라고, 그것도 보살핌의 일종이라고, 보살핌과 사랑의 엄격한 측면 같은 거라고 믿었어. 게다가 나는 중독자였잖아. 딜러랑 사귀는 몽롱한 여자애들, 마약으로 불구가 된 애들이랑 똑같았어. 이 잘난 딜러들은 돈과 힘을 빌미로 여자애들을 지배하지.

로드니에게는 기벽이 있었어. 이상한 인간이었지. 간이 안 된 음식만 먹었어. 소금도 후추도 케첩도 핫소스도, 노. 음주도 약물도 랩도 R&B도, 노. 그러니까, 전부 노였다고. 그는 돈에 꽂혀 있었어. 그거였지. 현찰. 그뿐이었어.

아침에 일어나면 나는 1.2리터들이 올드 잉글리시 맥주를 한 병 마셔. 로드니는 우유 한 병을 마셨고, 그렇게 각자의 하루를 시작했지. 마약 판매 일을 같이 했는데 나는 야간조였어. 아파트 복도에는 보안문을 삼중으로 설치했어. 하나, 둘, 세 개나. 그래야 강도를 안 당하지. 비축분, 돈, 무기는 잠금장치 달린 상자에 담아서 냉장고 밑 나무바닥 안에 넣어뒀고. 하나 있는 널빤지를 들어올리면 상자가 나오는 식이었지. 그걸 설치해준 남자도 코카인을 피우는 사람이래서 공사비는 우리가 늘 하는 대로 크랙으로 계산했어. 모두를 더럽혀라, 여기서 그러는 것처럼. 나는 수감실 동기들한테 공짜 약을 건네면서 전체를 더럽혀놨어. 아무도 나를 고자질하지 못하게.

로드니는 허브 시티에서 나름 존경받는 사람이었지만 조직에 속해 있지는 않았어. 그에게는 카드가 있었어. 허가증 말이야. 조직들은 그가 혼자, 무소속으로 거래해도 그저 내버려뒀어. 누구나 그렇게 독자 노선을 걸을 수 있는 건 아니지만 로드니는 힘깨나 쓴다는 조직원들이랑 인맥이 있었고, 사람들한테 상당한 호의를 베풀어가면서 그 지위를 얻어냈거든.

거래 장소는 대개 로드니의 아파트였어. 판매는 우리가 직접 했고. 요즘 하는 것처럼 길모퉁이에 꼬맹이 판매책들을 두는 일 따위는 절대 하지 않았어. 요즘 것들이 어린애들을 등쳐먹는 꼴이란. 먼저 전과 없는 꼬맹이를 하나 구해서 대신 거래를 시켜. 걔가 잡히더라도 감옥에는 안 갈 거야, 왜냐면 초범이니까. 하지만 그애는 더이상 쓸모가 없으니 새로운 꼬맹이를 구해. 이 꼬맹이에서 저 꼬맹이로 옮겨다니면서 모두가 별을 달지. 우리는 5달러랑 10달러로만 거래했는데, 20달러는 마약수사관들이 표시를 해놓는 지폐라고 했어. 그리고 보니 1달러짜리들을 들고 문 앞에 왔던 여자애 하나가 기억나네. 로드니가 그애를 거리로 떠밀면서, 그런 푼돈이나 갖고 와 물건을 살 생각 따윈 다시는 하지 말라고 했었지.

우리는 캐딜락이 두 대 있었어. 하나는 루트비어 브라운색이었고, 트렁크 덮개에 에어브러시로 나를 그려넣었지. 과달루페의 성모 같은 내 그림 아래에는 이렇게 적혀 있었어. "블루스가 뭔지 알려주마." 모임에 나가면 내가 유일한 라틴계 여자인 경우가 종종 있었어. 흑인 여자들을 많이 알게 됐지. 내가 워낙 온갖 종류의 사람들과 잘 섞여 지내는 편이야. 한 인종하고만 어울리는 건 내 스타일이 아니거든. 누구하고든 대화할 수 있어. 로드니는 나를 플레이어스 클럽에 데려가고는 했어. 거기 여자애들이 또 볼만해. 걔들은 매일같이 머리랑 손톱 손질을 받아. 머리 손질을 받는 데 하루를 기다려야 하는 상황이면 머리칼이 베개에 눌리지 않게 모로 누워 포갠 손 위에 뺨을 대고 잔다지. 플레이어스 클럽에 가보려무나. 모두가 헤네시를 병째 사. 바에는 스트리퍼들이 있고.

우리는 여행을 좋아했어. 라스베이거스에 갔지. 샌프란시스코도. 여행중에도 마약을 팔았고, 무기를 가지고 다녔어. 시에라마드레의 불법 사격장에 올라가서 연습도 하고. 거기 큰 바위 지나서 사격장이 있거든. 거기를 운영하는 놈들이랑 함께여야만 갈수 있는데, 커다란 사륜구동 차에 타고 먼지투성이 도로를 달린다고. 그 차 변속기 손잡이에 해골이 달려 있었던 게 기억난다. 이 미친 백인 놈들이란. 놈들은 거기서 뒤탈 없는 신상 총을 팔아. 우리도 놈들한테서 SKS 소총을 몇 정 샀는데, 이란에서 곧장 들여온 것들이었지. 쏘는 맛이 어마어마해. 내 사격 실력이 로드니보다 나았다니까.

사업방식에 대한 둘의 생각이 때로는 일치하지 않기도 했어. 어느 날 아침에 어떤 남자가 우리 아파트 근처 모퉁이 건물에 칠을 하고 있었어. 외벽 작업을 하면서 로드니와 말을 트고 정보를 교환했지. 나중에 그 남자가—백인이었어—전화를 걸어와 말하기를, 코카인을 왕창 사고 싶은데 라구나니구엘에서 옴짝달싹 못하고 있으니 우리더러 그쪽으로 와달라는 거야. 그런데 나는 바로 알겠더라고. 그 남자가 내내 라구나니구엘에 있었고 그렇게 만만찮은 구매자라면 거기에도 연줄 하나쯤은 있을 텐데. 어째서 우리가 필요하겠어? 나는 거기에 가는 게 불필요한 위험을 무릅쓰는 일이라고 생각했지만 로드니는 고집을 피웠어. 이번 거래로 사업을 확장할 수 있을 것 같은 예감이 들었던 거지. 그래서 갔어. 로드니가 상상했던 그대로 고급 동네였지. 집집마다 기다란 진입로가 딸려 있고, 진입로 입구에 콜 박스가 있었어. 거기다 대고 우리가 누군지 말하니까 이 거대한 문이 저절로 짠 하고 열리더라고. 원형 진입로를 따라 집까지 올라가니 그 남자가 밖으로 나와. 그가 돈을 건네니까 로드니가 약을 줘. 다음으로 내가 기억하는 건, 나무에서 이 인간들이 튀어나왔다는 거야. 스물 아니 서른 명은 되는 사람들이, 온통 검은색 옷을 입고, 얼굴에는 마스크를 쓰고. 내 관자놀이에 총이 겨눠지고. 내 입에는 미처 불을 붙이지도 못한 캐멀 담배가 들러붙어 있고. 그게 위로 아래로 떨리는 거야. 담배가 위아래로 미친듯이 꿀렁였다고. 체포되는 게 무서웠던 건 아냐. 젠장, 아냐. 교도소에야 열두 번은 들어가봤고, 이미 내 삶의 일부로 받아들인 뒤였으니까. 나는 남자가 내 머리를 쏠 거라고 생각했어. 그게 무서웠던 거야. 그 사람들이 로드니를 차에서 끄집어내고 최루가스를 뿌렸어. 우리는 감형 없는 팔 년 형을 선고받았지. 라구나니구엘의 그놈은 롤오버*였던 거야. 자기가 얽힌 사건을 무마하려고 우리를 함정에 빠트린 거지. 법정에 나타나서는 검사가 시키니까 손가락으로 우리를 가리키더라. 낯짝도 두껍지.

로드니는 복수할 생각을 하지 않았는데, 하려면 할 수도 있었겠지. 사설탐정을 써서 그 배신자 새끼를 찾아내면 되거든. 로스앤젤레스 사설탐정들 상당수가 그런 식으로 고객을 확보해. 사람들은 사설탐정이 바람난 배우자 조사하는 일만 한다고들 생각하잖아. 아니야. 그들에게 일을 가장 많이 주는 건 누군가를 추적할 필요가 있는 딜러랑 깡패지. 그 추적의 목적이 청부살인일 때도 있고. 사설탐정들, 그들은 질문을 해서는 안 된다는 걸 알아. 사람을 찾으면 그걸로 끝이고, 임무를 완수했으니 뒤로 물러나지. 물론 뒤이어 벌어질 일을 그들도 뻔히 안다고. 배신자들은 곧장 제거되지는 않더라도 납치당해서 고문용 차고로 끌려간 다음에 따끔한 맛을 보게 돼. 사우스LA의 비밀 부지들에 그런 고문용 차고들이 쫙 깔려 있어. 나도 두 번 가봤더랬지. 그들은 사람을 천장에 매달아. 거기 가는 신세만은 절대 되고 싶지 않을, 그런

---

* 복권 추첨에서 해당 주에 당첨자가 없어 다음주로 넘어가는 당첨금. 여기서는 검찰 및 경찰이 추가 검거를 목적으로 이용하는 위장범을 의미한다.

곳이란다.

로드니는 고문용 차고 없이도 나를 벌주고 통제했어. 이제는 그도 늙고 나도 늙어서 서로를 더는 귀찮게 하지 않는 것 같아.

키스에게서 도망친 뒤에 나는 잡히리라는 걸 알았어. 상관없었어. 거리에서 사는 건 힘든 일이야. 교도소에서는, 당신도 누군가가 될 수 있거든. 이곳 삶에는 질서가 있어. 징역 사는 법만 제대로 안다면 말이야. 나는 그걸 알고. 전문가지. 빈민굴 텐트의 삶은 일시적인 거야. 교도소로 돌아가기 전까지만 하는 거지. 원래 그런 식으로 굴러가는 거라고.

무슨 일이 벌어졌냐면, 나는 피곤해졌어. 약쟁이 인생은 번거로움 그 자체야. 너무 많은 에너지가 들어. 체포돼서 구치소에 있는 동안 약을 못 구하니까 어쩔 수 없이 버텨야 했거든. 버텨보고 나니까 전등불이 반짝 켜지는 것처럼 바로 알겠더라고. 내가 약을 끊으리라는 걸. 이번에는 내 삶도 달라질 거였어.

14

"홀, 울음을 그칠 수 있겠나, 홀?" 수감자가 울음을 그칠 수 없으면 저들은 자살위험군 양식의 항목에 체크한다. 생명을 구하기를 바라며 하는 일이 아니었다. 서류 작업과 내부 감사를 피하려는 것이었다.

저들이 나를 교도소 내 다른 구역의 치료감호시설로 옮겼고 그곳에서는 내 비명을 누구도, 당직 교도관을 제외한 그 누구도 들을 수 없었다. 행동지침상 규정에 따른 조치였다. 나는 정신질환자를 집어넣는 병동의 독거실에 옷도 없이, 침대에는 침대보도 없이 혼자였다.

어머니는 법정에 앉아 있었다, 나를 구하지 못하는 채로. 그러나 어쩌면 이미 나를 구하고 있었다. 그렇게 존재하는 것만으로도. 이제 내게는, 그리고 잭슨에게는 아무도 없었다.

자살 감시하의 나날들, 여기 있다보면 자살에 성공하는 것이야 말로 이 인간들에게 보복하는 길이라고 믿게 된다고들 하는 이유를 나는 완전히 이해했다. 포크도 나이프도 없이 숟가락과 유동식만 지급된다는 사실이 오히려 저 금단의 식기들을 대체 어떻게 써먹을 수 있다는 것인지 궁금하도록 몰아갔다. 침대보도 베개도 지급되지 않는다는 사실은 오히려 무엇을, 어디에, 어떻게 묶어야 질식할 수 있을까 하는 물음을 수감실 안에 소환해냈다. 하지만 나는 자살을 생각하는 게 아니었다. 잭슨, 앞으로 할일, 이제는 우리가 고아라는 사실을 생각하는 중이었다.

잭슨은 내 사고의 한가운데에 조그맣게 존재하는 현실이었다. 그애의 앙증맞고 천진한 얼굴이 보였다. 그 얼굴을 더욱 천진하게 만들어주던 제멋대로 뻗친 머리칼은 브라일크림*이라도 발라 세운 듯 어딘가 철지난 느낌을 자아냈다. 아이는 빗질을 하지 않았다. 머리칼은 아이의 넓은 이마에서 자연스럽게 늘어졌다. 잭슨은 잘생겼다, 제 아빠가 그랬듯. 그리고 제 아빠와 달리, 어떻게 하면 행복해질 수 있을까 늘 궁리했다.

로스앤젤레스 생활 초기, 동네 거리에 멈춰 선 채소 트럭의 경적을 들은 잭슨이 무슨 소동인지 보러 밖으로 달려나갔다. 채소

---

* 남성용 헤어스타일링 제품명.

트럭을 몰고 온 남자가 차에서 내려 뒷문을 열었다. 집에서 입는 헐렁한 원피스 차림의 나이 지긋한 여자들이 식료품을 사려고 트럭 뒤에 줄지어 섰다. 그 트럭이 왠지 멕시코인들 것처럼 느껴지기도 했고, 어차피 잭슨을 데리고 본스 마트에 가서 보통 백인들이 하는 대로 장을 볼 참이었다. 하지만 잭슨이 우리도 그 줄에 서자고 고집을 부렸다. 결국 아보카도, 망고, 달걀, 빵, 행상인이 트럭 천장에 매달아둔 소시지를 샀고, 가격은 본스의 절반이었다. 우리는 이웃들 전부를 그렇게 만났다.

잭슨은 세상을 믿었다. 나는 두 눈을 감고서 잭슨의 얼굴을 살폈다. 내 손안에 있는 아이 손의 촉촉한 감촉이 느껴졌다. 아이의 목소리를 들었다. 양팔로 내 허리를 감싸안던 아이 몸의 온기가 느껴졌다.

나는 잭슨을 이루는 하나하나의 입자들에, 그애가 주던 감각들에 집중했다. 저들이 무슨 짓을 해도 그 입자들만큼은 건드릴 수 없었다. 오직 나만이 만질 수 있었다. 나만이 만지고 곁에 머물 수 있었다.

잭슨에게 연락할 방도가 없었다. 저들은 내게 어떤 것도 말해주지 않을 터였다. 아이는 나를 필요로 했고, 내가 할 수 있는 건 아무것도 없었다. 나는 작고 헐벗은 수감실에 누워 잭슨을 보려고, 함께 시간을 보내려고 애썼다.

잭슨은 자기가 아는 것을 나도 알길 바랐고, 자기가 공부하는 것을 나도 공부하길 바랐으며, 그래서 내 어머니가 준 그리스 컬러링북으로 기둥 양식에 대해 배웠을 때 내게 문제를 냈다. 나는 찍는 법을 알았다. 기둥 위쪽에 장식이 있으면 "코린트양식이지." 아이는 진리에 대해서는 내가 믿고 의지할 수 있는 사람이라는 듯 질문들을 해댔다. "발뒤꿈치가, 내 발 여기 전체예요, 아니면 여기 아래만이에요?" 아이는 제 마음속에 짓고 있는 세상에, 정확한 명칭과 정의에, 사실들에 내 대답이 부합할 때면 고개를 끄덕였다. 자기 나름의 사실들을 시험해보면서. "엄마, 저 고양이는 주인이 없을지도 몰라요, 목걸이를 안 하고 있으니까요." 한 남자가 앨버라도 스트리트를 내려오며 골프채를 휘둘러 전봇대를, 다음으로 버스정류장 측면을 갈겼을 때 잭슨은 저 아저씨의 머릿속에 문제가 있다고, 그건 아픈 거라고, 아저씨가 낫기를 바란다고 말했다.

입감 때 내 상담사로 배정되었던 존스 교위가 점검을 하러 나왔다. 상담사라는 게 상담해주는 사람을 의미하지는 않는다. 교도소에서 상담사는 수감자 분류등급과 일반사동 편입 여부 및 시기를 결정한다. 당신이 가석방을 향해 가는 중이라면, 담당 상담사는 당신을 예의주시하며 가석방심의위원회에 보고한다. 상담사들은 우리에게 벌어지는 일들에 막강한 힘을 행사하고, 언제나 못돼 처먹었다.

나는 존스에게 잭슨이 괜찮은지 알아낼 방법이 있을지 물었다.

"아이가 아직 병원에 있나요? 어딜 다친 건가요?"

"병원에는 개인정보보호 원칙이 있다, 홀." 존스 교위가 말했다.

"자녀가 있나요, 존스 교위님?"

"법적 보호자 또는 법원에서 지정한 변호인을 통해서만 아이의 입원 여부를 확인할 수 있어." 존스가 말했다. "넌 그애의 보호자가 아니다, 홀."

"그럼 그 보호자가 누군데요? 내 아이 상태가 어떤지 알아야겠어요."

존스가 수감실에서 멀어져갔다. 그녀의 발걸음을 되돌릴 수 있기를 바라며 나는 목소리의 톤을 가다듬었다.

"제발요, 존스 교위님. 제발."

그렇게 되고 있었다. 나는 이 사디스트에게 어린 소녀의 목소리로 애원하고 있었다.

존스가 멈춰 서고는 내게 예의를 갖춰 대하는 척 굴었다.

"홀, 힘든 일이라는 것 안다. 하지만 지금 네가 처한 상황은 백퍼센트 네 선택과 행동의 결과야. 책임감 있는 부모가 되고 싶었으면 다른 선택을 했어야지."

"저도 알아요." 수감실 바닥에 눈물이 떨어졌다. 나는 바닥에 사지로 엎드린 채 출입문 배식구에 얼굴을 붙이고 있었다. 복도에 있는 사람과 소통하는 유일한 방법이었다.

새미라면 어떻게 할지 생각해보려고 애썼다. 새미라면 울지 않을 것이다. 힘든 일이었다. 나는 눈물을 끊기로 맹세했다.

정신병동에서 나가는 것, 행정격리사동으로 돌아가는 것, 행정격리사동에서 나가는 것, 편입되는 것에만 집중했다. 그래야 전화를 걸든, 변호인을 구하든, 정보를 얻든, 뭐든 해볼 수 있을 테니까.

어느 밤, 지미 달링네 발렌시아 목장집의 침대에 있는 꿈을 꿨다. 잭슨은 아기용 침대에 잠들어 있었다. "나 방금 악몽을 꿨어. 꿈속에서 자기가 경찰에 잡혀갔어." 지미가 말했다. 내게 매달리며 그게 진짜가 아니라는 사실에 기뻐했다. 나 또한 기쁘하다 잠에서 깼을 때, 저 위쪽 천장에서 철망 속 백열등이 웅웅거렸다.

지미는 그 정도로 나를 사랑하지 않았다. 현실에서 내가 경찰에 잡혀갔을 때 그는 나를 과거로 옮겼다. 구치소 수화기 너머로 그의 목소리를 들었을 때 나는 알았다.

—

영원히 자살 감시하에 있을 수 없고, 영원히 행정격리사동에 머물 수도 없다. 행정격리사동에 처넣고픈 또다른 수감자들이 있는 한 저들에게는 방이 필요했다. 어머니가 사망한 지 석 달, '쇠사슬의 밤'으로부터 넉 달 뒤, 나는 일반사동으로 옮겨져 C야드 510유닛에 배정되었다.

유닛의 정원은 이백육십 명이고, 두 층에 걸쳐 배치된 수감실들, 개방된 공용구역 하나, 그리고 중앙에 교도관실—일명 캅 숍 cop shop—이 있었다. 널찍한 수감실은 행정격리사동에 비하면 훨씬 컸고 이층침대들로 미어터졌다. 원래 4인실로 설계되었으나 여덟 명씩 들어가 있었다.

코넌과 같은 방임을 알고는 기분이 좋았고, 또한 로라 립의 방이기도 하다는 걸 알고는 기분을 잡쳤다.

매트리스에 시트를 씌우고 있는데 로라 립이 다가왔다.

"자기 안녕, 나는 로라 립이고 애플밸리 출신이야."

나는 침대 정리를 계속했다.

"모하비사막에 있는 곳이야. 말라비틀어진 뼈다귀보다 건조하고 사과는 안 나. 근데 애플비즈 레스토랑은 있어."

로라 립은 우리가 함께했던 여덟 시간짜리 버스 이동을 기억하지 못했다. 나는 그걸 굳이 지적하지 않았고, 서로 아는 사이라고 우기지도 않을 생각이었다.

내게 할당된 작은 사물함에 몇 안 되는 소지품들, 잭슨의 사진들을 넣고 있을 때 다른 룸메이트가 들어왔다. "이게 어디서!" 여자가 나를 보며 호통쳤다. "촌년들은 이 방에 못 들어와. 당장 꺼져." 여자의 이름은 티어드롭이었다. 몸집이 거대한 그녀에게 맞서 싸워야 했다면 살처분당하는 신세가 되었겠지만 나 대신 코넌이 끼어들었다.

"걔 괜찮아. 내가 보증해." 둘은 얘기 좀 하자면서 복도로 나갔다.

"애플비즈가 문을 닫은 것 같긴 하지만 뭐." 로라는 아무 일도 없었다는 듯 말을 계속했다. "우린 정말 많은 변화를 겪었거든. 그중 어느 것도 좋은 쪽으로는 아니고."

나는 새미 페르난데스의 얼굴을 하고 주둥이 닥치라고 말했다.

"그 동네가 유서 깊은 곳이긴 해." 로라가 만약을 대비해 내 주먹이 미치는 거리 밖으로 슬금슬금 움직이며 지껄였다. "괜찮은 곳이었는데 사양길을 탔어. 옛날엔 카우보이의 고장이었고. 컨트리음악 스타일의 사람들이 왕창 몰려왔지. 로이 로저스* 덕택에. 그 남자는 자신의 루어낚시 용품을 어마어마하게 전시해놓은 박물관도 갖고 있었어. 애플밸리 인 호텔 주인이기도 했고. 일요일 저녁이면 아버지가 우리를 거기 데려가서 외식을 하곤 했는데. 속 편한 날들이었지. 그땐 요즘 같은 문제들이 없었거든. 자기, 그때 사람들이 걱정했던 게 뭔지 알아? 정전기. TV에서나 사람들의 마음속에서나 제일 무서운 게 그거였다고. 정전기."

코넌과 티어드롭이 돌아왔다. "네 사물함 바깥에 아무것도 늘어놓지 마!" 티어드롭이 소리를 질렀지만 이제 단념하고 나를 받아주겠다는 듯 살짝 누그러진 말투였다. "그리고 염병할 물은 아

---

* 1930~80년대 미국에서 활약한 서부극 배우.

무도 쓰지 않는다. 세면대도 안 되고 변기도 안 돼. 내가 기상하기 전까지."

버튼 산체스. 입감 때 아기를 낳았던 여자애도 우리 방에 있었다. 룸메이트 중 나머지 셋은 새미라면 어정쩡이들이라 불렀을 여자들이었다. 단기형을 살면서 자기 일에나 신경쓰고 말썽으로부터는 떨어져 지내는 여자들.

어째서 나는 촌년이고 로라는 아닌 건지 이해 못하다가 비로소 알게 된 사실은, 로라가 우리 방에 머무는 대가로 티어드롭에게 갈취를 당하다시피 셋돈을 내고 있다는 것이었다. 아무도 베이비킬러를 원치 않았기에 그게 그녀의 유일한 선택지였으리라.

석식시간, 급식소의 대기 줄에 서 있는 새미를 보고 말을 걸려고 했다. 새미가 나를 보며 고개를 저었다. 교도관 하나가 내게 불을 비췄다. "배식판 이동." 그의 목소리가 마이크에서 쿵쿵 울렸다. 그 구린 음식을 먹는 데 주어지는 시간은 십 분. 그나마도 찍소리 없이. 급식소에 가는 수감자들은 대개 돈이 없는 이들이다. 우리 중 수감실에서 식사하는 건 티어드롭이 유일했으며 매점 음식, 물을 부어 전기코일로 데운 컵누들 등의 사식을 먹었다.

그날 저녁, 전화 사용 신청서에 이름을 올리고 공용구역의 전화기로 가서 차례를 기다렸다. 사람들이 수화기에 대고 소리를 질러대고 있었는데, 그건 옆 사람이 소리를 지르고 있기 때문이었다. 콘크리트 벽에 붙은 안내문들은 입감수속장과 동일했다.

필기체로 요청하는 말들. 수감자들은 울음소리를 내지 않는다. 수 감자들은 노로 바이러스 감염 징후가 있을 시 교도관에게 보고한다. 출입문과 난간에는 역시나 똑같은 더티핑크색 페인트, 자활 불가 능한 우리 얼간이들을 진정시킬 의도로 선택되었을 색. 전화 대 기 줄은 빠르게도 줄었다. 수신인들이 전화를 받지 않아서였다. 나는 어머니의 번호를 눌렀다. 어머니는 구치소와 교도소 전화를 독점하는 회사 글로벌 텔 링크에 계정을 가지고 있었다. 이 계정 이 없는 번호에는 연결되지 않는다. 어머니가 죽었다는 건 알고 있었다. 그래도, 시도는 해봐야 했다. 연결이 되지 않았다. 국선 변호인들은 전부 이 계정을 가지고 있었으므로 존슨의 변호인에 게 전화를 걸었지만 받지 않았다.

다음 며칠간 계속 전화 사용을 신청하고 차례를 기다린 다음에 존슨의 변호인에게 전화했다. 여덟 번의 시도 끝에 마침내 그와 통화하게 되었다. 나는 잭슨에 대한 정보를 얻게 도와달라고 애 원했다.

존슨의 변호인이 시도는 해보겠다고, 적어도 시간을 일주일은 달라고 했다. 드디어 다시 전화 연결이 되었을 때, 그는 잭슨 사 건의 담당자를 알아내려고 힘썼으나 불가능했다고 전했다. "이 건 정말이지," 그가 말했다. "디펜던시 코트* 전문 변호인이 맡아

---

* 자녀보호권리를 빼앗긴 이들이 소명을 원할 시 재판을 진행하는 특수법원.

야 할 일이에요."

"주정부에서 한 사람 구해줄 수 있을까요." 내가 물었다. 분노와 절망이 서린 소리로 들리지 않게 말투를 제어하려 애쓰면서.

"아, 아니요." 존슨의 변호인이 말했다. 그리고 내가 이어진 짧은 간극 속에서 당신에게는 나를 도울 의무가 있다는 압박을 주고 말았을까. 그가 먼저 그 침묵 속으로 달려들어가더니, 지금 맡은 사건들로 대단히 바쁜데 로미 당신은 거기에 해당되지 않는다고, 그러니까 이만 전화를 끊어야겠다고 말했다.

———

자격이 주어지는 대로 교도작업을 알아보기로 했다. 새미의 조언에 따른 것이었다. 나와 같은 유닛은 아니었지만 새미 또한 C야드에 있었으니 자유시간에는 함께 어울리는 게 가능했다. "좋은 자리는 백인 여자애들이 몽땅 꿰차고 있어." 새미가 말했다. "넌 사무원도 가능해. 에어컨 나오는 방에 앉아서 타자로 편지나 치는 거지. 그사이에 우리 가무잡잡이들은 시간당 8센트를 받고 정화조 거름망에 낀 쓰고 버린 탐폰이나 뽑아내고 있는데. 너도 인종 덕 좀 보도록 해."

사무원들 전부가 백인인 건 사실이었다. 나도 도전해봤지만 수감 기록이 깨끗하고 교도관들의 예쁨을 받아야 가능한 일이었다.

새미, 코넌, 나는 모두 목공반에 배정되었고 급여는 시간당 22센트였다. 괜찮은 벌이였다. 코넌은 거기서 버는 돈을 문신용 장비에 투자해서 부업을 시작하고 제 몸에도 작품을 좀 새겨넣을 생각이라고 큰소리를 쳤다. 공용구역에 모여 금요 심야상영회를 기다리는 중이었다. 상영 예정 영화에 불경스러운 내용이 있다는 이유로 시작이 지연되고 있었다. 결국 〈드라이빙 미스 데이지〉로 대신해야 했는데, 지난주 금요일에 이미 본 것이었다.

"문신은 뭘 하고 싶은데?" 새미가 코넌에게 물었다.

"좆나 큰 사담 후세인 초상화." 코넌이 대답했다. "여기다 딱 박아버릴 거야." 그가 이두박근에 불룩 힘을 주었다. "저 비열한 새끼들 빡돌게 해주려고."

사동 담당 교도관 둘이 영사기와 씨름하고 있었다.

"우리 편 이겨라!" 코넌이 외쳤다.

"아가리 닥쳐!" 다른 누군가가 받아쳤다. 영화가 시작되고 있었다.

우리 수감실 사람들 전부가 목공장에 자리를 얻었지만 버튼 산체스는 예외였다. 작업을 나가기에는 법적으로 너무 어려서였다. 이제 그애의 배는 납작했다. 나는 그 얼굴에서 어떤 비탄도 보지 못했다. 아기는 가고 없었다. 그애는 수업에 갔다가 끝나면 애완 토끼와 놀았다. 중앙 운동장에서 잡아 훈련시킨 녀석이었다. 버튼이 쓰는 아래층 침대 밑에 생리대를 찢어 채운 작은 상자를 두고 배설물 통으로 썼다. 토끼는 어디에 똥을 눠야 하는지 잘 알았다. 버튼은 주정부 지급 브래지어에 토끼를 숨겨 수업에 갔다. "내가 얘 엄마야." 그렇게 말하고 다녔다. 녀석을 위해 조그마한 옷을 바느질했다. 목줄을 만들었다. 중앙 운동장에 몰래 데려가서 사촌 토끼들을 볼 수 있게 해주었다. 간혹 토끼가 그애를 물었고, 녀석의 몸에 사는 벼룩과 진드기도 그애를 물었다. 티어드롭이 토끼를 없애라고 했다. 여덟 명이 사는 모든 수감실에는 저마다 티어드롭이 있었다. 방에서 가장 강한 여자가 규칙을 만들었다. 티어드롭은 버튼을 전방시키겠다고, 그애와 매트리스와 토끼를 복도에 내놓겠다고 으름장을 놓았다. 버튼과 티어드롭이 치열한 개싸움에 돌입했다. 버튼은 조그마했고 티어드롭은 거대했으나 젊은 것들에게는 추잡한 이점이 있었다. 기회를 잡기만 하면 각목으로 당신 머리를 까버릴 것이다. 총력전에 들어간 버튼이 고데기를 들고 티어드롭에 맞섰다. 토끼는 그대로 머물게 되었다.

"하루 일과를 빡빡하게 짜." 새미가 내게 말했다. 새미는 나와 같은 처지의 여자들을 많이 보았다. 그 자체로는 끔찍한 일이었지만 나만 그런 게 아님을 안다는 것이 위안이 되었다. 다른 이들은 상황을 이겨낼 나름의 방법을 찾아냈다. 세계무역센터 건물이 무너졌을 때 나는 로스앤젤레스 주립 구치소에 있었다. 체포 직후의 일이었다. 뉴스를 시청할 수는 없었지만 수감자들이 가족과 통화하고서 자세한 얘기들을 듣고 왔다. 모두가 기겁했다. 여자애 하나만 빼고. 그애는 인생이 만신창이가 된 게 저 혼자만은 아니라는 사실을 알아 위안이 된다고 했다. 여자들이 그애에게 쓴소리를 했지만, 나는 그애가 한 말의 의미를 잘 알았다.

"둘이 서로 가까웠어?" 새미가 내 어머니에 대해 물었다.

아니었다고 대답했다.

"어머니가 건강하긴 했고?"

아니.

"이러나저러나 아이 보호자로 다른 사람이 필요한 상황이 왔을 수도 있겠네. 자유세계에선 네가 어쩔 수 없는 일들도 일어나니까."

작업에 나가서 번 돈으로 우표를 사라고, 잭슨에 대한 편지로 주정부 기관들을 파묻어버리라고 새미가 말했다. 자기도 도울 거라고 했다. 교도소 내 도서관에 정부 기관들의 주소가 기재된 책자가 있었다. "뭐든 네가 있는 곳에서부터 시작해야 하는 법이니까." 새미가 말했다. 그게 그녀의 좌우명이었다.

———

목공반 첫날, 교도작업 감독관은 우리가 실습을 통해 훌륭한 직업기술을 연마하게 될 것이며 출소시에는 그 기술이 곧 고용으로 이어지리라고 말했다.

"출소 날짜가 없는 사람들은 어써고?" 디어드롭이 물었다.

"원래 그런 수감자들은 교도작업에 참여할 수 없다." 감독관이 말했다. "원래는 그런 수감자들을 쓸 수 없게 되어 있어. 왜냐면 여길 나가지 않을 테니 직업훈련이 필요 없고, 교도작업은 직업을 가질 수 있도록 수감자를 훈련시키는 게 목적이니까. 하지만 처리해야 할 주문량이 많아서 너희가 이런 행운을 누리게 된 거다. 앞으로 여기서 가구 만드는 법을 배울 텐데, 숙녀 여러분에게 분명히 말해두자면 마감목수는 벌이가 아주 좋다."

코넌은 목공장을 보고 탄복했다. "헐, 우리가 실제 목재를 쓴다고? 테이블톱이랑? 연귀통도? 와스코에선 심지어 목공장이 진짜도 아닌데. 거기 목재는 전부 압축 파티클보드야. 그 합판들을 서로 붙이는 일을 하는 거지. 공구라고는 딱 하나, 본드. 못 하나도 박아넣을 수 없어. 그랬다간 그놈의 물건이 쪼개지고 부서질걸. 우린 뭐 하나 배우는 게 없었어. 내가 감독관한테 말했지. 당신, 자꾸 마감목수 일 어쩌고 하는데 정작 우린 그걸 배울 물건 하나 제대로 만들고 있지 않잖아. 그럼 감독관이 이렇게 말해. '그건 왜냐, 너흰 짐승새끼들이고 우리가 너희 손에 공구를 쥐여줬다간 서로를 죽일 테니까.' 내가 이렇게 물어. '그럼 우리는 여기에 뭘 배우러 오는 건데?' 감독관이 대답해. '너희가 여기 오는 건 일이라는 걸 어떻게 하는지 배우기 위해서다. 어떻게 정시에 출근하는지, 어떻게 근로자가 되는지.' 그게 뭐 그렇게 대단한 거라고. 와스코 목공반에선 좆도 배운 게 없어. 온종일 본드나 불고 있었지. 그랬더니 저 인간들이 이번엔 불지 않아도 되는 본드를 갖고 와요. '못 불어', 그 본드를 그렇게들 불렀어, 그게 이름이었다고. '못 불어 본드.' 그건 불 수 없어. 아무짝에도 쓸모가 없지. 전동공구도 없고, 훈련 현황 그래프도 없고, 약에 뽕가는 맛도 없고. 그래도 다른 교도작업보다는 나았어. 복도 아래 피복반 애들은 교도작업용 안전고글을 만들었어. 그리고 그 건물 옆에선 교도작업용 장화를 만들었고."

나는 작업대 한쪽의 자리를 배정받았다.

"난 백 퍼센트 노스*라고 해." 처음 보는 작업대 파트너가 말했다.

노스는 키가 180센티미터였고, 기다란 금발을 몇 갈래로 나눠 땋았다. 문신으로 새긴 흰머리수리가 일체형인 목공반 작업복 상의에서 고개를 내밀고 있었다. 그 여자 가슴에 있는 그 독수리는 부리에 미국 국기를 물었다. 뿔나 보였다. 보통 독수리들이 그러는 것보다 더 뿔이 나 보였다.

감독관이 나와 노스 옆에 로라 립을 앉혔다.

"자리를 바꿔주실 수 있나요?" 내가 물었다.

"아니." 그가 대답했다.

---

* 노르웨이인을 일컫는 말.

"오, 다행이다." 노스가 말했다. "백인들이어서." 그녀는 나와 함께 걸어들어온 세 흑인, 그러니까 코넌, 티어드롭, 리복을 스윽 훑어보았다. "너희는 흑인에 대해서 어떻게 생각해?" 그녀가 나와 로라 립에게 물었다.

드물게 찾아오는 그런 알은척의 순간들을, 자신에게 질문해주는 누군가를 절실히 원하는 로라 립이 덤벼들어 답했다. "아, 난 인종은 신경 안 쓰려고 노력하는 편인데 언제나 그러는 건 아냐. 무슨 말이냐면 사람에 따라서는 남들에 비해 더 노력해야 하는 경우가 있었는데, 그게 다……"

"내가 알고 싶은 건, 그 사람들한테 네 보지를 먹일 수 있는가 하는 거야."

로라가 헉 하는 소리를 냈다. "절대 아니지!"

"내가 이 작업대 대장이고, 그러니 누가 누군지 알아야겠어." 노스가 말했다.

"뭐, 말이 나왔으니 하는 말인데 나는 성관계에는 동의해. 내 남편도 라틴계였고 그건 재앙이었고 내 인생을 망쳤고, 근데 자기도 이 얘기에 관심이 있을지 모르겠는데 어느 날 저녁에 내가 쓰러졌을 때 도와주러 온 애들이 흑인이었고, 그리고……"

노스가 로라 립을 무시하고 내 쪽으로 몸을 움직였다.

"너 아이언 메이든* 좋아해?" 그녀가 물었다. "내가 트는 노래가 그건데."

"여기 라디오가 있어?"

"이 구역 라디오는 나야."

그날 오후, 노스가 흥얼거렸다. 〈런 투 더 힐스〉와 〈아이언 맨〉의 반복이었다. 나는 고등학교로 다시 돌아가 있었다. 그러나 노스가 내 고향이 어딘지 묻고, 고개를 끄덕이고, "프리스코, 좋지"라고 했을 때 내가 고향으로부터 너무도 먼 곳에 있다는 사실만 되새기고 말았다. 나는 노스에게 아무것도 묻지 않았다. 샌버너디노인지 어딘지에 산다는, 그녀의 나치 로라이더** 형제들과 남자친구들에 대해 시시콜콜히 아는 것에는 일말의 관심도 없었다. 속물스러운 생각인 건 맞지만, 문화적 차이란 게 엄연히 존재한다. 선셋 디스트릭트가 딱히 품격 넘치는 곳은 아니었을지라도 우리는 하이트애시버리에 인접해 있었고, 보다 괴상한 문화들에 대한 근접성 덕분에 노골적인 찌질이들은 아니었다. 물론 그런 우리들 중에서도 진성 백인우월주의자가 된 사람들이 나오기는 했다, 딘 콩트처럼. 중학교 동창인 그 딱한 애는 끝없는 조롱의 대상이었다. 딘 콩트는 부적응자 신세에서 벗어나려고 다양한 해법들을 실험했다. 괴짜, 뉴웨이브 팬, 스케이트보더, 평화주의자 날라리, 하드코어 날라리, 종래에는 스킨헤드

---

* 1975년에 결성된 영국의 헤비메탈 그룹.
** 서던캘리포니아와 텍사스에 거점을 둔 백인우월주의 집단.

족, 그리고 마침내 정장과 넥타이 차림의 네오나치. 스킨헤드족
이던 시절, 딘과 그의 친구들이 하이트 거리 축제를 난장판으로
만들었다. 오후 여섯시, 축제가 마무리되어가고 화물차에 무대
와 노점 탁자들을 둘러묶고 있을 때쯤 축제장은 허공의 9할이
마구 던져진 맥주병 천지가 되면서 이마 높이의 모든 것을 박살
내는 킬 존으로 둔갑했다. 이 스킨헤드족 덕분에. 딘이 아직 괴
짜 단계에 머물러 있던 시절, 학교 수업을 빠진 아이들 한 무리
를 휴고 스트리트에 있는 자기 아버지네로 초대했을 때 우리는
거기 있던 술을 몽땅 털어 마시고 커튼에 불을 놓았다. 그날을
완전히 잊고 살던 차에 다 자라 성인이 된 그를 TV에서 보았다.
그는 백인우월주의의 대변자로 토크쇼에 등장했다. 거기 나온
스킨헤드족 하나가 진행자에게 의자를 던져 코를 부러트렸다.
딘은 유명해졌다. 그렇지만 나는 그 남자에게서 여전히 그때의
아이를 보았다. 그의 사상을 정당화하려는 게 아니다. 그저 그가
내가 아는 누군가였다는 말을 하는 것뿐이다. 그는 에바와 사랑
에 빠졌고, 에바는 필리핀계였지만 그 사실이 그를 단념시키지
는 못했다. 늘 그런 식이다. 고등학교 동창 남자애 하나는 나중
에 교도소에 가서 아리안형제단*에 가입했다. 아리안형제단에
들어간 그 남자에게는 흑인 여자친구와 혼혈 자녀들이 있었다.

---

* 교도소를 본거지로 하는 백인우월주의 집단.

세상사는 우리가 기꺼이 인정할 수 있는 수준보다 더 복잡하다. 인간은 우리가 기꺼이 인정할 수 있는 수준보다 더 멍청하고 덜 사악하다.

점심시간 전, 로라 립이 드릴프레스로 제 손을 드릴질했고 양호실로 보내졌다. 그녀의 목공반 생활은 그걸로 끝이었다. 노스는 그녀가 비너*와 결혼한 죗값을 치른 거라고 했다. 교도소에 너무도 오래 있었던 나머지 노스는 비너라는 욕이 한물갔다는 걸, 더이상 쓰이지 않는 말이라는 걸 몰랐고, 그 덕분에 나는 그녀에게 뜻밖의 안타까움을 느꼈다.

———

그래도 되는 것이었는지 모르겠지만 지미 달링과 나는 가끔 둘이서 똑같이, 습관적으로, 편견덩어리들에게 안타까움을 느꼈다.

텅 빈 술집을 홀로 지키고 있던 그 외톨이 여자가 그랬다. 그때 우리는 지미가 강의를 나가던 발렌시아 근방을 돌아다니던 중이었다. 그 스트립몰** 지옥에서 뭐든 주목할 만한 것을 찾아내는 놀이를 우리 둘 다 재미있어했다. 어느 밤, 샌타클래리타의 트레일

---

* 멕시코인을 차별적으로 칭하는 말.

** 상점과 식당 등이 단층에 일렬로 배치된 쇼핑몰.

러 전용 캠프장을 지나다 성인 공동체*라 적힌 허름한 간판이 붙은 것을 보았다. "와," 지미가 말했다. "저걸 보고 기대되는 거 말해보기." 저곳 트레일러들에는 아마 유리로 된 샤워부스가 있으리라 추측했다. 물침대도. 성인들을 위한 공간이니까. 오로지 성인들만. 우리는 버려진 카운티 도로에서 버려지다시피 한 술집을 하나 찾아냈다. 여자 바텐더는 현재 그곳을 매입하는 절차를 밟고 있으나 멕시코계 손님은 단 한 명도 받고 싶지 않다고 말했다.

"멕시코 것들은 댁이 등을 보이는 순간 다짜고짜 칼부터 꽂을 걸요." 여자가 말했다. 그러더니 백인 손님들을 더 많이 끌어들일 방법이 뭐라고 생각하는지 물었다.

"샌드위치를 파세요." 지미가 말했다.

"젠장, 그거 좋은 생각이네."

바텐더와 지미는 그녀가 만들 간이음식점에 대해 이런저런 아이디어를 주고받았다. "피클," 지미가 말했다. "포테이토칩." 지미가 진지하게 하는 말이 아니라는 걸 여자는 알지 못했다. 그는 진지하면서도 진지하지 않았다.

———

---

* 대개 노인이나 은퇴자의 공동체를 일컫는 말.

목공장 위쪽 벽에는 스탠빌 교도소산업 목공예실 소속 수감자들이 제작한 자랑스러운 가구들의 사진이 실린 광고 책자들이 전시되어 있었다.

우리가 만드는 것들은 이렇다.

판사용 단상. 배심원단 의자. 법정 출입문. 증인석. 낭독대. 법봉. 판사 숙소의 마감재. 구류중인 피고가 들어갈 법정용 목제 케이지. 판사실에 들어가는 주정부 인장의 목제 프레임. 그리고 완성되면 옆방으로 옮겨 덮개를 씌울 판사용 의자.

우리가 만드는 주정부 제품에 해당하는 것도 아닌데 누군가가, 언젠가, 아동용 책상을 만들었다. 학교에서 흔히 보는 것처럼 경첩을 달아 상판이 열리고, 안에 소지품을 보관할 수 있는 책상이었다. 거기에 맞는 조그마한 의자도 있었다. 책상과 의자는 목공장 입구에 두었다. "저 작은 책상을 보면 슬퍼져." 코넌이 말했다. 나는 그걸 쳐다보지 않는 훈련을 했다.

내 어머니에게로, 이제는 죽은, 정말로 진실로 죽은 그녀에게로 생각이 흐를 때면 나는 잭슨이 죽지 않았다는 사실을 되새겼다. 어머니는 죽었지만 잭슨은 아니었다. 나는 이 아주 작은 위안의 틀 속에 틀어박혔다.

———

주말이면 새미와 중앙 운동장으로 나갔다. 수천 명이 똑같은 옷을 입고 있는 광경은 그걸 처음 보는 사람에게는 정말이지 장관이다.

수감자들이 무리 지어 있었다. 서로의 뒤를 따르며 어울리고, 농구나 핸드볼을 했다. 기타를 가지고 나와 소규모 청중(그룹으로 모이는 것은 다섯 명까지만 허용) 앞에서 연주했다. 몇몇은 옹송그리고 모여 약을 했다. 또다른 이들은 교도관이 오는지 망을 봐주는 자—일명 피너pinner—들을 세워놓은 채 간이화장실 안에서 혹은 밖에서 대놓고 연애질을 했다.

여름이었고, 뜨거운 바람이 우리의 헐렁한 수감복을 일렁였다. 수감복은 가장 연한 하늘색부터 감청색, 얼룩덜룩한 화강암무늬의 데님까지 있었는데 이게 바로 우리의 가짜 청바지였다. 데님이기는 했다. 청바지가 아니라는 거지. 그 수감복 바지들은 데님 재질의 천을 조잡하게 꿰매놓은 것으로, 허리에는 고무줄 밴드가 들어 있고 아주 작은 주머니 하나만 달랑, 그것도 삐뚤게 달려 있으니 내가 생각하는 정의에 따르면 청바지가 아니었다.

새미와 나는 트랙을 따라 걸었다. 213 여자애들 곁을 지나자 모두가 새미에게 인사했다. 중앙 운동장에는 지역번호가 있다, 주마다 지역번호가 있는 것처럼.

트랙을 제외한 곳에서 달리기 금지 표지판이 사방에 붙어 있었다. 트랙 이외의 장소에서 달리는 수감자에게는 발포 가능했다.

"누가 그 여자한테 와이어 절단기를 갖다준 거야?"

"누구 얘기하는 건데?"

"에인절 마리 재니키."

"그래, 괜찮았지 걔." 새미가 말했다. "스탠빌에서 제일 예쁜 애였는데."

"그 여잔 어디서 와이어 절단기를 구했대?"

"자유세계 직원. 어떤 남자. 그 여자한테 맛이 갔지. 내가 말하잖아, 걔 예뻤다고."

확성기에서 떨어지는 명령은, 명확하고 단호하고 시끄러웠다.

"거기 화장실 옆. 담배 피우는 거 다 보인다. 당장 끄도록."

"로자노, 넌 지금 경계를 벗어났다."

트럭 한 대가 교도소의 둘레, 전기철조망과 최후의 철책 사이 흙길을 빙빙 돌았다.

"코플리, 핸드볼 코트 옆에 틀니 두고 갔다." 마이크 근처 다른 교도관들의 웃음소리. "코플리, 히히, 감시소에 와서 틀니를 찾아가도록."

날이 더울 때면 교도관들은 대개 에어컨이 나오는 감시사무소에 들어앉아 쌍안경으로 우리를 관찰했다. 날이 추울 때도 그렇게 했다. 중앙 운동장은 광활하고 그들은 게으르다.

"걔가 뚫었다는 사각지대는 어딘데?"

"체육관 뒤. 지금 있는 폐쇄 조치들이 그때 생긴 거잖아. 에인절 마리 재니키 전과 후로 나뉘는 거지."

"저들이 체육관 뒤 철책은 볼 수 없어?"

"1번 감시탑에선 안 보여. 하지만 이젠 그것도 필요 없지. 전기 철조망이 있으니까."

순환트럭이 구내를 도는 데 최소 십 분이 걸렸다. 어쩌면 십일 분.

그건 그렇고, 틀니의 주인이 누구인지 교도관들이 어떻게 아느냐고? 인공잇몸 측면에 수감번호가 새겨져 있다.

우리가 고래 해변을 지나던 그때, 교도관들이 그곳의 일광욕 파티를 정리하기 시작했다.

"고래 해변, 슬링샷 금지다. 고래 해변, 슬링샷 금지라고 했다. 일동 자리에서 일어나 착의한다."

고래 해변이 주는 어감이 좋지는 않지만, 여자들이 몸에 기름칠을 하고 살을 태우는 공간인 보행용 트랙 뒤편을 다들 그렇게 부른다. 슬링샷은 수감자들이 자체 제작하는 속옷이다. 중앙 운동장에서는 맨살을 드러내면 안 되지만 수감자들은 아무튼 그렇게 했고, 중앙 주방에서 사용하는 요리용 오일 혹은 '이게 버터가 아니라니 믿을 수 없어!'라는 이름의 가짜 버터, 코넌 식으로 말하자면 '이 좆같은 게 버터가 아니라니 씨발 믿을 수 없어'를 듬뿍 발라댔다.

트랙 위를 달리는 사람은 없었다. 여기는 여자 교도소였고 우리는 인명 살상용 훈련을 받는 게 아니었으니까. 아무도 달리지 않았다. 코넌을 빼면. 그가 조깅하며 나와 새미를 스쳐갔다.

"입을 벌리고 있다가 각다귀를 만 마리는 죽였어!"

그가 몸을 돌리고 우리를 보면서 거꾸로 뛰었다.

"입을 다물도록 해봐." 새미가 말했다. "그럼 해결될걸."

여자 교도관 하나가 바삐 지나갔다. "테이블 위 착석 금지!" 그녀가 소리쳤다. 테이블 아래에 앉는 것 또한 불법이었는데, 그건 중앙 운동장에서 그늘에 들어갈 수 있는 유일한 방법이었다. 착석은 규정된 장소에서만 가능했다.

성난 듯 급히 걸어가는 여자 교도관을 코넌이 빤히 쳐다보았다. 맞는다는 듯 고개를 끄덕였다.

"와우, 저 여자 섹스하는 게 엄청 특이해."

스탠빌에서 누가 묻지도 않았는데 저런 얘기를 한다면 거짓말이라고 생각해도 좋다. 다른 질문에 대답하는 와중에 튀어나온대도 거짓말이다. 코넌의 이야기들은 무장한 퍼드*들이 자리잡고 앉아 우리를 감시하며 돼지껍데기 과자나 먹는 1번 감시탑과 2번 감시탑만큼이나 거창하게 터무니없었다.

"저 여자가 그런다고. 혓바닥으로만 하지 말고, 음 소리를 내며 불어줘. 내가 카주**라고 생각하고. 딱 그렇게 말했다니까. 내

---

* 애니메이션 캐릭터 엘머 퍼드. 늘 장총을 들고 다니는 멍청한 악당이다.
** 관에 대고 노래를 부르거나 허밍을 함으로써 소리를 내는 짧은 관악기.

가 카주라고 생각하고."

조경관리조가 제초제 라운드업이 든 분무기를 들고 트랙 가장 자리를 따라 작업중이었다. 그들의 임무는 중앙 운동장을 하나의 완전무결한 흙밭으로 유지하는 것이었다. "우린 정말 깔끔히 관리하고 있어." 이제는 조경관리조 소속인 로라 립이 말했다. 맨땅의 겉흙이 계곡 돌풍에 떠올라 사방을 날아다니는 사이에 가르시아라는 신참 교도관이 우리를 향해 왔다.

신참이야 수감자들에게도 교도관들에게도 똑같이 표적이 되기 마련이지만, 가르시아에게는 무언가 특별히 유약한 면이 있었다. 그는 B야드, C야드, D야드가 함께 쓰는 중앙 운동장, 즉 여자 삼천 명과 퍼드 여섯 명이 있는 그곳에서 어찌할 바를 모르는 듯 보였다.

퍼드는 엘머 퍼드의 줄임말이었다. 저들을 그렇게 부르기 시작한 건 코넌이었다.

"어이, 퍼드러커*." 코넌이 외쳐 부르자 가르시아가 멈칫했다. 못 들은 척할지 아니면 코넌을 문제삼아야 할지 결정하려는 것 같았다.

"근데 퍼드러커는 정체가 뭐야?" 코넌이 그의 단골 청중인 허공에 대고 말했다.

---

* 미국의 햄버거 체인점.

"퍼드러커의 웃음 포인트는 발음이 퍼크fuck처럼 들린다는 거잖아, 그치? 그럼 러드퍼커는 또 뭐고? 이런 걸 지어내면 우리는 전부 이런 장소들이, 그러니까, 역사 속에 존재하는 곳이라도 되는 양 굴잖아. 퍼드러커가 무슨 대단한 가족 전통이라도 되는 양."

"우리 가족은 항상 거기로 가는데." 로라 립이 바로잡는 투로 말하면서 분무기에 든 라운드업을 뿌렸다.

"우린 후터스." 코넌이 말했다.

"자기네 가족이랑?" 로라가 고개를 절레절레 저었다.

"내 여자랑 그 애들이랑." 코넌이 말했다. "후터스 어린이 메뉴가 괜찮아. 근데 이봐, 후터스Hooters의 O랑 아이홉IHOP의 O가 똑같이 생겼다는 거 알고 있었어? 나, 아이홉에서 요리사였거든. 거기서 팬케이크를 만들 때는 믹스에 물을 부어. '인터내셔널 하우스 오브 그냥 물 붓기'*라니까."

고등학교를 졸업한 직후에 나는 아이홉에서 웨이트리스로 일했다. 그 경험은 나와 코넌이 친해지게 된 여러 요소 중 하나이기도 했다. 나는 43번 웨이트리스였고, 요리사들은 이렇게들 불렀다. 43번! 음식 나왔다! 나중에야 알게 되었지만, 그건 이곳에서의 삶을 위한 예행연습이었다.

아이홉에서 일하려면 먼저 월마트 혹은 비슷한 곳에 가서 근무

---

* 아이홉의 정식 명칭인 '인터내셔널 하우스 오브 팬케이크'를 희화화한 말.

화를 장만해야 한다. 당신이 잘 모를까봐 하는 말인데, 그런 곳에서 파는 성인용 신발 대부분이 건설 현장 혹은 병원, 교도소, 식당, 학교에서 근무할 때 신는 것이고 아동용 신발은 그것의 입문자용 버전이다. 웨이트리스용 신발과 의료보조원용 신발과 작업화. 이런 형편없는 직종을 선택할 수밖에 없는 사람들, 혹은 그나마도 말아먹고 가뜩이나 저급한 신발보다 더 저급한 신발을 신는, 말하자면 교도소 산업장에서 제조된 신발을 신는 것밖에는 다른 선택지가 없는 사람들을 위한 공장제 싸구려 짝퉁들.

이 신참 교도관이 새미를 곁으로 불러 질문 공세를 시작했다. 그는 익숙한 길을 밟고 있었다. '나는 너를 더 알고 싶다'의 길. 그건 여기 교도관들이 일을 벌이는 방식이었고, 저들 모두가 똑같은 것을 똑같이 말했다. 나는 너를 더 알고 싶다.

수감자와의 여자친구 경험을 원하는 교도관들과 직원들이 있다. 새미는 벌써 시설관리부의 책임자와 '더 알고 싶다' 관계를 맺고 있었다. 일반직원인 그는 새미를 트럭에 태워 드라이브를 하고, 직원 식당의 햄버거를 가져다주고, 그 대가로 함께 배수로에 가서 그녀의 주정부 지급 청바지 속을 헤집었다. 새미에게는 전문간호실skilled nursing facility(우리는 그곳을 줄여서 '킁킁이 Sniff'라고 부른다) 소속으로, 매주 그녀의 가슴을 검사하고 담배를 주는 남자 간호사도 있었다. 코넌에게는 여자 교도관들이 있었다. 원래부터 레즈비언일 수도, 혹은 코넌이 남자임을 확신하게 된 이성애자일 수도 있는 여자 교도관들이.

"널 보면 생각나는 사람이 있어." 가르시아가 새미에게 말했다. "내 고향 필라델피아에. 넌 어디 출신이지?"

"필라델피아, 허." 코넌이 끼어들었다. "거기 자유의 종*을 보고 눈치챈 거 없어? 안에 금이 가 있어. 그리고 아무도 신경을 안 써. 자랑스럽다는 듯 전시해놨는데 그놈의 것에 금이 갔다고."

가르시아가 새미에게서 코넌에게로 몸을 돌렸다. 그가 하고픈 말은 뻔했다. 이 계집한테 작업중일 때 너는 좀 가라.

"그 안에 입고 있는 거 지정복 맞습니까, 코넌 양? 지금 제 눈에는 사각팬티가 보이거든요. 여기서는 금지인데요. 제가 보고해버릴 수도 있습니다만."

———

작업조 교대를 마치고 나오다 그 검정고시 선생, G. 하우저와 마주쳤다. 교대를 하던 중에 실랑이가 좀 있었는데, 저들이 내가 금속탐지기를 작동시켰다면서 소지품을 몽땅 검사했다. 심지어는 작업에 가져갈 점심도시락이라며 급식소 밖에서 자기들 손으로 내게 쥐여줬던 볼로네제샌드위치까지 갈가리 찢어발겼다. 옷

---

* 미국의 독립을 선포하며 울린 종.

을 전부 벗어야 했고, 교대구역 한쪽에 좁게 커튼 쳐진 공간에서 알몸수색까지 견뎌야 했으니 그곳을 나설 때 나는 분노로 부글거렸다. 그러나 하우저를 보았을 때 내 안에서 무언가가, 어떤 스위치가 젖혀졌다. 나는 상냥하게 '안녕하세요'를 외쳤다. 목소리 톤은 의도적인 결정에 따라 바뀌는 게 아니다. 자동적으로 그렇게 되는 것이다. 필요는 목소리의 변속기다. 필요가 접근법을 바꾸고, 목소리 톤을 왠지 더 높고 더 호감어린 쪽으로 조정한다. 계산된 행동은 아니었지만, 그를 마지막으로 본 후에 내 삶의 모든 것이 달라졌으니까.

"저기," 내가 말했다. "얼굴 볼 수 있을까 궁금하던 차였어요."

나는 그에 관한 모든 것을 잊었다. 그를 생각한 적은 단 한 번도 없었다.

"저는 C야드에 있어요. 그리고 읽을거리를 주겠다던 제안에 대해 생각하고 있었어요. 그래준다면 정말 좋겠는데."

그는 신바람이 났다. 내가 호의를 청함으로써 오히려 그에게 호의를 베풀기라도 한 것처럼. 우리는 담소를 나누었고, 점점 더 해가는 자신의 신바람 속에서 그가 물었다. "제 강의를 들어보지 않겠습니까?"

"여기 교육 프로그램은 검정고시 준비가 전부예요. 딱 그만큼이 우리 교도관들의 교육 수준이고요."

"네." 그가 재빠르게 살며시 웃었다. "하지만 그것 말고는 다른 기회가 없어서 수업을 읽기 위주로 구성하고 있어요. 책을 읽고 얘기를 나누는 겁니다. 일단 한번 해봐요. 우리와 함께 해준다면 정말 기쁘겠습니다." 그가 신청 방법을 알려주었다.

—

교도작업이 나를 무너져내리지 않도록 지켜주리라던 새미의 말은 옳았다. 그랬다. 다른 것들에 신경을 끄게 해주었다. 그 대신 나는, 다른 모두와 마찬가지로, 거기서 이용해먹을 것들이 뭐가 있는지에 집중했다.

코넌은 목공장에서 딜도를 만들고 있었다. 우리 작업반 감독관이 자기 책상에서 독서 마라톤 시간을 개시함과 동시에 딜도 만들기가 시작되었다. 감독관은 매일같이 근무지에 소설을 가져와서 자리잡고 앉아 강박적으로 읽어댔다. 그의 책 표지들에는 『두 번 죽이다』처럼 돈을새김한 제목과 함께 끔찍한 이미지가 인쇄되어 있었다. 죄다 무료나눔 박스에서 찾음직한, 물에 젖어 망가진 책들이었다. 감독관은 매일같이 그 책들을 내리 일곱 시간씩 읽었고 그러는 사이 코넌은 전기사포와 모따기 공구들을 써서 자신의 작품을 다듬었다. 누가 더 나은 딜도를 만들 수 있는지를 두고 그와 티어드롭 사이에 경쟁 구도가 형성되었다. 둘 다 불법적으로 오이를 빼돌려줄 중앙 주방 쪽 인맥도 가지고 있었다. 각 사동의 주방에 들어가는 오이는 사전에 사등분되어 있는데 식량을 원래의 의도와 달리 불법적으로 활용하는 행위, 즉 딜도로 사용하는 것을 막기 위해서였다. 중앙 주방에서 일하는 수감자들은 자르지 않은 오이를 뒷문으로 팔아넘겼다.

노스는 나무로 스와스티카와 펜타그램*을 만들었다. 내가 혁신을 일으킨 부분은 점심용 고기와 관련된 것이었다. 점심시간이면 나는 모든 우리 제품에 마크를 찍는 용도로 쓰는 불도장으로 볼로네제소시지를 노릇하게 굽기 시작했다. 불도장에는 CALPIA, 캘리포니아 교도소산업 본부라 새겨져 있었고 내가 그 담당이었다. 점심용 고기 양면에 불도장으로 낙인을 찍고 샌드위치 빵에도 똑같이 했다. 그렇게 하면 빵과 고기가 완벽하게 구워졌다. 인스턴트커피 몇 봉지를 받고 다른 수감자의 샌드위치도 지져주었다. 작업 종료 후 알몸수색에 대비해 커피 숨기는 법을 배웠다. 어차피 이렇게들 되는 것이었다. 모든 작은 존재들에 몸을 파는 것.

———

토요일에는 교도소 도서관 방문이 허용되었다. 저들이 가진 것들 중 우리가 대출할 수 있는 건 성경뿐이었다. 킹 제임스 성경이

---

* 각각 갈고리십자가와 오각별 형태.

냐 인터내셔널 버전이냐가 도서 선택 범위의 전부였다. 새미와 나는 매주 그곳에 가서 잭슨 문제와 관련해 편지를 보낼 만한 사람이 누구일지 조사했다. 어느 오후에 도서관에서 나오다 하우저와 다시 마주쳤다. 나는 조만간 그의 수업에 나갈 예정이었다.

"여기에는 읽을 게 아무것도 없네요." 내가 말했다.

"압니다. 그래서 제가 책을 몇 권 주문해준 거예요. 아직 도착하지 않았던가요? 아마존을 통해서 보내야 했거든요. 직원들이 책을 직접 건넬 수는 없어서."

나는 낚싯줄을 감아 희생자를 양산하는 새미의 손을 그려보았다. "천천히," 그녀가 말했었다. "천천히 해야 돼."

"아직 받지 못했어요." 그런 일에는 시간이 걸렸다. 삼천 명 여자에게 오는 우편물 전부를 일일이 분류해야 했으니까.

———

존슨의 변호인에게 계속 전화를 했던 건 그가 글로벌 텔 링크의 계정을 가지고 있는 이상 내가 연락할 수 있는 유일한 사람이었기 때문이다. 대개는 응답을 피했지만 한 번, 그가 전화를 받았다. "전할 소식이 있어요." 그가 말했다. "국선변호인으로 살아온 삼십 년 세월 끝에 이제 은퇴합니다. 이제 이 사무실 번호로는 연결되지 않을 거예요."

이렇게들 나를 궁지로 몰아넣는 꼴이란. 이게 현실이라는 걸 받아들이기 힘들었다. 나 말고는 아무도 잭슨의 운명에 신경쓰지 않았다. 나는 아이의 행방을 몰랐다. 아이와 연락할 길이 전혀 없었다. 나는 센트럴밸리의 교도소에 붙들려 있었다. 바싹 달궈진 채 광활히 뻗어 있는 햇살 쨍쨍한 하늘 아래서 가시철조망 위의 지저귐을 응시하고, 순환트럭이 거대한 교도소 부지를 도는 데 걸리는 시간을 재면서. 터프하고 아름다운 에인절 마리 재니키가 철책을 빠져나가는 모습을 그려보면서.

———

나는 잭슨이 다섯 살 때의 한 장면을 더듬고 또 더듬었다. 가을이었고, 어머니와 함께 이스트베이의 틸던공원에 갔다. 우리 위나무들은 어쩌면 내가 머리칼을 물들일 수도 있었을 색, 밝고 선명한 자홍색으로 변해 있었다. 황금색과 주황색 이파리들을 달고 있었다. 캘리포니아에서는 그런 풍경을 보는 게 흔치 않다. 어머니와 잭슨과 나는 자리를 잡고 앉아서 밝게 채색된 나무들이 바람에 흔들리는 모습을 구경했다. 잭슨은 넋을 잃었다.

"저토록 아름다워봤자 뭐한다니." 어머니가 말했다. "내일이면 다 떨어질 것을."

"하지만 떨어지고 나면요," 잭슨이 말했다. "저 나무엔 새 이

파리들이 자랄 거예요, 할머니. 그리고 나중에 또 색깔을 바꿀 거고요, 이 이파리들처럼요." 계속 계속 그럴 거예요, 잭슨이 말했다. 언제까지나요. 나뭇잎이 떨어진다는 건 새 이파리가 나온다는 말이에요. 넌 대체 어느 별에서 왔니, 하고 궁금해하는 눈으로 어머니는 아이를 쳐다보았다.

잭슨은 타고난 낙천주의자였고, 그건 어머니 혹은 내게서 물려받은 게 아니었다. 세 살 때 아이는 내게 지구가 어떻게 만들어졌는지 물었다. "어떻게 여기까지 온 거예요?" 나는 그걸 확실히 아는 사람은 아무도 없지만 아마도 폭발이 있었을 것이고 사람들은 그걸 빅뱅이라 부른다고 말했다. "그러면 그 사람들은 폭발이 일어나는 동안에 나머지 사람들 전부를 어디에 넣어뒀어요?" 그애의 마음속에는 늘 사람들이 있었다. 다른 사람을 보살피는 사람들이.

———

존슨의 변호인이 아동복지기관의 번호를 주며 거기서 잭슨 사건의 담당자 이름을 말해줄지도 모르겠다고 했지만, 나는 글로벌텔 링크 계정이 있는 사람에게만 전화할 수 있었다. 편지를 몇 통썼고 실성하지 않으려고 안간힘을 썼다. 한 통은 에바의 옛 주소로, 한 통은 에바를 수신인으로 해서 그녀 아버지의 주소로 보냈으나 어느 쪽이든 전해지리라는 믿음은 거의 없었다. 지미 달링에게 전화했지만 연결되지 않았다. 그에게는 글로벌 텔 링크가 없었으니까. 여기서 나가거든 그놈의 글로벌 텔 링크를 폭파해버리고 말 거라고 혼자 되뇌었다.

———

소포가 도착했다. 가족이, 외부의 조력이 있는 저 운좋은 여자들 중 하나라도 된 것처럼 로미 홀, 호명되어 나가 반입·반출구역에서 소포를 가져왔다. 하우저가 보낸 책은 세 권이었다. 『나의 안토니아』 『새장에 갇힌 새가 왜 노래하는지 나는 아네』, 그리고 『앵무새 죽이기』.

"그 남자가 구해준 게 그거라고?" 새미가 웃음을 참으며 말했다. "심지어 그것들은 나도 읽었다." 나는 슬픔을 느꼈고, 고작 그 정도 생각밖에 하지 못한 선생을 약간은 편들어주고도 싶었다. 그 책들을 특별히 읽고 싶었던 건 아니지만 그래도 간직할 생각이었다. 저 바깥세계와의 연결고리였으니까. 그러나 우리 사동의 어떤 여자가 세 권 전부를 샴푸와 컨디셔너랑 바꾸자고 제안해왔다. 주정부가 우리 궁핍한 자들에게 몸과 머리를 씻는 용으로 지급하는 건 모래 같은 가루비누 하나가 전부다. 적어도 하루저녁이나마 머리를 제대로 감고 컨디셔너까지 쓸 수 있다는 게 행복했다. 그런 행복은 삼 년 전에 체포되기 전부터도 이미 느껴 본 적이 없었다.

—

하우저의 수업에 나간 지 이 주째의 어느 날, 수업이 끝난 뒤 그가 나를 멈춰 세우고 책은 재미있게 읽었느냐고 물었다.

"재미있게 읽었어요." 내가 말했다. "열네 살 때요."

그렇게 말할 계획은 아니었다. 키스를 낚기에 전략적인 방법은 확실히 아니었으니까.

"이런. 미안합니다. 당혹스럽군요."

"괜찮아요. 저를 모르는 것뿐이잖아요."

그는 뭘 읽고 싶은지 물었고 나는 모르겠다고 답했다. 마음이 복잡해서 집중하기가 힘들다고.

그가 책을 더 구해주었다. 한 권은 『픽업』이라는 책으로, 1950년대 샌프란시스코에 살던 두 술고래에 대한 이야기였다. 읽기 시작하니 멈출 수가 없었다. 다 읽고 나서 다시 한번 읽었다. 장면들이 눈앞에 펼쳐졌다. 등장인물들이 그리 많은 곳을 언급하는 게 아닌데도 그랬다. 시빅센터를 제외하면. 파월앤드마켓 스트리트도. 케이블카를 돌려 방향을 바꾸는 그곳에, 유아들이 다 그렇듯 잭슨 역시 마음을 빼앗겼다. 나는 아이를 그곳에 데려가 거리의 음악가들을 구경했다. 그중 몇은 지미 달링의 친구였다. 어떻게 그러는 건지는 모를 노릇이었지만 지미는 온갖 종류의 사람들을 알았고, 그와 내가 우연히 누군가와 마주치기라도 하면 그 밤은 다르게 흘러갔으며, 그들은 우리를 콘서트나 파티나 영화시사회에 초대하곤 했다.

내가 꼬마였을 때, 파월앤드마켓에 엄청 큰 울워스 마트가 있었는데 매장 가운데가 가발코너였다. 에바와 나는 거기 들어가 가발을 고르는 것처럼 행동했다. 거기서 일하던 나이든 여자들의 도움을 받아 특수망으로 머리를 올려 고정한 뒤 웅장하고 곱슬곱슬한 가발들을 써보았다. 우리는 웃음을 터트리며 거울 앞에서 까불고, 화장품과 헤어제품을 슬쩍해 가방에 넣고, 매장 안 즉석 촬영 부스에서 사진을 찍었다. 그러고서 가끔은 반네스 애비뉴의 짐스에 가서 음식을 엄청 주문한 다음에 계산하지 않고 자리를 떴다. 타라발 스트리트에 있는 더 익숙한 짐스 매장에서 먹고 튀는 것과는 달랐다. 시내에서는 왠지 교양이 생기는 기분이었다. 짐스에서 잽싸게 토낀 후 숨을 곳을 찾아 반네스 위쪽의 미술관으로 가기도 했다. 그 안에 에바가 좋아하던 그림이 있었다. '녹색 눈을 가진 소녀'라 불리는 그림. 우리가 알던 아이들이라면 미술관 가기에 꽂혀서는 안 될 일이었지만 에바는 자기가 꽂히는 것에는 무엇이든 꽂혔으니, 냅킨 고리에 쑤셔넣어 늘인 것처럼 목이 기다란 이 그림 속 소녀에게 그랬다. 그녀가 우리를 쳐다보았고, 우리도 그녀를 쳐다보았다.

기나긴 유년 시절 내내 나는 거리의 부랑아처럼 싸돌아다녔고, 뿌리를 내리지 못하는 게 6번가 그레이하운드 정류장에 붙은 포스터 속 십대들과 다르지 않았다. 기다란 그림자처럼 실루엣으로만 보이는 키 큰 형체들, 그리고 거기 쓰인 문구 가출청소년 여러분, 도움을 받으세요. 상담전화번호. 내 유년기는 상담전화의 시절이었다. 하지만 우리는 그중 어디에도, 장난일 때를 제외하고는 전화하지 않았고 나는 가출청소년이 아니었다. 내게는 어머니도 있었다. 어머니와 가까워져볼 수도 있었겠지만 그렇게 하지 않았다. 그러지 못했다. 내가 열여섯 살이 되었을 때는 나도 어머니도 너무 늦었다. 내가 교도소에 갔을 때는 정말로 그리고 최종적으로 너무 늦은 듯했다. 그러나 내가 틀렸다. 너무 늦었을 때는 어머니가 죽었을 때뿐이었다.

—

하우저에게 『픽업』을 읽었다고 전했다. 그가 생각을 물었다.

"좋기도 하고 나쁘기도 했어요."

"무슨 말인지 저도 알겠군요. 결말이 뜻밖이에요, 그렇죠? 하지만 그 덕분에 책을 다시 읽어보고 싶어지죠, 일찍이 주어진 단서들이 있나 하고."

나도 두 번을 읽었다고 그에게 말했다. 샌프란시스코에 관한 책을 읽어서 좋다고, 내가 거기 출신이라고.

"아, 저도 그렇습니다." 그가 말했다.

내 눈에는 별로 그래 보이지 않았고, 그래서 그렇게 말했다.

"제 말은, 그 근처요. 샌프란시스코만 바로 건너에 있는 컨트라코스타카운티 출신입니다." 그가 동네 이름을 말했지만 나는 들어본 적이 없었다.

"정유공장 뒤쪽에 있는, 모두가 꺼리는 동네죠. 그렇게 매력이 있진 않아요. 그곳 출신이라는 것도 그렇고요."

나는 샌프란시스코가 싫다고, 그곳 땅에서는 악의 기운이 나온다고, 그럼에도 『픽업』이 마음에 들었던 건 그 도시에 대해 내가 그리워하는 면면을 되새겨주기 때문이라고 말했다.

그가 이미 다른 책 두 권을 더 구해준 터였다. 찰스 부코스키의 『팩토텀』과 데니스 존슨의 『예수의 아들』이었다. "다음으로 그 책들을 읽으려고요." 내가 말했다.

"『팩토텀』은 역사상 가장 웃기는 소설 중 하나죠."

다른 책, 그 예수 어쩌고 책은 영화를 봐서 나도 안다고 말했다. 등장인물들이 70년대를 산다는 설정이 제대로 그려지지 않았다는 점만 빼면 좋았다고. "거기 그 여자애가요, 배를 다 드러내고 그 위에 모피 칼라가 달린 가죽 재킷을 입거든요. 90년대 샌프란시스코 멋쟁이들이 하던 것처럼."

"하지만 지금 묘사한 그 멋쟁이들—아마도 당신 자신, 저야 모르지만요—도 애초에 70년대 스타일을 따온 거니까요."

맞는 말이었다. 나는 그에게 지미 달링이 1970년대에 나온 〈플레이보이〉를 사들이려고 텐더로인 지구의 서점들을 드나들던 얘기를 해주었다. 그 잡지들은 매장 뒤쪽 바닥에 무더기로 쌓여 있었다. 한번은 어느 나이 지긋한 남자가 지미의 어깨를 두드리고 속삭였다. "젊은이, 이 위에 새것들도 있다네." 그러면서 비닐 덮개를 씌운 월간지 〈버스티 앤드 베얼리 리걸〉이 있는 쪽으로 고갯짓을 했는데, 그것들은 매장 정면에 떡하니 전시되어 있었다.

"그 지미라는 분은……"

"약혼자예요. 샌프란시스코 미술대학에서 강의를 해요."

"지금도…… 약혼한 상태입니까?"

"그 사람 죽었어요."

———

그날 밤 소등 후에 나는 노스 비치를 생각했다. 거기서 살고 일하는 지미 달링과 함께 갔던, 그리고 지미 이전의 내 어린 시절에 갔던 곳들을 다시 찾아가보려 애썼다. 그때의 노스 비치는 금요일 밤에 친구들과 신나게 헤매고 다니기에 좋은 곳이었다. 우리는 엔리코스의 야외 테이블 주변을 맴돌다가 사람들이 자리에서

288

일어나면 그들이 남긴 술을 비웠다. 브로드웨이를 따라 늘어선 불빛들이 보였다. 클럽 빅 알스. 콘도르 클럽과 그곳의 세로 간판. 선홍빛과 차이나타운 빨강으로 반짝이던 캐럴 도다의 젖꼭지. 그 길 아래의 가든 오브 에덴, 안개를 뒤로하고 밝게 빛나던 그 분홍과 초록의 네온사인.

나중에 캐럴 도다의 간판은 내려졌지만 내게는 아직 남아 있다. 조명들을 전부 켠 채 과거 그대로의 세상 속에서, 그리고 내 안에 여전히 존재하는 세상 속에서, 내가 담고 있는 세상 속에서.

콜럼버스 애비뉴에 있던 어느 클럽에서는 페미니스트 스트리퍼들이 시간당 11페미니스트달러를 벌었다. 무대를 둘러싼 협소한 부스 속 남자들의 자위 장면을 봐가며 자신을 할애하고 거두는 것치고는 턱없이 적은 돈이었다. 리걸 쇼 월드는 평범한 핍쇼* 클럽이었고 거기에 페미니즘은 없었다. 리걸의 이상하고 못생긴 회계사가 마스 룸에서 우리와 어울려 부업을 했다. 내가 아는 한 고객은 단 한 명도 확보하지 못했으면서 두꺼운 안경을 쓰고 할인가 란제리를 입은 웬 덩치 크고 부자연스러운 여자가 밤마다 나타나 간식을 들이밀고 우리의 화장과 의상을 칭찬하며 분장실의 여성 지도자 노릇을 했다. 그녀는 꼬마당근을 건네면서 그걸

---

* 작은 공간에서 주로 창을 통해, 틈이나 구멍으로 훔쳐보듯 구경하는 스트립쇼.

'크뤼디테'*라고 불렀다. 내 친구 애로를 특히 좋아했는데, 걔를 분장실의 딸쯤으로 여겼다.

애로는 〈베얼리 리걸〉에 입성하는 데 성공했다. 나이는 내 또래, 이십대 초반이었지만 그애의 나른한 눈이 순진무구한 느낌을, 그게 아니더라도 최소한 〈베얼리 리걸〉에서 소녀인 척 포즈를 잡는 여자들의 순진무구한 느낌을 주었다. 애로와 나는 가끔 크레이지 호스에서 교대조로 일했고, 거기서 잭슨의 아빠를 처음 만났다. 잘생긴데다 재미있었고, 크레이지 호스의 여자애들이 분장실에 들이는 유일한 문지기이기도 했다. 여자애들이 화장을 하는 동안 그는 지역신문의 기사들을 큰 소리로 읽어주는 시늉을 했지만, 실은 페이지를 넘기면서 〈위클리 월드 뉴스〉 스타일의 헤드라인을 꾸며내고 있었다. '빗물 배수관에 떨어트린 마지막 담배를 살리려 폭스바겐 비틀을 들어올린 여자.' '초콜릿칩 쿠키 다이어트로 90킬로그램을 뺀 남자가 우유 트럭에 치이다.' '뉴스 속보: 오하이오주 털리도는 상상의 산물인가.' 잭슨의 아빠가 어딘가 모자란 건 아니었고 그저 삶에 대해, 굳이 말하자면 권위에 대해 똑똑치 못했을 뿐이다. 하지만 탈출을 할 만큼은 똑똑했다. 샌마테오 주립 구치소의 담장을 넘어 샌프란시스코까지 주구장창 달렸다. 이 이야기는 그를 알기 전에 들었다. 그때 머릿속에

---

* 생야채 전채요리.

고속도로 갓길을 따라 달리는 남자의 모습이 그려졌다. 샌마테오에서 샌프란시스코까지는 차들이나 다니는 길로 갈 수밖에 없는데, 그런 길을 차체도 모터도 없이 통과해내야 한다는 듯. 갓길을 달리며 땀을 흘리는 남자만 덩그러니. 그가 그런 식으로 움직이지 않았다는 걸 확신하면서도 내게 보이는 장면은 그랬다. 그는 거의 즉시 붙잡혔다.

턱수염 지미는 1960년대부터 시내 여러 스트립클럽에서 문지기로 일했다. 그는 늘 이야기를 들려주었다. 그중에 매직 톰이라는 포르노 스타와 사랑에 빠진 어느 미친 영화감독에 대한 일화가 있었다. 매직 톰은 턱수염 지미가 문지기로 일했던 하드코어 게이포르노 극장에서 연기하는 배우였다. 매직 톰은 영화감독에게 별 관심이 없었다. 그를 실컷 이용해먹고 다른 누군가에게 가버렸다. 그에게 차이고 악에 받친 영화감독은 그레이하운드 버스를 타고 머나먼 길을 떠나 뉴욕 시러큐스, 매직 톰의 고향을 찾아갔다. 영화감독은 매직 톰의 모친이 사는 집의 문을 두드렸다. 턱수염 지미의 이야기 속에서 매직 톰의 모친이 문을 연다. 단추를 목 끝까지 채운 고지식한 뉴욕 상류층 여성. 그녀가 말하기를 "무슨 일이시죠?" 영화감독이 대답한다. "아, 부인, 부인이 보고 싶어하실 만한 게 있어서요." 영화감독은 매직 톰과 그의 일란성 쌍둥이 형제가 적나라한 자세를 취하고 있는 누드 화보를 들어 보인다. 당시 쌍둥이 형제는 포르노 작업을 함께하고 있었다. 이

부분에서 턱수염 지미는 다음 말을 이어나가기 힘들 정도로 심하게 웃음이 터졌다. "남자가 뉴욕 시러큐스에 사는 노부인한테 그 아들 둘이 떡치는 사진을 보여준 거야." 턱수염 지미는 이 얘기가 태어나서 들은 것 중 가장 웃긴다고 생각했다. 이쯤 되면 슬슬 턱수염 지미의 유머감각이 이해되기 시작한다. 내가 숨은 곳을 커트 케네디에게 불어버리는 짓도 웃긴다고 생각했던. 내가 샌프란시스코를 떠나 로스앤젤레스로 간 뒤에도 커트 케네디는 내 행방을 집요하게 캐고 다녔다. 그걸 얘기해준 게 턱수염 지미였다.

15

스탠빌 생활 이 년 차에 접어들 때쯤, 고든 하우저가 짐승의 새된 소리를 여자의 비명으로 착각할 일은 없을 터였다. 오두막 초창기의 밤에 그가 들었던 것은 퓨마의 울음이었다. 여자도, 여자가 곤경에 처한 것도 아니었다.

그가 맞이한 첫 겨울, 눈이 대지를 덮었을 때 길을 따라 올라온 발자국들이 그의 오두막 주위에 둘러져 있었고, 둥글게 움푹 팬잔디 위 흔적들은 그 모양과 간격이 동물도감 속 짐승의 것과 정확히 일치했으며, 도감에 따르면 퓨마가 내는 소리는 그간 여성의 비명, 고함, 흐느낌과 비슷하게 들리는 것으로 다채롭게 묘사되었다.

그는 퓨마를 직접 본 적은 없고 소리만 들었다. 스탠빌을 향해 가는 이른아침의 하산길. 때로는 회색여우를, 그 녀석들 뒤로 길게 나부끼는 반들반들한 꼬리를 언뜻 보기도 하며 구불구불한 도로의 곡선을 따라가고, 가뭄에 바싹 마른 거대한 버지니아참나무와 먼지로 코팅된 삐죽삐죽한 작은 잎들을, 녹슨 듯 붉은 칠엽수와 뿌연 듯 푸른 만자니타를 지나쳤다. 잎이 떨어진 칠엽수 가지들이 햇빛 속에서 골백색으로 반짝였다. 풀잎은 진한 노랑, 젖은 밀짚색이었다. 그는 그토록 아름다운 풀들을 본 적이 없었다.

그 갈색 계곡으로 이어지는 직선도로 위, 풍경이 송유관과 시추탑으로 바뀌고 탑 가운데서 굴대가 돌고 또 돌았다. 시추탑 뒤로는 먼지 낀 오렌지 농장, 정면에는 야자나무 두 그루가 서 있는 농가 한 채, 거기서 도로가 갈라졌다. 야자나무 두 그루는 독특한 품종으로, 빽빽하니 덥수룩하고 화려한 모양새가 꼭 이누이트의 스노부츠 같았다.

계곡 아래는 기온이 10도는 높았고 후덥지근한 공기에 거름내가 진동했다. 오렌지도 시추탑도 더이상은 없었고, 전선들과 거대한 기하학적 무늬로 구획된 아몬드 농장만이 교도소로 가는 길 내내 펼쳐져 있었다.

———

캘리포니아주의 모든 교도소와 마찬가지로 스탠빌도 세 개의 깃발을 게양했다. 주기, 국기, POW/MIA*기. 고든은 언제나 저 POW기가 한심하다고 생각했다. 베트남전, 미국이 그저 처참하게 패배한 전쟁에서 그곳에 남겨진 이들을 위한 깃발이라니. 생환하지 못한 포로들이 있었다면 진즉 죽었을 것이고, 죽었든 죽지 않았든 그들을 데리러 돌아가는 사람 한 명 없었으면서, 모든 주립 교정시설의 교도관들은 도의에 따라 저 깃발을 힘들여 게양했다. 요즘 포로가 된 사람들은 상황이 달랐다. 대부분이 민간인 계약자들이었고, 그들의 참수 장면이 인터넷으로 생중계되었다. 부시 대통령은 TV에 나와 이라크 국민을 위한 병원과 학교를 짓고 있다고 말했다. 스탠빌 직원 주차장의 차량 대부분은 범퍼에 노란 리본**을 달고 있었다.

교도소 내부에서는 방향을 잡기가 까다로웠다. 고든의 눈에는 전부 똑같아 보였다. 바닥에는 흙과 콘크리트가 깔려 있고 주변으로는 가시철조망 장막이 둘러진 광활한 부지에 단층과 복층의 콘크리트 건물들이 서로 멀찍이 떨어져 있었다. 총 세 개의 전자식 보안문을 거쳐 도착하는 그의 교육장은 직업훈련장과 중앙 주방 근처의 창문 없는 트레일러에 위치했다. 중앙 주방은 고약한 기름내를 끝도 없이 뿜어댔고, 그 냄새를 무찌를 수 있는 것은 자

---

* 각각 전쟁포로와 전투중 행방불명자를 의미한다.
** 참전군인·인질·포로가 된 이들의 무사귀환을 바라는 마음을 상징.

동차 정비소에서 흘러나오는 용제 냄새가 유일했다. 그 정비소에
는 특급 할인가에 수감자들이 해주는 도색 서비스를 받으러 온
트럭─교도관들의 개인 차량─들이 한 줄로 늘어서 있었다.

고든의 경우, 이쪽 부지로 출입하는 건 승인되었으나 유닛과
야드에는 접근 금지였다. 예외는 A야드의 504유닛, 즉 사형수사
동 및 행정격리사동의 수감자들과 수업을 진행하는 곳이었다.

고든은 사형수사동에 크나큰 두려움을 느끼고 있었지만 그곳
이 그의 악몽 속 모습과는 사뭇 다르다는 사실을 알게 되었다. 그
가 상상했던 건 중세풍 비극의 화신, 즉 철창들이었다. 사형수사
동은 자동화되었고 현대적이었으며, 비좁은 수감실 각각에는 하
얀색으로 칠해진 철문과 작은 유리창이 달려 있었다. 총 인원 열
두 명. 모두가 독거실을 썼고, 비좁은 통로 한쪽의 철망 속에 테
이블과 재봉틀이 놓여 있었다. 교도관 하나가 철망 출입문의 잠
금을 풀고 고든을 들여보내 교육생과 일대일로 만나게 했으며,
그사이 다른 수감자들은 뜨개질을 하거나 근처 테이블에서 자수
카펫을 만들었다. 베티 라프랑스, 고든의 교육생은 아니었지만
늘 고집스레 말을 걸어오던 그 여자는 작업시간이면 수감실에서
라디오를 가져와 엘리베이터 음악*을 틀어놓았다. 그곳 여자들은
수작업으로 연하장을 만들면서 기계로 찍어낸 판매용 카드들을

---

* 백화점의 엘리베이터 등에서 나오는 경음악.

모방했다. 그들이 최고로 꼽는 작품들은 라이트에이드*에서 살수 있을 법한, 중간 색조 글씨로 무난한 격려의 메시지를 넣은 카드를 닮아 있었다. 여자들이 본인의 수감실에 오가는 것은 허용되었고, 리뉴짓 방향제 냄새가 나는 그 방들은 직접 만든 모포를 달아 가려두었다. 사생활을 보호할 목적으로, 그리고 아마도 기름때 묻은 시간의 축을 돌려 그들이 만들어내는 이 모포들의 쓰임을 어떻게든 찾아볼 목적으로.

그들은 고든을 '디어리'와 '펌프킨'과 '돌'**로 불렀다. 그는 디어리라는 호칭에 섬뜩함을 느꼈다. 그건 라스콜니코프***가 전당포 노파 알료나를 살해할 계획을 실행에 옮기기 전에 노파가 그를 부르던, 혹은 최소한 영어 역자가 그 호칭의 대응어로 고른 단어였다. 디어리.

사형수사동 위층에 위치한 행정격리사동에는 공용구역이 없었고, 거기 여자들 사이의 교류란 서로에게 고함을 치는 것뿐이었다. 그들이 이 방에서 저 방으로 소리를 지르고 교도관에게 야유를 퍼붓고 시끄럽게 하는 건 무언가 할일을 만들기 위해서였다. 고든이 조그만 사무실에서 기다리고 있으면 그의 교육생이

---

* 미국의 대형 드러그스토어 체인.

** 전부 '귀염둥이'를 의미하는 애칭.

*** 도스토옙스키의 소설 『죄와 벌』의 주인공.

결박된 채 쨍그랑 소리를 내며 복도를 걸어내려와 그와의 수업을 위해 마련된 철창 안에 넣어졌다. 그렇게 로미 홀과 처음 만났고, 이제 그녀는 그의 수업을 듣고 있었다. 한 가지 주목했던 건 그녀가 그의 눈을 똑바로 쳐다본다는 사실이었다. 여자들 다수가 습관적으로 그의 어깨 혹은 그 너머를 보곤 했다. 눈길을 피하려고 사방으로 눈동자를 굴렸다. 또한 그녀는 그런 상황에 처해 있으면서도 매력적이었다. 넓은 미간에 초록 눈동자. 큐피드의 활이 있는 입술, 그걸 그렇게들 부른다고 하던데, 윗입술이 내려갔다 찍고 올라가는 그 모양을. 이렇게 말하는 예쁜 입. 이 얼굴을 믿어요. 이렇게 말하는 그 얼굴. 보이는 게 다가 아니랍니다. 그녀의 맞춤법은 훌륭했고 독해력도 좋았다. 철자를 잘 아는 수감자가 있으리라는 기대는 없었다. 사실 어떤 것에 대한 기대도 없었다, 스탠빌의 여자들에 대해서는.

그녀를 다시 본 건 교도관들이 도그 런이라 부르는 곳—행정 격리사동 여자들의 운동 장소인 야외 철창 안—에서였다. 504유닛으로 가려면 그 철창들을 줄줄이 지나쳐야 했고, 그는 이 황량하고 협소한 우리에 갇혀 있는 여자들에게서 본능적으로 시선을 돌렸다. 거기에서 로미 홀이 그를 불렀었다. 남자에게 라이터를 빌리거나 기차 도착 시간을 묻는 여자처럼 태연스레.

그녀가 수업에 오는 게 좋았다. 그녀는 책을 진지하게 읽었다. 교육생들 다수가 고든을 멍청이로 생각했고 저들끼리 암호로 대화하면서 그를 비웃었지만, 그럴 수도 있지 싶었다. 그들은 그가 제대로 이해조차 못할 형들을 살고 있었다. LWOP, 즉 가석방 없는 종신형이라거나 혹은 중복 종신형이라거나. 그는 한 번의 종신형조차 가늠하기 힘들었다.

『줄리와 늑대』나 로라 잉걸스 와일더 작품의 일부를 복사해 나눠주면서 수감자들에게는 아동 도서라는 사실을 밝히지 않았고, 그들이 읽고 즐거워하는 한 그런 건 문제되지 않았다. 수업을 단순한 수준으로 유지했던 이유는 수감자 다수가 초등교육밖에 받지 못했다는 현실을 감안해서였다. 그들은 십대 소녀처럼 몽글몽글한 글씨체로 글을 썼다. 심지어 코넌이라 불리며 남자의 외양을 한 런던마저도 몽글몽글 글씨체를 썼다. 런던은 영리했다, 그건 분명했다. 독서는 하지 않고 남들을 웃기기만 했지만 그것도 나름의 의미가 있었다.

"유방은 복수로 쓰는 건가?" 런던이 물었다.

"누구 거냐에 따라 다르지, 아마." 누군가가 대답했다.

"존스의 유방. 모험 영화 제목 같네. 존스 교위와 비운의 유방."

제로니머 캄포스, 이 원주민 노파는 수업시간 내내 스케치북에 그림을 그렸다. 고든은 혹시 그녀가 읽거나 쓰지 못하는 게 아닐까 궁금했다. 어느 날 수업이 끝나고 그녀에게 무엇을 그리고 있는지 물었다. 글을 쓸 줄 모른다고 털어놓으면 따로 수업을 하자고 제안해볼 생각이었다.

초상, 그녀가 말했다. 그리고 스케치북을 열어 보여주었다. 각 장마다 그림이 하나씩, 그리고 아래에는 이름이 있었다. 쓸 줄 아는 것이었다. 그런데 그림들이 사람의 얼굴이 아니었다. 거칠게 그어진 색채의 가닥들이었다. "이게 선생이야." 그렇게 말하며 보여준 것은 아무렇게나 휘갈긴 검은 줄들에 얼룩진 푸른 점 하나였다.

존 스타인벡이 쓴 『붉은 망아지』의 한 챕터에 대해 토론하던 날, 여자들은 책 속의 산과 중앙 운동장에서 보이는 산에 대해 얘기했다. 고든은 그들이 산을 두려워하는 것 같다는 점이 놀라웠다. 그나마 이곳에서 자연세계를 접할 수 있는 방편의 하나로 여기리라 생각했다. "저 위에선 곰이랑 싸워야 된다고." 코넌이 말했다. "최소한 이 안에는 새끼들뿐이거든. 새끼들이랑 잡종들. 그리고 난 알지. 내가 이길 수 있다는 걸."

세번째 챕터, 임신한 당나귀 넬리에 관한 「약속」에 이르러서는 수감자 하나가 손을 들더니 자기가 아기를 낳았을 때 배가 '두 부분으로' 갈라진 하트 모양이었다고 말했다. "말이랑 똑같아. 의사도 확인해줬다니까. 말들은 자궁이 하트 모양이라고."

그들이 챕터를 소리 내어 읽었다. 돼지에 대해 언급하는 부분에서 교육생 하나가 불쑥 끼어들더니, 애리조나에 수감된 사촌이 편지로 얘기하기를 거기서는 한 달에 한 번, 일요일에 기계 점검 차 가스실에 돼지를 집어넣는다고 했다.

고든은 대화의 방향을 책으로 돌리려 했다. 빌리 벅이 한 약속은 무엇이었나요?

일요일에 가스실 신세가 되는 돼지 얘기를 해준 사촌을 뒀다는 여자는 돼지가 '환풍구 파이프로 올라갈 때면' 온 운동장에 어떤 냄새가 내려앉는다고 했다. "복숭아꽃 같은 냄새가." 그녀가 말을 이었다. "내 사촌이 하는 말이 그래."

로미 홀이 손을 들었다. 빌리 벅이 소년 조디에게 약속한 건 건강한 망아지였다고 답했다. "일찍이 빌리 벅이 붉은 망아지를 돌봐주겠다는 약속을 했는데 그 망아지가 죽었잖아요. 이 새로운 맹세는 빌리 벅이 약속을 지키는 남자가 될 기회였어요. 새 망아지를 안전히 출산시키는 것으로요."

"그래서 그 약속은 지켜졌습니까?" 고든이 물었다.

그녀는 그게 이 이야기의 교묘한 점이라고 말했다. "이론적으로는 그래요. 하지만 그 망아지를 태어나게 하려고 어미를 죽여야 했잖아요. 난산 속에서 망아지를 구하려다 그 어미를 죽였다고요. 망치로 두개골을 내려쳤는데 참 지랄맞은 방식으로 약속을 지킨 거죠. 그 어미 당나귀가 훗날 다른 망아지들을 문제없이 낳을 수도 있었을 텐데 웬 카우보이 녀석이 약속을 지키는 데 목을 매는 바람에 죽어야 했다고요."

"약속을 하는 건 괜찮아." 런던이 고든에게 말했다. 이 선생에게 인생의 진짜 이치를 요약해주기라도 하듯. "근데 그걸 지키겠다는 생각이 항상 좋은 건 아냐."

———

어느 저녁, 수업이 끝나고 로미 홀이 서성였다. 고든은 둘 사이
에 보다 거리를 두려고 어색한 위치, 책상 저 반대쪽 끝에 서서
복사지를 정리하기 시작했다.

그녀는 오 분 정도 자신에 대해 많은 얘기를 했다. 목소리에는
자제심이 서려 있었다. 지금껏 벼르고 벼른 것 같았다. 고든은 계
속 뒷걸음질치며 그녀에게서 멀어지려 했고, 그녀는 계속 그를
향해 다가왔으며, 그는 그녀에게 조종당하지 않을 것이었다. 그
를 매수해 휴대전화를, 담배를 반입하려던 수감자들이 있었다.
직원과 교도관 모두가 한통속으로 이런 계략에 연루되어 있었다.
고든은 거기에 끼고 싶지 않았다.

"저는 무기수예요, 그리고 한 아이의 엄마고요." 그녀가 말했
다. 그를 곤란하게 만들어 미안하다고 했다. 우울한 기분으로 잠
에서 깨어난다고. 방에서 안개가 느껴진다고, 창문 하나 없는데
도 그렇다고, 그 축축함이 집을 떠올리게 한다고.

그녀는 아이의 행방을 찾을 수 있도록 그가 전화를 한 통 대신
해줬으면 한다고 했다. 번호는 이미 적어 왔고, 이건 그녀가 다가
왔을 때 고든을 물러서게 만들었던 정확히 그런 종류의 일이었

다. 그녀에게 책을 사주었다거나 혹은 그녀가 예쁘게 보인다고
해서, 가끔 그녀 생각을 한다고 해서, 그녀의 험난한 가족사까지
원하는 건 아니었다.

―

그가 자발적으로 규정을 어겨가며 도움을 제공했던 그 시작은
사형수사동의 캔디 페냐였다. 캔디는 양털실이 떨어졌고 돈도 없
어서 아기들을 도울 수가 없다며 어린애처럼 울었다. 사형수사동
의 다른 수감자들은 스탠빌의 기독교 자선단체에 보낼 아기용 담
요를 뜨고 있었다.

털실을 구해주는 게 불가능한 일은 아니었다. 교도관들은 그의
가방 속을 좀처럼 확인하지 않았다. 결심을 굳힌 건 바레시스에
서 아침을 먹던 때였다. 그 공간이, 그곳에 걸린 스톡카* 사진들
이, 그 지역 트랙에서 거둔 승리들이 마음을 달래주었다. 한쪽은
식당이고 다른 한쪽은 주점이었는데 그 구석에 피아노가 있었다.
토요일 밤에는 여자가 나와 피아노를 연주했다.

스탠빌에는 치과 치료를 받을 만한 곳이 없었다. 구두수선집도
없었다. 품질이 좋기는커녕 눈 낮은 고든의 마음에 드는 냄비조

---

* 일반 승용차를 개조한 경주용 차.

차 구할 수 없었지만, 취미용품점은 세 군데나 있었다. 그중 하나에 들렀다. 4색 실을 샀다. 캔디는 양털실을 얘기했으나 용품점에 양모로 만든 실은 혼방 제품조차 없었고, 어쩌면 양털실이란 것이 꼭 양모만을 의미하는 게 아니라 솜털처럼 폭신한 뜨갯거리를 총칭하는 말일지도 몰랐다. 다음날 그는 사온 것을 캔디에게 건넸다. 그녀는 고마움에 녹아내렸고 그는 그게 꺼림칙했다. 규정을 어겨서가 아니라, 힘들 게 거의 없다시피 한 일이었는데도 그녀가 울면서 지금껏 누구도 이런 친절을 베풀어준 적이 없었다고, 일생을 통틀어 단 한 번도 없었다고 말했기 때문이었다.

그 꺼림칙함으로부터 벗어날 유일한 치료제는 다른 수감자들의 부탁도 들어줌으로써 자신이 캔디의 성인聖人이 아닐 수 있게, 그 베풂을 더 많은 베풂으로 중화시키는 것이라는 생각이 들었다.

베티 라프랑스는 고든에게 편지 한 통을 부쳐줄 수 있는지 물으면서 수신인은 캘리포니아 주립 교도소에 있는 옛 연인이라고 설명했다. 교정본부의 속달승인 없이는 수감자들 간 서신 교환이 금지된다는 것을 고든 역시 익히 잘 알았지만, 그는 베티가 털어놓은 이 로맨스가 한낱 상상의 산물일 가능성이 있다고 판단했다. 고든과 처음 만났을 때도 그녀는 교도관들의 관심을 끌려고 소리를 지르고 있었다. "교도관!" 그녀가 외쳤다. "주차요원한테 내 전속미용사가 차를 댈 곳 좀 빼놓으라고 말해줘요!" 베티는 사형수사동의 다른 여자들을 업신여겼고, 그들이 자기 수준에 안 맞는다고 말했다. 한번은 고든에게 싱가포르 항공의 비즈니스 클래스를 타본 적이 있는지 묻기도 했다. 없다고 대답하자 그를 불쌍히 여기는 듯했다. 그녀는 망상에 빠진 사형수였다. 그는 그녀가 가여웠다. 편지를 부쳐주었다.

정원을 가꾸는 교육생 하나에게는 씨앗을 사다주었다. 전에 그녀가 선물이라며 생민트를 가져온 적이 있었고, 어디서 난 것인지 묻자 건설 현장에서 쓰던 10×30센티미터짜리 낡은 목재를 타고 교도소로 들어왔다고 했다. 그것을 다시 심어 물을 주었다고. 하늘을 지켜보면서 새가 씨앗을 배설하기를 기다렸다가 물에 적신 화장지에 몰래 싹틔우는 방법도 있다고 했다. 규정상 식물은 키울 수 없었다. 하지만 그녀가 사는 D야드의 교감이 재배 사실을 눈감아주었다. 그녀는 무기수였다. 고든은 금영화 씨앗 한 팩을 구해주었다. 그녀는 양손으로 얼굴을 감싸고 눈물을 가렸다. "이건 신이 주시는 기회예요." 그녀가 말했다. "신이 기회를 주셨다는 걸 보여줘서 고마워요." 그렇게 모든 게 다시 반복되기 시작했다. 그 불편함과 그들의 과한 감사. 씨앗 한 팩을 사는 데 들인 돈은 89센트였다.

로미 홀에게 책을 보내주던 것도 그런 연유에서였다. 아마존에 들어간다. 버튼을 누른다. 20달러면 되는 일이었다. 그 돈을 쓰고 이후 몇 주간 교도소 안 누군가를 마음껏 생각할 자유를 얻게 된다면? 그러나 바깥세계의 개인사를 들여다보는 일, 그녀를 대신해 전화를 거는 일. 그건 다른 문제였다. 진정한 관여를 의미했다. 단순히 그녀의 인생에 개입하는 것뿐만 아니라, 그 자신의 인생도 영향을 받게 되는.

그녀가 준 종이를 커피테이블 위에 놓았다. 전화번호 하나와 아이의 이름. 그는 전화를 걸지 않았으며 그에게는 다행스럽게도, 혹은 다행스러운 동시에 착잡하게도, 그녀는 그 일에 대해 묻지 않았다. 대화는 했지만 사소한 것들에 관해서였다. 그녀는 내가 돕지 않으리라고, 마음 쓰지 않는다고 생각한다. 하지만 그가 마음을 쓴다는 걸, 그녀가 그런 부탁을 했다는 게 대수롭지 않은 일은 아니라는 걸 알아주길 바랐다.

그는 소파에 앉아 전화번호가 적힌 종잇조각을 들었다가 다시 내려놓았다. 거기에 전화를 거는 대신 인터넷에 들어가 제로니머에게 줄 새 물감세트를 공급품 카탈로그에서 주문하는 방법을 알아보았다. 쉬운, 대단한 신중을 기하지 않아도 될 일이었다.

제로니머는 새 물감세트를 수업에 가져와 몇 주간 부지런히 작업한 후 고든에게 다가왔다.

"지금까지 그린 걸 보여주고 싶어서. 초상화, 하지만 선생이 더 좋아할 만한 걸로."

"제가 더 좋아할 만한 것이요?"

"뭐, 대부분의 사람들이 더 좋아할 만한." 그녀가 그림을 보여

306

주었다. 노련한 실력으로 그린 삽화들을 곧장 식별할 수 있었다. 그녀 자신. 런던. 고든. 로미. 수업에 참여하는 모두. 캐리커처 특유의 경제성을 지닌 그림들이었다. 그녀가 페이지를 넘기자 정면을 응시하는 낯선 얼굴이 하나 나왔다. 두 뺨에 눈물이 흐르고 있었다. "이건 릴리야, 우리 사동에 있는 애인데 걔를 보면 내 여동생이 생각나. 나한테 여동생 사진이 없어서 개한테 포즈를 취해 달라고 했어."

16

봄이 되자 불쾌한 소음과 기계음이 들리기 시작했다. 기상 상태에 따라 가끔은 깜짝 놀랄 정도로 시끄러웠다. 저것들만 아니면 유쾌한 여정이 되었을 해빙기가 언덕 너머 수킬로미터 밖에서도 들릴 이 철제 괴물들의 신음과 절규로 엉망이 됐다. 복수를 마음먹었다. 그러나 소음이 들려오는 정확한 방향을 분간하기가 힘들었다. 어쨌든 여름까지는 기다려야 했다. 눈 속에서는 내가 만든 덫들이 탈이 나기 십상이었으니까. 그런데 늦봄, 소리가 멈췄다. 여름에 다시 들리기 시작했다. 소리를 따라갔고, 그 원인이 윌로우크릭 배수로 근처의 벌목 작업장이라는 것을 확인했다. 내가 가장 좋아하는 야생의 장소 하나가 끝장나는 중이었다. 톱으로 자르는 대신 불도저로 밀어버리고 있었다. 내 모습이 눈에 띄지 않을 바위 위에서 지켜보았다. 놈들이 그날 하루를 마감했을 때, 대지의 표면 전체가 완전히 발가벗겨져 있었다. 그들이 철수한 후 나는 작업 현장으로 내려갔다. 통나무를 들어올려 트럭에 싣는 데 썼던 기계 위에 20리터들이 기름통이 얹혀 있었다. 기계 엔진에다 기름을 뿌리고 불을 붙였다. 산꼭대기에서 유쾌한 밤을 보내고 아침에 느긋하게 오두막으로 돌아왔다. 이렇게 해내다니, 기분이 아주 좋았다. 용의자로 몰리지 않을까 진드기처럼 붙어 떨어지지 않는 불안에도 불구하고.

17

라스 브리사스에 있던 밤, 박사는 필리피노타운 베벌리 대로의 전당포에 강도가 들었다는 무전을 받았다. 전당포의 무음경보기가 작동하고 있었다. 박사는 범죄 행각이 진행중일 경우에 대비해 전조등이나 사이렌을 켜지 않고 차를 세우기로 결정했다.

가만 보니 용의자가 아직 현장에 있다. 남자의 차, 고물 쉐보레 카프리스에는 시동이 걸리지 않을 것이다. 남자가 계속 열쇠를 돌린다. 스타터가 낑낑거리지만 시동은 걸리지 않을 것이다.

박사는 몰래 다가가 남자의 머리에 공무용 권총을 겨누고 차에서 내릴 것을 정중히 요구한다. 그의, 박사의 목소리가 온화해진다. 미스터 로저스*의 목소리처럼. 그렇다고 TV에 나오는 사람을 흉내낸다는 건 아니다. 맞추기라도 한 듯 박사에게 꼭 맞는 목소리다. 박사는 말쑥하기가 경찰보다 치과의사에 더 가까워 보인다. 박사는 제 이미지를 농구에 빗대어 생각했다. 그러니까 이때가 1990년대 초반이었으니 길바닥 패션과 길바닥 언어에 물든 다른 동료들이 곧 무릎길이 반바지를 입은 '레이커스' 선수들이었다면 박사는, 제 생각에, 딱 붙는 반바지를 입은 백인들이 주요 득점원인 '유타 재즈'의 선수였다. 박사와 마찬가지로 치과의사에 가까워 보이고, 전략과 기술에 대해 지적으로 말하던 이 남자들. 이들은 경기 후 인터뷰를 하러 카메라 앞에 서서 팀 승리의 요인이 여유를 갖고 신경써서 슛을 던진 덕분이라고 말하는 저능아들과 달랐다. 여유를 갖고 신경써서 슛을 던졌다니. 단체로 암기라도 한 것처럼 대부분 선수들이 항상 하는 말이다. 하지만 사실, 괜찮은 공식이긴 했다. 또한 박사가 일을 처리하는 공식이기도 했고.

박사가 말한다. "차에 문제가 생긴 것 같군." 그리고 용의자에게 강도질은 어땠는지 차분히 묻는다.

"강도 뭐요?" 남자는 혼란스럽다. 흑인 놈. 박사의 업종에서는 흑인들이 가장 수고롭다. 아니 더 정확히 말하면, 박사가 그들에게 가장 수고롭다.

남자를 고물차에 밀어붙이고 사지를 벌려 세운 뒤 앞좌석에서

---

* 어린이 TV 프로그램을 진행했던 미국 방송인.

그가 훔친 귀중품을 꺼내보니 베갯잇에 들어 있다. 박사도 어렸을 때 '사탕 안 주면 장난칠 거야'*를 하면서 사탕을 제일 많이 얻으려고, 다른 애들을 전부 조져버리려고 베갯잇을 썼었다. 남자의 베갯잇 속에는 무기, 시계, 보석처럼 이런 일에 단골처럼 등장하는 물건들이 잔뜩 있다. 남자가 권총 한 정을 소지하고 있어 그것 또한 압수한다. 글록이다. 시동도 안 걸릴 고물차에 탄 이 남자가, 박사라면 되파는 대신 소장하는 쪽을 택할 이 멋들어진 무기를 갖고 있다는 사실에 박사는 기분좋게 놀란다.

박사의 무전기가 지직거리며 메시지 하나를 내놓는다. 현재 지원조가 베벌리와 벤돔 방향으로 이동중. 지원? 그는 지원을 요청한 적이 없다. 하지만 출동지원팀에 의하면 지원조가 오는 중이다. 아마 가짜 출동일 것이다. 종종 써먹던 속임수다. 국장은 관내에 순찰 차량들이 많이 나가 있기를 원한다. 뭐, 국장 놈, 엿이나 먹으라지. 시내의 모든 경찰관들은 자신들이 신고를 받고 나간 것처럼 출동지원팀을 속여놓고는, 둘러앉아 먹고 도박을 하거나, 헬스장에 가거나, 시간당으로 돈을 받던 웨스턴 애비뉴의 모텔 스누티 폭스에서 그 짓을 했다. 그곳은 부서 남자들에게 인기 있는 장소였다. 깨끗한 곳이었다고, 박사는 그걸 꼭 좀 얘기하고 싶다. 거기는 당신이 다니는 뻔한 파리지옥, 크랙을 피우고 5달

---

* 핼러윈에 아이들이 사탕을 받으러 집집을 돌아다니며 하는 말.

러짜리 구강성교나 하는 그런 곳이 아니었다. 세련되었고, 특실과 좋은 제빙기가 있고, 천장에는 거울이 달려 자기 모습을 볼 수도 있는 곳이란 말이다. (박사는 그게 이상하다고 생각한다. 거울이란 게 원래 자기 자신의 모습을 보기 위해서 있는 것이 아닌가. 램파트서 남자들과 이런 대화를 할 기회가 있으면 박사는 항상 같은 소리를 했다. "창녀의 뒷모습이 어떤지 보고 싶어지거든 걔를 그냥 뒤집으면 되는 거야. 그러는 데 거울은 필요 없지. 거울이 없어서 볼 수 없는 건 나 자신뿐이야.")

박사는 지원을 나온다는 게 누구건, 지금쯤 스누티 폭스에 앉아 자기 자지나 적시는 중이리라 결론내린다.

용의자가 양손을 든 채 그를 마주본다.

"긴장 풀어." 박사가 말한다. "이봐, 아무리 몸부림친들 우리 둘 다 여기서 벗어날 순 없어, 그러니 힘을 합치자고. 내가 일을 좀더 쉽게 만들어볼 수 있단 얘기야. 넌 유치장으로 갈 거야. 내일이면 죄상인부절차를 밟을 거고. 법정에선 네게 괜찮은 변호인을 지정해주겠지."

아니 그렇지 않을걸, 박사는 알고 있었다.

"기껏해야 이 년 정도 받을 거야."

용의자가 코를 훌쩍이기 시작한다.

"이봐, 난 이해해. 그냥 한탕 해보려던 것뿐이잖아."

용의자가 박사를 물끄러미 바라본다. 미심쩍어하지 않는 건 아니다. 왜냐면 그는 두려우니까. 그리고 원래부터 경찰을 싫어할 수도 있고. "완전히 망했어요." 그가 말한다.

박사의 귀에 버질/템플/실버레이크/베벌리 교차로로 향하는 사이렌 소리가 들린다. 지원조가 정말로 오고 있다. 지금 신호등이 빨간불이라면 지원 차량이 다차선 교차로의 교통체증을 뚫고 나오느라 속도를 늦추는 사이에 시간을 조금 벌 수 있다.

박사가 담배를 꺼낸다. "나라고 이런 일이 좋은 건 아냐."

용의자에게도 한 대 권하자 그는 경계의 눈으로 박사를 바라보고는 고개를 젓는다. 눈을 깜빡여 눈물을 참는다.

"양손은 내려도 좋아." 연기를 내뿜으며 박사가 말한다.

"네 무기는 내가 갖고 있잖아. 네가 위험하지 않다는 건 내가 알아. 멍청한 짓만 하지 않으면 돼. 근데 긴장은 좀 풀고. 너 때문에 내가 다 불안하다."

용의자가 그를 본다. 양손을 여전히 들고 있다.

"긴장 풀어, 진짜로. 널 유치장에 넣는 건 다른 형사들한테 시킬 참이야, 지금 오고 있다는 경찰차한테. 왠지 알아? 난 사람들을 교도소에 보내는 게 싫어. 자 어서. 손 내려놓으라잖아. 네가 좋은 애란 걸 나도 알겠어. 이게 네 첫 강도질일 거라고 내 장담하지. 그래서 그렇게 엉망으로 말아먹은 거잖아. 이제 손 내려놓고 숨 좀 돌려. 곧 이 남자들이 수갑을 채울 건데, 그 느낌이 별로일 테니."

용의자의 눈이 두려움으로 반짝인다. 그의 양손이 조금씩 아래로 내려가기 시작한다.

그가 셔츠 소매로 젖은 얼굴을 닦는다.

모두가 저렇게, 야단스러운 색깔의 두꺼운 세로줄무늬에 오프셋 칼라가 달린 럭비 티셔츠를 입고 다니던 시절을 기억하나? 용의자가 입고 있던 게 딱 그거다.

박사는 그런 티셔츠들이 싫었다.

용의자가 양손을 완전히 내린다.

"암 그래야지." 박사가 말한다. "걱정하지 않도록 해봐. 입건 담당 형사를 내가 알거든. 살살 다뤄달라고 말해놓을게. 잘하면 오늘밤에 보석으로 나올 수도 있어."

용의자가 팔을 내리는 것을 넘어 제 호주머니로 가져간다.

용의자의 손이 주머니 속으로 들어가는 순간, 박사가 그의 얼굴을 향해 발포한다. 두 번, 위쪽을 겨냥하여.

몇 초 후, 지원조가 도착한다. 용의자에게서 챙긴 베갯잇을 숨기기에 충분한 몇 초다.

중부서 소속 경관 두 명이 차를 세운다.

"맙소사. 뭔 일이 있었던 겁니까?"

용의자가 그의 차 라디에이터 그릴 위에 널브러져 있다. 그 뒤로 둥그렇게 퍼진 피웅덩이가 자동차 덮개를 얼룩덜룩 물들인다.

"손을 들라고 경고했소." 박사가 말한다. "그런데 손이 곧장 주머니로 가더라고. 위험을 감수할 순 없었소."

———

왜 그랬는지는 박사도 알지 못했다. 지난번 아동강간범이야 지
옥에서 불타 마땅하나, 베벌리 대로의 저 아이는 왜 죽인 건가?

왜 이러시는 거예요? 녀석이 그렇게 물었더라면 박사는 스스
로 멈췄을지도 모른다. 왜 이러는 건지 자신도 몰랐으니까. 녀석
은 그렇게 묻지 못했다. 박사가 그럴 시간을 주지 않았으므로.

그와 그의 옛 파트너 호세, 그들이 피해자 하나를 고문한 적이
있는 건 사실이다. 605번 고속도로 밑 스트립클럽의 매니저였고,
그들은 일을 마친 후 710번 고속도로 근처에 시신을 유기했다.
놈이 호세의 여자친구를 강간했는데, 그들이 뭘 어쨌어야 했을
까? 언론은 고문 사실을 두고 난리를 떨었지만 박사는 정신병자
도, 연쇄살인마도 아니다. 그런 유형의 누군가가 일을 벌인 것처
럼 보이게 하려고 그리했을 뿐이다.

———

늘 그런 식이었던 건 아니다. 박사는 인기 있는 형사였고, 어느
포근하고 바람 없는 날에 비번인 형사들 몇과 말리부가 내려다보

이는 절벽들을 따라 오토바이를 모는 그의 모습을 우연히 보았다면 당신이라도 질투를 느꼈을 법한 사람이었다. 그들에게는 퍼시픽 코스트 하이웨이를 오르는 오토바이 모임이 있었다. 박사는 주로 78년형 스포스터를 몰고 나갔으며, PCH*의 레스토랑 넵튠스 넷 밖에 주차되어 있는 모습이 종종 눈에 띄는, 풀 옵션의 최신형 호모 전용 오토바이 따위에는 손대지 않았다. 그런 오토바이들은 임대한 것이어서 라이더들이 집사용 장갑이라도 낄 기세로 조심스레 다룬다지. 할리를 빌려서 모는 호모 새끼들을 증오하는 박사가 공식적으로 소유한 오토바이는 두 대, 스포스터와 소프테일. 둘 다 현금을 내고 사서 불필요한 장비를 전부 걷어냈지만, 스리리버스에 있는 그의 장소로 여행하기 위해 소프테일에는 소가죽 사이드백을 남겨두었다. 그가 전면적인 소유권을 가졌던 부지와 그 위를 흐르던 물줄기는 박사의 옛 삶에서 또다른 선망의 대상이었다. 아름다운 고산지대, 환상적인 송어 낚시, 깨끗한 공기. 필로폰을 주사하고, 사우스LA에서부터 데리고 올라간 여자들과 섹스를 했던 녹슨 통나무집.

스리리버스가 불러일으키는 무언가에 박사의 마음이 동한다. 쩍 벌려진 엉덩짝과 허벅지가 보인다. 옷이 벗겨질 때 여자의 몸에서 벌어지는 일이다. 그의 통나무집에 있던 두툴두툴한 매트리

---

* '퍼시픽 코스트 하이웨이'의 줄임말.

스 속 스펀지의 탄성에 눌려 펑퍼짐해진 엉덩짝. 싸구려 목제 마감재가 눈에 들어온다. 털이 수북한 질, 젖고, 느긋해 보인다. 손가락으로 음순을 벌리고 다른 손으로 자신을 준비시킨다. 이게 먹히는 중이다. 여자의 얼굴이 보이지 않으나 볼 필요도 보고픈 마음도 없다. 벌린 가랑이가 보이고, 그가 자세를 잡는 사이에 낡은 침대틀이 끼이익거리는 소리가 들린다. 어느 여름날, 정적이 흐르는 방의 열기를 느끼고 이게 먹히는 중이다.

그가 했던 섹스 전부. 거기서 남은 거라고는 무한 반복하는 이 순간들이 전부였다.

엉덩짝, 밀기, 목제 마감재, 침대 끼이익. 그의 둔부(그는 남자다, 알겠나? 둔부라고 불러야 하는 것이다, 엉덩짝이 아니라) 위손. 그가 그녀의 엉덩짝을 움켜쥔다. 손안 가득 움켜쥔다. 저 시골의 매트리스 위, 그의 몸 아래서 펑퍼짐해진 여자의 엉덩짝, 바로 이것 덕분에 일이 가능해진다. 박사는 깊숙이 들어간다. 침대가 미친듯이 끼이익거린다. 이제 막바지에 달했고 저 시끄러운 침대틀은 도끼로 두 동강이라도 나는 듯한 소리를 낸다.

———

하지만 이것, 그가 헐떡이며 파고드는 이것은 아니다. 이 침대는 콘크리트다. 그는 수감실의 정적인 열기 속에 똑바로 누워 있다. 이 느낌을 그 세쿼이아 시골에서 보낸 어느 여름날의 정적인 열기로 연장시키려 애쓴다.

날씨가 충분히 따뜻해서 그의 할리에는 초크*가 필요 없고, 스타터만 써서 리퀴드 트랜지션 상태로 시동을 걸어둔다.

그와 같은 오후면 그는 스리리버스의 라이더 주점에 갈 것이다. 여자는 그게 누가 됐든 압수물품이었던 마약과 위성 TV를 주고 오두막에 남겨둔다. 그는 바에 앉아 차가운 생맥주를 마신다.

이 듣도 보도 못한 얼빠진 브랜드의 맥주를 마시는 주제에도 사람들은 버드와이저를 욕하지만, 버드와이저가 맥주의 왕인 데는 다 이유가 있다. 맛있거든.

———

그의 룸메이트는 공용구역에서 커다란 노란색 기타의 줄들을 퉁기고 있다. 레드 제플린처럼 들리기는 하는데, 백인 남자가 어쿠스틱기타 위에서 블루스풍 손재간을 부릴 때 레드 재플린이 아닌 적이 있던가? 자기 딸을 강간한 소름 끼치는 인간이라지만 연주 실력은 봐줄 만하군. 다른 모두는 운동장에 있다. 박사는 운동장에 나가지 않는다. 그 이유에 대한 설명을 구구절절 들어야겠

---

* 공기흡입조절장치.

다면야. 교도소 운동장은 경찰이 있을 곳이 못 된다. 제아무리 특별관리사동이라 한들. 파우더퍼프 소프트볼이 열리는 날이 아니면 그렇다는 얘기다. 그날은 박사도 구경하기 위해 위험을 감수할 것이다.

애완 도마뱀에게 먹이를 주고 있자니 룸메이트가 들어온다. 얼마 전에 박사는 판지상자로 만든 도마뱀 사육장 위를 항정전기 시트지―워큰호스트 공급품 카탈로그에서 주문 가능―로 덮으면 그물망과 같은 효과를 내리라는 사실을 발견했다. 사육장은 나이키 신발 상자다. 박사는 병원 뺨치게 깨끗한 흰색 스니커즈만 신고, 그걸 하루에도 몇 번씩 셀블록 64로 닦고, 그 짓을 몇 켤레건 계속하는데, 이는 다 그가 입을 다무는 대가로 경찰국 내의 다양한 인간들이 지불하는 돈 덕분이다. 그는 항아리에 기르고 있는 꺾꽂이용 가지에서 딴 이파리 하나를 잘게 조각내어 도마뱀에게 먹인다. 수감실 안에서 약간의 식물 그리고 동물과 보내는 삶을 그도 조금은 즐기고 있다. 질서정연하고 청결하고 그 어떤 괴상한 악취도 나지 않는 한은. 그는 잎을 내미는 커다란 손을 바라보는 도마뱀을 바라보고, 그러다가 그게……

무언가가 그를 물음표로 몰아넣었다.

그가 바닥에 쓰러져 있다. 정신이 돌아온다. 룸메이트, 와우. 놈이 박사의 뒤통수를 갈겼다. 박사는 모르는 어떤 것으로. 어떤 심각한 것으로.

숨을 들이마실 수 없다. 이제 박사는 자체 제작된 교살구에 질
식당하고 있다.

교살구에 다른 종류도 있던가?

정신은 헤맨다, 절체절명의 순간에마저. 저들이 입버릇처럼 하
는 말. '자체 제작 교살구.' 박사가 그것에 손을 뻗는다…… 견고
하고, 재료는……

숨을 쉴 수 없다!

치실? 기타줄?

삶을 향한 동물적 욕망으로 식식거리고 끙끙거린다. 박사는 있
는 힘껏……

그는 할 수가 없……

18

로스앤젤레스에서 나는 커트 케네디로부터 해방감을 느꼈다. 비록 몇 번인가, 두껍고 뭉친 종아리와 불그죽죽한 피부, 대머리, 그리고 찌그러진 두개골처럼 여러 면에서 역겨운 그의 신체적 특징들을 똑같이 지닌 남자들을 보고 흠칫 놀랄 수밖에 없었지만. 한번은 그의 걸걸한 목소리를 들었다고 착각하기도 했다. 하지만 크림시클*빛 일몰, 1월에 신는 샌들, 거대한 극락조, 열대산 제품들이 반짝반짝 줄지어 늘어선 슈퍼마켓이 있는 로스앤젤레스는 완전히 새로운 별이었다. 나는 차츰 마음을 놓기 시작했고 샌프란시스코의 숨막히는 익숙함으로부터도 해방감을 느꼈다.

---

* 진한 주황색으로 된 아이스크림.

사실 나와 잭슨이 로스앤젤레스로 이사한 목적은 커트 케네디로부터 도망치는 게 전부가 아니었다. 발렌시아에서 강의하기 시작한 지미 달링과 함께할 수 있다는 이유도 있었다. 그가 임대한 부지는 멀리 일본에 가 있는 늙은 괴짜 화가의 소유였다. 그 목장의 건물들 대부분이 산불에 타버린 탓에 늙은 화가는 에어스트림*트레일러에 살았다. 트레일러 위쪽으로 목제 격자구조물을 짜고 그 위에 덩굴식물을 올려 시원함을 유지했다. 잭슨은 그곳에 있기를 좋아했다. 캠핑을 하는 거나 다름없었으니까. 트레일러에서 떨어진 곳에 탁한 연두색의 앤디 검프** 간이화장실이 있었고, 그 문은 줄로 영구히 고정된 채 활짝 열려 있었다. 나는 그곳으로 올라가 그늘에 처진 해먹에 지미와 함께 누워 부지의 경계를 따라 자라는 꺼끌꺼끌한 자주색 배를 먹었고, 넓고 질척한 초원에서 방목중인 이제는 은퇴한 아라비아산 암탕나귀들에게 잭슨을 시켜 사과와 잡초를 먹이게 했다. 밤은 거기서 보낼지언정 다음날 아침이면 우리는 언제나처럼 일찍 길을 떠나 내가 임대한 집, 이른바 내 현실을 향해 머나먼 길을 운전해서 돌아갔다. 지미와 함께 살고 싶지는 않았다. 그는 살림을 합칠 만한, 삶을 함께 꾸려갈 만한 인간형이 아니었다. 그는 그의 일을 하고 나는 나의 일을

---

* 미국의 여행용 트레일러 브랜드.
** 미국의 간이화장실 생산 업체.

했으며, 며칠에 한 번 만나 서로를 즐겁게 해주었으되 만남은 가벼운 수준으로 유지했다. 우리는 목장 부근을 산책했다. 그와 잭슨은 함께 나무를 깎았다. 늙은 화가의 벗이었던 올챙이배 염소의 목을 긁어주었다. 그 윗동네에 비가 내리는 날이면 화재로 무너진 옆집의 폐수영장을 개구리들이 점령했고, 녀석들이 부르는 개골개골 합창곡이 잭슨을 기쁘게 했다. 트레일러 바닥에 깔린 매트에 잭슨을 재운 후 지미 달링과 나는 방수포 아래 놓인 소풍용 테이블에서 테킬라를 마시고, 트레일러의 하나뿐인 침대에서 만족스럽고 만취한 섹스를 했다. 두 명이 쓰기에 너무 작은 침대와 트레일러는 둘 다 일부러 그렇게 고안된 것이었다.

"이 말 목장에 살았던 화가는 여러 여자들의 손아귀에서 탈출하는 중이었어." 지미가 말했다. 그 간이화장실은 이곳에서 여자들이 너무 편히 있어서는 안 된다는 메시지인 셈이었다. 침대는 일인용이었다. 잭슨과 나는 오직 주말에만 그곳에 갔다. 잭슨이 유치원에 다니고 있었기 때문에 주중에는 가는 게 불가능했다. 그런 합의들이 내게는 괜찮았지만 그래도 가끔은, 뒷자리에 잭슨을 태우고 로스앤젤레스 시내로 운전해 가는 동안, 내가 너무도 공허하고 너른 어떤 고독을 향해 가고 있다고 느끼기도 했다. 반면 지미는 가벼운 마음으로 늙은 화가의 스튜디오에 가서 짓고 만들기를 시작했을지도 모를 일이다. 그는 건설자이자 창조자였으며, 파괴적인 자아성찰의 경향일랑 좀처럼 갖고 있지 않았으니까. 나는 버뱅크의 흉물스러운 발전소를 차로 지나면서 그곳 굴뚝의 주둥이에서 자욱하게 피어오르는 증기를 보며, 내가 인정하고 싶지 않은 그 사실에 맞닥트릴 터였다. 지미 달링은 걱정 근심이 없고, 세상 속에 자신의 자리를 갖고 있다는 것. 그는 어엿한 한 사람이었다. 그 사실을 반대로 뒤집어보라. 그게 나 자신에 대해 내가 느끼는 바였다.

이런 느낌이 내가 고치거나 개선할 수 있는 어떤 것에서 기인하는 걸로 보이지는 않았다. 그저 지미 달링과 비교해 나라는 사람이 그랬다는 것뿐이었고, 그게 내 삶에 부정적인 안도감을 주었다. 그렇다고 나보다 궁색한 지경에 있는 누군가와 데이트를 한들 위안이 되지는 않았을 것이다. 로스앤젤레스로 옮겨온 직후, 샌프란시스코 출신 남자와 우연히 마주친 적이 있었다. 내가 아는 여자애와 데이트를 했던, 그리고 모두가 멋있다고 생각했던 밴드의 기타리스트였다. 그가 무서운 얘기를 열다섯 개는 늘어놓았다. 끊었던 헤로인을 다시 시작했고 룸메이트가 약물을 과용했으며 자기 형 또한 약물을 과용했다는 둥, 누들스라는 사람에 대한 무언가를 얘기하며 그 여자애가 룸메이트 사망의 원흉으로 그를 지목하려 하면서 약을 댄 네 잘못이라고 우겼다는 둥, 마침내 자기 삶을 추스를 수 있게 되었고 샌프란시스코를 벗어나 얼마나 기쁜지 모르겠다는 둥, 우리 가끔 만나서 놀자는 둥. 그의 팔 위쪽에는 내가 그를 알고 지내던 시절에는 본 기억이 없는 악마 얼굴 문신들이 있었다. 나쁜 기운을 쫓기 위한 가고일*을 의미하는 듯했지만 문제는 그 남자 자신이 나쁜 기운을 발산한다는 것이었고, 나는 가능한 한 빨리 그에게서 벗어나고 싶었다.

—

　내가 임대한 아파트는 에코파크 호수 근처로 시내의 바로 위쪽, 다 무너져가는 빅토리아풍 건물들이 늘어선 곡선로에 있었다. 집주인은 샌프란시스코에서부터 알았던 스트리퍼였고, 그때는 저멀리 알래스카까지 가 그곳 클럽에서 일하는 중이었다. 많은 여자들이 돈을 벌어보겠다고 알래스카로 향했겠지만 한몫 잡아 돌아오는 이는 아무도 없었다. 거기 클럽에서 많이 벌기는 하지만 생활이 너무도 따분하고 폐쇄적이라 모두가 늘 술을 마셨고, 그곳의 모든 것이 비싸듯 술 또한 비쌌다. 여자들은 알래스카의 경험을 얻었으되 돈은 모으지 못한 채로 돌아왔다. 집주인 여자에게 멋진 아파트가 있었던 건 로스앤젤레스에 살던 당시 샌퍼낸도밸리의 클럽들에서 떼돈을 번 덕분이었다. 그들은 평판이 좋았고, 내가 나중에 알게 된 바에 따르면, 그 평판을 유지했다. 나중에 알게 됐다는 건, 즉 내가 할리우드의 클럽들에서 맞이한 시

---

* 주로 교회 지붕에 얹어 장식하는 괴물 석상.

326

작이 험난했다는 뜻이다. 그곳은 그저 관광객들, 얼빠진 듯 쳐다보기만 하지 랩댄스에 돈을 쓸 생각은 없이 찾아온 커플들의 안식처였을 뿐이다. 같은 또래의 사람들이 나타나 야유를 퍼붓는 것보다 나쁜 건 세상에 없다. 규칙을 알고 그에 따라 노는 손님들만 전담하는 편이 언제나 더 낫다. 모조 다이아몬드와 카나리아색 뾰족구두로 치장하고, 제 가슴으로 중년 남자의 얼굴을 삼켜버리는 것에 정녕 흥분을 느끼는 여자들이 있는 척하는 가짜 놀이를 찾아다니는 이들 말이다. 우리가 원하는 손님은, 모조 다이아몬드와 뾰족구두를 고르는 이유가 원래 여자애들의 취향이 그렇기 때문이지 그런 취향이 존재하는 척하기 위해서는 아니라고 철석같이 믿는 남자들이다. 일단 적합한 일터를 발견하고부터 나는 돈을 긁어모았다. 하지만 정확한 액수와 관련해서 이것 하나는 기억해두기를 바란다. 팁으로 수당을 받는 서비스직 종사자들은 전부, 바텐더든 웨이터든 스트리퍼든 수입을 부풀린다는 점. 그게 인간의 본성인 것 같다. 그렇다고 밑도 끝도 없는 거짓말을 하지는 않는다. 지금껏 최고로 벌이가 좋았던 날, 가장 두드러지게 짭짤했던 근무를 골라내고는 그게 평균이라고 얘기한다. 모두가 그렇게 한다. 그러니 내가 당신에게 샌퍼낸도밸리에서 금요일 밤에 얼마나 떼돈을 벌었는지 말하면서 그게 항상 있는 일인 척할 순 있지만, 그때 말하는 액수는 전체를 통틀어 벌이가 가장 좋았던 금요일일 뿐, 일반적인 경우는 아닌 셈이다. 처음 시작할 때 배정받았던 점심 근무조에서는 큰돈을 못 벌었다. 남자들은 무제한 중국식 뷔페를 먹으러 오는 것이지 함께 놀 사람을 찾으러 오는 게 아니었다. 나는 따분함 속에 무대 뒤에 앉아 새콤달콤한 돼지고기 튀김 냄새를 맡지 않으려고 기를 쓰면서, 데이비드 리 로스가 "자기들은 그냥 뛰기만 하면 돼"라고 말하는 소리를 듣고 있었다. "저 남자, 뮤직비디오에 나오는 옷을 직접 디자인했대." 다른 스트리퍼가 내게 여섯 번은 말했다. 그게 그녀가 수중에 가진, 혹은 알고 있는 유일한 사실인 모양이었다.

잭슨의 유치원이 있는 학교는 우리가 임대한 아파트에서 한 블록 거리에 있어서 아침에는 걸어서 데려다주는 게 가능했다. 혹시 내가 일하는 중이면 새로 사귄 이웃, 네 자녀 모두가 그 학교에 다니는 대가족이 아이를 하원시키고 나 대신 돌봐주었다. 잭슨은 이내 구에로로 탈바꿈했다. 그들이 잭슨을 부르던 이름이었다. 그 집 할머니는 멕시코 출신이었고 온 가족의 옷을 전부, 양말과 속옷까지 일일이 다림질했다. 다정한 그 사람들은 내가 무슨 일을 하고 다니는지 제대로 이해하지 못했을 테지만, 아이가 관련된 일에는 섣부른 판단도, 이해도 필요 없었다.

앞길에 어떤 파국도 보이지 않았다. 최소한 커트 케네디에게서 벗어났고, 잭슨은 행복해 보였다.

그 대신, 파국을 목격하기는 했다. 나는 파국에 둘러싸여 있었다. 그러나 당시의 나는 타인의 불운이 오히려 내가 얼마나 잘해

나가고 있는지를 재확인해주는 것이라고 생각했다.

———

그 배관공 이야기를 해볼까. 내게 집을 빌려준 이 여자의 주변을 알짱거리던 배관공이 한 명 있었다. 과테말라 출신인 그는 무척 다정다감했다. 심하게 다정다감했다. 그는 나를 위한 계획들을 무진장 가지고 있었다. 당신의 배관공이 당신과 친해질 계획들을 무진장 가지고 있다면 과연 좋을까? 그는 집주인 여자와 좋은 친구 사이였던 것처럼, 그래서 내게도 같은 걸 기대하는 것처럼 행동했다. 새 인생을 시작하고자 애쓰는 와중에 이 배관공이 자꾸만 전화해서는 토요일 하루 날을 잡아 홈디포 매장에 데려가줄 테니 싱크대를 고르라고, 설치비는 집주인이 부담하도록 되어 있다고 했다. 그러면 나는 아무래도 상관없으니 그냥 아무거나 하나 가져오라고, 나는 임차인일 뿐인데, 빅터(배관공의 이름이었다), 내가 신경쓸 이유가 뭐냐고 대꾸했다. 그러면 빅터는 마치 나를 위해, 그리고 내가 정말 원하는 것들에 대해 숙고한 끝에 하는 소리인 양 말했다(언제든 사람들이 이렇게 굴 때는 경계하라). "아니, 아니, 우리 같이 가요. 내가 데려갈게요, 별일 아니에요, 진짜로."

내게는 별일이었다. 내 토요일을 빅터와 보내고 싶지 않았으니까. 약속한 날에 그는 반짝이무늬가 들어간 셔츠를 입고 향수에 푹 절여져 나타났다. 얼마나 많이 뿌렸는지 향수의 샘에, 향수가 몽땅 흘러나오는 발원지에 연결된 수도꼭지라도 달고 있는 듯했다. 마르티네즈 가족에게 잭슨을 맡기러 갔더니 이제 잭슨이 아부엘라*라고 부르기 시작한 할머니가 빅터를 쳐다보고는 모든 걸 이해한다는 듯 고개를 끄덕였다.

빅터와 싱크대를 사러 간 그 몇 시간이 내게는 그냥 버리는 시간이었다. 그의 밴 안에 앉아 있고 싶은 마음이 없었으니까. 나는 그의 행복으로 취급되고 싶지 않았다. 그건 아무런 근거가 없는, 공허함 위로 얇디얇게 덮어둔 명랑함일 뿐인 듯 보였다. 잭슨이 그리웠다. 지미가 그리웠다. 나는 내가 갖지 못한 삶을 원했다. 그러나 그 사실을 인정할 준비 또한 되어 있지 않았다. 나는 빅터를 치워버리고 싶었다. 아이스크림 트럭이 늘어지고 어딘가 멍청이 같은 딸랑딸랑 종소리를 틀고, 잭슨과 동네 꼬마들이 2형 당뇨에 걸리려고 줄을 서는 동안 현관에 앉아 맥주나 마실 수 있게. 로스앤젤레스에서 이방인이 된다는 건 좋은 일이었다. 로스앤젤레스에서 요란스러운 셔츠를 입은 다른 이방인과 동행하는 이방인이 된다는 건 나쁜 일이었다. 이 빅터라는 사람의 인생의 모든 것이 그토록 훌륭하다면, 자신에게 흥미라고는 없는 여자가 보내

* 스페인어로 '할머니'.

는 퉁명스럽고 달갑잖은 신호들을 덮어놓고 무시하며 제 토요일을 낭비할 이유가 무엇이란 말인가? 답답한 기분이 들었지만 그건 빅터가 느끼는 답답함과는 달랐다.

아파트에 싱크대를 내리고 나서 그는 잔에 불을 붙여주는 마르가리타를 마시러 가자며 나를 선셋 대로에 있는 멕시칸 식당으로 데려가려 했다. 나는 그걸 마시면 두통이 생긴다고 말했다. "거기 불을 붙이는 데 부탄가스를 써요." 말은 그렇게 했지만 사실은 아닐 것이었다. 그럼 화이트 와인을 마실 수도 있다고 그가 답한다. 내가 화이트 와인을 마시는 세련된 부류일 거라 미루어 짐작하며. 나는 원체 좋은 사람이므로, 거짓말을 했다. 일하러 가야 한다고. 실은 주말 내내 비번이었다. 그 주말에는 오랜 시간 동안 생각을 하며 보낼 계획이었다. 알래스카로 가버린 여자의 침대 가장자리에 앉아 손바닥으로 턱을 괸 채, 아이스크림 트럭의 소리를 들으며, 처음에는 마음을 비우고 있다가, 나중에는 어른처럼 산다는 게 어떤 것인가에 대한 생각으로 마음을 채우게 될지도 몰랐다. 나는 그런 것들로 바빴다. 내게는 중요한 문제였다. 아무도 나를 귀찮게 하지 않고, 지켜보지 않고, 괴롭히지 않고, 전화하지 않고, 따라다니지 않고, 몰래 접근하지도 않는 것. 소름 끼치는 커트 케네디에게 이미 수개월을 시달린 뒤였고, 이제 나는 자유였으며 이 빅터라는 사람이 거기에 그늘을 드리우기를 바라지 않았다.

일을 나가야 한다는 거짓말을 들은 그는 그럼 퇴근한 후에 나를 살사댄스장에 데려가고 싶다고 했다. 나는 싫다고 했고 그의 억지가 몇 라운드 반복된 끝에 마침내 그를 치워버렸다.

일주일 후, 빅터가 전화를 걸어왔다. "로미, 별일 없어요?"

"별일 없어요." 내가 말했다. 내게 별일이 있든 말든 그가 무슨 상관인 건지.

"당신에 대해 불길한 꿈을 꿨어요."

언제고 누군가가 당신에 관한 꿈을 꾸었다고 할 때, 그 꿈으로부터 알 수 있는 것은 당신이 아니라 그들이다. 꿈은 사람들이 남몰래 영위하는 공상의 삶을 보여주건만, 그들은 이를 떨쳐버릴 방편으로 다른 누군가의 꿈을 꾼 것이라 선언한다. 그러나 빅터는 미신을 믿었고 자기 꿈에 근거해 내 걱정을 하는 것이 당연한 일이라는 확신에 사로잡혀 있었다.

그 통화를 끝낸 직후 빅터는 자동차 사고로 죽었다. 싱크대를 사러 홈디포에 갈 때 탔던 그 밴 안에서.

그의 불길한 꿈은 그 주인이 달랐다.

———

빅터가 사망한 직후 이웃 하나가, 콘래드라는 청년이 약을 과다복용했다. 콘래드가 약쟁이라는 건 알고 있었다. 가끔 빅터의 조수 노릇을 하며 그를 도왔지만, 빅터 딴에는 콘래드에게 자선을 베푸는 것이었다. 하루가 멀다 하고 콘래드의 누이가 동네에 나타나 우리집 맞은편의 폐기물 하치장, 즉 콘래드와 그의 음산한 어머니가 살던 집 앞에 서 있었다. 매일 아침, 온 동네가 듣도록 자기 혈육의 이름을 외쳤다.

처음 이사했을 때 콘래드의 어머니 클레멘스가 문을 두드리더니 피자는 절대 주문하지 말라고 당부했다. 내가 물끄러미 쳐다보고 있으니 그녀가 말했다. "댁도 알지? 피자배달부들이 갖고 다니는 검은색 비닐 가방? 피자 워머라던가? 그것들이 악운을 들여와. 그 워머들이 보이잖아, 그럼 악운이 들어오고 있다는 얘기야."

피자 박스 경고를 마친 뒤 그녀는 J. 에드거 후버며 지미 헨드릭스며, 그 동네를 거쳐갔고 자기 가족과 연이 있다는 온갖 '유명 인사들'에 대한 얘기를 시작했다. 초강력 인맥, 이 유명 인사들에 대해 말하는 그 모양새가 얼빠지고 불길해 보였다. "알겠어요, 부인." 나는 실례한다고 말하고 안으로 들어갔다. 그녀를 볼 일은 거의 없었고 콘래드도 마찬가지였지만, 콘래드의 누이가 그의 이름을 부르는 소리는 매일같이 들었다. 매일 그녀는 길가에 서서 그 이름을 외쳐 불렀다. 그러던 어느 날에 뚝 그쳤는데, 보아하니 전날 밤 콘래드가 죽었기 때문이었다. 더이상 콘래드는 없었다. 그럼에도 그 동네가 저주받았다는 생각은 들지 않았지만,

거대한 검은색 피자 위머를 들고 차에서 내리는 배달부를 볼 때면 흠칫, 어떤 전율을 느끼긴 했다.

콘래드와 빅터가 죽고 얼마 지나지 않아 집에서 분주히 빈둥거리다 마침내 세시. 잭슨을 데리러 갈 시간이 되었을 때, 옆집 이웃이 비명을 지르며 무언가를 반복적으로 외치는 소리가 들렸다. 그가 악을 쓰며 부르는 게 내 이름이라는 걸 깨닫기까지 시간이 좀 걸렸다. 그가 원하는 게 무엇인지 보려고 밖으로 나갔다. 그는 손에 수건을 감은 채 길가에 서 있었고, 사방이 그의 수건에서 떨어지는 핏방울로 범벅이었다.

"날 병원에 데려가줘야겠어요." 그가 말했다.

처음 이곳에 왔을 때, 이 가족은 내게 친근하게 굴려고 했지만 나는 거리를 두었다. 쳐다보고 있기가 힘든 사람들이었다. 밀어버린 눈썹, 병색이 완연한 피부, 염색한 흑발, 까맣게 칠한 손톱, 검은색 구식 영구차. 빅터가 그 집에서 무슨 배관 작업을 한 적이 있었는데, 그들은 주방에 아기용 관을 두고 거기에 통조림들을 넣는다고 했다. 그들은 4세대용 연립주택을 막 매입했고, 임대료를 올리기 위해 기존 세입자들을 체계적으로 퇴거시키는 중이었다. 말하자면 고스족 악덕 건물주였다. 세입자 중 두 집이 쫓겨났으나 3호실 가족들은 꿈쩍도 하지 않았다. 이 세입자들은 갈 곳이 없었다. 남편은 당뇨병 환자였고 한쪽 발목을 절단한 지 얼마 되지 않았다. 목발에 의지하던 차에 병원까지 직접 운전해 다니기를 고집하다 다리가 감염되어 더 위쪽, 무릎 높이까지 절단해야 했다. 아내는 집집마다 다니며 청소일을 했고, 천식이 있는 터라 고용인들이 강제로 쓰게 하는 독성 제품들의 냄새를 전혀 감지하지 못했다. 그들은 세 자녀를 둔 멕시코 출신의 가난한 불법체류자였다. 내가 이 모든 내막을 알고 있는 이유는 고스족 이웃이 피투성이 수건으로 손을 감싸고 내 이름을 외쳐 부르기 고작 며칠 전, 그가 쫓아내려고 기를 쓰던 그 여자가 잠깐 얘기 좀 할 수 있을지 물어왔기 때문이었다. 나는 그녀를 안으로 들였다. 여자는 소파에 앉아 울면서 가족에 얽힌 사연과 그들이 처한 상황을 털어놓았다. 건물주가 자신과 남편이 알코올중독자라는 이유로 쫓아내려 한다고 하소연했다. "우리는 제7일재림파예요." 여자가 말했다. "술을 마시지 않아요." 나는 이 여자가 너무 안됐다는 생각이 들어 세입자 권리보호 기구를 검색해보고 변호사와 얘기해볼 수 있게 약속 잡는 걸 도왔다. 그녀가 떠나면서 감사의 마음을 전했지만 내 기분은 조금도 나아지지 않았다. 그녀의 남편은 다리를 잃어가는 중이었다. 그녀는 이 건물주, 그녀 말에 따르면 밤마다 이교도적인 소리를 내는 사람들 밑에서 살아야만 했다.

고스족 건물주가 내 이름을 외쳤던 건 길에 주차된 차를 봤기 때문이었다. 도움이 필요했고 내가 집에 있다는 걸 알았다. 그는 테이블톱으로 손가락 둘에 엄지 하나를 잘랐다. 잘린 손가락들은 쓰레기봉투에 담아 왔다. 나는 그를 할리우드의 카이저병원, 의료계의 버거킹으로 싣고 가면서 선셋 대로의 교차로들에서 경적을 마구 울려댔다. 그사이 남자가 내 차 시트에 피를 흘리고 있다는 건 심히 짜증스러운 일이었다. 정말 멋진 차였으니까, 내 임팔라는. 나는 직장에 있던 그의 여자친구가 도착할 때까지 응급실에 함께 붙박여 있었다. 의료진이 셔츠를 벗기고 정맥용 진통제 튜브를 꽂았다. 그러느라 그의 문신을 강제로 볼 수밖에 없었다. 가슴 전체를 뒤덮고 있는, 거꾸로 뒤집힌 십자가.

"내 형을 괴롭히려고 이랬지." 진통제 때문에 어눌해진 말투로 그가 말했다. "형이 목사거든."

그러고도 남을 인간이지, 소리 내어 말하지는 않았다.

———

빅터 죽었지, 콘래드 죽었지, 고스족 이웃은 손이 반쪽만 남았지. 그의 세입자는 고난, 절단, 국외추방, 길거리 신세를 눈앞에 두고 있었지.

내 주위는 불운 천지였다. 물론 내 이웃과 그 테이블톱 사건은 업보에 더 가까웠지만. 그러나 최고의 흉조는, 찌르레기처럼 온몸을 검은색으로 감고 있던 그 참전용사였다. 한 남자의 형상을 하고 나와 마주친 그림자.

차에 라디에이터를 달러 정비소에 맡겼을 때였다. 내가 들른 정비소는 글렌데일 외곽에 있었고 버스로 귀가하기가 편했다. 타려던 버스는 92번이었다. 버스를 기다리고 있는데 목에 세로 문신으로 베트남이라 새긴 이 남자가 어슬렁거리며 나타났다. 검은 중절모, 검은 옷, 맨발에 검은 신, 약하게 색을 넣은 선글라스, 혐오스러운 쪽으로 부린 멋. "난 전쟁포로였어." 남자가 말하며 집에서 새긴 손의 문신을 보여주었다. 전쟁포로.

시간에는 두 개의 차원이 있다. 버스를 기다리는 시간과, 버스가 마침내 시야에 나타나는 시간. 나는 잘못된 시간의 차원 속에 웬 미친 인간과 꼼짝없이 갇혔다. 자동차들이 속도를 높여 언덕을 오르는 사이에 내 맨다리로 부드러운 열기와 배기가스가 훅훅 끼쳐왔다.

"놈들이 내 자지 대가리를 잘랐어." 전쟁포로가 말했다.

"나한테 그런 말 하지 마요."

"사과하지." 그가 말했다. "이봐, 나한테 줄 것 좀 없나?"

그에게 1달러를 건넸다. 버스는 아직도 나타날 기미가 없었고, 그가 저리 가버렸으면 싶어서였다. 그가 돈을 받고 자기 지갑을 열더니 지폐를 넣기 전에 지갑을 저만치 가져간다. 안에 든 다른 지폐들을 내게 보이지 않으려는 것이었다. 늘 이런 식이지. 미친 인간들은 최후에야 교활함을 잃는다. 과연 잃는 경우가 있기나 하다면.

버스가 도착했다. 뒷자리에 앉았다. 내 유년기의 망령은 버스

뒷자리에 산다. 무슨 일이야, 하며 망령이 턱을 쳐든다. 전쟁포로는 앞쪽의 장애인석에 앉아 대화를 시작하며 다른 누군가를 귀찮게 했다. 그는 글렌데일 훨씬 아래쪽의 아르코에서 내렸다. 헤로인이 거래되는 곳이다. 창문으로 그를 내다보았다. 목을 길게 빼고 그가 약을 사는지 보려고 했다. 하지만 무엇이 내게, 그 남자가 무얼 하고 어디로 가는지 확인할 빌어먹을 권리를 주었단 말인가? 단돈 1달러로 누군가를 소유할 수는 없다.

———

턱수염 지미와 고약한 장난에 대한 그의 신념 덕분에 커트 케네디가 오토바이를 타고 로스앤젤레스까지 먼길을 왔다. 자동차 사이에 오토바이를 댔다. 길에서 자기 모습이 보이지 않게 무성한 부겐빌레아를 가림막삼아 현관에서 기다렸다.

그날, 일요일 아침은 잠에서 깼을 때 기온이 32도였다. 잭슨과 나는 지미 달링과 함께 해변으로 갔다. 베니스의 보드워크*에 가본 건 그때가 처음이었고, 나를 거기에 데려간 건 아마도 고약한 장난에 대한 지미 달링의 신념이었으리라.

우리는 길을 따라 걸었다. 칼 삼키기 묘기를 부리는 이들과 문

---

* 해변이나 물가에 판자를 깔아 만든 길.

신 시술소들과 피어싱 가게들을 지났다. 파인애플과 블루베리 향, 멜론오일이 놓인 탁자들. 망고와 딸기 맛 물담배. 요란스레 울리는 크렁크 음악과 올드스쿨 힙합에 맞춰 허리까지 길게 늘어트린 턱수염과 목걸이를 흔들며 멋대로 춤추는 히피들. 오줌 웅덩이에서 잠을 자는 노숙자 어르신들. 인공선탠을 한 땀투성이 롤러블레이더들이 군중과 대책 없이 쌓여 있는 토사물 틈을 이리저리 누볐다. 사람들이 밀쳐댔다. 아이들은 울어댔다.

"엉망진창이네." 내가 말했다.

지미 달링이 내게 팔을 두르며, 바로 이것이 캘리포니아가 반드시 보여줘야 할 가장 최고의 모습이라고 생각하면 즐겁다고 했다. 잭슨이 움푹 팬 콘크리트 구조물 안에서 보드를 타는 십대들을 보고 싶어해서 스케이트보드 공원 쪽으로 걸었다. 도착했을 때 두 스케이트보더 사이에 다툼이 일어났다. 한 명이 제 보드로 다른 한 명의 머리를 갈겼다. 어디선지 모르게 사람들이 튀어나오더니 갑자기 웃통을 벗고 싸우는 남자들 무리가 생겨났다.

지미가 잭슨을 집어들고 달렸다. 내가 뒤따랐다. 우리 차를 찾아 들어가 앉았다. 나는 기분이 가라앉았다. 그 쩌억 소리하며, 두개골에 꽂히던 보드하며. 지미가 나를 진정시켰다. 우리는 해변에서 떨어진 어느 술집으로 잭슨을 데려가 햄버거를 먹으며 다저스 경기를 봤다. 경기가 끝난 후 서로에게 작별인사를 하는 동안, 내게도 의지할 수 있는 누군가가 있다는 기분이 들었다. 지미의 트럭 창문을 사이에 두고 내내 입을 맞추다 마침내 몸을 떼고 안녕을 고했다.

나는 집으로 운전했다. 잭슨은 뒷좌석에서 잠들었다. 아홉시 정도였을 것이다, 내가 우리 동네 거리에 주차한 때가. 아홉시라고 알고 있는 건 후에 분 단위로 확인을 거쳤기 때문이다.

축 늘어진 내 조그만 아이를 어깨에 들쳐메고 계단을 올랐다.

내 현관에, 내 현관 의자에, 커트 케네디가 앉아 있었다. 커트, 찌그러진 대머리, 네모난 주근깨, 목의 군살, 걸걸한 목소리, 그 집요함, 여기 그가 있었다.

이사를 하고 수개월 만에 처음으로 그로부터 해방되었다고 느꼈던 것. 그리고 집에 돌아와 나를 기다리고 있는 그를 발견하는 것.

내게도 역시 불운이 깃들어 있었다.

19

캔디 페냐는 고든 하우저가 구해준 털실로 아기용 담요를 만들었다. 그렇게 만든 담요들은 유닛의 담당 교도관이 수거해 반입·반출사무소에 두었다. 고든이 사무소 앞을 지날 때마다 거대한 낙엽수거용 자루에 그 담요들이 담겨 있는 모습이, 그가 골랐던 털실의 요란스럽고도 슬픈 색채들이 자루 밖을 엿보고 있는 모습이 눈에 들어왔다. 어느 날 그는 반입·반출사무소 교도관에게 담요들의 처지에 대해 물었다. 탈색한 금발을 하나로 질끈 당겨묶은 교도관은 통명스러운 전직 군인이었다. 그녀가 코웃음을 쳤다. "이거요? 가져가겠다는 사람이 아무도 없어요. 쓰레기통에 내다버리라고 사동청소부들한테 말한다는 걸 자꾸 까먹는다니까."

그 교도관이 가족 방문도 감독했다. 가족 방문은 교도소 버전의 아파트에서 수감자들이 혈연관계의 가족과 서른여섯 시간을 보내는 것을 뜻했다.

혈연. 그 말이 너무 폭력적으로 들렸다. 아니면 고든이 균형 감각을 상실하고 있고, 그를 둘러싼 일들이 모든 것을 왜곡시켜버린 걸까.

"그들이 서로에게 안녕을 고하는 장면을 보는 게 힘겹습니까?" 이런저런 사정을 좀더 잘 알기 전에 그가 그 반입·반출 담당 교도관에게 물은 적이 있었다. 방문중인 가족들을 지나치다 제 엄마에게 매달려 광적으로 우는 어린아이들을 목격한 뒤였다. 누군가가 가족 방문용 사동 밖 복도에 연보라색으로 사방치기 놀이판을 그려두었다.

"점점 둔감해지는 거죠." 그렇게 대답한 교도관이 입꼬리를 내리고 샐쭉한 표정을 지었다. 직접 보여주려는 듯이. 이것이 둔감함이다. "특히 그게 다 어미 잘못이라는 걸 알 때는 더더욱."

아기용 담요들이 쓰레기통으로 직행하는 게 더 나았을 뻔했다. 그 대신 사동 교도관 하나가 그걸 만든 당사자인 사형수사동 여자들에게 다시 나눠주었다. 고든이 다음번에 방문했을 때는 캔디 페냐가 아기용 담요 두 장을 이어붙여 커다란 조끼를, 옅은 파랑과 노랑으로 된 판초를 만들어두었다. 그것을 고든에게 들어 보였다. "잘 맞았으면 좋겠는데?"

뜨개질하다의 과거형에는 맺어지다의 의미가 있다. 그리고 캔디 페냐가 뜨개질한 것은 아무도 원치 않았다. 고든조차 그랬다. 그는 조끼를 종이가방에 담아 차 트렁크 깊숙한 곳에 넣고 잊어버리려 애썼다.

———

바레시스에서 위스키의 완충작용에 뇌를 맡긴 어느 밤, 고든은 버클리에서 데이트했던 시몬에 대한 향수에 사로잡혔다. 얼마 전, 그녀가 전화해 메시지를 남기고는 그가 냉장고 전원 플러그를 꽂았는지 궁금하다고 했다. 둘이 사귀던 시절에 그녀가 하던 농담으로, 그가 아직 진척중이고 준비되지 않았으나 결과적으로는 전원 플러그 꽂힌 냉장고가 있는 삶으로 향하고 있다는 암시를 주려는 의도였다. 그렇게 해서 시몬은 고든이 가정을 꾸리고자 하는 본능이 부족해 자신을 거절한 것이라는 등식을 성립시켰지만, 그 덕분에 고든의 죄책감은 그녀가 익히 아는 수준보다도 커지고 말았다. 실은 그게 아니었기 때문이다. 고든이 의구심을 품었던 대상은 독신 생활과 결별할 것인가의 문제가 아니라 시몬 자체였다. 그녀에게 회신하지는 않았지만, 안 될 건 또 뭔가. 술기운이 오르고 외로운 지금은 그러지 말아야 할 이유를 찾을 수 없었다. 가짜로 부풀린 가슴이 셔츠 앞섶 단추들을 뚫고 나올 태세의 젊은 바텐더가 크게 미소 지으며, 한데 모여 앉기는 했으나 서로 일행은 아닌 그리고 모두가 남자인 술손님들에게 더 필요한 게 없는지 거듭 물었다. "자기들 뭘 더 갖다줄까?" 여기가 센트럴밸리가 아니라 애팔래치아쯤 되는 듯한 사투리였다.

바텐터 머리 위의 TV에서는 시아파 민병대가 장악한 어느 도시를 휴대용 카메라로 찍은 영상이 나오고 있었다. 흰색 얼굴가리개를 한 성인 남자들과 소년들이 모터스쿠터를 타고 화면을 가르며 지나가고, 배경에서는 더미로 쌓인 잔해들이 무심히 불타고 있었다. 누군가가 마이너리그 야구 경기를 틀어달라고 요청했다. 고든은 집에 가서 시아파 민병대에 대한 기사를 찾아보기로 마음먹었다. 그 전쟁은 내전이었다. 관심이 있거든 알아서 인터넷을 뒤져야 할 문제였다. 고든은 보다 금욕적 삶을 선택했을 것이고 인터넷 회선을 다는 일은 건너뛰었겠지만 전에 살던 세입자가 벌써 설치해두었다. 집주인이 말하기를 고든은 운이 좋은 축에 든다고 했다. 산중에는 인터넷 서비스를 이용할 수 없는 가구들이 많았다.

시몬에게 엽서를 보내야지, 그는 생각했다. 에둘러서. 그의 산에 사는 퓨마처럼, 그가 상상했던 장면에서처럼, 그녀를 울부짖게 만들고 싶다는 뜻은 드러내지 말고. 상상 속 시몬. 숲속 이 오두막으로, 지저분한 바닥을 따라 쌓인 작은 책더미들로, 부엌 조리대 위 위스키병으로 찾아온다. 거기서 그의 고독한 삶을, 계곡의 아름다움을 접하며 그가 획득한 기호를 목격하는 여자가 된다. 그러나 그 훈련되지 않은 눈에는 계곡이 아름답지 않으리라. 그 냉혹하고 생기 없고 기계화된 풍경에는 이상한 레모네이드색 불빛이 하나, 그리고 농기계와 정유공장에서 나온 오염물질들, 부유하는 표토가 뿌옇게 끼어 있었다. 인간이 지구상에 만든 지옥이었으나 그래도 여전히 양쪽으로 산맥이 뻗어 있는 진짜 계곡이었다. 산업적 농경에 맞는 크기였고 그렇게 설계되었다. 농경이 시작되기 전에 어떤 모습이었을지는 상상하기 어려웠다. 전통적 방식, 즉 사람이 직접 농사를 짓던 시절에는 어떤 모습이었는지조차 상상하기 힘들었다. 기계들이 아몬드나무를 동시다발적으로 난폭하게 흔들었다. 기계가 덜컹일 때마다 아몬드 열매들이 바닥에 떨어졌다. 아직 껍질을 벗기지 않은 아몬드를 다른 기계들이 쓸어모아 이랑을 만들면, 또다른 자동화기계들이 와서 활송장치로 빨아들여 호퍼*에 부었다. 그 모든 일들은 일 년에 한 번, 9월 수확기에 쏜살같이 치러졌다. 다른 대부분의 시간 동안 아몬드 농장의 거대한 구획들은 텅 비고 고요했다.

고든은 술값을 계산하고 옆에 있는 주유소로 걸었다. 동네 주류점의 중심지 노릇을 하는 곳이라 사람들이 줄지어 서 있었다. 강렬한 빛 아래서 눈을 가늘게 뜬 청장년들이 맥주와 매드도그

* 곡물 등을 운반할 때 이용하는 깔때기 모양의 용기.

와인을 사려고 기다렸다. 고든은 산속까지의 여정을 위해 냉장 진열대에서 페리에 탄산수 작은 병을 가져왔다. 탄산은 운전하는 동안 경계를 늦추지 않는 데 도움이 되었다. 고든이 계산대에 병을 올리자 뒤에 선 남자애가 빤히 쳐다보았다. "그건 뭐예요?" 그애가 물었다. 가운데가 불룩한 녹색 유리병이 문득 단아하면서도 이국적으로 보였다. 고든은 남자애가 그걸 술 종류로 착각했다는 사실을 알았다. "그게 어, 이건 프랑스산 물이야."

"프랑스 물이라고요." 그애가 쯧쯧거렸다. "새로 나온 술이라도 되는 줄 알았네."

주유소에는 엽서가 없었다. "달러 트리에 가보시죠." 계산대 직원이 제안했다. 스탠빌의 모습을 담은 엽서는 없었다. 보아하니 스탠빌은 굳이 기념할 만한 장소가 아니라는 것 같았고, 시몬에게 연락하고 싶다면 보통 사람들이 하는 것처럼 이메일이나 보내는 수밖에 없었다.

———

그해 크리스마스 주간 휴가에 고든은 버클리로 가서 알렉스네 소파에서 잤다.

"단칸방 생활은 어때?" 알렉스가 물었다.

시몬에게는 연락하지 않았다. 그와 알렉스는 추억의 장소를 일주했다. 중고서점, 아파트 건물에 딸린 아일랜드식 구내식당, 텔레그래프 애비뉴의 카페들. 그곳을 가득 메운 예쁜 여자들은 자신의 외모가 공들여 만든 게 아닌 자연스러운 것처럼 보이게 하려고 무던히도 애를 썼다. 샤턱 애비뉴의 바비큐 식당과 그 옆의 블루스클럽. 그들이 대학생이던 시절의 그 클럽에는 '지구상에서 가장 연기 자욱한 술집'이라는 간판이 붙었음직도 했지만, 이제는 아무도 술집에서 흡연을 하지 않았다. 법에 저촉되니까. 알렉스와 고든은 전쟁에 대해 얘기했다. 둘 다 똑같은 웹사이트를 강박적으로 확인했다. 분석을 보려면 'Informed Comment'를, 지표를 보려면 'iCasualties'를. 같은 것에 우스워했고 같은 것에 끔찍해했다. 모든 게 끔찍했지만 그중 어떤 것들은 우스웠다. CIA가 이라크 대통령으로 세웠던 '미스터 말리키'에 대해 부시 대통령이 하는 말들이 그랬다. "난 그 사람을 도우려는 거요!" 엉망이 된 어느 기자회견에서 부시는 진정한 그러나 대책은 없는 절박함을 담아 말했다.

"그 사람을 도우려는!" 알렉스가 계속 반복했다.

크리스마스 직후, 이라크의 새 정부가 사담 후세인의 목을 매달았다. 고든과 알렉스는 인터넷으로 그 장면을 보았다.

"꽤 당당했어." 알렉스가 말했다. "야유 속에서 죽었지만 최종 결정권자는 그였다는 생각이 들어."

고든은 홀로 금문교 너머 샌프란시스코로 가서 그의 교육생 로미 홀이 얘기한 적 있는 시내의 베트남 식당에서 식사했다. 로미는 그 식당을 추천한 게 아니었다. 그리운 장소들의 목록 중 하나로 언급했다. "거기 요리사한테 웃기는 버릇이 있어요." 그녀가 말했다. "요리용 집게를 쓰고 나면 두 번 딱딱 부딪친 다음에 그걸로 자기 셔츠를 잡아당겨요. 그 사람 작업복엔 그래서, 그 잡아당기는 부분에 커다란 기름 얼룩이 있어요. 그리고 화장실이 있는 위층에선 요리사의 아버지가 줄담배를 피우며 앉아서 고기를 다져요." 고든이 방문했을 때 그 요리사가 그대로 있었다. 집게를 두 번 부딪친 다음 셔츠를 잡아당겼다. 그의 아버지는 위층에서 줄담배를 피우며 고기 한 무더기를 다지고 있었다.

새해 첫날, 고든과 알렉스는 오클랜드에서 열린 파티에 갔다. 부엌에 비좁게 들어찬 사람들끼리 직업이 뭐예요? 고향이 어디예요? 같은 의미 없는 질문을 해대는 뻔한 자리였다. 고든의 문제들을 알 리 없는 여자들은 그에게 각별한 관심을 보였다. 알렉스의 말을 빌리자면, 그 파티에 참석한 다른 독신남들과는 관계 설정이 이미 끝난 까닭이었다. 그 여자들 몇은 영문학 또는 수사학 또는 비교문학에서 정신분석학으로 갈라져나간 대학원생 출신이었다. 내담자의 입장에 있다가 개업에까지 이른 것이다. 알렉스는 본인이 남성 히스테리 환자로 분류되곤 하는데 그건 대개의 경우, 산뜻 발랄하게 그런 진단을 내린 여자가 실은 그와 잠자리를 하고 싶었으나 그가 너무 약삭빠른 남동생 같은 스타일이라

진정한 관계를 맺기는 어려우리라 판단했다는 뜻이라고 했다.

수차례 질문을 받은 후에야 고든이 머뭇거리며 직업을 밝히자 부엌의 여자들이 메뚜기떼처럼 덤벼들었다.

"정말요? 교도소라니. 힘들겠어요."

"교도관들이라. 나라면 그 사람들을 제대로 쳐다보지도 못할 텐데."

"교도관들은 사복을 입지도 않잖아요. 경찰관처럼요. 하지만 그들보다도 못하죠. 그토록 망한 인생이라니."

교도관으로 일하는 인간쓰레기들에 대해 여자들 사이에서 상당한 얘기가 오갔다. 이들 중 교도관을 한 명이라도 아는 여자가 있는지 물어볼 용기, 아니 의지라면 의지랄까, 그런 것들이 고든에게는 없었다. 그리고 군이 교도관들을 변호할 이유가 무엇이란 말인가? 고든 자신부터가 그들을 증오했다. 그러나 자기를 감싸고 있는 거품방울 밖으로 나온 누군가는 보게 될 터였다. 교도관들 또한 온당한 선택의 기회를 결핍당한 가여운 자들이라는 것을. 샐리너스밸리의 감시탑에서 교도관 하나가 제 머리를 날려버린 지 얼마 되지 않은 때였다. 이 얘기를 들려주고 파티의 여자들을 교정하는 차원의 논쟁을 시작할 수도 있었다. 그러나 너무 빠르지 않나? 사복을 입지도 않는 사람들이라는데. 그들과 있으려니 대학원 시절의 불안이 다시 고개를 들었다. 상대방에 대해 아무것도 모르면서 아무렇지 않게 비난하는 일이 가능했던 동기들.

가족 구성원 중 최초로, 그리고 유일하게 소위 고등교육을 받는 사람이다보니 과민한 경향이 있었는지도 모른다. 그는 대학원에서 노동자계급의 혈통임을 선언하고 싶어 안달난 사람들을 만나곤 했다. 아마도 부모 중 한 명의 교육 수준이 낮거나 혹은 '가난'했지만 가족들이 대학교육은 받은 정도일 터였다. 둘 중 어느쪽이든 누군가가 자신의 출신 성분에 대해 목소리를 높인다는 건, 고든이 보기에 대체적으로, 그들이 실제 노동자계급은 아니라는 방증이었다. 만약 그들이 고든과 같은 배경을 가졌다면 그 사실을 숨기는 방법을 알 것이었다, 고든이 그랬던 것처럼. 그의 개척자적 입지는 곧 그가 시도하는 탈출이 얼마나 달성하기 힘든 목표인지를 보여주는 증거일 뿐이었으니까.

그가 아는 사람들 몇이 파티에 왔다. 박사후과정에 들어간 같은 과 동기들로, 곧 있을 면접과 학술서적 계약의 세부조항들에 대해 무슨 흥미로운 주제라도 된다는 듯 얘기했다. 여자들은 손가락으로 허공에 따옴표를 그려 보이는, 참으로 대학원생스러운 몸짓을 하며 자신과 자신이 고르는 단어 사이에 거리를 두려 했다. 어딘가 어설픈 이 책벌레 여자들이 귀여워 보이던 시절도 있었건만. 고든은 이 사람들과 자기 인생에 대해 논하고 싶지 않았다. 술을 마셨다. 그의 소외감에 바르는 임시 연고였다.

고든과 알렉스는 숙취와 함께 깨어났다.

적어도 알렉스에게는 스탠빌 생활이 어떤지 표현하는 게 가능했다. 교육생들에 대해 묘사할 때는 다른 교육생과 똑같이 로미홀 또한 그가 돕는, 혹은 도우려는 한 명일 뿐이라는 인상을 남겼지만 실은 그렇지 않다는 사실만 마음속에 되새기게 되었다.

알렉스가 수감자들과의 관계에 대해 질문하기 시작했다. 그러면서 노먼 메일러와 잭 헨리 애벗* 얘기를 꺼냈다. 그는 메일러에게 애완동물 프로젝트**나 다름없었던 애벗이 가석방 후에 벌인 짓에 메일러의 책임도 있는 건지 궁금하다고 했다.

"애벗은 애완동물 프로젝트가 아니었어." 고든이 말했다.

"그래, 그래." 알렉스가 답했다. "당연히 아니었지. 그도 한 인간이었지. 하지만 노먼 메일러가 그걸 제대로 이해하고 있었을까?"

———

직장으로 복귀한 첫날, 교도소장이 폐쇄 조치를 내렸고 이유는 안개였다. 그나마 진짜 안개도 아니었다. 교도소를 에워싼 아몬드 농장에 농약을 살포하는 비행기에서 나온 연무였다. 폐쇄 조치는 수감자 전원이 수감실에만 머무는 것을 의미했다. 작업 교대도, 수업도, 이동도 없었다. 교도소 내 모두와 마찬가지로 고든

* 소설가 노먼 메일러가 편지를 주고받았던 수감자 잭 헨리 애벗의 가석방을 주도했으나 출감 직후 애벗이 또다른 살인을 저지르고 체포되었다.

** 필요성이나 중요성보다는 개인적 흥미에 의해 추구되는 프로젝트.

또한 무노동 급여를 받을 것이었지만 그는 안타까움을 느꼈다. 그녀를 볼 일도, 6번가의 베트남 식당에 갔었다는 얘기를 할 기회도 없을 테니까.

그는 집으로 돌아가 충동에 자신의 행동을 내맡겼다. 그녀가 주었던 번호로 전화를 걸었다. 잭슨 홀이 아이의 이름이었다, 그 분홍색 종잇조각에 적혀 있던. 그저 한번 알아보는 것뿐이다. 이 전화를 했다는 사실을 그녀가 알 필요조차 없다. 전화를 받은 사람이 그에게 다른 번호를 주었다. 새 번호는 아주 장시간 통화대기 상태였고, 그다음에 누군가의 음성사서함으로 연결되었다. 며칠 후, 그 누군가가 그에게 전화해 메시지를 남겼다. 고든은 직장에 있었다. 다음날 아침에 그 번호로 전화를 걸었고, 음성사서함으로 넘어갔고, 다시 메시지를 남겼다. 같은 일이 수주 동안 반복되었다. 고든이 산 아래 계곡에서 근무하고 산 위에서 사느라 집에 있는 시간이 많지 않았기 때문이다.

샌프란시스코 가족·아동국의 음성안내가 아닌 진짜 인간과 대화하면서 최종적으로 알게 된 사실은 그가 이 일에 개입해서는 안 될 이유를 여실히 보여주었다.

20

몇 해 전에 어떤 개자식들이 스템플패스 로드 바로 건너편에 별장을 지었다. 오토바이와 스노모빌에 미친 인간들. 여름과 겨울이면 거의 매주, 놈들이 내 오두막을 지나는 길을 부릉거리며 오르내렸다. 지난여름에는 특히 심했고, 사흘짜리 연휴 내내 그러기도 했다. 도저히 견딜 수 없는 지경에 이르고 있었다. 심장 상태가 나빠졌다. 감정적 스트레스, 무엇보다도 분노는 심장박동을 불규칙하게 만든다. 이렇게 된 건, 끝없는 오토바이 소음이 야기하는 분노에 숨이 막히고 심장박동이 빨라져서였다. 집과 너무도 가까운 곳에서 범행을 저지르는 건 위험했지만, 내가 놈들을 처리하지 않으면 문자 그대로 분노가 나를 죽이고 말리라고 판단했다. 그래서 가을의 어느 밤, 그들이 본가에 머무는 탓에 비어 있는 별장이기는 했지만 그래도 몰래 숨어들어가 전기톱을 훔쳤다. 그리고 늪에 빠트렸다.

이 주 뒤, 별장 문을 부수고 들어가 내부를 상당히 꼼꼼히 박살냈다. 무척 호사스러운 집이었다. 이동식 주택도 있었다. 거기도 열고 들어갔다. 안에서 은색으로 칠해진 오토바이를 발견했다. 도끼로 박살냈다. 밖에 스노모빌 네 대가 세워져 있었다. 엔진들을 꼼꼼히 박살냈다.

일주일 뒤쯤 형사들이 찾아와 건물 주변에서 얼쩡거리는 사람을 본 적이 있는지 물었다. 내가 오토바이에 악감정을 가지고 있는지도 물었다. 진실이 그들의 머릿속을 스친 것이다. 그러나 나를 심각하게 의심한 건 아닐 터였다. 그렇지 않고서야 질문들이 그토록 피상적이었을 리 없다.

형사들의 질문에 매우 침착하게 답해서 기쁘다.

21

어떤 남자도 절대, 결코 이런 식으로 눈뜨기를 원치 않을 것이다. 수갑을 찬 채 병원 침대에서. 정신을 차렸을 때 박사가 딱 그 꼴이었다. 수갑으로 침대에 매여 있었다. 의사가 들어왔다. 교도소 의료기사의 조무사가 아니라 진짜 의사가. 심지어 하얀 가운도 걸쳤다. 의사가 그의 위로 몸을 숙였다.

"의식이 돌아왔군요." 그가 말했다. "제 말이 잘 들립니까?"

박사가 끄덕였다.

"여기 왜 왔는지 알고 있나요?"

박사가 고개를 저었다. 지랄맞게도 아무런 생각이 없었다.

"좋아요, 괜찮습니다. 기본적인 것부터 시작하죠. 올해가 몇 년도인지 알고 있습니까?"

"올해는······"

몇 년도인지 박사는 알지 못했다. 그러나 이 멍청한 질문에 대답하는 법은 알고 있다는 확신이 들었다.

"올해는 작년의 다음해지."

의사가 눈살을 찌푸렸다. "지금 있는 곳이 어디인지 아나요?"

박사가 주위를 둘러보았다. 약이 든 종이컵들이 놓인 철제 카트 외에는 아무것도 보이지 않았다. 의자에 앉아 있는 무장경비원 한 명. 실내에는 창문이 없었고 벽에는 아무것도 걸려 있지 않았다. 박사는 제 몸을 내려다보았다. 아랫도리가 휑한 반토막짜리 가운이 보였다. 손에 붙은 의료용 테이프 밑으로 주삿바늘이 꽂혀 있었다. 손에서 뻗어나와 위로 향하는 튜브들 끝에 철제 스탠드가 하나 서 있고, 거기 매달린 수액팩에는 투명한 액체가 반쯤 차 있었다. 분명 간호사로 보이는 사람이 들어와 팩을 살폈다. 부주의하다 싶게 팩을 쥐어짜보고 밖으로 나갔다. 박사의 양손에 채워진 수갑이 각각 침대의 철제 난간에 묶여 있었다. 발목의 족쇄들 또한 마찬가지였다. 박사는 자신이 어디에 있는지 전혀 이해하지 못했다. 그가 이해하는 유일한 한 가지는 두개골 가운데에 콘크리트 배수로가 뚫린 것만 같다는 느낌이었다. 그 배수로로 얼음장처럼 차가운 물이 출렁거리며 뇌들을 양쪽으로 밀어붙이는 기분이랄까.

"지금 있는 곳이 어디인지 짐작이라도?" 의사가 다시 물었다.

"있소. 난 지금 지구의 중심 바로 위에 있지."

이봐, 최소한 말은 되잖아.

의사가 히죽 웃었다. "좋습니다, 재미있는 양반. 이름을 말해줄 수 있겠습니까?"

"말할 수 있지." 박사가 대답했다. "내 이름이야 나도 알지. 나도 안다고!"

"좆나게 경사 났네." 경비원이 의자에서 외쳤다.

"리처드 L. 리처즈요. 저거 보이쇼?" 박사가 제 팔뚝을 힐끗보았다. 커다란 달러 모양과 그 아래에 좆까, 이 몸은 리치RICH시다라고 새겨진 문신이 있었다. 그건 나름의 농담이었다. 사람들이 박사라고 부를 때조차 그는 리치, 리치 리처즈였다. 할리우드 문신 시술소의 고객 선택용으로 벽에 걸린 도안들 속에서 찾아냈다. 박사의 사전에 기억상실증은 없었다. 그는 자기가 누구인지 알고 있었다. '좆까, 이 몸은 리치시다.' 어쩌다 그럭저럭 떠올리긴 했지만 그럭은 뭐고 저럭은 뭔지 전혀 기억나지 않았다.

허리에 쇠사슬이 둘러져 있었다. 정확하게는, 전기충격사슬이었다. 몸을 빼려고 시도하면 전기가 그를 솜씨 좋게, 그리고 맹렬히 제압할 터였다.

"내가 무슨 짓을 한 거요?" 박사가 의사에게 물었다. "누굴 죽이기라도 했소?"

문가의 무장경비원이 길고 크게 웃었다. "누굴 죽이기라도 했소." 옥타브를 높여 비웃는 목소리로 그를 흉내냈다.

"당신은 지금 외상성 뇌손상 상태예요." 의사가 설명했다. "거의 죽다시피 했죠. 지금까지 팔 주간 인위적으로 코마 상태를 유지해왔습니다. 부종이 가라앉길 기다리면서요."

"지금껏 내내 저 새끼가 저기 앉아서 날 지키고 있었던 거요?"

"오십 퍼센트 추가수당이 나오거든." 저 새끼가 말했다.

의사는 박사가 있는 곳이 로디의 한 병원이라고 설명했다.

"젠장, 로디 싫은데."

그런데 박사가 로디에 가본 적이 있던가? 확실치 않았다.

———

외상성 뇌손상, 그들이 박사에게 계속 반복했다. 의사가 안내책자를 한 권 주었다.『사랑하는 사람에게 외상성 뇌손상 이해시키기』. 강제되는 경우가 아닌 이상 기결수의 치료를 맡는 일이 없는 병원측이 제공하는 책자였다. 박사에게는 사랑하는 사람이 없었지만 어쨌든 읽었다. 잠을 많이 잘 수 있습니다, 그의 가상의 사랑하는 이들이 이해해야 할 사항이었다. 성격 변화를 겪는 것처럼 보일 수 있는 한편, 원래보다 유순하게 행동하거나 혹은 더 분노하고, 감정을 폭력적으로 폭발시키는 경향이 강화 혹은 약화되고, 서번트증후군과 비슷한 능력이 생기거나 혹은 지능과 수행

기능이 둔화 및 약화될 수 있습니다. 사랑하는 이가 외상성 뇌손상에 시달리고 있다면 이러한 변화들에 대해, 또한 환자가 겪을 혼란과 예민함, 현기증, 비정형적 생각들, 변덕스러운 감정에 대해 인내심을 가져야 합니다.

그 나날들 동안 침대에 누워, 예의 그 간호사가 들어와 수액팩을 쥐어짜고 교체하기를 기다리는 동안, 이상한 생각들이 확실히 많이 들기는 했다. 대개 컨트리음악 스타들에 대한 생각이 원형 트랙을 도는 조랑말들처럼 박사의 마음속을 떠돌아다녔다. 이 스타들은 남자도 여자도 화려했다. 수천 명 관객이 모인 무대에서 그리고 수천은 더 되는 시청자들이 있는 TV 세계에서 공연하려고 한껏 차려입었다. 그들은 가족의 오랜 친구들쯤으로 보였지만, 어떤 가족이고 누구의 가족인지 박사는 몰랐다. 합창곡을 부르기 위해 그 많은 스타들이 무대에 모인 모습에서는 무언가와 재회라도 하는 기분이 박사의 마음을 채웠다. 돌리 파튼과 그녀의 보조개. 로이 에이커프. 레이 필로. 체로키 카우보이의 레이 프라이스. 스키터 데이비스. 펄린 허스키. 모두가 함께 부르는 〈와일드우드 플라워〉.

장면을 끊고 나오는 마사 화이트 밀가루 광고, 노래는 플랫 앤드 스크럭스가.

의사가 말하기를, 뇌손상이란 게 그럴 수 있다고 했다. 어떤 기억 혹은 음악을 선명하게 보거나 듣게 하고, 박사의 경우처럼 둘 다일 수도 있다고.

박사의 가학적인 양부 빅은 〈그랜드 올 오프리〉*를 좋아해서
TV로 챙겨 보았다. 가장 사랑했던 가수는 포터 워거너였다. 그는
앞 기장을 짧게 자른 데님 재킷을 입고 프라이팬만한 로데오 버
클을 전시라도 하듯 내보였다. 기다란 타원형 얼굴은 서부 개척
시대의 덮개 달린 마차의 짐칸 입구 같았다. 그의 바지 주름들로
는 햄을 자를 수 있을 정도였고, 바지는 몸에 너무도 딱 맞아 허
리띠조차 필요 없을 상황에 하물며 로데오 버클이라니. 게다가
포터 워거너 같은 멋쟁이가 합법적인 로데오 경기에서 승리했다
는, 아니 참가라도 했다는 발상 자체에 현실성이란 없었지만 그
시절 문화가 원체 그랬다.

—

시간은 페달을 밟아 갔고 박사의 생각은 자유롭게 부유했으며
그 덕분에 낮과 밤은 매끈한 단조로움, 멍한 각성 상태, 막 교체
한 수액팩, 문가의 경비와 나누는 가벼운 적개심, 완전한 기절에
가까운 수면으로 점철되었다.

어느 날 저들이 박사에게 수감복을 입히고 다시 뉴폴섬으로 실

---

* 미국 테네시주 내슈빌의 라디오 방송국에서 주관하는 컨트리음악 콘서트.

어갔으나 전에 지내던 사동이 아니었다. 하루에 스무 시간을 자고 신체 균형에 이상이 생겨서 걸으려고만 하면 넘어지는 탓에 전문간호시설로 가야 했다.

박사는 올해 연도가 어떻게 되는지 알았다. 지금 있는 곳이 어디인지도 알았다. 로디를 싫어하는 이유는 기억할 수 없었지만 그렇게 중요한 문제가 아니겠지. '좆까, 이 몸은 리치시다.' 그런 정보성 기억들이야 어느 정도 돌아왔지만 박사는 변화를 느꼈다. 달라졌다. 한쪽 귀로 혹은 다른 경로로 컨트리음악이 계속 끼어드는 문제, 계속 끼어들어 과거의 음악과 이미지로 그를 가득 채우는 문제뿐만이 아니었다. 가장 극적인 차이를 보인 건 그의 성미였다. 마치 누군가가 거기, 그의 머릿속에 들어갔던 것만 같았다. 아니, 두개골을 가득 채우고 있는 찐득찐득한 생물학적인 놈 말고, 진짜 그, 그러니까 그의 기억과 감정, 저장된 이미지들 속에 들어간 것 같았다. 누군가가 거기에 들어가 그가 혼수상태에 빠진 동안 노닥거리고 돌아다니며 이것저것 바꿔둔 듯했다. 다르다는 게 느껴졌다. 기분이 좋았다. 비록 손쓸 수 없는 두통에 시달리고, 원래 하려고 했던 말들을 매번 기억해내지는 못했지만. 다 괜찮아지리라는 기분이 들었다. 이상한 일이었다. 아무것도 괜찮아질 리 없었으니까. 그는 가석방 없는 종신형을 살고 있었다. 게다가 전직 경찰이고, 잘 숨겨온 그 비밀도 이제 까발려졌다. 모두가 알고 있었다. 룸메이트가 그를 죽이려 든 것도 그래서

다. 그의 저세상 길에 파란불이 켜졌다. 개 같은 미래만 있을 뿐이었다. 그는 보호감호 전문 교도소로 이감될 터였다. 거기서마저 그가 숨기고 있는 것들이 드러나면, 수감자들이 그의 과거를 알게 되면 이감될 곳도 더는 없겠지. 박사가 고약한 죽음을 맞을 가능성은 높았다. 그런데도 매번 한 시간씩은 족히 들여 상황을 파악하고 나서도 공황에 빠지지 않았다. 그가 느끼는 평화로움은 새로운, 그로서는 경험해본 적 없는 감정이었다. 그의 예민함이 무뎌진 건지도 몰랐다. 그의 가상의 사랑하는 이들을 위한 안내 책자가 경고했던 대로.

"기분이 좋아. 좆나 기분이 정말 좋다고." 비좁은 수감실의 휑한 벽에 대고 말했다.

"저들이 뭘 줬길래 그래, 자기?" 옆방에서 목소리 하나가 튀어나왔다. "나한테도 좀 줬으면. 저들이 내게 주는 건 울트람 진통제가 전부야."

"나, 약 안 먹어." 박사가 대답했다. "그냥 기분이 좋아. 뇌가 박살나서 그래. 넌 무슨 일로 왔는데?"

"공격당했어. 교도관들은 보고만 있었고. 아무도 도와주지 않았어."

박사의 이웃은 목소리가 높았다. 박사는 그 소리가 마음에 들었다. 간호사들이 하는 얘기를 들은 적이 있었다. 그의 이웃은 파우더퍼프, 즉 '그녀'였다. 이름은 세러니티. 박사는 그녀의 모든 것을 알고 싶었다.

"넌 백인이야 흑인이야?" 박사가 벽 너머로 물었다.

"난 다색인종이야, 자기."

그러나 박사는 보았다. 저들이 세러니티를 샤워실로 데려갈 때, 그의 수감실 문에 난 가느다란 창문으로. 그녀는 흑인이었다. 마르고 연약한 체구에 얼굴은 천사 같았다. 망할 천사. 그는 그 얼굴을 보았다. 외모는 준수했다. 그러나 불쌍한 것. 팔에는 붕대가, 다리에는 깁스가 둘러져 있었다. 저들은 그녀를 휠체어에 태워 이동시켰다. 그녀가 수행간호사를 돌아보며 미소 짓는 모습이 박사를 놀라게 했다. 그녀는 여자의 미소를 가지고 있었다. 그리고 그 미소의 무언가, 그것이 세상을 미소 지을 만한 존재로 만들었다.

——

박사는 세러니티의 수감실 문이 열리면서 소란스러울 때면 그녀의 모습을 언뜻이나마 보려고 애썼다.

"이봐, 다색인종." 어느 날 아침에 박사가 말했다. "난 네가 아름답다고 생각해."

"자긴 내 스타일이 아냐, 허니."

"그걸 어떻게 알아?"

"자길 봤으니까. 머리가 소프트볼 공처럼 생겼잖아. 여기저기 꿰매놓은."

박사가 웃음을 터트렸다. "나도 널 봤어. 놈들이 널 엉망진창으로 만들어놨지, 그렇지?"

놈들은 그녀가 의식을 잃을 때까지 두들겨팼다. 세러니티는 그때 얘기를 하며 울었다.

훗날 세러니티의 얘기를 곱씹을 때면 박사는 자신이 완전히 변한 건 아님을 깨달았다. 여전히 예전의 박사라는 것을 깨달았다. 세러니티가 당한 일을 생각하면 분노에 불을 지필 수 있기 때문이었다. 그녀를 해한 두 놈을 없애버리고 싶었다. 놈들의 대갈통에 총알을 박아버리고 싶었다. 트렁크에 시신을 처넣고 가서 로스앤젤레스와 라스베이거스 사이의 사막에 있는 쓰레기장에 버리고 싶었다.

점점 좋아졌다. 옆방의 목소리가. 옆방의 소녀가. 그는 파우더퍼프들을 모욕하곤 했었다. 대체 왜? 그들은 남자 교도소 안의 숙녀들이었다. 박사는 그 가슴을 즐기면서도 그들을 인간으로 대우하지 않았다. 세러니티는 진짜 숙녀에 꽤나 가까웠다. 거시기가 없었단 얘기다. '거기 아래'에 아무것도 없었다. 그걸 그런 식으로 표현한다며 세러니티가 놀렸지만 여자 앞에서 상스럽게 말하고 싶지 않았다. 성전환을 하기는 했으나 수감실 안에서, 용맹함과 자포자기의 순간에 그녀 스스로 행한 수술이었다. 과다출혈로 거의 죽다시피 했다. 그리고 점차 나아졌다. 저들이 그녀를 일반사동에 넣었다. 같은 사동의 남자 둘이 그녀를 덮치고 강간하고 폭행했다. 교도소 놈들은 그녀를 행정격리사동에 영원토록 넣어두고 싶어했다.

"저들이 그러는데 자기들은 내 안전을 보장할 수 없대. 밀고자만 모아둔 사동에 넣어도 안전하지 못할 거라고."

세러니티는 성별 재분류 과정을 거쳐 여자 교도소로 이감해줄 것을 청원했다. 동일한 주의 교정제도 안에서 같은 일을 해낸 수감자가 있었다고, 그녀의 변호인이 얘기해주었다. 그건 세러니티의 소원이었다.

"네 소원이 꼭 이뤄지길 빌게." 박사가 벽에 대고 큰 소리로 외쳤다.

박사 자신은 밀고자 교도소로 이감을 앞두고 있었지만 세러니티에게는 말하지 않았다. 자신의 신상에 대한 그 어떤 얘기도 하지 않았다. 할말이 뭐가 있겠나? 타락한 경찰이었고 사람들을 죽였다고? 달걀 같은 뇌가 스크램블드에그처럼 뒤죽박죽되고 전에 비해 유약하고 무른 사람이 되었을 수는 있어도, 그는 바보가 아니었다.

———

전문간호시설에서 보낸 몇 개월의 시간 동안, 세러니티와 고함을 주고받지 않을 때면 박사는 거의 늘 귓전을 맴도는 컨트리음악을 들었다. 뇌 속에서 어떤 손가락이 계속 재생 버튼을 눌렀다. 그랜파 존스가 들렸다. 부거 비슬리. 포섬 헌터스. 프루트 자 드링커스. 타르페이퍼 셰어크로퍼스. 스트링빈과 그 스트링 밴드. 스트링빈은 허리춤이 저 아래 허벅지에 걸리는 몽땅한 바지 속에 상의를 넣어 입어 전체적으로 우뚝 서 있는 것처럼 보였다. 우스웠다. 당시에는 그랬다. 1960년대에는. 적어도 박사의 양부 빅은 그게 웃기다고 생각했고, 옆에서 박사도 함께 웃어주기를 원했다. 가끔은 재떨이를 갖다달라고도 했다. 스트링빈은 장신이었지만 그의 바지는 조그마했다. 허리춤이 저 아래, 그의 허벅지 높이까지만 왔으니까. 바지 전체 길이가 키 큰 남자의 실제 다리 길이보다 훨씬 짧았다. 바지를 지나치게 내려입는 젊은 흑인 남자들을 우롱하는 건 아니었다. 그 모든 왈가왈부가 있기 한참 전의 일이었다. 만약 스트링빈에게 바지를 허벅지까지 내려입는 게 갱스터 스타일이자 교도소 스타일이라고 말했다면, 음, 안 될 일이다. 그걸 설명할 길 자체가 없었을 것이다. 〈그랜드 올 오프리〉의 코미디쇼는 백인들을 위한 것이었다. 컨트리음악 또한 백인들을 위한 것이었다. 그걸 부르는 사람이 흑인인 찰리 프라이드일 때조차 그랬다. 그러니 허벅지에 걸친 스트링빈의 바지는 기형적이고 우연한 메아리였을 뿐이다. 힐빌리 밴드들이 밀가루 광고음악들을 불렀다. 같은 이름의 상표도 있었다. 힐빌리. 리틀 텍사스 데이지 로즈가 골든 웨스트 카우보이스와 함께 그 상표의 광고음악을 불렀다. 그녀는 더러운 피부에 검은색 눈동자, 거칠고 섬뜩한 매력을 지니고 있었다. 예쁘지는 않았지만 상당히 섹시했다.

행크 윌리엄스는 영양실조에 척추가 뒤틀려 있었다. 미니 펄은 헤이 판사*에게 결정적 기회를 얻기 전까지 메이드로는 연로한 나이인 스물여덟이 되도록 객실을 청소했다. 행크 스노는 사환이었다. 마티 로빈스는 움막에서 자랐고 야생마를 잡아 생계를 유지했다. 포터 워거너는 학교를 삼학년까지만 다녔다. 돌리 파튼은 형제자매가 열둘이었고 집안에 화장실이 없었다. 컨트리음악은 호미**들의 음악이었다. 여기서 호미는 스트링빈처럼 바지를 내려입고 그 단어를 형제라든가 친구를 일컫는 말로, 우스갯거리로 소비하는 사람들이 아니었다.

텍사스 루비 오언스는 트레일러 화재로 불에 타 죽었다. 트레일러 화재는 여러 부류의 인간들, 박사 부류의 인간들에게 위험 요소였다. 박사에게 체포된 부류의 인간들에게도. 박사는 1980년대 초반 웨스트레이크에서 발생한 트레일러 화재 현장에 출동했다. 그곳 거주자들이 개판을 치고 살았던 꾀죄죄한 집이었다.

---

* 〈그랜드 올 오프리〉 쇼를 만든 조지 헤이의 별명.
** 단순한 친구를 넘어 끈끈한 신뢰로 이어진 사람.

맥주에 조개와 토마토주스를 섞어 마시고 주술 양초를 밝힌 채 곤드라지는 멕시코인들. 그들이 잊고 있던 양초 하나가 넘어졌다. "신나는 움막 파티." 소방관들이 불길을 잡은 후 박사가 말했다. 쉭쉭 소리를 내며 연기를 내뿜는 트레일러는 숯덩이가 된 채 뼈대만 남아 있었다. 박사는 이 사람들이 제 집에 불을 내고 노숙자 신세를 자초한 꼴이 우습다고 생각했다. 젠장, 나는 진짜 개새끼였다.

박사는 세러니티에게 자신이 나쁜 인간이었다고 말했다. 또다른 나쁜 인간과 얽혔고, 같이 남자 하나를 죽였다고. 베티와 그 여자의 남편, 그 여자의 남편을 죽인 킬러까지 모든 얘기를 털어놓았다. 만약 그 남자가 킬러였다면, 박사와 베티가 좋은 일을 한 것일 수도 있다고 세러니티는 말했다. 박사가 무조건 나쁜 건 아닐 수도 있다고. 세러니티는 시시덕거리기 선수였고 사탕발림을 잘했는데, 그것도 박사가 그토록 그녀를 좋아했던 이유의 일부일지 몰랐다.

"난 어떤 애를 이유 없이 죽였어." 최악의 사실, 베벌리 대로 전당포 밖의 그 장면으로 화제를 바꾸며 그가 말했다. "머리를 날려버렸어."

"나도 사람을 죽였어." 세러니티가 말했다. 놀라움과 동시에 짜증이 밀려왔다. 바야흐로 그의 거창한 고백의 순간이건만, 그들 둘 다 개새끼라는 사실만 밝혀지고 말았다. 그리고 문득 누가 더 개새끼인지 가려보고 싶어졌다. 내가 더 나빠라고 우기면서. 그러나 이내 세러니티가 숙녀라는 사실을 떠올렸고 덤비지 않기로 했다. 그녀의 얘기를 집중해서 들으려고 노력했다.

"사촌 손이 어떤 집에서 무슨 물건을 훔치겠다는 멍청한 생각을 한 거야." 그녀가 말했다. "집에는 아무도 없을 거였어. 그 사람들한테는 직업이 있었고, 그래서 원래는 직장에 있어야 했거든, 근데 집에 있었지. 손이 계획대로 하지 않고 그 사람들을 묶었는데 남자가 줄을 풀고 도망쳤어. 남은 건 여자뿐이었고, 그 여자가 목이 터져라 소리를 지르는 거야. 손이 나한테 여자를 쏘라고 명령했어. 그래서 개 말대로 했고. 그 여자를 되살릴 수만 있다면 난 무슨 일이든 할 거야."

———

세러니티가 재분류 심사를 마쳤다. 주 당국은 그녀를 여자로 인정했다. 이후부터는 모든 것이 빠르게 진행되었다. 저들은 그녀를 교도소 밖으로 잽싸게 빼내야 했다. 남자 교도소의 간호사동 깊숙한 곳에 느닷없이 여자가 한 명 생긴 꼴이었으니.

박사는 벽을 통해 세러니티의 흥분과 불안을 고스란히 느꼈다. 축하를 건네며 행운을 빌었다.

"나 무서워." 그녀가 말했다. "거기 여자들이 날 받아주지 않으면 어떡해?"

박사는 헤이 판사가 미니 펄에게 했던 말을 그대로 세러니티에게 해주었다. 미니 펄이 테네시의 언덕만큼이나 푸릇푸릇한 초짜로 처음 일을 시작할 때, 〈그랜드 올 오프리〉의 대규모 무대에 나가 수많은 사람들 앞에 서는 것을 불안해하자 헤이 판사가 이렇게 말했다.

"그냥 저기 나가서 그들을 사랑해주면 되는 거야, 허니." 헤이 판사가 미니 펄에게 말했고, 박사가 세러니티에게 반복했다.

"그냥 거기 가서 그들을 사랑해줘, 그럼 그들도 그만큼 널 사랑해줄 거야."

———

육 주 후, 박사의 상담사는 그가 고지대 사막에 있는 밀고자 교도소 내 특별관리사동의 의료동에서 지낼 수 있을 만큼 상태가 좋아졌다고 전했다.

"이거 좆나게 기대되네." 박사가 말했다. 조금의 비꼼도 없이 하는 말이었다.

22

하루는 방문객이 찾아왔다. 그게 누구인지 사전에 알 수는 없다. 저들이 이름을 부르고 나를 접견실로 보낸다. 스탠빌에서 삼년 반째였고 나를 보러 온 사람은 아무도 없었다. 서신조차 받은 적 없었다. 샌프란시스코의 친구들 몇에게 편지를 썼다. 아무도 답장하지 않았다. 당신이 교도소로 사라지면 사람들은 재빨리 떨어져나간다.

누가 여기까지 찾아온 건지 상상이 되지 않았다.

알몸수색을 통과하고 나와서 보니 존슨의 변호인이었다.

"전할 소식이 있어서 온 건 아니에요." 내 표정에 드러난 희망찬 놀라움에 대한 답으로 그가 말했다.

"어떻게 지내는지 보러 왔어요. 은퇴의 문제는 생각으로부터도 은퇴하는 게 아니라는 겁니다. 여길 나서면 코코란으로 가서 다섯 번의 종신형을 받은 남자를 접견할 거예요. 다음으로는 가석방 없는 종신형을 받은 남자한테 갈 거고. 건강해 보이는군요."

"아니거든요." 내가 답했다. "햇볕에 탔을 뿐이에요." 그동안 그늘도 없는 운동장에서 너무도 긴 시간을 보낸 바람에 팔과 다리가 시럽을 바르지 않은 도넛색으로 구워졌다.

티어드롭도 접견실에 나와 있었다. 나이든 남자와 함께였다. 남자는 땀을 뻘뻘 흘리고 있었다. 아흔다섯 살은 되어 보였다. 저렇게 늙은 사람도 땀을 흘릴 수 있는 건지 미처 몰랐다. 티어드롭은 키 182센티미터의 강인하고 남성스러운 외모에, 화가 나 있었고 아름다웠으며, 머리를 뒤로 당겨 묶었고 표정은 무서울 것 없다는 듯 당당했다. 이 늙은 남자는 구부정하고 대머리에 자기 가슴을 자꾸 움켜잡았다. 티어드롭이 편지 교환으로 확보한 러너임이 분명했다. 다른 테이블에는 버튼 산체스, 역시 나이든 남자와 함께였다. 남자는 버튼을 위해 자판기에서 공수해온 것들로 스뫼르고스보르드*를 차렸다. 전자레인지용 햄버거와 프렌치프라이, 아이스크림 샌드위치, 에너지 음료 2종. 버튼이 미소를 보내는 사이에 남자는 두 눈으로 그애의 가슴을 애무했다.

티어드롭과 버튼, 그리고 내 주변의 다른 여자들 모두가 자신

---

* 스웨덴어로 '뷔페식 식사'.

만의 키스를 만들기 위해 작업중이었다. 마스 룸에서와 별반 다르지 않았다. 몸치장을 하고 엉덩이를 팔아 얻는 것이 여기서는 인스턴트 가공식품이라는 것만 빼면. 아니면 티어드롭의 경우처럼, 헤로인 한 봉지거나.

나머지 모두와 마찬가지로 내게도 러너가 필요했다. 나도 이제는 펜팔 사이트에 페이지가 있었다. 하지만 이런 식으로 얻을 수 있는 것에는 진정한 가치가 없었다. 마음의 평화로도, 잭슨을 돕는 쪽으로도 이어지지 않았다. 그저 우편주문 향수, 2종 중 택 1, 타부냐 샌드&세이블이냐의 동물적 연명으로나 이어졌을 뿐.

"내 아들과 연락할 다른 방법이 있나요?"

"내 능력 밖의 일이에요. 도움을 줄 수 있다면 그렇게 하겠지만 불가능해요."

"여기서 나가야겠어요."

늙은 남자가 티어드롭에게 넌지시 상자 하나를 밀고, 티어드롭이 그걸 솜씨 좋게 수감복 바지 속에 찔러넣는 모습이 보였다.

"저 좀 도와주세요."

존슨의 변호인이 서류가방을 열고 종이 한 뭉치를 꺼냈다.

"그간의 기록들을 파기하는 중인데 당신이 관련 서류를 원할 수도 있겠다고 생각했어요. 당신 재판에서 쓴 자료들이에요. 진술조서, 메모, 목격자 면담, 발견사항 같은."

그 서류 뭉치를, 무슨 일이 벌어졌는가에 대한 기록을, 내게 무슨 일이 벌어졌는가에 대한 기록을 보고 나는 완전히 무너졌다. 눈물을 참기 위해 그에게 소리를 질렀다. 그동안 나는 조사를 해왔고, 당신이 무력한 변호를 했다는 게 확실해졌다고.

"이 사람아," 그가 말했다. "그래 봤자 에너지 낭비일 뿐이에요."

"왜요? 그럼 당신이 나쁜 사람처럼 보이니까?"

"어차피 소용없을 거니까. 어처구니가 없을 정도로 변호인이 맞이 가버린 케이스에서조차 그들은 변호인 편을 들어요. 자기 의뢰인이 반대신문을 받는 중에 곯아떨어진 변호인이 있었죠. 또 다른 변호인은 자기 자신이 중죄를 저질렀는데, 소송 변호인 경험이 전혀 없으면서 살인 사건 재판을 민원 처리하듯 다뤘어요. 그 사람들이 '무력한' 변호를 했다고 생각하세요? 대법원에 따르면 그렇지도 않아요. 당신이 아주 과한 형량을 받은 건 맞아요. 거기엔 의문의 여지가 없고, 나 또한 안타깝게 생각해요."

"내가 사선변호인을 쓸 수만 있었어도."

그가 고개를 저었다. "로미, 사선변호인을 고용하더라도 유능한 자, 내 말은 값비싼 자를 쓸 여력이 안 되면, 아 이런, 말하기도 괴로워서 원. 그런 사람들이 마지막에 가서야 얻게 되는 사선변호인이 어떤 인간들인지 좀 봐요. 음주운전 소송을 하는 변호사들이 대뜸 강력 사건을 맡는다고요. 법으로 금지해야 마땅한 일을. 당신은 국선변호인을 배정받아 형편이 훨씬 나았던 거였어요."

나는 이보다 더 나쁜 형편이란 게 있을지 상상하기 힘들다고 말했다. 눈물이 목을 타고 흘러내렸다. 이 남자에게 책임을 떠넘기고 싶었다. 그러나 여전히 나를 보러 와준 유일한 사람이기도 했다.

티어드롭의 접견인이 테이블 위로 쓰러졌다. 사무실에서 교도관들이 달려나왔다. 늙은 남자가 심장마비를 일으킨 듯했다. 경보음이 울렸다. 의료기사들이 접견실로 서둘러 들어왔다.

"접견 종료." 구내방송이 쿵쿵 울렸다. "접견이 종료되었다. 각자 사동으로 복귀하도록."

—

하우저는 나를 좋아하는 티를 상당히 냈다. 수업에 나오는 모두가 그 사실을 알았다. 그건 농담거리가 되었고, 내가 땀과 목공장 먼지에 찌들어 트레일러 교육장으로 들어설 때면 코넌이 〈신부 입장곡〉을 흥얼거리곤 했다.

새미는 하우저의 연정에 과하게 몰입해서는, 그에게 전화번호를 줬다는 내 말에 그가 잭슨을 입양할지도 모른다고 멋대로 넘겨짚었다. 새미로 말하자면, 교도소 내에서 겪을 수 있는 온갖 역경에 봉착한 모든 이들의 이야기를 섭렵한 걸어다니는 역사가였으며, 교도소 직원, 심지어 교도관이 수감자의 일에 개입해 아이를 키워준 모든 사례를 제시할 수 있는 사람이었다. 그런 얘기들을 계속하는 새미의 의도는 좋았지만 위로가 되지는 못했다. 새미가 상황을 제대로 읽고 있다고, 그녀가 말하는 사례들이 나와 관련 있다고는 생각하지 않았다. 그걸 그녀에게 어떻게 설명해야 할지 알 수 없었다. 그러니까 이건, 평범하고 준수하며 대학교육을 받은, 아마도 쓰레기에서 병과 깡통을 분리해 버릴지도 모를 남자에 대한 얘기였다. 그가 내 아이를 입양할 일은 없을 터였다. 그와 마찬가지로 재활용에 신경쓰는 준수한 여자와 결혼하고 자신들만의 아이를 갖겠지.

그러나 실은, 내가 인정하지는 않았을망정, 하우저의 검정고시 준비반이 내 삶의 낙이 되기 시작했다. 잭슨 문제로 마음먹고 그에게 작업을 한 건 맞지만, 거기에는 보다 더 사소하고 보다 덜 망상적인 이유도 있었다. 그는 내가 아는 장소들을 알았다. 그와 대화할 때면 나도 어딘가에 적을 둔 사람일 수 있었다. 동네를 어슬렁거릴 수도, 텐더로인 지구의 내 아파트에 들를 수도 있었다. 접이식 벽장침대와 마음에 쏙 들었던 노란색 포마이카 테이블, 그 위에 영화 〈블리트〉의 스티브 매퀸 포스터가 있는. 샌프란시스코 출신이라면 〈블리트〉를 사랑하고 자랑스러워한다. 촬영지가 그 동네였으니까. 게다가 스티브 매퀸은 스타가 된 후에도 나름의 멋을 잃지 않았고, 자기 배역의 스턴트 운전을 직접 했던 비행소년이었다. 나는 스티브 매퀸에 비교하면 자기는 남자도 아니라고 지미 달링을 놀렸다. 지미는 그 말에 전혀 기분 상해하지 않았는데, 그의 말에 따르면 애초에 남자가 되고픈 열망이 없었기 때문이다.

텐더로인의 아파트 블록을 쭉 따라올라가 모퉁이를 꺾으면 블루 램프라고 불리던 동네 술집이 나왔다. 마스 룸에서 일하던 여자애들 몇과 퇴근 후에 가끔 가던 곳이었다. 거기 바텐더였던 사랑스러운 노부인은 늘 터틀넥을 입고 목에 반짝반짝 빛나는 브로치를 달았으며 나와 내 친구들을 언제나 반겼다. 그녀가 우리에게 술을 사주고, 우리는 대가로 후한 팁을 주었다. 자정 즈음에는 프랑스인 요리사—셰프 아니라 요리사—가 나타났다. 알코올중독자인 그는 시내 어느 호텔의 이름이 인쇄된 얼룩덜룩한 작업용 앞치마를 입고 있었다. 브르타뉴 출신이었고 끔찍한 악취를 풍기는 외국 담배를 피웠다. 그 남자는 같은 농담을 하고 또 했는데 심지어 제대로 된 농담도 아니었다. 그러니까 마스 룸에서 온 우리 여자들을 쳐다보며 이렇게 소리쳤다. "나는 레즈비언이다!" 그러면서 강조의 의미로 자기 가슴을 쿵쿵 두들겼다.

하루는 술집이 문을 닫은 날에 그 앞에서 여자들끼리 싸움이 붙었다. 그 구역에서 일하는 매춘부들이 땅에 널브러져 난투극을 벌였다. 건물 위층 아파트에 사는 사람들이 싸움질하는 여자들한테 조용히 하라며 고양이들에게 하듯 양동이로 물을 끼얹었다. 흠뻑 젖고, 머리는 엉망이 되고, 쪼글쪼글하고 찢긴 옷이 반쯤 벗겨진 채로 여자들은 멈추지 않았다. 물에 젖어 발버둥치고 땅바

닥을 뒹굴며 서로를 해하려는 그들을 보며 모두가 웃었지만 나는
아니었다. 그 장면이 뇌리에서 떠나지 않았다. 왠지는 지금도 모
르지만.

—

우리 모두가 오후점호를 기다리는 중에—점호가 끝날 때까지
침상에 앉아 있어야 한다—로라 립이 같은 방 사람들에게 깜짝
뉴스가 있다고, 그런데 좋은 뉴스는 아니라고 알렸다. 그녀는 자
기 침대에 기대어 누운 채 특유의 저갈로* 같은 활짝웃음을 날리
며 비보의 전달자가 된다는 사실에 우쭐해했다.

"그냥 불어, 또라이야." 티어드롭이 말했다.

"너희 모두가 별명을 사랑한다는 건 알지만, 난 '또라이'에는
답하지 않아."

티어드롭이 로라의 머리채를 낚아챘다. "그냥 불고 주둥이 닥
치라고."

티어드롭의 손아귀에 머리칼을 붙들린 채 로라가 고통으로 울
부짖었다.

---

* 힙합그룹 'Insane Crown Posse'의 광팬을 일컫는 말. 이들은 무서운 광대 분
장을 즐긴다.

"우리 교도소에 남자가 있어! 여기에 남자가 있고, 개를 우리 C야드에 넣으려고 한대!"

———

반대 운동의 규모가 커지면서 사람들을 가장 분노케 했던 건이 수감자, 세러니티 스미스가 제 손으로 그곳을 손봐서 여자가되기 전에 여자를 죽인 전적이 있다는 사실이었다. 우리 사이에 위험한 남자가 배치될 예정이고, 우리의 안전을 직접 지킬 수밖에 없으리라는 생각에 히스테리가 부글거렸다. 그와 같은 방을써야 할지도 모른다는 둥. 그의 앞에서 옷을 갈아입어야 할지도모른다는 둥. 그의 옆에서 샤워해야 할지도 모른다는 둥. 그는 악랄하고, 악랄하고, 악랄하다는 둥.

로라가 기밀을 누설한 바람에 저들은 상황이 진정되기를 기다리며 세러니티 스미스의 편입을 미뤘다.

편이 갈렸다. 날이면 날마다 '아가씨'와 '부인'으로 불리는 능욕을 견뎌야 했던, 그리고 할머니용 속바지 대신 사각팬티를 입겠다는 그 아무것도 아닌 일을 위해 수많은 심리평가를 거치고끝없는 서류작성을 하고 수년간 승인을 기다려야 했던 코넌은 찬성의 편에 섰다. 그와 C야드의 종마계집*들, 즉 우리 버전의 남자들 몇은 일종의 공동체를 형성하고 있었고, 그 무리 차원에서 스미스 양을 지원하는 게 중요하다고 결론내렸다. 스미스 양, 코넌은 존중을 가득 담아 그렇게 불렀다. 그녀를 환영하자고. 교도관들이란 원래 좁디좁은 젠더 규범에 순응하지 않는 이들에게 좆같이 구는 놈들이고, 우리도 반대편 애들도 교도관을 증오하니 서로 힘을 합칠 필요가 있다는 얘기였다. 자기 자지와 불알을 제 손으로 잘라낸, 한때는 남자였던 여자와 한 방을 쓸 수도 있다는 게 내게도 그다지 신나는 일은 아니었다. 하지만 긴장이 점점 고조되던 와중에 나는 이 사람에게 달려들어 손봐줄 거라는 계획에 대해 듣게 되었고, 그때 기어리 대로의 블루 램프에서 알고 지냈던 한 여자의 얼굴이 눈앞에 떠올랐다. 그녀는 윤기 도는 적갈색 가발을 쓰고 비서처럼 차려입은 채 블루 램프의 바에 앉아 있었다. 조그마한 체구에 과히 여성스러웠다. 예뻤지만 이상했다. 영원히 낫지 않는 후두염에 걸린 사람처럼 목소리에서 긁는 소리가 났다. 추측건대 그녀는 생물학적으로 남자였지만 그에 못지않게 여자였고 그런 이유로 부서지기 쉬웠다. 바에 홀로 앉아 바늘처럼 가는 빨대로 진토닉을 조금씩 빨아마셨다. 핑크빛으로 칠한 입술을 오므리고 남자들이 접근해오기를 기다렸다. 그중 어느 하나와 나가던 모습이, 그리고 후에 멍든 눈을 화장으로 감추고 돌아오던 모습이 기억난다. 분홍색 입술과 적갈색 가발의 그녀, 바

---

* 남성성을 보이는 여성동성애자를 일컫는 교도소 은어.

한편의 외로운 지정석과도 같은 자리에 앉아 있던 블루 램프의 그녀는 아직 살아 있을까? 아마 아닐 것이다. 세러니티 스미스가 전에 남자였다는 이유만으로 부서지기 쉬운 사람이 아니었다고 는 할 수 없었다.

저들은 스미스 양에게 보호감호 조치를 내렸다. 그녀가 이동할 때면 사형수사동 수감자를 이동시킬 때와 마찬가지로 경비력을 두 배로 늘리고, 포탑에서는 명사수들이 그녀에게 총구를 겨눈 채 대기했다. 여자들이 고래고래 상스러운 말을 퍼부었다. 오줌 을 병에 담아 던졌다.

반反스미스 투쟁은 혐오에 뿌리를 둔 운동이었고, 각종 성경 구절과 도덕성 및 기독교적 가치를 품은 주장들이 더해져 완성되 었다. 로라 립은 사무반 수감자들이 일하는 사무실의 복사기로 전단지를 만들었다. 주지사와 교도소장과 국회의원, 누구에게든 닥치는 대로 편지를 썼다. 그녀의 어머니는 밖에서 운동을 벌이 고 있었다. 로라는 그 윤기 도는 머리칼을 넘기며 우리 사이에 살 인자가 수용된다니 격분할 일이라고 주장했다.

나는 버튼이 하우저 수업의 과제를 하는 것을 봐주기 시작했다. 거기서 느끼는 즐거움은 애초에 예상했던 것보다 컸다. 말하자면 언니 노릇 하기였다. 새미가 내 언니였고 나는 버튼의 언니였으며 코넌은 뭐랄까, 아빠 비슷했다. 우리는 가족을 이루고 있었다. 그렇게 큰 위안이 되는 건 아니었어도 의미는 있었다. 버튼이 속을 썩였을지언정. 그애는 언제나 화가 나 있었고 싸울 준비가 되어 있었다. 그러나 티어드롭이 버튼의 애완 토끼를 먹어버렸을 때, 나는 그애의 다른 면을 보았다.

　티어드롭이 냄비에 토끼를 넣고 전기코일로 끓이는 동안 나머지 우리는 교육을 받으러 나가 있었다. 오후점호를 하러 돌아왔을 때 수감실에는 조리된 고기의 묵직한 냄새가 배어 있었다.

　"무슨 만찬을 즐기셨대?" 코넌이 물었다.

　"브런즈윅 스튜." 티어드롭이 대답했다.

　상황 파악이 끝난 후에도 코넌은 말을 계속했다. "고기에 양념할 것도 없지 않았나, 그러니까 전혀." 버튼의 애완 토끼를 양념하지 않고 먹는 게 규율위반이라도 된다는 투였다. "어쨌든 제대로 된 브런즈윅 스튜는 다람쥐로 만드는 거야. 토끼가 아니라."

　버튼은 토끼를 위해 손수 바느질했던 조그만 셔츠를 들고 침대로 기어들어갔다. 그 상태로 하루를 지냈다.

"어디 아픈 거냐?" 담당 교도관이 소리를 질렀다.

버튼은 베개에 얼굴을 묻고 대답하지 않았다.

"아픈 게 아니면, 그리고 교육에 참여하지 않으면 규율위반으로 기록하겠다, 산체스."

버튼이 그 조그마한 셔츠를 붙들고 있는 모습을 보니, 잭슨이 봉제 아기오리 인형을 안고 잠들던 기억이 떠올랐다. 잭슨은 아기 때부터 그 오리 인형과 잠들었다. 그것을 밤새, 꼭 붙들고 있었다. 내가 그 오리를 마지막으로 본 건 체포 당일 밤이었다. 사방을 둘러싼 경찰들 틈에서 울던 잭슨. 오리 인형을 안고 빽빽 소리를 지르던 잭슨. 엄마! 엄마!

"다른 토끼를 구할 수 있을 거야." 내가 버튼에게 말했다. "넌 토끼들과 잘 지내잖아."

결국 그렇게 되었다. 다른 토끼를 훈련시키고, 같은 옷을 입히고, 같은 이름을 붙였다.

버튼이 내게 아기 얘기를 한 건 딱 한 번이었다. 출산 후에 벌어진 일은 이랬다. 저들은 버튼을 교도소에서 병원으로 옮겨 무장교도관 하나와 함께 병실에 넣었다. 그 남자는 화장실까지 따라왔고, 그녀는 거기서 수갑과 허리사슬과 족쇄 때문에 애를 먹으며 몸을 닦고, 다리 사이의 피와 태반과 양막을 씻어내고, 오는 길에 저들이 던져준 산후용 속옷과 거대한 사이즈의 생리대를 착용했다.

"망할 거기 있는 내내 사람을 붙여놨다니까."

태어난 순간 이미 반은 범죄자가 된 그 핏덩이를 감시하는 교도관의 모습이, 갑작스러운 움직임 따윈 없음을 확인하려 가만히 지켜보는 모습이 그려졌다.

출산 당시 밑이 심하게 찢어진 버튼은 의사가 꿰매놓은 자리 때문에 걷기조차 힘들었다. "딱따구리 선생." 버튼이 말했다. "수술용 두건이 온통 미국 국기였어. 하나가 아니라 여러 개, 크기도 다 다르게. 그 인간이 밑을 꿰매는 동안 내 눈엔 그 머리통에 있는 무늬만 보이는 거야. 이놈의 좆같은 국기들만. 내가 이렇게 물었어. 몇 바늘이나 꿰매는데요? 그 인간이 이러더라고. 그런 식으로 생각하지 않도록 해보세요."

한 간호사가 버튼에게 건넨 통에는 상처가 제대로 아물 수 있게 꿰맨 자리에 뿌릴 무언가가 들어 있었다. 버튼은 침대에 묶여 있었으나 그 맘 좋은 간호사가 여자아기를 들어 보여주었다. 아기를 데려갈 누군가를 구하기까지 버튼에게는 마흔여덟 시간이 주어졌다. 제대로 굴러가는 차가 있고, 스탠빌로 와서 아기를 데려갈 능력이 되는 지인이 있을지 그녀는 확신하지 못했다. 병원의 유아침대에 누워 숨을 쉬는 갓난아기를 지켜보았다. 아기가 잠든 동안 그 완벽하고 조그마한 얼굴을, 감긴 보랏빛 눈꺼풀을, 그 작은 입을 가만히 보았다. 기진맥진한 상태로 버튼도 잠들었다. 깨어났을 때 아기는 가고 없었다. 교도관들이 옷을 입으라고 명령했다. 수감복을 입었다. 상처에 쓸 튜브통은 가져갈 수 없다고 했다. 철창 달린 밴에 떠밀려 탔고, 딱딱한 플라스틱 의자에 온통 피를 묻혔으며, 찢긴 사타구니의 통증이 너무도 어마어마해 교도소로 돌아가는 길 내내 한쪽 엉덩이로 앉아 있어야 했다.

———

오리 인형을 준 사람이 누구인지 잭슨이 물은 적 있었다. "아빠가 주신 거란다." 내가 말했다. 잭슨은 애정과 경탄이 담긴 눈으로 오리 인형을 쳐다보았다. 인형에 뽀뽀를 했다.

그애의 아빠는 아무것도 주지 않았다. 마스 룸의 꼬마 아약스가 위스콘신에 사는 가족을 방문하고 돌아오는 길에 공항의 기념품 가게에서 훔쳐다준 것이었다. "내 아들 줘야겠네." 내가 말했다. 아약스는 혼란스러워 보였다. 내게 아이가 있다는 것조차 잊었던 모양이었다. 나는 아약스와 거리를 유지했고, 그와 잭슨은 한 번도 만난 적이 없었다.

———

나는 하우저에게 『예수의 아들』을 읽었다고 말하면서 왜 그 책을 골랐는지 물었다. 그가 나를 그 소설에 등장하는 인물들처럼 세상에 쓸모없는 전직 약쟁이로 생각할 거라는 편집증적 망상 때문이었다.

하우저는 그 책이 훌륭해서 내게 주었다고 대답했다. 가장 좋아하는 책 중 하나라고.

"거기 나오는 일화에서 남자 둘이 어떤 집의 구리선을 걷어내다 주인공 남자가 상대 남자의 부인이 하늘을 둥둥 떠가는 모습을 보고 자신이 그의 꿈속에 들어왔다고 생각하잖아요, 난 그게 완전히 이해돼요." 하우저에게 말했다. 내가 아는 사람들 중에도 그런 일을 하던, 구리를 훔치던 사람들이 있었다고. 그들 몇은 책속의 남자들처럼 쉽게 돈 벌 길을 찾는 마약중독자들이었지만, 그걸 직업삼아 하는 이들도 있었다.

하우저는 계속 책을 구해주었고, 나는 그것들을 다 읽은 후 새미에게 넘겼으며, 새미도 전부 읽었다. 새미와 나는 학교에서 칠학년을 건너뛰었다. 둘 다 우등생으로 월반한 건 아니었으니 말하자면 이상한 우연이다. 나는 멕시코 여자애들과 학교를 다녔고, 우리는 태도와 특정한 차림을 공유했다. 검은색 면바지, 중국식 신발, 불붙인 성냥으로 데워 쓰던 메이블린 아이라이너 등. 덕분에 새미와 추억 여행을 하며 시간을 보낼 수 있었다. 주말이면 이따금 새미네 사동에 들러 사진 컬렉션을 구경했다. 행정격리사동에 함께 갇혔을 때 그녀가 들려준 모든 이야기들의 시각화 버전을 보게 되었다. 어린 시절의 새미, 그리고 다른 사람들, 오랜 세월 동안 사귀어온 친구들의 사진. 남부 여자 교도소를 의미하는 CIW의 새미. 그녀는 그곳을 CI원더풀이라 불렀다. "그땐 수감자들을 대규모로 수용하기 전이야." 새미가 말했다. 대규모 수용이 어떤 자연재해라도 된다는 투였다. 혹은 9·11처럼 대재앙이거나, 사태의 발발 전과 후가 있는. 대규모 수용 사태 발발 전.

CI원더풀에는 수영장이 있었다. 주정부 지급 수영복도 있었지만 공용이라 그 안에 자기 속옷을 따로 입어야 했다. 나는 교도소의 예전, 지금 이전의 세세한 모습들을 알아가는 게 무척 즐거웠다. 들어봤자 불쾌한 얘기일 게 뻔하지만 새미의 말에 따르면 물탱크에 금붕어를 키우는 수감자들도 있었다. 총잡이들이 들어앉은 거대한 탑도, 수킬로미터에 걸친 전기철조망도 없었다. 콘크리트 속 삶이 아니었다. 방마다 목제 선반과 캐비닛이 있었다. 초록 풀밭도 있었다. 매점에는 수감자들이 구입할 수 있는 화장품이 갖춰져 있었고, 모두가 사랑했던 아이템은 퍼플 플레임이라 불리던 립스틱이었다. "교도소 부지 옆이 골프장이었어." 새미가 말했다. "근데 누군가의 남자친구가 야구연습장용 배팅 기계를 골프 코스로 끌고 와 헤로인이랑 보석을 채운 공들을 교도소 중앙 운동장으로 날려보낸 거야." 내가 기운이 없을 때면 새미는 CI원더풀 얘기를 해줄 것이었다. 그곳은 몰락 직전의 지상낙원이었다.

새미의 사진 컬렉션은 전부 교도소에서 얻은 것들이었다. 그중 하나는 슬리피라는 이름의 슬프고 아름다운 소녀의 사진으로, 그애는 가석방 없는 종신형을 살았다. "그애에게 자기 모습이 찍힌 사진은 이거 딱 한 장밖에 없었어." 새미가 말했다. 새미가 가석방되어 키스에게로 가던 때 슬리피가 그 사진을 건넸다. 소녀 슬리피에게는 아무도 없었다. 그애가 새미에게 사진을 준 건 누군가 자유로운 사람이 자기를 기억해준다고, 때때로 자기 생각을 해준다고 믿고 싶어서였다. 나는 슬리피를 만난 적이 없었다. 내가 여기 들어오기 전에 북부로 이감되었다. 하지만 나는 슬리피가 왜 그 사진을 새미에게 주었는지, 새미로부터 무엇을 원했는지 알았다. 새미에게는 저 세계―옛 세계, 자유로운 세계―에서 왔고, 또한 그 속에 머무는 자의 특별함이 있었다. 가여운 슬리피는 아마도 새미의 마음속에 살아 있을 수 있다면 정녕 살아 있을 수 있으리라 생각했을 것이다. 그게 나를 너무도 우울하게 만들었기에 새미가 보지 않는 틈을 타 그 사진을 찢어버리고 싶었다.

―

축하할 일이라고는 없었지만 그래도 이따금씩 파티를 열었다. 우리 방에서 파티를 열겠다는 건 코넌의 열정이었다. 이미 전부터 모두가 정신과 약을 따로 챙길 수 있도록 조치해두었다. 방법은 매점에서 땅콩버터를 사거나, 혹은 나처럼 매점에 갈 돈이 없으면 코넌의 땅콩버터를 함께 쓰는 것이다. 입천장에 땅콩버터를 조금 붙인 후 약을 타러 간다. 약을 제대로 삼켰다는 걸 증명하기 위해 한 마리 말처럼 입을 벌리는 검사를 통과, 하지만 실제로는 삼키지 않은 약이 입천장의 땅콩버터 속에 들어가 있다. 틀니를 끼는 수감자들은 그 아래에 약을 감췄다. 그런 걸 다 떠나 용케 잘 숨기는 이들도 있었다. 510유닛 사람들 전부가 파티에 이바지했다. 저녁점호가 끝난 후 코넌이 숨겨둔 약을 풀었다. 샴푸통 밑바닥으로 으깬 다음 아이스티가 든 용기에 넣고 녹여서 '펀치'를 만들었다. 아이스티는 쇼트아일랜드 스타일이었다. 새미는 출입문 개방시간, 시계의 긴 바늘이 백치들을 위한 빨간 부채꼴 사이에 있는 동안 우리 사동에 숨어들어 방에 들렀다.

"은근 떨리는데." 코넌이 말하며 펀치를 섞었다.

나 역시 정확히 행복은 아닌 기분을 느끼며 내 몫의 펀치를 벌컥벌컥 삼켰다. 새미는 잔을 받지 않았다. "약은 다시 안 해." 그녀가 말했다. 나 자신이 약 없는 인생을 살리라는 걸 알았지만 그래도 펀치는 마셨다. 사람이 다 같은 건 아니니까. 일요일 밤이었다. 코넌이 라디오 주파수를 아트 라보가 진행하는 희망곡 쇼에 맞췄다. 모두가 사랑하는 주간 방송이었다.

"이번 사연은 펠리컨베이에 사는 타이니 군이 룰루, 일명 보니타 블루 아이즈 양에게 전하는 말입니다. 타이니 군은 룰루 양을 세상 무엇보다 사랑한다고, 그 마음은 언제나 룰루 양의 것이라고 하네요. 뼛속까지 룰루 양을 위해 존재하고, 영원히 거기에 있겠다고요."

"그거야 저 좆같은 놈이 교도소서 무기징역을 살고 있으니 그렇지." 코넌이 말했다.

흘러간 노래가 나왔다. 가수가 내는 떨림음과 꾸밈음이 내게 갈망이라는 원치 않는 감각들을 투척했다. 펀치를 한 잔 더 마셨다.

다음번 개방시간, 사람들이 방으로 몰려들었다. 로라 립은 베개로 머리를 덮고 우리를 무시하려 했다. 코넌이 부티뮤직*을 틀었고 버튼이 우리 앞에서 춤을 췄다.

이후에 나도 춤을 췄지만 또렷이 기억나지는 않았다. 그저 코넌이 나중에 내게 이렇게 말했을 뿐. "가끔 뭔가를 보면 가져야 할 때가 있지."

코넌은 강인하며 근육질―코넌**이란 이름이 괜히 붙은 게 아니었다―이었고 나를 웃게 만들었다. 그 밤에 내가 웃기를 멈춘 건 코넌과 침대에 함께 들어가는 지경에 이르러서였고, 그의 부드러운 혀가 작전을 개시했다. 오 맙소사, 나는 계속 속삭였다. 평소 같은 코믹한 대꾸 대신 그는 더 깊이 들어갔다. 일이 한창 진행되던 와중에 엄청 크게 쿵 소리가 들렸다. 기절할 정도로 놀

---

* 춤을 추게 만드는 신나는 댄스음악을 통칭하는 말.

** 로버트 E. 하워드의 소설 시리즈에 등장하는 우람한 무적의 전사.

란 코넌이 몸을 벌떡 일으키다 위층 침대에 머리가 부딪혀 찢겼다. 소리를 낸 장본인은 가르시아 교도관. 우리 사동의 야간순찰을 맡은 그가 곤봉으로 출입문의 유리창을 내려친 것이었다.

분위기를 망친 코넌과 나는 예정에 없던 침대 이벤트를 때려치웠다. 피가 나는 그의 상처를 손봐주고 함께 펀치를 마셨다. 사람들이 화장실로 모여들었다. 교도관들이 감시창을 통해서도 볼 수 없는 곳이었다.

아직 어리고 작아서였는지 가장 모나게 군 건 버튼이었다. 그애가 신에 대해 지껄이기 시작했다. 운동장 감시탑에 있는 게 신이라는 소리였다. "몇 번 감시탑?" 누군가가 물었다. "1번 감시탑, 아니면 2번 감시탑?" 그애가 대답했다. "신은 우리 위 높은 곳에 있어. 우릴 보고 있다고."

코넌이 끼어들었다. "그건 신이 아니야. 린틀러 교사지. 저 위에서 낮잠이나 처자고 딸딸이나 치는 또하나의 엘머 퍼드. 좆같은 오리 사냥꾼들."

코넌이 카우보이 억양으로 말했다. "부인, 물러나시죠, 부인. 상부에 보고하게 하지 마십시오, 부인."

버튼이 울음을 터트렸다. "하지만 하늘은 저들이 꽉 잡고 있잖아. 여긴 그런 세상이라고. 감시탑에 없다면, 신은 어디 있는 거야? 어디에 있는 건데?"

로라 립이 화장실로 걸어들어왔다. 모두 말을 멈추고 빤히 쳐다보았다. 퇴마사 같은 몰골이었다. 우리가 만든 펀치를 몰래 마신 모양이었다. 잔뜩 취해 있었다.

"나는 애플밸리 출신이야." 그녀가 말했다.

"알아!" 사람들이 일제히 소리쳤다. 새미가 자리에서 일어나 로라를 화장실 밖으로 몰아냈다.

"하지만 난 절대 몰랐어. 듣지 않았어. 들리지 않았어. 그 의미를 절대 이해 못했어. 사과의 계곡. 그건 유혹에 관한 얘기야. 그렇지? 원죄. 알아? 독이 든 사과. 아아, 기분 끝내주는 일이지. 너희의 분노를 쏟아낼 데가 있다는 게. 너희가 상처받은 것과 똑같이 누군가를 벌할 수 있다는 게. 그게 곧 진리고, 나 같은 여자는 누구나 알아. 옷걸이며 허리띠로 제 새끼를 때리거나 갓난아기를 흔들어대거나, 다 똑같아. 그렇게 하면 기분이 끝내주기 때문이야. 그렇다고 그들이 털어놓진 않을 거야. 그게 어떤 기분인지 말해주지 않을 거라고. 그럴 용기가 없으니까. 그러니 내가 말해줄게. 악마가 우리 안에 들어오고, 우리는 기분좋자고 그 짓을 해. 날 멈춰줬음 싶었지만 아무도 그러지 않았어. 신이라고? 신이 아브라함의 손을 멈췄지. 그땐 끼어들었지. 근데 내가 필요로 할 땐 어디 있었는데? 신은 거기 없었어. 아무도 날 돕지 않았어. 아무도." 로라는 눈먼 사람처럼 휘청거리다 무릎을 꿇고 바닥에 엎드려 흐느꼈다.

＿

그날 밤, 나는 실례를 무릅쓰고 코넌의 침대에서 잤다. 상황이 너무도 이상하게 굴러갔기 때문에 실성 상태가 아닌 누군가와 함께할 필요가 있었다.

꿈속에서 나는 막 〈더 프라이스 이즈 라이트〉*에서 우승했다. 내 이름이 불릴 때, 우레와 같은 박수와 환호와 휘파람소리가 들렸다. 귀가 먹을 정도로 갈채와 함성이 폭포수처럼 쏟아졌다. 이 쿵쿵거리는 소음 속에서, 장내 관중들의 응원 속에서 무대로 종종걸음을 치던 차에 잠에서 깼다.

코넌은 벌써 일어나 피가 났던 상처 자리를 젖은 화장지로 누르고 있었다. 내가 그의 붕대를 고쳐 매주었다.

"머리 때문에 죽을 맛이야." 그가 말했다. "잠을 잘 수가 없었어. 즈르릉, 즈르르릉. 이미 공회전중인 차를 재시동하는 것 같은 이 소리 때문에 계속 깨느라."

"난 〈더 프라이스 이즈 라이트〉에서 우승하는 꿈을 꿨어."

"그럼…… 새 차를 받는 거잖아! 그 쇼에서 중요한 건 차에 그 여자는 딸려오지 않는다는 거지. 여자는 상으로 못 받아. 차만 받을 뿐."

---

* 문제로 제시되는 상품의 가격을 맞혀 상금을 획득하는 미국의 TV쇼.

그날 작업장에서 우리 모두는 약 때문에 숙취에 시달렸다. "블라큘라*가 된 것 같아." 코넌이 말했다. "그 마지막 장면에서 놈이 햇빛을 받더니 기름덩어리 연기가 돼서는 자기가 입고 있던 옷에서 모락모락 피어나잖아."

　목공장에서 점심시간에 코넌이 "난 사실 스노우 버니**들은 별로"라는 얘기를 꺼냈다. 나는 코넌을 사랑했지만 그런 식으로는 아니었다. 그건 내 가짜 가족 안의 가짜 근친상간이었고, 우리는 그저 친구일 뿐이었다.

　가르시아 교도관이 목공장 근처를 지나갔다. 코넌이 외쳤다. "요!" 붕대 두른 머리를 가리키며 가르시아를 노려보았다.

　작업 교대를 기다리다 하우저와 맞닥뜨렸다.

　"전할 말이 있습니다." 그가 말했다.

　잭슨 사건의 담당자를 찾아냈다는 얘기였다. 나는 그에게 무한한 고마움을 표했고, 그는 그런 감사가 적절치 않다고 했다.

　"하지만 특별히 신경써준 거잖아요." 내가 말했다.

　"당신의 친권이 말소되었답니다. 혹시 알고 있었나요?"

　"말소라는 게 무슨 의미인데요?"

　"제가 들은 바로는 이렇게 하면 아이의 입양 절차를 앞당길 수

* 1972년에 제작된 동명 영화의 주인공으로, 드라큘라에 물려 흡혈귀가 된 흑인 왕자.

** 흑인 남성과의 관계를 즐기는 백인 여성을 일컫는 말.

있기 때문이랍니다. 아이가 새 가족을 얻을 수 있게요. 담당자가 저한테 이런 얘기도 해줘서는 안 된다고 하더군요. 이 정도 확인해주는 것만 해도 크게 배려하는 거라고. 그 담당자가 말해줄 수 있는 건, 당신의 형기를 감안해 친권은 말소되었고 아이는 이제 정부 소관이라는 게 전부였습니다."

"정부 소관인 건 나죠. 잭슨은 어린아이일 뿐이에요. 그 어디의 소관도 아니라고요."

"제가 들은 얘기는 아이의 후견인이 주정부라는 거예요. 위탁 돌봄을 받고 있다는 뜻인 듯합니다."

"어디서요, 혹시 알아요? 제가 편지를 쓸 수 있을까요?"

"제대로 이해하지 못한 것 같군요." 그가 말했다. "저도 마찬가지였어요, 설명을 듣기 전까지는. 지금의 아동복지 행정기관 내에서 당신 아이의 행방을 찾는 건, 완벽한 타인의 개인정보를 찾는 거나 마찬가지입니다. 이 경우엔 타인이 접근 가능한 어떤 기록도 남지 않았고요. 겹겹이 구축된 미성년자 개인정보보호법에 의거해서요."

"하지만 난 그애 엄마예요. 저들도 날더러 그애 엄마가 아니라고 말할 순 없는 거예요. 아이에겐 엄마가 필요해요. 왜 이렇게까지 하는 거죠?"

나도 알고 있었다. 내 목소리의 톤을, 내 얼굴을 표정을. 이 남자, 전달자에 지나지 않는 그에게 내가 덤벼들고 있다는 것을. 마치 그가 가져온 이 소식이 그의 잘못이라도 된다는 양. 하지만 다급함에 소리치는 나 자신을 멈출 수 없었다.

—

그날 밤 교도소에 폐쇄 조치가 내려지는 바람에 새미와 얘기할 수 없었다. 꼼짝없이 수감실에 갇혔다. 코넌에게 갔다. 다시 코넌에게로. 눈물을 도저히 주체할 수 없다는 사실과, 내 아이의 보호자가 내가 아니라는 사실이 구치소의 첫날밤에 느꼈던 무기력하고 비현실적인 기분으로 나를 다시 몰아넣었다. 나는 돌이킬 수 없는 짓을 저질렀다. 하지만 잭슨, 그애는 아무 잘못도 하지 않았다. 무고하다. 그리고 이제는 미아가 되어 세상에 내던져졌다. 사랑도 없이, 아무도 없이.

내가 진정할 수 있게 되자 코넌이 얘기를 하나 들려주었다.

"남동생과 나는 어렸을 적에 할머니랑 살았어. 할머니네 집은 선랜드였고. 거기 말 농장들이 있었거든. 할머니 집엔 마당도 있었어. 시골이나 마찬가지였지. 우린 할머니를 사랑했고, 함께 사는 것도 좋았어. 그런데 어느 날 엄마가 나타나서는 나랑 동생을 데려가겠다는 거야. 이제부터 엄마와 살 거라고. 우린 엄마를 잘 알지도 못했는데. 엄마가 우릴 키우지 않았으니까. 할머니와 엄마가 싸우기 시작했어. 엄마가 할머니를 두들겨패더라고, 우리가

396

보는 앞에서. 부엌에서 할머니를 마구 때렸어. 우린 할 수 있는 게 아무것도 없었어. 그냥 울기만 했지. 무서웠어. 내가 일곱 살, 동생이 다섯 살이었어.

어쩔 수 없이 엄마랑 엄마 남자친구랑 벨가든스에서 살게 됐어. 그 남자친구란 놈은 일등급짜리 개새끼였지. 내 동생을 괴롭혔어. 왜냐고, 나도 몰라. 아마도 남자애였기 때문일까. 내가 열한 살이 되고부터는 날 괴롭히기 시작했지. 근데 다른 방식으로. 그 좆같은 놈이 날 강간했어. 한 번 그러고 말았던 게 아냐. 점점 당연한 일처럼 되어갔지. 그래서 나랑 동생은, 내가 열두 살이고 걔가 열 살 때, 집을 나왔어. 선랜드에 있는 우리 할머니한테 가겠다는 생각을 했던 거야. 할머니랑 엄마는 연락을 끊고 살았으니까 본 지도 오래였지. 난 할머니네 집을 기억하고 있었어. 정확히 어디인지 알았어, 중앙 대로에서 나와서 위쪽. 버스를 탔지. 거기 도착하기까지 오래 걸렸어. 계속 버스를 잘못 탔거든. 그러다 마침내 가까워졌어. 그 집으로 걷는 동안 동생은 한창 신이 나서는 끝없이 할머니 얘기를 했어. 할머니가 했던 요리랑 웃기고 구식이었던 말버릇이랑 그런 것들을 떠올리려고 애썼지. 할머니가 소파에서 자던 모습도. 우린 할머니가 침대에 가서 자는 걸 본적이 없어. 보초 근무라도 서는 것 같았다니까. 우릴 지키려고. 잠깐이라도 쉬는 법이 없었지. 할머니는 소파에서 잤어. 우리가 뭐라도 필요로 할까 기다리면서.

집에 도착했는데, 난 옳게 찾아갔다고 확신했지만 할머니는 더 이상 거기 살지 않았어. 그 집 사람들이 그러더라. 할머니가 죽은 뒤에 자기들이 이사왔다고. 할머니가 돌아가셨는데 우린 몰랐어. 그렇게 덜컥 선랜드에 있게 된 거야. 돈 한 푼 없이, 할머니도 없이, 오갈 데도 없이. 그날 밤은 공원에서 잤어. 다음날 히치하이킹을 시작했고. 그렇게 도착한 곳이 샌타바버라. 잠은 해변에서 자고, 먹을 걸 찾아 쓰레기통을 뒤졌어. 거기서 기차에 몰래 타서는 차장이 지나갈 때마다 화장실에 숨었는데, 사람들이 하도 노크를 해서 모험을 걸기로 하고 그냥 좌석에 앉았지. 동생이 아프기 시작했어. 바지에 똥을 싸고 기차에 토했어. 애는 아파서 제 몸도 못 가누는데다, 우린 표도 없었지. 차장이 와서 이러는 거야. 너희 여기 있으면 안 된다. 그래서 다음 역에 기차가 서고 나서 우린 쫓겨났어. 동생은 엉망이었지. 온몸이 불덩이에, 어디인지도 모를 도시의 기차역 승강장에 누운 채. 우린 경찰이 끼어들까 두려웠어. 놈들이 엄마한테 전화할까봐. 그렇게 엄마한테, 엄마랑 같이 사는 개새끼한테 돌려보내질까봐.

어떤 남자가 도와주겠다고 했어. 경찰을 부르지 않겠다고 약속했고. 그가 우릴 구세군으로 데려갔어. 거기 사람들이 동생을 침대에 눕혔어, 시트랑 뭐랑 다 있는 곳에. 그리고 그애를 돌봐줬지. 그 사람들이 그러대. 동생이 이질에 걸렸고 하마터면 죽을 수도 있었다고. 그들이 동생을 쉴 수 있게 해주고 낫도록 도와줬어.

깨끗한 옷도 줬어. 나한테는 스파게티랑 미트볼도 먹여줬어.

저 밖엔 좋은 사람들도 있는 법이야." 코넌이 말했다. "진짜로 좋은 사람들이."

23

  박사의 십대 시절, 리처드 닉슨 대통령이 〈그랜드 올 오프리〉
에서 공연했다. 박사와 양부 빅은 TV로 그 장면을 지켜보았다.
1974년 봄이었고, 닉슨의 명예는 이미 땅에 떨어졌으며, 사악하
고 늙은 빅은 그 사실에 격분했다. 그는 닉슨에게 끝까지 충성을
바친 사람이었다.

  내슈빌에 새로 지어진 거대한 공연장의 무대에 닉슨 대통령이
올라 오프리랜드 USA*에 모인 관중들에게 인사했다.

  관중들의 환호가 가라앉자 닉슨 대통령은 컨트리음악이야말
로 미국 혼의 심장이라고 말했다. 근본적 가치들과 가족애, 하느

---

  * 1970년부터 1997년까지 운영된 미국 내슈빌의 유원지.

님을 향한 사랑과 국가를 위한 사랑을 칭송하는 전통음악이라고. 애국적이고 기독교적이라고.

"컨트리음악은 이 땅에서 시작된 우리의 것입니다." 그가 오프리랜드의 관중에게 말했다. TV랜드의 사람들 또한 그의 말을 듣고 있었고, 상고머리를 한 귀가 큰 미국 소년들도 마찬가지였다. 당시 열일곱 살에 팔다리에는 뼈마디가 불거졌고, 늘 꼴리고 우울했던 박사가 그랬듯이.

"타인이나 타국으로부터 배워 온 것이 아니며, 빌려 왔거나 물려받은 것도 아닙니다. 컨트리음악은 우리가 미국적이라 말하는 그 어떤 것보다도 우리 고유의 것입니다. 미국의 기개를 드높여야 할 순간들이 올 때, 그 기개에 필수적인 가치들 또한 담고 있습니다. 컨트리음악은 미국의 심장에서 태동했고, 미국의 심장 그 자체입니다. 〈그랜드 올 오프리〉에 축복을." 그가 말했다. "그리고 우리…… 미국에도…… 축복을!"

오프리랜드의 관중들이 열광했다.

닉슨 대통령이 피아노 앞에 앉아 건반을 두들기며 〈갓 블레스 아메리카〉를 형편없는 스타일로 연주하는 동안 그의 손은 위아래로 젖혀졌다 내려지는 기계식 레버 같았다. 연주가 끝나자 로이 에이커프가 손바닥에서 요요를 늘어트리며 등장했다.

공연장에 모인, 그리고 제 집 카펫에 누운 귀가 큰 소년들이 일제히 돌연 활기를 띠며, 로이 에이커프가 그토록 우아하게 요요를 다루는 모습을 지켜보았다.

미시시피 출신 저그밴드*가 연주를 시작했다. 가슴이 떡 벌어지고 중음의 목소리를 내는 가수가 시작한 노래는, 전기톱으로 노변의 맥줏집을 부숴버린 펄프원목 운송기사의 얘기였다.

그 남자가 왜 그랬냐고? 이유는 노래에 나와 있었다. 맥줏집의 바텐더가 그를 무식한 촌놈이라고 부르며 시원한 맥주를 팔지 않았거든. 그래서 그곳을 뭉개버렸다.

다음으로는 건전한 컨트리음악을 좋아했던 닉슨 대통령을 대접하고자 태미 와이넷이 나와 〈D-I-V-O-R-C-E〉를 불렀다.

로이 에이커프가 〈렉 온 더 하이웨이〉를 노래했다.

찰리 루빈이 〈사탄 이즈 리얼〉을 불렀다.

윌마 리와 스토니 쿠퍼가 〈트램프 온 더 스트리트〉를 공연했다.

포터 워거너가 관중의 환심을 살 곡으로 고른 것은 〈러버 룸〉이었다.

로레타 린이 〈돈 컴 홈 어-드링킹〉을 열창했다.

"우리의 사랑하는 형제, 밴조 연주자 데이비드 '스트링빈' 애커먼을 기리며 잠시 묵념하겠습니다." 그랜파 존스가 관중에게 말했다. "스트링빈도 오늘밤 이 자리에 있었어야 했는데요. 그는 제 가장 친한 친구였습니다. 이웃이자 사냥 동료였습니다. 그리

---

* 술병을 비롯해 홈메이드 악기로 연주하는 밴드.

고 가장 중요하게는, 여기 모인 우리 오프리 가족의 일원이었습니다. 여러분도 알고 있듯 넉 달 전, 그는 멋진 아내 에스텔과 함께 살해당했습니다. 디커슨 로드 출신의 두 몹쓸 인간들 손에요. 긴 셔츠에 몽땅한 바지를 입었던 이 소박한 남자와, 옛 시절 마운틴뮤직*을 향한 그의 애정을 함께 기리도록 합시다."

장내가 고요해지자 닉슨 대통령의 얼굴이 차가운 플라스틱처럼 변했다. 그 모습이 꼭 전문 문상객, 음침하고 격식 있는 분위기를 조성하려 주최측이 데려온 누군가처럼 보였다.

커즌 미니 펄이 등장해, 이 특별한 행사를 위해 대통령 경호원에게 몸수색을 당한 후에 한번 더 당하고 싶어 다시 줄에 가서 섰다는 얘기를 하자 분위기가 밝아졌다. 그녀는 근친교배와 근친상간에 대한 농담을 했고, 질투심이 지나친 나머지 애인이 자는 동안 그를 감시해줄 불도그를 구했다는 내용의 노래를 했다.

델 리브스가 고속도로 광고판 속 홀딱 벗다시피 한 여자와의 섹스를 꿈꾸는 트럭 운전사에 대한 노래를 불렀다.

포터 워거너가 〈더 퍼스트 미시즈 존스〉를 노래했다. 가사에 등장하는 남자 미스터 존스는 첫번째 아내를 죽였고, 두번째 미시즈 존스가 된 여자에게 만약 자신을 떠난다면 첫번째 아내 꼴이 날 거라고 경고했다.

---

* 애팔래치아산맥 남부에서 생겨난 민속음악.

경찰의 눈을 피해 달아나는 밀주업자에 대한 노래도 있었다.

또다른 곡에서는 남자가 자기 아내를 죽여 파묻었으나, 그녀가 바가지를 긁는 소리는 밤새껏 그대로였다고 했다.

오프리랜드의 관객들 사이에서 시끌벅적한 웃음이 터졌다.

닉슨 대통령은 무대 왼쪽에 앉아 있었다. 늘어진 턱살, 제왕적이고 뻣뻣한 자세. 이 위대하고 위대한 국가의 대통령은 그 과하게 긴 팔로 의자의 양옆을, 무슨 트랙터의 쏠림방지 장치라도 되는 양 붙들고 있었다.

24

야생사과의 경이로움을 찬양하는 글에서 소로는 그것들이 오직 야외에서 먹을 때만 맛있음을 시인한다. 소요객의 사과*를 부엌 식탁에서 먹는다면 제아무리 소요객이라도 먹기 힘들 거라고 말한다. 야생사과의 쓰디쓴 풍미는 아름다운 가을날의 산책이라는 맥락 속에서 최상으로 합리화될 수 있는 것이다. 고든 하우저는 기회가 될 때마다 집을 나서서 벌목길을 따라 오르고 연방 관할의 방목지를 통과해 수킬로미터를 걸었다. 짐승의 두개골, 엽총 탄피, 골동품 병 매립지를 발견했는데 개중에는 심지어 깨지지 않은 것도 있었다. 그의 오두막 위쪽, 가축들이 다니는 길에서

---

* 소로의 글에 등장하는 야생사과의 한 종류.

고든은 쌍살벌이 만든 벌집을 발견했다. 반쯤 뭉개진 채 길 위에 놓여 있는 헬멧 같았다. 고든은 벌집을 안으로 가지고 들어가 테이블 위에 두었다. 장대하고 불가사의하며 반쯤 찌그러지고 찢긴 채 열려 있는 것을.

고든은 종종 어둠이 내릴 때까지 밖에 머물며 밤으로의 느린 전환을 지켜보았다. 그 전체 과정을 시작부터 끝까지 보는 것이 좋았다. 최후의 빛이 사라질 때면 가면올빼미 소리가 들렸다. 수리부엉이. 가끔은 외양간올빼미. 어느 5월 저녁, 고든은 땅에서 깃털을 펄럭이며 떠는 올빼미 한 마리를 발견했다. 수고양이만큼이나 큰 머리가 털로 뒤덮여 있었다. 녀석은 끽끽거리는 소리를 내며 날카로운 발톱이 달린 거대한 발로 고든에게서 멀어지려 기를 썼다. 두 눈은 인간다웠고, 둥근 동공은 사람의 것 같았다. 눈꺼풀도 그러했다. 녀석이 눈을 끔뻑이며 빤히 쳐다보았다. 고든은 올빼미가 부상을 입었다고, 조치해주지 않으면 포식자에게 먹힐 거라고 생각했다. 집으로 가서 전화를 걸었다. 고든 자신, 그리고 그가 주고받는 전화들. 지금은 딱 그만큼이 사생활의 범위였다. 관료기관과 연락하기. 카운티 보안관은 녀석이 둥지에서 떨어진 어린 올빼미일 것이며, 이맘때 흔한 일이라고 얘기해주었다. "아기 때 깃털을 털어내고 날아오르는 시기거든요." 그녀가 말했다. 고든이 돌아갔을 때 녀석은 사라지고 없었다. 한번은 황혼녘에 나무 사이에서 녀석을 보았다고 생각했다. 다른 올빼미였을 수도 있지만 그 풋내기 녀석이었다고 생각하고 싶었던들 해될 건 없었다.

산책을 마치면 단칸방 생활의 주식이었던 통조림 수프로 저녁을 해결한 뒤 인터넷에 접속했다. 온라인 세계에서 갖게 된 나쁜 습관. 그 중독의 갈고리는 힘들이지 않고 재빠르게 그를 낚아챘다. 그는 그들의 이름을 돌리기 시작했다. 교도소 여자들이라면 그렇게 표현할 터였다. 그들에게 누군가의 이름을 돌린다는 건, 저 밖의 인간 구글에 연이 닿아 있거나, 여기저기 묻고 돌아다니는 것을 의미했다.

그에게 이름 하나를 돌려달라고 부탁했던 수감자는 슬픈 내막이 전부 적힌 사건 파일을 다시 보려는 것도, 보기 불쾌한 머그샷을 찾아 헤매는 것도 아니었다. 전체 공개되는 머그샷의 경우 특히 플로리다와 캘리포니아에서는 주정부 공무원들이 담당하면서, 인생을 말아먹은 자들의 상당 비율을 그 지역 출신들이 차지하고 있는 것처럼 보이게 만들었다. 이미지는 하나같이 똑같았다. 열악한 조명과 구금장 배경. 그것을 보정하는 건 인생에서 뜯겨나와 체포되고 번호가 매겨지고 먹히고 노출당한 이들의 사나운 눈과 헝클어진 머리였다.

범죄 자체를 둘러싼 트라우마와 가난에 대한 상세한 내용들은 그 사건이 언론의 주목을 받았거나 법정 기록 혹은 사건 개요가 온라인상에 공개되어 있으면 접근이 가능했지만, 누군가의 이름을 돌려보는 수감자들이 필요로 하거나 묻는 건 그런 게 아니었다. 여자들이 확인하고 싶어하는 것은 수감실 동기, 사동 동기, 작업장 동료, 기도 모임 회원, 친구, 섹스하는 친구, 혹은 앙숙이 아이를 해쳤거나 공범에게 불리한 증언을 했는지 여부였다. 이 두 유형만큼은 확인을 거칠 필요가 있었다. 베이비 킬러와 밀고자들.

고든이 검색할 것은 그보다는 열린 결말이었다. 그는 자신이 무엇을 찾고 있는지 몰랐다. 사실을 획득하는 과정으로부터 어떤 균형을 이뤄낼 수 있기를 희망했다. 동시에 이 사실이니 균형이니 하는 것들이 스스로에게 하는 거짓말이라는 생각도 들었다. 자신과는 아무런 상관 없는 지저분한 내막들을 좇고 싶은 마음에서 비롯된.

수감자들의 교제 윤리에 따르면 상대가 무슨 일로 기소되었는지는 묻지 않도록 되어 있었다. 묻지 않는 게 상식이었다. 그렇게 묻는 행위에는 너무도 지독한 비난이 따르는 나머지 개인적 추측조차 용납되지 않는 듯했다. 사람의 인생을 결정지은 사실들에 대해서는 궁금해하지 않아야 했다. 고든은 진실에 대해 니체가 했던 말을 마음에 품고 살았다. 인간은 스스로 감당할 수 있을 정도의 진실만 부여받는다는 말. 어쩌면 고든은 진실이 아니라, 진실을 감당할 수 있는 자신의 한계가 어디까지인지를 찾고 있었던 것이다. 몇몇 이름은 검색하지 않았다. 로미 홀의 이름을 검색하는 것에 저항하며 그 유혹의 방향을 바꿔 다른 이들을 조사했다.

가장 먼저 찾아본 인물은 산체스, 플로라 마르티나 산체스, 수 감자들 사이에서 버튼이라 불리는 여자였다. 그녀의 사건은 온 인터넷에 퍼져 있었다. 산체스와 다른 십대 두 명이 서던캘리포 니아대학교 캠퍼스 근처에서 중국인 대학생을 폭행했다. 그는 의 대생이었고, 모국의 산아제한 정책에 따라 그 가족이 가질 수 있 었던 유일한 아이였다. 산체스의 자백을 빌리자면, 그 대학생이 그녀를 '가라테 춉'*하려고 했다. 자백 과정에서 세 사람 모두 이 렇게 진술했다. 자신들이 야구방망이로 두들겨패는 사이에 피해 자가 웬 외국어로 울부짖었다고. 방망이는 워스사의 녹색 알루미 늄 제품이었다. 거기에 두 남자애와 산체스의 지문이 묻어 있었 다. 산체스는 미란다 원칙을 써먹지 못했다. 그들 모두가 써먹지 못했고 자백했고 재판에 붙여졌으며 가석방 없는 종신형을 선고 받았다.

그들은 자신들이 무슨 일을 벌이는지 몰랐다. 글을 계속 읽어 나갈수록 고든의 확신은 강해졌다.

대학생에게 강도질을 할 때 그들은 자신들이 무슨 일을 벌이는 건지 몰랐다. 그 학생을 죽일 때는 그나마도 더 몰랐다. 이튿날 아침에 각각 연행되어 조사를 받으러 갔을 때, 부모도 변호인도 동석하지 않은 상태에서 강력계 형사에게 마음대로, 자기 좋을

---

* 가라테에서 손으로 내려치는 동작.

대로 얘기할 때도 자신들이 무슨 일을 벌이는지 몰랐다.

"부자일 거라고 생각해서 그 사람을 골랐어요, 동양인이잖아요." 남자애 하나가 말했다. 그들은 그저 그의 책가방을 원했을 뿐이었다. 죽이려던 게 아니었다. 대학생은 겨우 집으로는 돌아갔다. 룸메이트는 닫힌 방문 너머에서 그가 코를 훌쩍거리는 소리를 들었다. 감기에 걸린 거라고 생각했다. 피를 뱉어내느라 코를 훌쩍이는 거라고 생각할 이유가 없었다.

고든은 해가 되는 일을 하지 않는 것이 먼저라는 히포크라테스 선서식 믿음을 교사로서만이 아니라 한 인간으로서도 품고 있었다. 이런 염탐이 해가 될지도 몰랐다. 그래도 어쨌든 계속했다.

신문에 실린 세세한 내용들 전부가 하나의 초상, 일련의 인상들을 만들었다. 고든이 만난 건 저 반대편의 버튼이었다. 열두 살처럼 보이는 갈 곳 잃은 어린 소녀. 언젠가 수업에서 고든의 칭찬에 산체스가 미소 짓던 때, 그애의 어린 본바탕을 보았다. 너무도 어리숙하고 밝은 그 미소에 눈길을 돌릴 수밖에 없었다.

폭력이라는 단어가 남용되면서 공허하고 예사로운 말이 되었다고 해도 거기에는 여전히 위력이, 어떤 의미가 담겨 있었다. 다만 그 의미가 다양해졌을 뿐. 엄연한 폭력에 해당하는 행위들이 있었다. 가령 사람을 때려죽이는 것처럼. 직업과 안정적인 주거와 적합한 교육의 기회를 빼앗는 추상적 폭력도 존재했다. 대규모로 자행되는 폭력도 있었다. 거짓말과 실수가 난무하는 허울만 그럴듯한 전쟁, 끝나지 않을지도 모를 그 전쟁의 대가로 한 해에만 수만 명에 달하는 이라크 민간인들의 생명을 앗아간 경우가 그랬다. 그러나 검사측에 따르면 진정한 괴물들은 버튼 산체스 같은 십대였다.

그런 사고방식의 근저에서 폭력은 육체에서 육체로의 주먹질과 가격과 난자를 의미했다. 그런 사람들이 교도소에 갔다. 어떤 종류의 자비도 허락받지 못했다. 고든 하우저의 수업에 등록했다. 독서를 하거나 하지 않았다.

이런 난감한 진실에 마음껏 빠져든 후 고든은 그들이, 버튼과 친구들이, 그 가여운 학생을 죽이고 제 삶을 망쳐버린 이유를 단번에 이해했다.

그들에게 그 대학생은 사람이 아니었다. 그것이 이유였다. 하나의 온전한 인간으로 알고 있는 누군가였다면 해하지 않았으리라. 그들에게 그 대학생은 외계의 존재였고, 그의 유창한 중국어는 그들이 결코 숙고해볼 리 없는 무언가였다.

대학생은 코를 요란스레 훌쩍거렸다. 룸메이트는 법정에서 눈물을 쏟으며, 그리고 중국어 통역사를 통해, 그가 감기에 걸린 것이라 생각했다고 증언했다.

고든이 거듭해서 본 사진이 한 장 있었다. 법정에 있는 어린 산체스와 공동피고인들을 찍은 사진. 터프한 꼬마 자세로 불량하게 앉은 그들 모두 안경을 쓰고 있었다. 산체스의 선생인 고든은 그녀가 안경을 쓴 모습을 한 번도 본 적이 없었다. 그들의 국선변호인이 안경을 요청하라고 고집했을지도 모를 일이다. 주립 구치소에서 받을 수 있는 몇 안 되는 의료서비스 중 하나가 도수 안경이었으며, 그게 아니라면 변호인들이 직접 월그린*에 가서 '한 도수로 모든 독자를 커버하는' 안경을 사다주었을 수도 있다. 자기 자신의 형사재판에서조차 따분하다는 듯 산만한 모습을 보이며 일제히 안경을 쓴 그들의 사진을 보고 있자니 산체스를 향한 증오심이 일었다. 안경은 배심원단의 인식을 바꿔놓으려는 의도였다. 진실을 왜곡하려는 의도였다. 그러나 고든은 이 느닷없는 증오심에 오히려 자기혐오를 느꼈다. 그리고 어쩌면 유무죄를 축으로 삼아 바라볼 일이 아닐지도 몰랐다. 사람들의 삶은 이유 없이 꼬이기 마련이었다.

산체스의 사건에 대해 읽는 동안 고든은 8차선 고속도로를 걸어서 건너려는 듯한 심정이 됐다. 왜 그녀가 피해자인지 나름의 논지를 정리한 찰나, 그는 한 소년원 상담사의 말을 인용한 기사를 찾았다. 상담사는 산체스가 자신이 저지른 범죄에 대해 하는 말을 우연히 들었다며 이렇게 증언했다. "우리가 그 사람을 털어서 챙긴 것도 하나 없는데." 산체스가 했다는 말이었다.

---

* 약국과 건강식품점을 겸한 체인점.

최악의 밤들이었다. 낮 동안의 빛 속에서는 기분이 나아졌다. 스탠빌로 향하는 굽이진 내리막길, 끝부분이 초록색에 앙고라털처럼 보드라운 산비탈 잔디, 오크나무 가지들에 거대한 벌집처럼 하트 모양으로 엉켜 군집하는 겨우살이덩굴들을 운전해 지나면서 그는 자신이 판단할 문제가 아니라는 것을 알았다. 판단할 수 없다. 왜냐하면 알지 못하니까.

대학교와 대학원에서 보낸 시간 덕분에 고든은 부유한 아이들에게 익숙했다. 풍족하게 자란 아이라면 바이올린이든 피아노든 악기 하나쯤은 연주했다. 토론 동아리에 속해 있었다. 밑단을 세심하게 처리한 특정 브랜드 청바지를 선호하고, 아빠의 렉서스에서 친구들과 함께 시가를 뻐끔거리거나 마리화나를 피우고, 그러다가 SAT 과외에 늦거나 했다. 그러나 너무도 많은 아이들이 그런 것과는 다른 방식으로 자랐고 다른 대접을 받았다. 리치먼드 혹은 이스트오클랜드, 혹은 산체스처럼 사우스LA 출신이라면 날 때부터 사실상 자기 동네와 무리를 대표하도록, 열심히 대변하고 긍지를 갖고 모질어지도록 훈련받았을지 모른다. 숫자 많은 형제들을 지켜보며 학교를 졸업하거나 안정적인 직장을 갖는 사람이 거의 없다시피 하다는 걸 일찍이 알았을지도 모른다. 가족 구성원들이, 소속 공동체 전역의 사람들이 교도소에 있으니 결국 그곳으로 흘러들어가는 건 인생의 당연한 일부였다. 그러니까 태어날 때부터 이미 좆된 것이다. 하지만 부자 아이들이 그렇듯 토요일 밤을 즐기고 싶은 마음이야 그애들도 같았다.

아이들은 누구나 긍정적인 자아 이미지를 추구한다. 아이들 모두가 그러고 싶어한다. 그걸 획득하는 방법이 다른 것이다.

'탱크톱 금지'. 청소년 지도 센터의 안내문에 적혀 있었다. 법정에 엉망인 몰골로 나타나서는 안 된다는 사실조차 모르는 부모의 존재를 가정해서였다. 그 안내문은 이렇게 말하고 있었는지도 모른다. '네 가난의 악취가 새고 있다.'

———

살인에 대한 고든의 앎은 인생 대부분의 기간 동안 문학에 국한되었다. 라스콜니코프는 전당포 노파를 죽였다. 자신의 인생을 파괴하고 꿈의 시대로 옮겨가기 위한 라스콜니코프의 열에 들뜬 결심이었다. 열은 사라지더라도 깨지지는 않을 꿈을 위해. 그는 지독히도 가난한 대학생이었다, 고든이 그랬듯이. 도스토옙스키의 작품 속 모든 것이 잡석으로 무너져내리는 과정은 차라리 우습기까지 했다. 무겁고 놋쇠로 만들어진 무언가처럼 들리는 단어. 잡석. 그것들을 양말에 넣어라, 자물쇠라도 채울 것처럼, 그리고 빙 휘둘러라.

『카라마조프가의 형제들』 말미에서 알료샤는 소년들에게 그들이 친구로서 사랑했던 망자, 세상을 떠난 그 아이의 삶을 기리고 칭송하면서 나누는 좋은 감정을 영원히 간직하라고 부탁한다.

"영원히 간직합시다." 알료샤가 말한다. 그가 의미하는 것은 일종의 해독제다. 일생일대의 가장 온전한 감정인 순수함을 간직하라. 그러면 네 일부나마 영원히 순수한 채로 남을 것이다. 그 일부는 나머지 전체보다 가치 있는 것이리니.

———

산체스는 교도소에 있었고 거기서 죽을 터였다. 그간 접견하러 온 사람이 아무도 없었다고 얘기했다. 그가 아는 여자들 중 극소수만이 접견에 나갔다. 그가 물을 때면 여자들은 변명했다. 보러 오는 이가 아무도 없다는 데 느끼는 창피함이었다. 그게 자신의 불명예가 아니라는 생각을 그들은 하지 못했다. 접견을 오려면 믿을 만한 차편과 휴가, 연료비, 식대, 숙박비에 접견실의 고가 자판기에서 쓸 돈이 필요하다는 현실이 수감자들 자신의 잘못은 아니라는 생각을 하지 못했다.

고든은 다른 수감자들을 계속 검색했다.

이런 행동을 하는 이유가 어떻게 보면, 실은 가장 궁금하고 가장 등돌리기 망설여지는 그 사람에 대해 찾아보는 일을 미연에 방지하기 위해서임을 그도 알고 있었다.

혼치 않은 이름이므로 찾기는 쉬울 터였다.

그녀에게 아들의 소식을 전한 장본인이 되었다는 죄책감을 떨쳐버리기 힘들었다. 그 일을 계기로 느끼게 된 감정이 마음에 들지 않았다. 그녀에게 힘을 행사하는 사람이 된 듯한 기분, 그것도 그녀의 필요를 빌미로. 교육장에서는 그런 생각들이 사라졌다. 그녀가 개인적인 필요를 드러내지 않았으니까. 질문에 생산적으로 답해준다는 점에서 의지할 수 있는 교육생이었고, 그 덕분에 다른 교육생들도 그와 함께하고 있다고, 유체이탈을 하지도 반감을 품지도 않는다고 되뇔 수 있었다. 그녀는 그의 농담에 곧잘 웃었고, 그녀가 말하는 걸 듣고 있으면 이 일의 가치에 대한 그의 주장이 옳음을 확인받을 수 있었다. 문학을 읽고 논할 수 있는 존재로부터 그녀가 혜택을 받고 있음이 명백했으니까. 하지만 설령 그게 진실인들, 그 전체가 하나의 장대한 거짓일 뿐이었다. 고든은 그녀에게 마음을 빼앗겼고, 그녀는 금지된 존재였다. 그는 빈번히 그녀를 생각했다. 교정본부가 그의 공상까지 순찰하지는 않았으므로.

"녹색섬광 본 적 있어요?" 수업이 끝나고 그녀가 물었다. "오션 비치 아래서요."

"없습니다." 그가 답했다. 일몰 때 지는 해의 위쪽 가장자리가 녹색으로 보이는 시각 효과라고 그녀는 설명했다. "저도 본 적은 없어요." 그녀가 말했다.

"거기서 노숙하는 아일랜드인 주정뱅이들이 지어낸 얘기가 아닌 게 확실합니까?"

그녀가 웃었다. 둘은 교육장 트레일러 밖에 서 있었다. 해가 늦게 지는 6월의 저녁이었다. 계곡의 연무 덕분에 황금색으로 은은해진 햇빛이 비스듬히 그녀 눈 속으로 들어가 홍채를 채웠다.

나를 바라보는 누군가를 바라보는 것은 가장 강력한 마약이다.

"홀, 이동한다!" 교도관 하나가 소리쳤다. 저녁점호 시간이었다. "움직여, 당장! 움직이라고 했다!"

———

고든은 일몰 때의 녹색섬광을 검색해보았다. 실제로 존재했다. 빛의 물리학에 대해 장황한 설명을 늘어놓은 웹사이트들이 있었다. 그녀의 이름 세 단어를 쳐보지는 않았다. 대신 다른 이들의 이름을 계속 검색했다. 베티 라프랑스, 전속미용사의 주차 공간을 빼놓으라고 교도관에게 요청했던 여자. 베티, 그가 편지를 대신 부쳐주었던 사람. 후에 남자친구가 어떻게 지내는지 물었을 때 그녀는 이렇게 대답했다. "목 졸려 뒈지게 만들었지." 거짓말이 분명했지만 그녀가 그렇게 내뱉을 때 온 팔에 소름이 돋았다. 교도소 펜팔 사이트에서 그녀의 페이지를 찾았다.

"싱글. 놀아날 준비 완료. 복고풍 여자. 샴페인, 요트, 도박, 스포츠카, '아주' 비싼 스릴을 즐김. 날 감당할 수 있겠어? 알아보려면 편지해."

사이트 이용자를 위해 베티 라프랑스가 의무적으로 답해야 하는 기본 질문들이 있었다.

이감되어도 괜찮습니까? (네).

무기수입니까? (아니요).

그러나 그 아래, 사형수입니까? 하는 질문에는 표시해야만 했다. (네).

캔디 페냐와 관련해서 고든은 그녀의 모친이 애너하임 디즈니랜드 내 영업소들을 관장했다는 사실을 알게 되었다. 캔디 페냐는 맥도널드에서 일했다. 그곳 관리자는 피고측 증인으로 나와 그녀가 어떤 문제도 일으킨 적 없었다고 증언했다. 캔디 페냐가 죽인 피해자, 그 어린애의 친모는 사형선고가 내려지자 법정에서 환호성을 질렀다. "그렇지!" 하고 소리쳤다.

고든이 다음으로 찾은 것은 그후 피해자 친모의 발언을 인용한 기사로, 그녀는 자식을 잃어본 경험자 입장에서 캔디 페냐의 어머니에게 측은함을 느낀다고 말했다.

런던. 처음에는 아무것도 검색되지 않았다. 수감자들은 런던을 코넌 혹은 바비라고 불렀다. 고든은 '바비 런던'을 쳐보았고, 옐프*에서 동명의 로스앤젤레스 소재 레스토랑에 대한 내용을 찾왔다. 그 레스토랑의 인기 리뷰 1, 2, 3위는 시작이 전부 똑같았다. "좆까라, 바비 런던!"

그의 이름이 로베르타였다는 게 기억났다. 빙고. "무장강도로 기소 후 남자 교도소에 수감된 남장여자." 다른 헤드라인. "주정부의 바보짓." 런던은 남자로 가장하기는커녕 고든이 만나본 중 가장 꾸밈없는 사람이었다. 런던은 런던이었다.

런던은 이미 강도 전과가 있는데다 투 스트라이크 상태였으며, 이번 사기죄로 삼진 아웃을 당한 듯했다. 부도수표를 발행했다는 죄로 종신형을 살고 있었다.

이 모든 사람들.

그가 생각해낼 수 있는 모든 이름들. 로미 레슬리 홀이라는 이름을 쳐보는 걸 피하기 위하여.

제로니머 캄포스, 고든의 초상화를 그린 사람. 보아하니 그녀는 인랜드엠파이어 어딘가의 교각 너머로 남편의 몸통을 던진 모양이었다. 먼저 몸통이, 나중에 머리가 발견되었는데 거기 박힌 총알이 제로니머 앞으로 등록된 총에서 발사된 것이었다. 알리바이도 없었다. 그녀의 욕조와 차량, 남편이 실종된 당일에 그녀가 입었던 옷가지에서 혈흔이 검출되었다.

제로니머는 수감자 상담 모임에 소속되어 있었고, 배움의 의지

---

* 미국 주요 도시의 상점 정보를 검색하고 이용 후기를 올릴 수 있는 웹사이트.

가 있는 수감자들에게는 가리지 않고 인권법을 가르쳤다. 그녀는 교도소의 원로였다. 우편주문 제도를 활용해 준학사 학위를 취득했고 무결점의 수감 기록을 보유하고 있었다. 이러한 복역 내역, 그리고 그녀를 돕고자 조직된 바깥세상 사람들의 지원에도 불구하고 여덟 번의 가석방 심사에서 전부 탈락했다. 제로니머의 다음번 가석방을 지원하는 인터넷 캠페인 페이지도 있었다. 청원에 서명한 사람들은 동의하는 이유를 함께 적었다.

제로니머는 형기를 채웠다.

더이상 사회에 위협이 되지 않는다.

제로니머를 석방하라.

그녀는 가정폭력의 생존자다.

스탠빌 교정시설에 부당하게 수감된 나이든 레즈비언 원주민이다.

레즈비언이 불법은 아니다.

원주민 커뮤니티에서 그녀를 필요로 한다.

그녀는 형을 전부 살았다.

위협이 아니다.

제로니머를 석방하라.

실제로 제로니머는 형을 전부 살았다. 법정이 선고한 형기를 채웠다. 그리고 고든은 제로니머라는 사람을 알았다. 그림 그리기를 좋아하는 노파였다. 모든 말이 옳았다. 이제는 제로니머가 집으로 돌아갈 때였다. 그녀는 저들이 선고한 형기만큼 복역을 마쳤다.

가석방심의위원회. 고든의 상상 속 그들은 헤어스타일을 단단히 고정하고, 공산품 팬티스타킹을 신고, 정치 토론에 나가는 공화당 후보처럼 물결치는 조그만 미국 국기 배지를 달고, 얼굴을 잔뜩 찌푸린 채 한 줄로 나란히 앉은 필리스 슐래플리*의 한 무리였다. 그들 앞에 나갈 때마다 제로니머는 무고를 주장했다. 옹호자들은 그녀가 형기를 채웠고 더이상 위협적인 존재가 아니라고 외쳤다. 제로니머는 가석방 위원들을 마주하고 말했다. "나는 죄가 없습니다." 말도 안 되는 얘기였다. 그러나 고든은 그녀가 그렇게 말한 이유를 이해했다.

제로니머 본인이 저지른 행동을 마주할 방법을 찾는 데 필요했을 어떤 공간도 교도소에서는 제공되지 않았다. 교도소는 매일을 버텨내기 위해 강해져야만 하는 곳이었다. 가석방심의위원회 앞에 나가 이제 나도 스스로를 통찰할 수 있다고, 당신들이 원하고 요구하는 격언 같은 통찰이 내게도 있다고, 그러니 이제는 집에 가도 괜찮다고 입증할 정도가 되기 위해, 제 손으로 저지른 끔찍한 짓을 매일같이, 잔혹한 세부들까지 전부 더해 생각하다보면 실성해버릴지도 모른다. 제정신으로 버티는 것, 그게 중요하다.

---

* 미국 보수주의 정치운동가.

그리고 제정신으로 버티기 위해서는 스스로 납득할 수 있는 설명을 만들게 되는 법이다.

그리고 만약 제로니머가 통찰을 보여준다면, 남편을 죽이던 그날 무슨 생각을 했는지, 어떻게 그리고 왜 일을 벌였으며 이후에 어떤 감정을 느꼈는지, 흥분인지 죄책감인지 부정인지 두려움인지 혐오인지 말해준다면, 자신의 범행을 그리고 범행의 이유를 얼마나 솔직하고 정확하게 인지하고 있는지 보여준다면, 자신의 행위가 피해자와 타인들과 사회에 미친 영향에 대해 터놓고 말한다면, 그 일의 섬뜩한 면면을 전부 꺼내 보인다면, 이를 근거로 가석방심의위원회는 그녀를 풀어줘서는 안 되는 모든 이유들을 새롭게 가동할 것이었다. 그들을 납득시킬 수는 없다. 이길 방도 같은 건 없었다.

그냥 집으로 보내라. 제로니머를 석방하라.

하지만 그 모순, 제로니머가 가석방 위원들을 마주하고 "나는 죄가 없습니다"라고 말하는 동안 바깥의 옹호자들은 "그녀는 형기를 채웠다. 더이상 위협이 아니다"라고 외치는 그 모순이 고든은 마음에 걸렸다.

그럼에도. 제로니머, 산체스, 그리고 캔디, 그들 모두는 고통 속에 살아온 사람들이고 그 고통의 와중에 타인들을 고통스럽게 만들었다. 그런 그들을 일생 동안 고통스럽게 하는 일이 누적된들 정의로 이어지는 건지는 알 수 없었다. 그건 옛 해악에 새로운 해악을 더하는 일이며, 그런다고 죽은 사람이 살아 돌아왔다는 얘기는 들어본 적 없었다.

—

알렉스가 전화하고 이메일을 보냈지만 고든은 그에게 할말이 아무것도 없었다. 모든 생각이 교도소 여자들에게 가 있었고, 말해봤자 즐거울 얘기가 아니었기 때문이다. 말하자면 그는 망명중이었다.

절망적인 심정으로 바레시스에 앉아 있으면서 술집의 다른 사람들, 공사장과 농장에서 일하는 남자들에게 질투를 느꼈다. 그들을 보고 있으면 센트럴밸리는 교도소가 전부인 동네가 아니라는 생각이 들었고, 실제로 그들에게는 그런 동네가 아니었다.

"에이, 이봐, 희망은 널렸다고." 알렉스는 카프카 흉내를 내며 응수했을지도 모른다. "희망엔 끝이 없어. 하지만 거기에 네 몫은 없지, 고든."

처음 보는 가수가 피아노를 치고 있었다. 괜찮은 연주였지만 어쩌면 스탠빌 수준의 괜찮음일지도. 고든은 의도치 않게 좀 취해서는 그녀에게 걸어가 큼지막한 브랜디 잔, 국제 표준이라 할 피아노 팁 박스에 20달러짜리 지폐를 넣었다.

"특별히 듣고 싶은 곡이 있나요?" 여자의 목소리는 행복하고 가벼웠다.

고든은 신청곡을 떠올릴 수 없었다. 팁이야 줄 수 있으니 주었을 뿐이다. "당신의 애창곡을 불러주겠습니까? 혼자서, 아무도 들을 수 없을 때 부르는 노래로."

"〈서머타임〉으로 하죠, 그럼." 그녀가 일말의 망설임도 없이 말했다.

자리로 돌아가면서 고든은 여자 혼자 있을 때 부르는 노래를 낯선 자를 위해 해달라고 요청하는 게 소름 끼치는 영역에 포함되는 건 아닌지 궁금했다. 어떤 사람들은 일상에서, 인생에서 너무도 자연스럽고 당연하게 타인의 영역을 침범한다. 그도 알고 있었다. 그는 그런 사람이 아니었다. 그래도 궁금했다.

여자가 노래를 부르는 동안 고든은 그게 내밀한 노래든 아니든 그녀가 주는 건 아무것도 없다는 사실을 깨달았다. 그녀는 연주를 하고 있었다. 연주는 그녀의 직업이었다. 여자가 〈서머타임〉을 불렀고, 고든은 그저 그런 목소리가 만들어내는 열정적 음역에 정신없이 빠져들었다.

———

"약혼자분의 일은 유감입니다." 어느 저녁, 수업이 끝나고 미적거리던 로미 홀에게 고든이 말했다. 그는 교도관의 감독하에 교육생들이 작업조 교대소를 거쳐 복귀하기 전, 그녀와 함께할 수 있는 시간을 몇 분이나마 늘려보고자 필요 이상으로 꼼꼼하게 복사지를 쌓고 있었다.

"무슨 일이 있었던 겁니까?" 조언자로서 염려하는 말투를 가장하는 게 쉬운 일이라는 걸 고든은 알게 되었다. 실상 경쟁자의 존재 여부를 알아보려 정보를 낚시질하는 순간에마저.

"약혼자 아니었어요. 죽지도 않았고요. 그 사람이 정리한 거죠."

그녀는 사동에 서신으로 만난 남자와 결혼한 여자들이 있다고 했다. "지미는 그런 루저가 아니었어요." 그녀가 말했다. "그에겐 삶이 있었어요. 저 밖에서 그 삶을 살고 있다고 믿어요."

그녀는 교도소 안에 부는 공예 열풍을 비웃었지만 그래도 손으로 할 수 있는 일이 있어 좋다고 했다. "전 장신구를 만들어요." 그녀가 말했다. 고든에게 구해달라고 부탁했던 물건에 대한 설명이었다. 전적으로 믿기지는 않았으나 그래도 어떤 의미에서는 믿었다. 홀로 추측하는 걸 용납하지 않았기 때문이다. 추측은 지긋지긋할 만큼 했다. 그는 곧 스탠빌을 떠날 터였다. 학교로 돌아가 사회복지학 석사과정을 밟을 예정이었다. 국가 경제가 완전히 파탄난 마당에 직장을 그만둔다는 건 경솔한 일일 수도 있겠지만, 세상의 리듬이 개인의 리듬과 언제나 조화를 이루는 법은 아니니까.

자연과 억류의 삶은 어떠신가? 알렉스가 이메일로 물었다.

오늘 아침에 송골매가 참새 둥지에서 새끼들을 잡아먹고 있는 걸 봤어. 고든이 답했다. 큰 소동이었지. 시에라네바다 나름의 극적인 드라마.

오, 분명 맛있었을 거야. 알렉스가 다시 메일을 보냈다. 작은 명금鳴禽이 있다네. 프랑스 귀족들에게 통째로, 뼈째로, 한입에 먹힌. 불법이라서, 그리고 관습에 따라, 그들은 얼굴과 머리를 가리는 천을 덮고 그 맛을 즐겼다지. 사형집행인이 복면을 쓰듯. 자연을 무자비하게 파괴하는 우리에게 결핍된 게 바로 전통과 품격이 아닌가 싶어. 그래서 언제 돌아오시나?

—

로미 홀에게 원하는 물건을 가져다준 다음날에 고든은 시내로 나갔다. 차를 세운 스탠빌 중심가에서는 창문에 비누칠한 상점들이 눈에 들어왔다. 그 구역의 끝에 조그만 성당이 있었다. 두꺼운 어도비* 벽으로 된 옛 건물. 문들이 열려 있었다. 내부가 시원해

---

* 짚과 섞어 벽돌 등을 만드는 데 쓰이는 점토.

보였다.

밸리 성모 성당에서는 낡은 여성용 지갑의 안감 같은 냄새가 났다. 『성모 기도서』는 수십 년간 가루 화장품의 잔여물과 곰팡이 포자를 모았다. 고든에게는 종교가 없었지만 성전이 주는, 가톨릭교의 신이 주는, 반면 국가는 절대 주지 않는 자비라는 관념만큼은 마음속에 있었다. 그는 일렬로 놓인 신도석의 한쪽 끝에 앉았다. 통로 너머에 고해성사실이 있었다. 죄지은 자가 앉는 쪽에는 신부와 대화할 수 있게 가림막이 설치되어 있었다. 무작위로 구멍이 뚫린 금속판. 총알로 벌집이 된 도로 표지판 같았다.

받침을 괴어 열어둔 뒷문으로 들어온 바람이 내부를 헤치고 나아갔다. 어딘가에서 종잇장들이 들리고 펄럭여 누가 있는가도 싶었지만 역시 아니었다. 종이들이 나부끼며 바람 말고는 아무도 없다고 말하는 듯했다. 오직 고든뿐이라고. 그는 앉아 있는 신도석에서 통풍구를 물끄러미 쳐다보았다.

앎에는 현실상의, 인식론상의 한계가 있었다. 또한, 판단에도.

내가 알 수 있는 건 나 자신뿐이다, 내가 누군가를 아는 게 가능키나 하다면. 내가 판단할 수 있는 건 나뿐이다.

———

그 말을 먼저 한 사람은 소로였다.

내가 저지른 것보다 더 큰 대악大惡이 있으리라 상상할 수 없으며, 나보다 더 나쁜 악인은 본 적이 없고 앞으로도 볼 일이 없으리라.

왜 소로는 소로인가, 테드 카진스키는 테드인데. 한 사람은 고든의 마음속에 정식 이름으로 남았고, 다른 한 사람은 허물없는 사이의 호칭으로만 남았다. 테드.

분노하고 악해지는 편이 더 친숙했다. 아마 그래서였을 것이다.

—

노먼 메일러가 잭 헨리 애벗에게 철조망 절단기를 넣어준 건 아니었다. 편지를 썼고 영향력을 이용했다. 애벗의 출소가 자기 작품이라고 떠벌렸고, 그렇게 떠벌리다 그의 이름이 결부됐다는 사실이 갑자기 골칫거리로 돌변했다. 그러고선 자신이 했던 역할을 부인했고, 그러다 참지 못하고 다시 떠벌리기 시작했으며, 예술, 예술을 위해서라면 같은 상황이 벌어져도 똑같이 하리라고 주장했다. 1981년의 일이었고, 저들은 불쌍한 애벗을 맨해튼의 로어이스트사이드에 있는 사회복귀훈련소에 넣었다. 약쟁이와 부정직한 인간들에 둘러싸였던 그는 보호책으로 무기를 소지하고 다녔다. 사회에서 산다는 게 무엇인지 전혀 몰랐고, 이것을 저것으로 오해했으며, 옛 방식에, 교도소식 방식에 의거해 상대가 위협을 가해온다고 판단했다. 칼을 꺼내 공격자의 심장에 깊이 찔러넣었다. 교도소에서는 싸움을 단시간에 끝내야 하고, 그러므로 공격이란 건 사전에 준비한 강수를 두는 행위나 마찬가지였다. 남자는 그곳, 1번가에서 즉사했다. 잭 헨리 애벗은 교도소로 돌아갔고, 유명 인사들과 작가들과 그들이 대동한 노리스 같은 이름의 아리따운 여자들과의 저녁식사도 그렇게 끝났다. 대체 어떤 미친 새끼가 부인의 이름을 노리스*라고 짓느냐고? 여기서 저 여자는 부인이 아니라 딸을 말하는 거다. 아내의 이름을 남편이 지어주지 않는다는 건 고든도 안다.

———

오두막의 짐들을 거의 쌌다. 책 두 상자, 냄비 몇 개, 멜리타에서 만든 컵 덮개라는 무언가, 쓰레기봉투 속 옷가지들. 고든은 난로에 장작을 넣고 액체 같은 금청색 불꽃이 올라오는 모습을 지켜보며 불이 붙었음을 확인한 후, 그녀의 이름을 쳐보았다. 그는 나름의 규칙을 만들어둔 터였고, 이것도 그중 하나였다. 이 시점에 와서야 검색하는 것.

로미 레슬리 홀.

없다. 검색 결과 없음.

---

* 노먼 메일러의 아내인 바버라 진 데이비스가 개명한 이름.

로미 L 홀. 홀, 스탠빌 교도소. 샌프란시스코 무기징역, 홀.

찾고 또 찾았다. 그사이에 장작이 다 타면서 살짝 위치가 바뀌고 잉걸불 특유의 파삭파삭 튀는 소리가 났다.

지미 샌프란시스코 예술대학 강의. 아무것도 나오지 않는다. 몇 시간을 들여 강사 명단을 살펴보았다. 영화과에 제임스 달링이라는 이름이 있었다. 제임스 달링을 구글에 검색했다. 영화제. 작가 노트. 그러나 이 사람이 그자라는 것조차 확실치 않았다.

산 밑 어딘가에서 개 짖는 소리가 들렸다.

그곳 사람들은 자연을 길들였고 또한 적대시했다. 그들의 파수견들로, 맹견들로. 저먼셰퍼드들로. 도베르만들로.

개가 짖고 또 짖었다. 산 아래서 위로 메아리쳐 올라왔다. 발굴이 계속되는 새벽 세시의 짖음. 파고 또 파도 아무것도 나오지 않는다.

25

이듬해 여름, 인명을 살상할 목적으로 부비트랩을 설치했다. 그 종류와 위치에 대해서는 여기에 쓰지 않을 것이다. 이 페이지가 발견될 경우, 트랩이 아무런 피해도 남기지 못한 채 제거될 가능성이 있어서다. 루스터빌 개울 위쪽 갈림길에는 오토바이 운전자들의 목 높이에 맞춰 철사를 매두었다. 오토바이 굉음으로 내 산책을 망친 뒤의 일이었다. 나중에 누군가가 그 철사를 나무기둥에 안전히 감아놓은 것을 발견했다. 안타깝게도 거기에 누가 해를 입은 것 같지는 않다.

사우스포크험버그강 상류에서 30구경 라이플로 소의 머리를 쏜 후에 얼른 내뺐다. 어느 목장의 소였다. 야생 엘크가 아니라.

또한 새벽녘에 내려가 이웃의 우편함을 도끼로 때려부쉈다. 주인모를 차량에 들이받힌 것처럼 보이게 해두었다.

같은 해 11월에 몬태나를 떠나 시카고까지 여행했고, 주된 목적은 하나였다. 과학자, 사업가, 혹은 그런 부류의 살해를 보다 안전히 꾀하려는 것이다. 공산주의자도 하나 죽이고 싶다.

내 자주권을 빼앗거나 혹은 빼앗겠다고 위협하는 이들에 대한 사적 복수가 내 동기임을 강조하는 바다. 거기에 어떤 철학적 혹은 도덕적 정당성이 있는 척 가장하지 않겠다.

26

새미의 날짜가 다가오고 있었다. 우리가 교도소에 함께 있은 지도 거의 사 년째였다. 10월, 하늘은 날마다 똑같은 푸른빛의 둥근 천장이었고 그 아래 우리도 푸른빛의 수감복 차림이었다. 누군가는 출소 날짜를 받고 떠나갈 터였다. 새미도 갈 것이고, 그녀 입장에서는 잘된 일이었다. 중앙 운동장의 느낌, 푸른색 수감복을 입은 수천 명 여자들의 느낌은 영원히 남을 것이고, 나도 남을 것이었다.

운동장 너머 산들 또한 영원하겠지만 자동화된 콘크리트 교도소식의 영원함은 아니었다. 나는 저 산 위의 고대세계들을 꿈꿨다. 내게 한번 더 기회를 줄 사람들이 있는 어느 잃어버린 문명을. 하우저의 수업시간에 읽었던 책에 나온 유치한 꿈이었다. 저

산, 겨울 오후의 누르스름한 자줏빛. 모닥불이 탁탁거리는 오두막 안 사람들. 그들은 이방인을 받아들이고 그녀에게 살아가는 법을 가르친다. 어떤 백일몽 속에서는 잭슨이 이미 거기에서, 다정한 낯선 자들과 함께, 나를 기다리고 있다. 그애는 내게 기회를 줄 그 사람들의 일원이 되었다. 꾀죄죄하지만 강한 야성의 아이, 자신의 길을 용감히 만들어온 소년이 되어 있었다. 잭슨은 오두막 안에서 다른 이들과 함께 기다린다. 나의 도착을, 이곳의 언어로 말하자면 나의 갱생을. 그들이 도와주는 법은 없다. 나 스스로해야 한다.

"여기서 나가면 널 위해 할 수 있는 일이 있는지 볼게." 새미가 말했다.

그 말이 진심이라는 건 나도 알았다. 그러나 새미는 교도소를 들락날락하며 살았고, 스스로를 구제할 능력조차 없었다. 의리를 지키는 사람이었으되 자기 자신의 문제들이 있었다.

잭슨 사건의 담당자에게 마흔 통 정도 편지를 썼다. 답장은 한 통이었다. 부모로서 내 권리는 이미 말소되었고, 그 처분에 항소하고 싶으면 가정법 전문 변호인을 구할 것을 제안하지만, 이 같은 처분이 뒤집히는 일은 거의 없다는 사실을 주지하라는, 짧막한 내용이 담겨 있었다.

———

　세러니티 스미스가 보호감호를 받은 지도 일 년째에 접어들었다. 저들이 그녀를 일반사동에 편입시킬 일은 절대 없으리라는 생각에 일부는 싸움을 포기했다. 로라 립은 계속해나갔다. 그게 그녀의 열정이었다. 다만 그쪽 진영에서는 로라가 남자에게 복수한답시고 제 자식을, 그것도 어린애를 살해한 인간인 이상 우두머리로 적임자가 아니라고 생각하는 사람들이 있었다. 자신들의 이름을 날릴 기회를 찾던 신참 두 명이 로라를 두들겨패고 머리칼을 죄다 잘라버렸다.

　로라는 그후 바짝 엎드려 지냈다. 스미스 양에 반대하는 운동은 로라의 실각을 계기로 새롭게 인정받으며 세를 불려갔다. 노스도 거기 끼었다. 손을 잡고 다니는 여자들을 신고했다. 그런 식의 접촉은 스탠빌에서 불법이었다. 포옹도, 수감자 사이에 이뤄지는 모든 형태의 지속적인 신체 접촉도 마찬가지였다. "끝장을 봐야지." 노스가 말했다. "난 변태 놈들과는 살지 않겠어. 이 가축우리에 웬 사내 새끼를 풀어놓고 우리한테 받아들이라는 거잖아." 노스가 스탠빌에 대해 하는 소리를 듣고 있으면, 그녀가 그 수구적 가족관의 보호자, 조직 내 규범의 명예로운 수호자일 뿐, 또하나의 한심하고 분노에 찬 수감자는 아니라는 것 같았다. 티어드롭 또한 발을 담그기로 한 까닭은, 사람들을 공격하고 구타

438

하는 게 좋은 분출구였기 때문이리라. 티어드롭과 코넌, 예로부터 절친이었던 둘은 그 문제를 놓고 주먹다짐을 했다. "어떻게 네가 자매를 보호하는 걸 거부할 수 있냐?" 같은 흑인 아니냐는 의미로 코넌이 물었다. 티어드롭은 빈민가 출신 잡놈들이 자기한테 시비를 거는 일만큼은 없으면 좋겠다고 답했다. 둘은 중앙 운동장의 간이화장실에서 육탄전을 벌였고 코넌이 이겼다. 티어드롭은 우리 방에서 치워졌다.

———

"전기철조망을 빠져나간 사람이 있기는 해?" 내가 새미에게 물었다. 우리는 감시소 마이크로폰의 작동 범위 밖에 있는 트랙을 걷고 있었다.

"수전빌에서 남자 두 명."

"근데 어떻게."

"목제로 철조망 아래를 올려서 고정해놓고 그 밑으로 통과해서 나갔어. 빗자루 손잡이였을걸, 기억하기론. 살리나스밸리의 한 놈은 기어올라갔고. 어떻게든 몸에 전기가 통하지 않게 했던 거지. 거의 다 넘었는데 놈들이 총으로 쏴서 떨어뜨렸어."

코넌이 우리를 향해 조깅하며 다가왔다. "달리다가 샤워장 근처를 지나는데 하얀색 형상이 보이는 거야. 남자가, 팔을 넓게 벌리고, 흰색 옷을 입고, 바지는 말하자면 나팔바지야. 난 그게 엘비스라고 생각했어. 왜 있잖아, 그 대책 없던 시절의 엘비스. 살은 뒤룩뒤룩 쪄서 바보 같은 선글라스나 쓰고 다니던 때. 근데 가까이 가서 보니 쓰레기통인 거야."

코넌은 당뇨로 시력이 약화되고 있었다. 의료기사의 조무사, 교도소의 의사에 해당하는 사람과 진료 약속이 여덟 달 내로 잡혀 있었다.

"이봐, 엘비스가 무슨 차를 몰았더라?" 코넌이 내게 물었다.

나는 쓰레기통을 엘비스로 착각했다는 그의 얘기에 웃지 않았다. 그는 내가 절망적인 기분에 빠졌다는 걸 눈치채면 늘 자동차 얘기로 말을 돌렸다.

"스투츠." 나는 대답했지만 그 말 속에도 내 속에도 영혼은 없었다. "스투츠 블랙호크를 몰았어."

———

지미 달링이 카메라를 들고 그레이스랜드*에 간 적이 있는데, 찍을 만한 게 아무것도 없었다고 했다. 볼 게 아무것도 없었다고. 집을 둘러싼 벽에 그려진 그래피티를 빼면.

---

* 엘비스 프레슬리가 20년 동안 살며 가장 많은 시간을 보낸 집.

"거기 엄청 으리으리하고 멋지지 않아?" 내가 물었다.

"맞아, 그래." 그가 답했다.

"그 차는 어땠는데?"

"꼭 토스트 위 성모마리아* 같았어," 그가 말했다. "카메라로 찍어보려고만 하면 그 기적이 사라지는 거야." 지미는 추가 금액을 내고 비행기도 구경했다. 엘비스의 전용기들. 그중 하나에는 더블침대가 있었다. 침대보 위를 가로질러 엄청나게 넓은 기내용 안전벨트가 둘러져 있었다. 안전벨트가 달린 침대와 창가에 놓인 회장님 스타일의 의자를 보던 지미는 비행기 속 엘비스의 영혼을 느꼈다. 밤늦도록 깨어, 그 밤 속에서, 하늘을 가로질러 질주하면서, 지독히도 외로웠고, 인생의 가장 어두운 시각에, 아무도 곁에 없었던 엘비스. 지미 달링은 그 비행기 안에서 엘비스의 텅 빈 영혼이 깃든 바람의 방문을 받았다.

——

하우저도 오션 비치의 아케이드 게임 박물관을 알았다. "캉캉 춤을 추는 수지 인형이요." 안다는 증거로 그가 말했다. 카메라 오브스쿠라는 커다란 원반에 파도 거품이 비치던 곳. 켈리스코브

---

* 토스트를 구울 때 우연히 성모마리아의 형상이 나타나는 현상.

는 우리 무리 사이에서 서핑이 아니라 술과 남자애들을 의미했다. '어린이 유원지'라고 알리는 거대한 표지판, 그러나 주위에 어린이 유원지라고는 없었다. 사람이 만든 가짜 절벽 옆에 빛바랜 그 표지판 하나만 덩그러니 서 있었을 뿐. 사람들은 그게 전쟁 당시에 일본을 속이기 위해 만들어진 것이라고들 했다.

"어빙 스트리트 위쪽에 피자 가게가 하나 있죠." 하우저가 말했다. "거기선 쇼윈도 안에서 피자 반죽을 돌리잖아요."

나도 다 봤던 것들이었다. 셰프 모자를 쓴 반죽 담당의 손에 내려앉던, 죽죽 늘어나는 밀가루투성이 원반. 그 원반의 가장자리를 돌며 움직이는 주먹. 둘레가, 궤도가 점점 커지던 반죽이 다시 허공으로 날아올랐다. 어느 날 아침, 굳게 닫힌 출입문에 걸려 있던 거대한 근조 화환을 봤다. 그 노인, 피자 원로의 죽음을 선언하는 것이었다. 그렇게 큰 화환은 본 적이 없었다. 그때 나는 여덟 살인가 아홉 살이었다. 아직 말썽에 휘말리기 전이었다. 나는 꽃을 죽음과 연결시켰다. 둘을 이어준 건 그 거대한 화환이었다.

나는 어빙 스트리트에서 바다의 반짝이는 눈꺼풀을 보았다. 어느 맑은 날, 마치 숨을 쉬고 살아 있는 듯 위로 들렸다가 길들이 끊기는 해변에서 감겼다.

"우리 애는 성당을 좋아해요." 하우저에게 말했다. 그레이스 대성당에 데려갔을 때 잭슨은 종교가 없었던 우리의 신은 아닐지 언정 다른 누군가의 신이 사는 집에서는 조용히 해야 한다는 걸 본능적으로 알았다. 주변을 둘러보고는 소곤소곤 행복한 목소리로 내게 말했다. 무언가에, 어떤 아이디어에 도달하기라도 했다는 투로. "엄마, 나중에 커서요, 내가 왕이 되고 싶어할 수도 있을 것 같아요."

"잭슨은 버릇없이 군 적이 없어요." 하우저에게 말했다. 동시에 잭슨에 대해 너무 많은 얘기를 늘어놓고픈 본능을 누르려고 애썼다. 단순히 멋진 인간임을 넘어 대다수 성인보다 우월한 아이들이 있다는 사실을 사람들은 알아야 한다. 그러나 나는 하우저가 뒤로 물러나는 상황을, 내가 아이의 입양을 종용하고 있다고 의심하는 상황을 원치 않았다. 그것이 원래 내 계획인 순간에마저. 현실화되는 모습이 그려지는 선택지는 그것밖에 없었다. 교도소 안 사람들은 제 미래가 어떻게 흘러갈지에 대해 멍청한 공상들을 한아름 안고 살았다. 내 나름의 공상들만이 내가 가진 전부였다. "너랑 그 사람 사이에 뭔가 있기는 해." 새미가 말했다. "저들 대부분은 수감자들하고 엮이질 않아. 너무 신물이 나서. 우리가 자기네를 이용해먹을 뿐이라고 생각하니까. 하지만 하우저는 열려 있잖아."

하우저에게는 공허한 분위기가 있었다. 직장 밖 인생에서 그다지 많은 일이 벌어지지 않는 사람처럼 보였다. 그렇다고 자기 인생을 우리와 논하는 것도 아니었다. 그러지 않았다. 스탠빌의 다른 직원들에게 그는 별종으로 통했다. 교도관들은 대개 우리를 조롱할 목적으로 그까지 싸잡아 비웃었다. "가서 저 멍청한 쌍년들한테 읽는 법이나 가르치시지, 하우저 선생. 저 암소년들한테 2 더하기 2나 가르치시라고." 저들은 하우저가 무가치한 일에 인생을 쏟는다고 생각했다. 보안 모니터로 우리를 감시하거나 감시탑에서 자위를 하는 것처럼 가치 있는 일을 하지 않는다고.

하우저는 얼간이가 아니었다. 키스도 아니었다. 하지만 때로는 행동하는 꼴이 딱 그랬다. 도서관으로 철조망 절단기를 가져다달라고 부탁했을 때, 그가 청을 들어주리란 상당한 확신이 있었다. 그걸 사용할 계획은 없었다. 그를 시험해본 것이었다.

캔디 페냐는 하우저가 자기 남자친구라고, 그가 뜨개질 재료를 '왕창' 구해주었다고 떠벌렸다. "내가 원하는 건 뭐든 다." 행정격리사동으로 돌아오는, 그리고 환풍구 짝꿍이 되는 누구에게나 캔디는 그렇게 말했다. 사형수사동에 있지만 않았어도 그런 일은 떠벌리는 게 아니라는 사실을 알았을 텐데. 그런 건 홀로 간직하며 일구어가는 법이다.

———

12월 18일 화요일은 잭슨의 열두번째 생일이었다. 그날 잠에서 깨어나, 내게 딱 한 장뿐인 일곱 살 잭슨의 사진을 들여다보았다. 아이를 마지막으로 봤을 때, 사 년도 더 전에 어머니가 주립 구치소로 잭슨을 데려왔을 때 받은 것이었다. 그때 나는 여기저기 긁힌 아크릴판을 사이에 두고 그들과 만났다. 아이는 이미 너무도 많이 자라 있었다. 내가 체포되던 때 아이는 다섯 살이었다. 이제 그애가 어떤 모습일지 나는 몰랐다.

사진을 브래지어 속에 감췄다. 그날 오후 수업시간 내내 나는 생각했다. 무슨 말을 해서, 어떤 단어를 써서 하우저를 압박해 잭슨을 돕게 할지. 토론 내용을 따라가지도 않았고, 손 한 번 들지도 않았다. 그에게 사진을 건넬 그 순간에만 집중했다.

다른 수감자들이 줄지어 나가는 동안 책상 앞에 앉아 나를 올려다보는 그를 봤을 때, 상황이 제대로 굴러가고 있지 않다는 걸 알았다. 그는 나를 보는 걸 행복해하지 않았다. 그게 단서였다.

"오늘이 제 아들 생일이에요."

나는 사진을 내려놓고 잭슨이 얼마나 아름다운 아이인지 보여주려 했다. 잭슨을 보고도 아름답지 않다던 사람은 없었다.

하우저는 사진에 좀처럼 눈길을 주지 않았다.

"이게 잭슨이에요." 나는 밀어붙였다. "가져도 돼요."

잭슨이 이학년 때 찍은 학급 사진이었다. 가짜 가을 배경 앞에서 가짜 통나무 위에 무릎을 꿇고 있었다. 미소 지으며 빛나는 얼굴이 꼭 공들여 닦은 사과 같았다.

하우저는 사진을 집어들지 않았다. "저는 받을 수 없습니다."

"제가 드린다잖아요. 받아줬으면 해요."

"그렇다는 거 압니다만 옳지 않아요. 스스로를 위해 간직하시죠."

"적어도 잭슨이 어떻게 생겼는지는 보고 싶지 않나요?" 말투를 누그러트리려 애쓰며 물었다. 화를 내봤자 아무런 도움이 되지 않을 테니. 나는 모든 것을 펼쳐 보일 준비가, 도움을 청할 준비가 되어 있었다. 시작하려는데 그가 가로막았다.

"아드님에 대해서는 매우 유감입니다만, 전 관여할 수 없습니다."

—

크리스마스 연휴, 스탠빌의 우리에게는 기쁨 제로의 시기였다.

원래대로라면 수업 재개 일정이 나오는 1월에 평생교육 과정이 중단되었다는 통보를 받았다. 하우저가 일을 그만둔, 혹은 해고된 것이었다. 직원들에게 무슨 일이 일어나든 저들은 우리에게 얘기해주지 않는다. 온갖 소문이 떠돌았으나 정작 하우저 자체에 관심 있는 사람은 없었다. 캔디 페냐를 빼고는. 그녀는 위층의 행정격리사동에 들어와 스트레칭을 하고 있는 티어드롭에게 환풍구를 통해 외쳤다. 저들이 하우저를 내보낸 건 자기와의 과도한 친밀감 때문이었다고.

———

　나는 막다른 길에 부딪혔다. 이제 나와 잭슨의 사진밖에 없었다. 그나마도 찍은 지 오 년이 다 되어가는 게 가장 최근 사진이었다. 하우저가 내 계산대로 움직이던 시절에 가져다준 철조망 절단기가 있었다. 목공장에서 직접 깎은 대형 나무못도 있었다. 나는 그 둘을 운동장의 1번 감시탑 뒤에 숨겼다. 손으로 땅을 팠다. 북아메리카 원주민 여자 둘이 그렇게 해서 중앙 운동장에 담배를 숨기는 걸 본 적이 있었다. 일찍이 비가 내렸으니 바로 그때가 수감자들이 물건을 묻는 때였다. 손톱을, 양손을 연장삼아 끈기 있게 긁어 판다. 나는 1번 감시탑 뒤에 오랫동안 머물며 충분한 시간을 들여 나무못과 절단기를 묻었다. 야단치는 사람도, 보고 있는 사람도 없었다. 거기가 사각지대라던 새미의 말이 진짜일지도 몰랐다. 그저 꿈을 꾸는 것뿐이었다. 만일 실현된다면 그건 죽음의 꿈이었다. 나는 전기철조망에 너무 가까이 다가간 토끼들처럼 튀겨지고 말 것이었다.

　코요테 한 마리가 그 철조망에서 죽었다. 거기 그렇게 매달려 있는 몰골을 모두가 보았다.

　로스앤젤레스에서 세를 얻었던 집 뒤쪽 골목에 코요테들이 살았다. 녀석들은 대낮에도 보도를 따라 종종걸음을 치며 우리집 앞을 지나다녔다. 밤이면 녀석들이 깽깽거리는 소리가 억수같이 밀려왔다. 잭슨은 겁먹은 듯 내게 꼭 붙어 있었지만 그저 그런 척하는 것뿐이었다. 엄마와 집안에 있기만 하다면 저 밖의 야생동물에게 겁을 먹는 것도 재미라면 재미니까. 잭슨이 이렇게 말하던 게 기억났다. "코요테는 늑대보다 주둥이가 길어요. 이게 가장 다른 점이에요. 얼굴 모양이요."

교도관들이 죽은 코요테를 끄집어내려고 전기철조망의 작동을 멈춘 사이에 교도소 전체에 폐쇄 조치가 내려졌다. 에인절 마리 재니키의 시대는 끝났다. 아무도 탈출할 수 없었다.

———

새미의 석방일이 코앞으로 다가왔다. 가석방되면 한 사회복귀 훈련소에서 진행하는 엄격한 프로그램에 들어가 직업훈련을 받기로 되어 있었다. 이제 어지간해서는 운동장에 나오지도 않았다. 방에 머물면서 사람들과 섞이는 걸 피했다. 누군가의 석방일이 가까워오면 숙적들이 그를 말썽에 휘말리게 만들어 출소 기회를 망쳐버리려 할 테니까.

어느 TV 프로그램 제작진이 소년범으로 유죄판결을 받은 버튼과 몇몇 수감자들을 촬영하러 교도소에 들어왔다. 버튼은 미인대회라도 나가는 양 촬영 준비에 모든 시간을 쏟아부었다. "슬퍼 보여야 돼." 내가 말했다. "어리게. 순진하게." 하지만 그건 버튼의 인생에서 위대한 순간이었고 그애는 근사해 보이고 싶었다. 옷을 만들어주고 그 대가로 미용기술반에서 모발 관리를 받았다. 그애를 무서워하는 옆방 외톨이의 화장품을 훔쳤다. 그 외톨이에게 머리 손질을 시키면서 앞머리를 제대로 못 말았다고 손찌검을 했다. 버튼은 점점 날라리가 되어갔고, 우리는 그애가 방에서 나가주기를 바랐다.

방송팀은 접견시간과 주말 내내 촬영을 했다. 일요일에 나는 접견객이라고는 없는 밑바닥 인생들과 운동장에 나갔다. 우리 대부분이 그랬다. 일부는 교회 사람들, 마음에서 우러나는 선의로 만남을 자원한 낯선 이들의 방문을 받았다. 내가 아는 여자들이 그런 자리에 나가는 건 자신에게도 접견객이 있다는 사실 그 자체를 위해서, 그리고 접견실 자판기를 털어먹을 가능성을 위해서였다. 나는 운동장에 앉아 그 위선자들이 진짜 토착민 여자들과 증기의식*에 참여해보겠다고 토착민인 척 연기한다며 비웃었다. 누가 진짜 토착민인가는 헷갈릴 수 없었다. 그들이 담배 무역을 좌우하고 자기네 부족의 기금으로 매점에서 쇼핑을 하는 이상은.

그 일요일 밤, 버튼은 다큐멘터리 촬영을 놓고 계속 입을 놀렸다. 이제 모두가 자기의 얘기를 알게 될 거라나.

"난 여기 있어서는 안 되는 사람이야." 버튼이 말했다.

---

* 달군 돌에 물을 부어 증기로 땀을 내는 아메리카 토착민들의 전통의식.

"넌 뭐가 그렇게 특별한데?" 나는 그애를 참을 만큼 참았다.

"범죄가 벌어졌을 때 난 열네 살이었어. 그 나이엔 뇌가 완벽히 발달한 상태가 아니라고."

아이의 뇌에 대해서는 버튼의 말이 맞을지도 몰랐다. 여기서는 모든 걸 선택의 결과, 결정의 결과로 본다. 사람들이 선택해서 범죄를 저지른다는 듯. 열네 살짜리는 선택을 하는 게 아니다. 그럼에도 버튼의 수감은 현재시제다. 내가 그 나이일 때는 그날 하루 너머의 일도, 그다음에 벌어질 어떤 것도 상상할 수 없었다. 그렇더라도 나머지 우리와 자신을 그런 식으로 분리하는 버튼이 여전히 짜증스러웠다.

소년범으로 유죄판결을 받은 린디 벨슨이라는 수감자는 주지사로부터 감형 처분을 받았다. 스탠빌에서 그애는 유명인이었다. 변호를 자원한 법조인들이 그애의 곁에 모여들었다. 그 사건을 인신매매 얘기로 포장했다. 그애는 모텔방에서 포주를 총으로 쐈다. 그애를 꼬드겨 열두 살 때부터 매춘을 시킨 자였다. 슬픈 사연이었고 어쩌면 석방되어 마땅했는지도 모르지만, 변호인단이 그애를 이견의 여지 없이 무고한 위치에 놓는 게 나머지 우리들은 납득하기 힘들었다. 린디 벨슨은 투쟁의 대상이 되어줄 본보기 수감자를 원했던 자유세계의 활동가들에게 이상적인 얼굴을 갖고 있었다. 예뻤고 공부깨나 한 사람처럼 말했다. 그러나 무엇보다 중요한 건 그애가 가해자가 아닌 피해자로, 그것도 설득력 있게 그려질 수 있다는 점이었다. 교도소 안 많은 수감자들이 린디 벨슨에게 분개했다. 그애의 얘기, 그 변호인들이 했던 얘기가 나머지 우리에 대해 말해주는 바가 무엇이란 말인가? 그애의 석방을 기뻐해준 사람은 거의 없었다.

———

저들이 세러니티 스미스를 일반사동으로 편입시켰다. B야드에 넣었으나 밀착감호였다. 일반사동이지만 밀착감호를 받는 수감자 일곱 명과 함께 갇힌 채 다른 수감실과는 왕래가 불가능했다. 저들은 결국 세러니티의 감호 조치를 해제하고 일반수감실로 옮길 터였다. 코넌과 그의 성전환자 상담 그룹은 세러니티를 보호하는 데 열과 성을 다했다. 그 문제로 모임을 가졌다. 그들은 세러니티 편이었다. 다른 수감자들은 그들과 싸우기 위해 무기를 만들었다. 코넌과 조직원들은 세러니티를 호위할 계획을 세웠다. 소위 부치 경비부대로서, 세러니티를 해하려는 티어드롭과 다른 모든 위험인물들로부터 그녀의 안전을 지키려는 것이었다.

새미는 교도소 폭동이란 자고로 끔찍한 거라고 했다. "CIW에서도 한 번 있었거든, 북부 대 남부로. 다 죽는 판이었지."

운동장에서 조직적인 폭력 사태가 벌어지는 일을 막기 위해 교도관들은 세러니티의 밀착감호가 끝나는 시기를 발설하지 않을

게 뻔했다.

나와는 상관없는 문제였다. 삶은 원래의 모습으로 돌아갔다. 하우저가 떠난 후 우리가 선택할 수 있는 평생교육 프로그램은 체육관에서 열리는 치유 모임이 전부였다. '자아 존중' '분노 조절' '과도기적 생활(출소일을 받은 수감자들에게만 해당)' '인간관계의 기초' 같은 것들. 예산 삭감을 비롯한 다른 변화들이 있었다. 나 같은 4급 수감자는 더이상 목공장에 나갈 수 없었다. 나는 구내식당에서 일하기 시작했고, 모티머 포션에 맞춰 음식을 너저분하게 덜어내는 동안 교도관들이 내 몸에 손을 댔다. 주방 감독관이 달고 있는 큰 배지에는 꿈도 꾸지 마라고 새겨져 있었다. 네과거사와 어려움을 들먹이며 질질 짜면서 날 주무를 생각일랑 꿈도 꾸지 마라. 직원들 대다수가 그런 식이었다. 그나마 열려 있는 직원들은 우리를 도울 마음이 없었다. 밀수품을 넣어주고 현금이나 챙기고 싶어했다.

에바의 아버지에게서 편지를 받았다. 에바가 있는 곳을 알아내려고 그애 아버지의 주소로 편지를 열 통쯤 썼는데 이번이 첫 답장이었다. 교도소에서 보낸 오 년의 세월 만에.

"에바는 작년에 죽었다. 네 편지를 모아서 전해줄 생각이었다만 그애가 있는 곳을 알 수 없었어. 너도 알아야 한다고 생각했다. 더는 그애와 연락하려고 애쓰지 않도록."

가끔은 하우저가 편지를 보내오는 모습을 상상하기도 했다. 내 접견인 목록에 자기 이름을 올려달라고 요청하는 모습을. 이제는 스탠빌에서 일하지 않으니 친목금지 조항도 적용되지 않을 것이다. 저 밖 자유세계에서 무언가를 새로 시작할 준비를 하고 있겠지. 그에게 조금도 끌리지는 않았지만, 그와 결혼하고 잭슨과 함께 배우자 접견을 할 수도 있는 노릇이었다. 하우저는 성실하고 점잖았다. 좋은 아버지가 되었을 것이다. 그에게 연락을 취해 그렇게 말해줄 방도가 전혀 없었고, 결국 우리가 했던 농담 속 키스는 나였다는 생각이 들었다. 내가 그를 이용하고 조종하는 거라고 믿었던 그 순간에마저.

———

어느 밤, 물이 나오는 꿈을 두 개 꾸었다. 첫번째 꿈에서 나는 하우저와 함께였다. 적어도 그게 하우저라고 생각했다. 그는 나와 무언가 관계가 있는 남자, 어떤 연유로든 내게 책임이 있는 사람이었다. 폭우가 쏟아졌고 우리는 로스앤젤레스강이 차오르는 모습을 지켜보았다. 콘크리트 제방으로 강물이 넘쳤다. 하우저가 수영하러 뛰어들었지만 물살이 얼마나 빠른지는 미처 생각지 못했다. 급류가 그를 하류로 실어갔다. 그가 나뭇가지나 뿌리를 붙들 수 있을 정도로, 무언가를 붙잡고 빠져나올 수 있을 정도로 힘차게 헤엄칠 수 있을지 궁금했다. 나는 어느 가게로 향했다. 거기

점원에게 내 친구가 물에 들어갔다고 말했다. 여자가 대답했다. "거긴 강물이 시속 146킬로미터로 흐르는 곳인데요." 나는 하우 저가 이미 죽었거나 죽음으로 돌진하고 있다고 생각했다. 잠에서 깼다.

다시 잠들었을 때 다른 꿈을 꾸었다. 나는 낡은 차를 운전하고 있었다. 클러치는 빽빽하고 브레이크는 덜컹거리고 액셀러레이 터는 살짝 반응이 느렸으며 조종 장치는 덜그럭거렸지만 나는 그 차에 익숙했고, 어떻게 다뤄야 말을 듣는지 잘 알았다. 저 앞에서 무슨 일인가 벌어지고 있었다. 나는 차를 세우고 내렸다. 한 남자 가 자살 소동을 벌이는 중이었다. 어떤 젊은 여자가 그를 설득하 려 애썼다. 그러더니 우리 셋이 나란히 방파제 혹은 제방을 따라 걷고 있었다. 오션 비치였다. 거대한 파도들이 부풀고 꺼졌다. 바 다가 평평한 게 아니라 한쪽으로 기울어져 있기라도 한 것 같았 다. 비탈진 바다였다. 남자가 제방을 넘어가기 시작했다. 그 젊은 여자가 갑자기 내가 되었다. 남자가 나를, 아니 나는 아닌데 꿈속 에서 그에게 대답하는 사람을 쳐다보았고, 그렇게 나라는 그 사 람을 쳐다보며 바닷속으로 들어가기 시작했다. 내가 말했다. 안 돼, 그러지 마. 그 말을 함과 동시에 그가 나를 물속으로 꾀고 있 다는 사실을 깨달았다. 제 삶을 끝낼 거라고 암시함으로써 내 삶 을 끝내도록 꾀고 있었다. 나는 잠에서 깨어 지금 잭슨이 목말라 한다고, 그애의 침대 곁에 물 한 컵 없다고 걱정했지만, 정신을 차려보니 내가 있는 곳은 C야드 510유닛 14호실 이층침대의 아래칸이었다.

—

새미가 출소했다. 그녀는 긴장된다고, 가고 싶지 않다고 했다. 그 주장 속에서 흥분이 느껴졌다. 그녀의 복귀 프로그램은 빈민가에서 이뤄졌고 새미는 걱정스러워했다. "이발소 주변에서 계속 알짱거리다가는 결국 이발을 하고 마는 법이니까."

새미는 돼지무늬 수면안대와 다른 물건 몇 가지를 내게 주었다. 편지하겠다고 약속했다. 우리는 포옹하며 작별인사를 했다.

—

때가 오면 알게 된다고들 한다. 내 때가 오고 있었다. 나는 이것을 삶으로 받아들일 방도도, 끝까지 살아낼 방도도 찾을 수 없었다.

우울했고 잠을 많이 잤다. 어느 일요일, 급기야 아침식사와 첫 출입문 개방시간을 놓쳤다. 점심 때 코넌을 찾으러 운동장으로 나갔다.

로라 립과 정원 담당조가 먼지를 쓸고 있었다. 맑은 날이었고 운동장은 수감자들로 바글거렸다. 이천 명 정도는 나와 있는 듯했다.

1인식 회전문을 밀고 나갔다. 문이 끼익 소리를 내며 열리는 순간, 모두가 올빼미 머리라도 가진 양 이쪽으로 고개를 돌렸다. 뭐가 문제인지 알 수 없었으나 짙은 긴장감이 감돌았다.

코넌을 찾으며 농구 코트를 지나쳐 걸었다. 코트에서는 게임이 한창이었고 그 옆에서는 여자애들이 매점에서 사온 것들을 늘어놓고 소풍을 즐기고 있었다.

"여기 온다!" 누군가가 소리쳤다.

소리를 지른 이가 의미한 게 나라고 생각하고 겁에 질렸다. 수감자들이 사방에서 뛰어나와 주출입구를 향해 달렸다. 농구 코트의 선수들도 경기를 멈췄다. 림에서 빙글빙글 돌던 공이 바스켓 안으로 들어갔지만 아래서 공을 받는 이가 없었다. 농구공은 통통거리며 텅 빈 운동장을 외롭게 가로질렀다. 모두가 회전문 쪽으로 달리고 있었다.

세러니티 스미스가 지나갔다. 혼자 운동장에 나와 있었다. 꼿꼿하고 당당하게 걷는, 팔이 길고 우아한 아름다운 흑인 여성.

로라 립과 정원조 일당이 삽과 갈퀴를 부둥켜잡고 그녀를 향해 움직였다. 새된 고함이 들려왔다. 노스였다. 세러니티를 향해 질주하고 있었다. 코넌, 리복, 그리고 그쪽 무리가 노스와 정원조를 공격하기 위해 달렸다. 천지에서 수감자들이 튀어나왔다.

세러니티에게 가장 먼저 닿은 건 노스였다. 노스가 그녀를 붙잡고 쓰러트리려 했다. 세러니티는 저항했다. 코넌이 노스를 바닥에 자빠트리고 미친듯이 짓밟기 시작했다. 코넌의 안에 쌓였던 그간의 울분이 한 톨도 남김없이 신발 밑창으로 쏟아져나왔다. 그 밑창이 노스의 머리와 얼굴에 닿고 또 닿았다. 노스의 머리에서 피가 터졌다.

세러니티는 로라 립과 그 군단으로부터 탈출하기 위해 달리고 있었다. 로라 립이 삽의 납작한 면으로 등을 갈겨 세러니티를 넘어트렸다. 그 위로 몸을 날리고는 얼굴을 마구 할퀴었다. 이렇게 싸우는 여자들이 있다. 어쩔 수 없는 본능이다. 세러니티는 몸을 일으켜 스파이더 테이블에 로라를 몰아세우고 펀치를 날리기 시작했다. 경보음이 울렸다. 귀를 찢는 삐용삐용 소리는 곧 바닥에 엎드리라는 명령이었다.

세러니티가 로라에게 주먹질을 하는 동안 정원조의 다른 사람들이 세러니티를 잡아뜯었다. 그들에게 쓰레기통들이 날아왔다. 경보음이 계속 울렸다. 모두가 싸우고 있었다.

티어드롭이 삽을 주워들고 세러니티를 가격했다. 먼지를 털어내려고 카펫을 때리듯. 천천히, 둔탁하게 퍽, 한 대 그리고 또 한 대. 세러니티가 비명을 질렀다. 경보음이 삐용삐용 소리를 냈다. 교도관들이 이 상황을 일부러 내버려두고 있는 건 아닌가 하는 생각이 들었다. 세러니티가 다치도록, 혹은 그냥 죽어버리도록.

아무도 바닥에 엎드리지 않았다. 운동장은 아수라장이었다. 뒤엉켜 싸우는 수감자들 무리에 오렌지색 최루가스가 자욱하게 분사되었으나 그 누구도 멈추지 않았다. 교도관들이 감시소로 퇴각했다. 자신들의 안전을 위해서였다. 그때껏 전혀 들어본 적 없는, 뱃고동소리 같은 게 들렸다. 저들이 곤경에 처한 것이다. 이 상황이 저들의 손을 벗어났다. 경보음과 사이렌이 울부짖었다.

나는 1번 감시탑 뒤로 갔다. 감시탑 위에 교도관이 한 명 있었으나 총은 저편 폭도들을 향하고 있었다. 그들에게 목제 탄환을 쏘는 중이었다.

나는 1번 감시탑 뒤 바닥을 파고 할퀴어 갈랐다. 찾는 것이 나올 때까지.

———

가시철조망이 직물에 미치는 영향. 뒤로 잡아당기는 누군가의 손처럼 몸을 붙든다. 가지 마, 라고 말하며. 여기 있어. 꼭 붙어 있어. 떠나지 마. 이곳에 머문다면 나는 서서히 죽어갈 것이다. 재빨리 죽어버릴 방법을 찾기 전까지는.

안쪽 울타리에 빠져나갈 만한 크기로 구멍을 만들다가 살을 꽤 깊이 베였다.

두번째 울타리, 전기철조망을 향해 갔다. 경보음이 울리는 중이었고, 나는 죽음을 맞을 각오가 되어 있었다. 목공반에서 만들었던 나무못으로 울타리를 건드려보았다.

감전은 없다.

울타리 아래쪽을 조금씩 밀어올려 위쪽에 고정하고 그 아래 바닥으로 미끄러져 들어갔다. 호흡을 멈춘 채, 튀겨질 준비를 하고.

———

그런데 이내 울타리 저편이었다. 교도소의 순환트럭들이 다니는 흙길이었다. 우주의 가장자리에 도착했다.

끊고 나갈 울타리는 이제 하나. 경보음, 명령을 들으라는 명령의 반복, 탄환이 튀는 소리가 귓가에 여전했다.

재빨리 철조망을 끊어 구멍을 만들고 자른 부분을 젖혀서 열 때는 나무못을 써서 이미 입은 부상을 더 악화시키는 일이 없게 했다.

아몬드 농장으로 나왔다. 멀리서 경보음이 들렸다. 나무 밑을 달리고 길을 건너 계속 달렸다.

27

고든 하우저가 열두 살 되던 해, 그가 살던 동네에 위기와 흥분을 동시에 몰고 온 사건이 있었다. 보 크로퍼드라는 기결수가 마르티네즈 시내의 주립 구치소를 탈출했다. 군부대가 샌파블로만으로 내려와 주변을 점거했다. 잠복조와 군용장갑차, 저격수와 수색견, 도로 봉쇄가 있었다. 보 크로퍼드가 피놀리와 베니시아에서, 발레이오, 피츠버그, 앤티오크에서 행적을 드러냈다는 혹은 목격되었다는 스릴 넘치는 보도들이 이어졌다. 열흘 내내 주 전체에 폐쇄 조치가 내려졌고, 마침내 포트코스타 바로 뒤쪽 카퀴네즈해협 근처의 폐오두막에 숨어 있던 그가 체포되었다.

도주는 휴가가 아니었다. 매분 매초마다 어깨 너머를 돌아봐야 했다. 도주가 교도소 신세보다 나쁘다고들 하지만, 어린 고든이 상상해왔던 대로라면, 보 크로퍼드의 경우에는 일을 되돌리기에 너무 늦었다. 틈바구니, 가장자리, 숨기에 좋은 곳이라곤 없는 세상에 숨어 생존하는 수밖에 없었다. 그 세상에서는 고든의 아버지를 포함한 모두가 총기를 구입하고, 자기 사유지에 숨어든 그 탈주범을 발견할 날을 기다렸다.

어린아이 둘이 크로켓의 C&H 정유공장 주차장 근처에서 보 크로퍼드를 목격했다.

플리피스 로데오점의 웨이트리스에 따르면, 어느 날 새벽 무렵에 그가 나타나 베이컨과 달걀을 주문했다. 그녀가 잽싸게 주방으로 가 경찰에 신고하는 사이에 그는 도망쳤다.

보 크로퍼드는 주 전체, 모든 공동체의 사람들, 더불어 공동체라고는 없는 외톨이들, 그의 방문을 기대하고 두려워하던 모두를 즐겁게 했다. 유명인이었고, 저 사람들을 유명하게 해줄 인물이었다. 저들을 이 탈주에 휘말린 주인공으로 만들어줄 능력자였다. 그리고 수배자였다. 위험인물이었다.

그의 혐의가 무엇이었느냐고? 탈옥. 그리고 무장강도.

———

구치소 세탁실에서 일했던 여자 베너 허버드는 보 크로퍼드와 친하게 지냈고 그에게 연정을 품었다. 새 인생을 꿈꾸기 시작했다. 이 모든 사정은 훗날, 구치소 보안시스템의 붕괴를 그리고자하는 고발성 기사에 소개되었다. 베너와 보 사이에 멕시코행 계획이 오갔고, 그곳으로 향하기 전에 베너의 집에 들러 남편 맥을 죽이기로 했다. 멕시코 국경까지는 그녀의 차, 혼다 시빅을 타고 갈 것이었다. 그들에게는 지도와 베너의 예금, 거기에 맥의 소유인 엽총도 있었으니 그걸로 맥을 죽인 후 챙겨갈 생각이었다. (엽총이 혼다 시빅에 들어가긴 하나? 고든은 궁금했었다.)

보 크로퍼드는 타고난 지성과 흠잡을 데 없는 자제력의 소유자였다. 매일 팔굽혀펴기를 이백 개씩 했다. 명상을 했다. 그리고 조금씩 조금씩, 세탁실 물품수납장 뒤쪽 벽에 구멍을 뚫었다. 그 사이에 작업조 동료들은 베너가 세탁실 직원들을 주려고 구치소 안으로 반입한 프라이드치킨과 마카로니샐러드를 먹었다. 나중에 가서는 세탁실로 음식을 불법 반입한 베너의 역할에 극성스럽게 초점이 맞춰지면서, 그 일이 그녀의 유약한 성격과 수감자의 간계에 복종하는 성향을 보여주는 징후라고 해석되었다. "그저 내가 다 먹지 못해 버릴 것을 나눠줬을 뿐이에요." 그녀는 심리에서 그렇게 증언했다. 베너와 함께 세탁실에서 일했던 수감자들에 따르면, 그녀는 스무 명은 족히 먹을 음식을 반입했으며, 거기에는 파티용 대형 샌드위치와 코스트코 라자냐가 통째로 포함되어 있었다. 보가 '뚱땡이'로 불렀던 작업조 동료의 실명은 J.D. 조스였고, 그 또한 탈출 계획의 일원이었으나 탈옥수로서는 보만큼 대단한 능력자가 아니었다. 베너가 진심으로 사랑했던 이는 보였지만 그녀와 대놓고 놀아난 건 J.D.였으며, 그 덕분에 보는 세탁실 수납장 탈출구에 공을 들이는 데 필요한 시간과 공간을 확보할 수 있었다. J.D.는 세탁실 장비를 동원해 수감복 바지에 비밀 구멍을 만들고 덮개를 달았다. 감독관 책상 앞에 나란히 앉은 베너가 책상 밑에서 그의 물건을 가지고 놀도록 하려는 심산이었다. 그러는 동안 보는 구치소 아래로, 그리고 궁극적으로는 거리의 빗물배수관으로 이어지는 파이프를 통해 탈출할 길을 찾아냈다.

약속의 날이자 베너의 휴가일, 그녀는 혼다 시빅과 지도와 엽총과 돈을 가지고 미리 정해둔 길모퉁이에서 보와 J.D.를 만나기로 되어 있었다. J.D.와 보는 대체 감독관이 점심을 먹는 틈을 타 물품수납장의 구멍을 통해 세탁실을 빠져나갔다. 빗물배수관으로 나와 베너가 태우러 오기로 한 마르티네즈의 모퉁이까지 걸었다. 자동차 한 대가 지나갔지만 혼다 시빅은 아니었다. J.D.가 어느 정원의 풀숲으로 뛰어들었다. 나중에 보가 경찰에 털어놓기를, 그때 J.D.에게 '망할 일반인처럼 행동하라'고 소리쳤다고 했다. 자유인처럼 행동하라고, 어디가 모자란 탈주범처럼 굴지 말고.

그들을 구출하러 오는 혼다 시빅은 없었고, 둘은 곧바로 탈주범이 되었으며, 할 수 있는 건 오직 숨는 일뿐, 지도도 무기도 계획도 아무것도 없는 신세가 되었다.

—

그들을 실러 갈 시간이, 그리고 집에 들러 맥을 죽일 시간이 다가오고 있었을 때 베너와 맥 허버드 부부는 소파에 앉아 TV 영화를 보고 있었다. 떠날 시각이 끊임없이 가까워오는데 영화는 끊임없이 진행중이었다. 수개월 만에 처음으로 맥은 베너에게 관심을 주고 있었다. 소파에서 그녀에게 팔을 둘렀고, 그 팔이 말을 하는 것만 같았다. "멕시코로 갈 계획을, 사람을 죽일 계획을 세운 거 알아. 하지만 이것도 그리 나쁘진 않지, 그렇지?" 보와 J.D.를 만나기로 한 시간이 점차 멀어져갔다. '어쩌면 진짜로 탈출하지 않았을지도 몰라.' 그게 그녀의 희망이었다. '하지만 그들이 날 찾아오기라도 하면 어쩌지?'

베너는 뜬눈으로 밤을 새웠고, 무슨 소리가 날 때마다 흠칫거렸다. 맥은 얼간이처럼 코를 골았다. 제 삶이 위험에 처했다는 것도 모른 채. 그는 단순한 남자였고, 바로 그 이유로 베너는 마음을 빼앗겼으며, 바로 그 이유로 그를 경멸하게 되었고, 바로 그 이유로 그가 다시 좋아졌다. 그녀는 남편의 등을 껴안고 자기 자신의 구원, 자신과 맥, 그간 감사하는 법을 몰랐던 삶 속 모든 작은 것들을 위해 기도했다.

J.D. 조스와 보 크로퍼드는 갈라졌다. J.D.는 폐가에 들어가 오염된 음식을 먹고 오염된 물을 마시고 바지에 실례를 하고 단서를 남겼다. 거의 즉시 붙잡혔다. 술에 취하고 온몸이 벌레 물린 자국이었던 그가 멘 가방에는 반쯤 먹고 남은 오레오 한 팩과 망치가 들어 있었다.

　보는 열흘 동안 검거망을 피했다. 샌파블로만 근처, 고든 하우저가 자랐던 곳과 비슷한 작은 공업도시들에 하나의 전설을 만들었다. 당국은 후에 마르티네즈 시내의 구치소를 폐쇄했다. 새 구치소를 지었다. 현대적인 최첨단 구치소. 그곳에서 더이상 탈옥은 없을 터였다.

—

　열흘간의 치열한 감시 중간에 한 여자가 지역의 라디오 방송국에 전화를 걸었다. 크로켓 교외에 살고 있으며 철로 부근 숲에서 보 크로퍼드가 나오는 모습을 보았다고 전했다. "두려움 없이 마주봤어요." 그녀가 말했다. 시선을 끌어 그 사람에게 알려주고자 했다고. 고든의 기억 속에서 너무도 생생했다. 라디오에서 들리던 여자의 목소리가.

"그 사람에게 알려주고 싶었어요."

———

여자가 보 크로퍼드에게 알려주고 싶었던 건 무엇이었을까. 이 토록 오랜 세월이 흐른 후에 이 궁금증이 고든을 찾아온 건 스탠 빌에 대한, 로미 홀에 대한 뉴스를 들었을 때였다.

그 철로 근처에서 여자가 알려주고 싶었던 건 무엇인가? 그리 고 그녀가 알고 있었던 건 무엇인가?

보 크로퍼드가 존재한다는 사실. 그가 도주중인 남자라는 사 실. 여자는 그를 보았고, 그가 자신을 봐주기를 원했다. 기꺼이 위험을 무릅쓸 생각이었다. 그는 위험인물이었고 무장했을 가능 성이 있었으며, 여자는 완전히 노출된 채 꼼짝 않고 서 있었다. 그를 똑바로 쳐다보았다. 보 또한 그녀를 쳐다봤다면 알았을 것 이다. 이 지구상에서 자유를 누릴 권리가 자신에게는 없고, 그걸 저 여자도 알고 있다는 사실을.

당신은 결국 잡힐 거야.

여자가 눈빛으로 말해주고 싶었던 것이었다.

28

자연과 친밀해지고 있음을 보여주는 한 가지는 감각이 날카로워진다는 것이다. 청각이나 시력이 보다 정밀해진다는 말이 아니다. 더 많은 것들에 주목하게 된다는 얘기다. 도시의 삶에서 사람들은 내부로 침잠하는 경향이 있다. 주변 환경이 본인과는 무관한 광경과 소음으로 들끓으니 그 대부분을 의식으로부터 차단하는 데 익숙해진다. 숲에서는 그런 게 이미 차단된 상태이기 때문에 의식이 밖을, 환경을 향한다. 주변에서 일어나는 일을 훨씬 잘 인지한다. 귀에 들리는 소리가 무엇인지 구분할 수 있다. 이것은 새소리, 저것은 말파리가 윙윙거리는 소리, 이것은 놀란 사슴이 뛰어 도망치는 소리, 이것은 다람쥐가 잘라낸 솔방울이 쿵 하고 떨어지는 소리. 규명할 수 없는 어떤 소리가 들린다면, 혹여 제대로 들리지도 않을 만큼 희미해도, 즉시 거기에 신경이 집중된다. 땅 위의 것들, 식용식물, 혹은 동물이 지나간 길처럼 도드라지지 않는 것들에 주목하게 된다. 인간이 지나가며 극히 일부의 발자국만 남겼다 해도 그 또한 알아볼 수 있을 것이다.

29

커트 케네디는 바닥을 본 로제 와인 두 병, 그리고 두통과 함께
잠에서 깼다. 그 스튜어디스, 물론 이제는 그렇게 부르지 않는다
는 걸 알지만 그것 아닌 다른 이름에는 도저히 익숙해지지 않았
다. 아무튼 그 쌍년이 그가 잠든 사이에 술을 가져가버렸다. 그의
다리 사이 배낭에 든 로제 와인 말고, 그가 기내에서 주문한 럼앤
드코크. 그나마 다 마시지도 않은 걸 여자가 트레이에서 치워버
렸다. 바로 그게 국제선의 미덕 아니던가. 술이 공짜에, 얼마를
마시든 아무도 귀찮게 굴지 않는다는 것. 저들이 멋대로 초를 칠
순 없었다. 그가 좌석 위 호출등을 켰다. 다 마시지도 않은 걸 가
져갔으니 더 내놓으라고 고집을 부릴 생각이었다. 스튜어디스가
와서 승객분이 잠들었기 때문에 술을 치웠다고 말했다. 그는 그

렇게 잠들 수 있었던 게 다 그 술 덕분이며, 같은 이유로 더 받아
야겠다고 했다.

여자가 몸을 굽혔다.

"이게 바보 같은 규정이라는 건 승객분도 저도 알지만, 기내에
와인을 반입하면 안 됩니다."

'승객분도 저도'라는 말로 기름칠을 해보시겠다. 이 날짐승에
서 내리는 순간부터 내겐 계획이 있고 댁을 데려갈 일은 없을 것
이네, 이 늙다리 여자야.

여자는 마흔 살쯤이었다. 사실 봐줄 만한 년이었고, 마흔 살이
면 받아줄 수도 있었다. 커트 자신은 쉰네 살이었다. 자기 또래의
여자. 생각만 해도 토하고 싶어졌다. 그런데 갑자기 많은 것들에
토하고 싶어졌다. 아무 이유 없이도 토할 수 있을 지경이었다. 몸
상태가 썩 좋지 않았다. 칸쿤에서 밤새 밖에 있었고, 손등에 찍힌
나이트클럽 도장만 열 개였다. 그 밤의 마지막 절반은 기억조차
없었다. 누군가의, 자기보다 더 늙고 더 취한 남자의 지프에 올라
타는 장면이 전부였다. 남자가 주차장을 빠져나오지 못하고 앞차
를, 다음으로 뒤차를 들이받고 그 짓을 연거푸 계속하기에 집어
치우라고 소리를 지르고 차에서 내렸는데, 그러고는 어떻게 되었
더라? 그야 모른다. 눈을 뜨니 노보텔의 객실이었고 바지에는 오
줌을 싼 채였다.

그래도 비행기는 놓치지 않을 터였다. 샤워할 시간도 있었다.

남자라면 모를 리 없듯이, 여행을 하려면 비참함을 씻어내고 말쑥해져야 하는 법이니까. 그는 메탄 냄새를 내뿜는 하수구에 대고 헛구역질을 했다. 인간들은 무엇 하나 제대로 만들 줄 모른다. 하수관에 통풍구 하나 낼 줄 모른다.

로제 와인은 면세점에서 샀다. 살 수 있었으니까. 그리고 비행기에서 마실 거리가 필요했으니까. 스튜어디스들이 뭐든 가져다줄 때까지 가만히 앉아 기다려야 한다니 밀실공포증이 몰려왔다. 통로를 따라 내려올 생각을 않는 기내용 카트를 보고만 있으면 입속이 데스밸리*보다도 바싹 말라갔다. 그렇잖아도 약 때문에 이미 말라 있는데. 기다리고 있지만은 않을 작정이었다. 칸쿤에서 샌프란시스코까지 장거리 비행을 위해 술을 가지고 탈 생각이었다. 로제 와인 두 병과 커피컵을 샀다. 게이트에서 한 병을 땄다. 병이 들어 있는 배낭을 통째로 기울여가며 컵에 부어 마시기 시작했다. 술병끼리 부딪쳐 소리가 나는 일이 없도록 병 사이에 티셔츠를 끼워넣었다.

비행기에 올랐을 때의 기분을 만취라고 부르지 않겠다. 긴장이 풀리기 시작했을 뿐이다. 칸쿤에 있는 내내 안절부절못했다. 원래는 휴가가 되어야 했을 여행이지만, 지금 즐기고 있는 게 맞는 건지 분 단위로 확인을 거듭했고, 즐거운지 알 수 없었고, 그 덕

---

* 캘리포니아주 남동부의 건조분지.

분에 불안해졌다. 그래서 클로노핀을 한 알 더 삼키고 누워 있거나, 일어나 있거나, 술집에 가거나, 모래사장을 돌아다녔다. 하지만 발바닥을 데었고 자신은 해변형 인간이 아니라는 사실과 맞닥 트려야 했으니, 그저 집으로 돌아가고 싶었다. 마스 룸에 가서 버네사를 만나 무릎에 앉히고픈 생각뿐이었다. 그가 아는 세상에서 평화를 얻는 유일한 방법이었다. 누구나 평화를 얻을 자격이 있다. 그럼 그렇고말고, 얻을 자격이 있느냐 없느냐는 문제될 게 아니었다. 그가 괜찮아지려면 특정한 것들이 필요했다. 버네사가 그중 하나였다. 암막 커튼이 필요했다, 수면 문제가 있었으므로. 클로노핀이 필요했다, 신경 문제가 있었으므로. 옥시콘틴이 필요했다, 통증 문제가 있었으므로. 술이 필요했다, 알코올중독 문제가 있었으므로. 돈이 필요했다, 생계 문제가 있었으므로. 그리고 돈 필요 없는 사람이 있으면 어디 나와보라고 해라. 이 여자가 필요했다, 여자 문제가 있었으므로. 문제라는 단어는 어울리지 않을지도 모르지. 집중한다는 편이 더 맞았다. 여자의 이름은 버네사였다. 무대용 이름이었지만 그에게는 '진짜 이름'이었다. 그 이름으로 그녀를 알게 되었으니까. 버네사는 마음속을 떠도는 온갖 모호한 생각들을 구체적이고 실제적인 무언가로 채워주었다. 그 여자 옆에 있으면 기분이 좋았다. 누구나 기분좋을 자격이 있다. 특히 그, 왜냐면 그는 커트님이시니까.

"기내에 와인을 갖고 타는 거야 당연히 가능하지." 그가 늙은 스튜어디스에게 말했고, 대답을 듣는 여자의 입가로 잔주름이 졌다. 그는 다른 승객들의 면세점 와인으로 가득한 머리 위 수납장을 몸짓으로 가리켰다.

"유감스럽게도 그걸 기내에서 마시는 행동은 금지되어 있어요."

너무 늦었다네. 그는 여자의 말에 그렇게 생각했다. 로제 와인 두 병을 이미 비웠다. 한 병은 게이트에서, 한 병은 이륙 직후에.

그는 술을 더 내오라고 억지를 부렸다. 앞으로 한 시간은 더 가야 하고, 자신에게 구강 건조 어쩌고 하는 문제가 있다고 짚어주었다.

여자가 갑자기 양보 태세를 취했다, 과도하게. '나한테 사기를 치시겠다.' 그가 모를 리 없었다. 실제로 여자는 기내에서 제공하는 술병 대신 콜라를 가져와 안에 럼이 들었다고 우겼다.

옆자리 커플은 저만치 몸을 돌려 둘이서 딱 붙어 있는 꼴이 그와 대화하고 싶은 마음이 전혀 없어 보였지만 어쨌든 말은 걸어보았다. 남과 잡담을 하다보면 시간이 잘 흐를 때도 있는 법. 그는 자기가 가진 보트 얘기를 했다. 진짜로 가지고 있는 건 아니었지만 하도 오랜 세월 보트가 있는 척 얘기를 해오다보니 이쯤 되면 원래부터 가지고 있던 거나 다름없었다. 커플은 관심을 보이지 않았다. 그래서 통로 맞은편 꼬마에게로 몸을 돌리고 보트 얘기를 시작했다. 커트는 가끔 모든 인간을 꼬마로 생각했고 성인을 꼬마로 부르기도 했지만, 이 아이는 '진짜 꼬마'라는 걸 알았다.

"몇 살이냐?" 그가 물었다.

"열세 살이요."

"좋군." 기특하군, 아주 좋아, 하는 말투로 반응해주었다. 꼬마들은 격려받는 걸 즐긴다. 그는 지금 꼬마의 열세 살이라는 나이에 상을 내리는 것이다. 사춘기, 절정을 맛보기에 충분한 나이다. 꼬마에게 버네사의 사진을 보여주고 싶었다. 여자답게 행동하는 법을 아는 여자의 경이로움 속으로 인도하는 것이다. 여성스럽게 구는 일이라고는 좀처럼 없는 이 스튜어디스, 그리고 아마도 이 비행기 안의 여자들 대부분, 요즘 모든 곳의 여자들과는 다르다마다. 사진이 있었다면 꼬마에게 보여줬을 텐데. 버네사와 좀 닮은 포르노 배우도 있었지만, 그 배우의 사진도 수중에 없기는 마찬가지였다.

여자 하나가 통로를 걸어와 꼬마에게 몸을 숙였다. 꼬마가 자리에서 일어났다. 남자 하나가 통로를 걸어와 꼬마 자리에 앉았다. 보아하니 한 식구가 서로 자리를 바꾸고 있었다. "만나서 반가웠다." 커트가 말하자 꼬마가 대답했다. "저도요."

아무도 그와 대화하지, 아니 그보다는 그의 얘기를 듣지 않을 테니 책을 꺼냈다. 『치킨호크』. 베트남에 관한 책인데, 읽어보려용을 쓴 지도 어언 삼 년이었다. 이 책에 마음이 동한 건, 예전에 전투에 투입된 경험이 있다고 마르고 닳도록 말하고 다녔기 때문이었다. 그러나 전투에 나가본 적은 없었다. 그는 독일에 배치되

476

었다. 소설은 헬리콥터 조종사에 대한 얘기였고, 절반도 읽지 못했다. 읽는 데 너무 많은 시간이 들었다. 값싼 종이에 인쇄된 중고책인 탓에 지퍼백에 넣어 간직했다. 저 좆같은 스튜어디스 덕에 럼 없는 럼앤드코크를 마시며 몇 장을 읽었지만 독서는 너무 힘들기만 했다. 독서의 문제는 쉼이 없다는 점이었다. 문단 전체를 다 읽도록 기나긴 시간을 용케 집중하고 나면 또다른 문단이 나왔고 또 그렇게 계속 나올 뿐이었다. 그에게 독서는 기내의 다른 사람들을 향한 보여주기식 행위였다. 그에게 눈길을 주거나 신경쓰는 사람은 아무도 없었지만. 그는 『치킨호크』를 다시 지퍼백에 넣었다. 좌석 스크린을 작동시킬 수 없어 두 눈을 감은 채 집에 도착해 버네사를 보러 갈 때를 생각하며 계획을 세웠다.

———

그날 밤, 안개가 땅으로 곤두박질치는 가운데 아파트 앞에 선 택시에서 내렸다. 때로 그 도시는 세상에 다시없을 곳처럼 추웠다. 그는 줄을 서서 케이블카를 기다리는 파월 스트리트의 관광객처럼 반바지 차림이었다. 그 얼간이들은 샌프란시스코의 기상 뉴스라고는 들어본 적이 없다. 그는 그곳의 추위를 알았다. 기내에서 반바지를 입을 수밖에 없었던 건 한 벌뿐인 긴 바지에서 지린내가 났기 때문이다.

다음날 일어나 마스 룸으로 갔다. 토요일이었고, 버네사는 토요일에도 늘 일했다.

그녀가 없었다.

칸쿤에 있었던 건 일주일. 그가 없는 동안 버네사가 마스 룸을 그만둔 모양이었다. 로비 출납원의 말에 따르면 그랬다. 커트가 모르는 출납원이었고, 남자는 그가 어떤 분인지, 클럽에 돈을 뿌리는 단골이라는 걸 모르는 듯했다. 커트는 남자를 올려다보며―출납원 부스는 카지노의 칩 교환소처럼 단상 위에 있었다―매니저를 데려오라고 말했다. 저놈의 단상은 다가가는 모두를 난쟁이로 만든다. 물론 그럴 리야 없겠지만 설령 저 출납원이 난쟁이였다 해도 올려다봐야 할 정도로 단상은 높았다. 매니저가 나와서 커트와 악수했다. 커트는 단골이었고, 그런 그의 성미를 매니저가 굳이 건드릴 리 없었다. 그러나 그도 출납원과 똑같은 소리를 했다. "근무 스케줄에 버네사라는 애는 한 명도 없습니다." 한 명도라니. 마치 다양한 버네사가 있는데 그중 누구도 토요일에는 일하지 않는다는 것 같았다. 혹은 아예 일하지 않는다거나.

―

햄버거를 먹으러 클라운 앨리로 갔다. 다른 할일이 전혀 없어서였다. 클라운 앨리는 노스 비치에 있었다. 거기서 모퉁이를 돌면 커트가 단골로 다녔던 클럽이 나왔다. 그가 더 좋은 걸 알기 전에. 마스 룸을, 그리고 버네사를 모르던 시절에.

클라운 앨리 근처의 그 클럽에는 무대에 개별 부스가 딸려 있었다. 여자들이 이곳저곳 다니며 자기 몸을 '가짜 애무'했고, 그러는 사이에 남자들은 무대 가장자리에 둘러진 부스에서 여자들의 가짜 애무를 지켜보며 제 몸을 '진짜 애무'했다. 진짜 애무하는 장면을 저 밖에서 가짜 애무하는 여자들이 볼 수 있게 혹은 볼 수 없게 양면유리 혹은 편면유리가 달린 부스를 고를 수 있었다. 여자들과 눈을 마주치고 싶은, 또는 노출증 헨리 부류의 인간이라면 필요로 하는 것을 얻을 수는 있지만 돈이 든다. 인생 모든 게 그렇듯이. 커트가 그곳을 그럭저럭 좋아했던 이유는 더 끝내주는 걸 몰랐기 때문이다. 마켓 스트리트의 마스 룸에 다니기 시작하면서부터는 부스가 있는 그곳에 다시는 돌아가지 않았다. 그래도 클라운 앨리에서 식사는 계속했다. 거기 햄버거가 맛있는데다, 매장 유리창 앞에 그의 BMW K100 오토바이를 세워놓고 대가리에 똥만 찬 인간들이 그걸 넘어뜨리지나 않는지 감시할 수 있어서였다. 그런 놈들이 한둘이 아니었다. 제 몸 하나 건사 못하고 좀비처럼 보도를 뛰어다니는 것들.

토요일 밤에 다시 마스 룸에 갔다. 그녀가 일하고 있기를 바랐으나 근무 스케줄에 버네사는 없었다.

혹시 무대용 이름을 바꾸기라도 했나? 이름을 자주 바꾸는 여자애들이 있었다. 이번주는 '체리' 혹은 '시크릿'이다가 다음주에는 '데인저'나 '베르사체'나 '렉서스'나 그런 덜떨어진 무언가가 되어 있었다. 버네사는 고전적이고 믿음이 가는 이름이었고, 그녀에게 잘 어울렸으며, 그녀는 이름을 바꾸지도 않았다. 그랬을 거라고는 생각되지 않았다. 입장료를 내고 들어가 내부를 훑으며 한 시간을 보냈건만 그녀는 없었으므로. 그날 밤, 이튿날 낮과 밤, 그 이후의 모든 날들에도.

—

그녀를 처음 봤을 때 커트는 앤젤리크라는 괄괄한 여자와 함께였다. 둘은 마스 룸 뒤쪽의 터널 어쩌고 하는 곳에서 춤을 추고 있었다. 명목은 춤이라지만 그저 남자가 여자에게 주구장창 몸을 비비려 용을 쓰는 것일 뿐이었다. 그 터널 어쩌고에 또다른 남녀가 있었으니, 어떤 회사원과 버네사였다. 그녀는 회사원에게 몸을 밀착시키고 있었다. 진심이라는 듯 남자와 춤을 췄다. 브래지어와 팬티 차림으로, 양복을 입은 남자에게 껌처럼 들러붙어 있었다. 앤젤리크가 큰 소리로 버네사 넌 지금 규칙을 어기고 있다, 혹시 약을 한 거냐, 무슨 약을 했느냐 하며 떠들었다. 원칙적으로 터널 어쩌고에서는 섹스를 할 수 없다. 남자의 무릎을 엉덩이로 마사지하는 건 괜찮지만 앞으로 했다가는 다른 여자들에게 싫은 소리를 들었다.

"맞아, 나 약에 취했어." 버네사가 흔들흔들 남자의 품에 안기며 말했다. "행복이라는 이름의 약이란다. 너도 언젠가 한번 해보렴." 그녀는 회사원에게 계속 몸을 비볐다. 막상 회사원 자신은 어여쁜 버네사에게 기대어 움직이는 데만 정신이 팔려 두 여자가 신경전을 벌이는지조차 몰랐다. 금혼식에서 마누라랑 춤추는 남자나 할 법한 춤사위였다. 아니면 그런 장면을 재현하며 비아그라를 팔아먹으려는 TV 광고 속 남자거나.

커트는 그 광경이 웃기다고 생각했다. 나중에 통로를 지나가던 버네사에게 그렇게 얘기했다. 버네사가 말했다. "대화는 싫지만 스트립댄스를 원한다면 곡당 20달러예요." 그래서 그는 거기 여자들 말마따나 앤드루 잭슨*을 건넸고 그렇게 시작되었다. 마스룸의 다른 여자들과도 보통 그런 식으로 시작하긴 했다. 그러나 이 여자는 그저 돈 때문에 그를 이용하는 게 아니었다. 둘 사이에는 무언가가 있었다.

거기 여자들 전부가 무대에서 쇼를 했거나 하도록 되어 있었으니 버네사의 차례가 왔을 때 커트는 무대에 평소보다 붙어 앉았다. 그가 혼자 있는 것을 본 앤젤리크가 들러붙으려 했으나 꺼지

---

* 20달러 지폐에 그려진 제7대 미국 대통령.

라고 했다.

버네사가 공연한 곡은 완벽히 그녀의 노래였다. 제 자신의 얘기라도 된다는 듯 그 속에 섞여들었다. 가수의 목소리는 기묘했다. 남자인지 여자인지도 불분명했고 커트에게는 상당히 괴상하게 들렸으나 순도 백 퍼센트 여자가 분명한 그녀와는 어쩐지 잘 어울렸다. "내 집으로 와요, 자기, 사랑에 대해 얘기해요." 버네사는 거울처럼 비치는 선글라스를 끼고 나와서 무대에 왠지 코믹한 재미를 더했다. 들어올린 그녀의 다리는 커트의 일생을 통틀어 가장 근사한 다리였다. 그곳 여자애들의 하얗고 탄력 없는 다리, 굴곡이라고는 없는 대롱 같은 다리를 보면 유리주사기가 떠올랐다. 버네사의 다리는 길고도 아래로 갈수록 가늘어지는 '진짜 다리'였다. 이처럼 세계 최정상급 여자가 마스 룸의 무대에 올라가 있다는 건 말하자면 농담거리, 코미디였다. 장담컨대 그는 전부 꿰뚫어보고 있었다. 이 여자는 삶을 온전히 즐기고 있다고. 모두가 시도는 해볼 테지만 그렇게 살지도 않고 살 수도 없는 방식으로. 그들에게 없는 자유로움이 그녀에게는 있으니까, 끝내주는 다리를 가진 이 섹시한 여자에게는. 귀여운 엉덩이. 젖꼭지도 귀여웠다. 쥐는 맛이 있는. 손안에 차는 크기. 다음으로 그녀가 뒤돌아 상반신을 아래로 숙이며 거기 전부를 내보였다. 그가 가장 좋아하는 자세였다. 스트리퍼들이 상체를 숙일 때, 뒤에서는 거기만 떠 있는 것처럼 보이는 모양새. 저 여자가 저러는 건 순전히 그만을 위해서였다. 그녀는 알고 있다. 정말로 알고 있다. 버네사는 그런 점이 특별했다. 아닌 나무를 올려다보며 짖는 멍청이가 아니었다. 맞는 나무를 제대로 고른 것이다. 그를 흥분시키는 법을 정확히 이해했고 그렇게 움직이고 있었다.

무대가 끝나고 그녀가 곁에 와서 앉았다.

"네 어디가 마음에 드는지 아니?" 자문자답할 요량으로 던진 질문이었다. "전부 다."

그는 말하는 쪽이 되는 게 좋았다. 그녀와 있으면 기분이 좋았다. 편안함을 느꼈다. 그녀를 만지는 게 좋았다. 그의 손이 사방을 쏘다녔다.

그는 그녀에게 20달러를 연이어 건넸고, 밖으로 나가 돈을 더 구해 왔으며, 다시 그녀에게 주었고, 더 구해 온 후 그것 또한 그녀에게 주었다. 이 여자가 정말, 정말, 정말 좋았으므로.

——

마스 룸에 더 자주 드나들기 시작했다. 산재보상금을 받고 있었고 널린 게 시간이었다. 그리고 완전히 홀려 있었다. 이 여자에게 모든 것을 바쳤다. 그녀가 해야 할 일이라고는 몸을 돌려 그를 보고서 무릎에 앉는 게 전부였고, 그러면 그는 지폐를 건넸다.

벌이는 좋았지만 저승 문턱을 밟을 뻔했던 영장송달원 일을 하기 전, 그는 워필드 극장에서 경비로 일했다. 마스 룸에서 마켓 스트리트를 따라 한 블록 아래에 있는 곳이었다. 젠장할, 얘깃거리가 너무도 많았다. 제리 가르시아 밴드의 여드레짜리 밤 공연. 제리 가르시아의 열흘짜리 밤 공연. 한심한 히피 새끼들이 대로에 캠프를 치질 않나, 역겨운 길바닥 동네를 만들질 않나, 드럼을 쳐대고 약에 정신줄을 놓질 않나…… 그러면 경비팀은 계속해서 캠프를 철거하고 질서를 유지해야 했다. 워필드의 경비 몇 명과는 아직도 친분을 유지하고 있었고, 마스 룸에 출입하기 시작하면서는 극장 앞에 오토바이를 대고 그들에게 감시를 부탁했다.

샌프란시스코에는 오토바이를 모는 여자들이 있었다. 그는 그게 못마땅했다. 여자들, 그들이 어찌 오토바이의 물리학을 이해한단 말인가. 물리학을 깨우치지 못하면 속도를 지배할 수 없다. 버네사가 오토바이를 타는 모습은 볼 일이 없을 터였다. 그녀는 마스 룸에서 퇴근할 때면 작은 하이힐을 신고 짧은 드레스를 입었다. 물론 오토바이 뒤에 태울 수는 있겠지. 꽉 붙드는 법을, 그가 몸을 기울일 때 함께 기울이는 법을 가르치는 것이다. 너무 많은 계집들이 오토바이 뒤에 타는 법조차 제대로 몰랐고, 그가 모퉁이를 돌 때면 글러터진 방향으로 몸을 기울였다. 네가 이 오토바이의 일부인 것처럼 잡고 있으라고, 설명하려고도 해봤지만 그들은 이해하지 못했다.

사고에서 회복되는 동안은 집에 있어야 했으나 그러자니 심심

했다. 그는 포트레로힐 주택단지 밖에서 다리를 짓이기는 사고를 당했다. K100의 거대하고도 육중한 연료 탱크 밑에 무릎을 끼인 채 교차로의 이쪽 끝에서 저쪽 끝까지 미끄러졌다. 네 차례 수술을 받았고 이제 절뚝이며 걸었다. 사람들은 그 일을 사고라고 불렀지만 커트에게는 살인미수였다. 동네 꼬마들이 도로 한복판에 엔진오일을 버려서 그를 넘어지게 만든 것이다. 그곳 주민에게 영장을 전달하려고, 단순히 직업적 소명을 다하려고 애썼으나 번번이 실패하던 참이었다. 여섯번째 방문에서 교차로 바닥을 때리고 미끄러지기 시작하는 바로 그 순간에 그는 알았다. 그자들이 무슨 짓을 벌인 건지. 하지만 실제로 범행을 저지른 꼬마들을 찾아 증명할 방법이 없었다.

그는 집에 틀어박혀 무릎이 낫기를 기다렸다. 낫지 못할 수도 있다는 얘기를 들었다. 우드사이드에 있는 그의 아파트는 대기가 끝나지 않는 대기실이 되었다. 발을 끌며 돌아다니다가 소파에 앉았다가 잡지를 뒤적였다가 TV 채널을 바꿨다가 냉장고 안을 들여다보았다가 저 아래 도로에서 움직이는 자동차를 관찰하다가 정해진 운동 열 개를 하다가 평행주차를 하려는 차들을 지켜보다가, 평행주차를 제대로 할 줄 아는 것들은 좀처럼 없지 하고, 침대에 앉았다가 『치킨호크』의 똑같은 문장을 읽고 또 읽다가 자신이 그러고 있다는 걸 문득 깨닫고 지퍼백에 책을 넣었다가 TV 채널을 바꿨다가, 그리고 마침내 자리에서 일어나 마스 룸으로 오토바이를 몰았고, 절뚝이며 들어가 버네사가 일하고 있는지 보았다.

이제 거기 여자들도 꽤 알고 지냈으나 그가 좋아했던 건 버네사가 유일했다. 그녀에게는 자신의 직업을 강력계 조사관이라고 소개했다. 새빨간 거짓말은 아니었다. 그 주택지구 근처 교차로에 엔진오일 웅덩이를 만들어 목숨을 앗아가려 했던 꼬마들을 조사하고 싶었으니까. 직업이 영장송달원임을 밝히지 말아야 한다는 건 경험으로 배웠다. 무슨 수로 영장을 전달하는지, 어떤 수법까지 쓰라고 강요받는지 설명할 때면 별로 고상하게 들리지 않았기 때문이다. 사람들은 그를 대금 미납 상품을 회수하러 다니는 쓰레기라도 되는 양 대했다.

그렇게 자세한 내용은 빼고 인생의 괴로움 전부를 버네사에게 털어놓았다. 말하고 또 말했다.

손으로 그녀의 맨살을 만지며 얘기하고, 감정을 표현하고, 정을 주었다. 그녀에게 정을 주었다.

30

나는 일렬로 늘어선 아몬드나무를 따라 달렸다. 두 줄을 넘고, 한 줄 아래로, 두 줄을 더 넘고 다시 아래로, 아래로, 아래로. 내게 주어진 선택지는 달리기뿐이었다. 달려라, 그리고 밤이 오기 전까지 숨을 곳을 찾아라.

그 산들 덕분에 동쪽 방향을 알았다. 농장 나무들은 일직선으로 심겼고, 그중 하나의 가장자리에 도달했을 때 도로가 나왔으며, 그 도로 또한 일직선이었다. 스탠빌행 버스에서 본 기억 그대로였다. 길을 건너고 계속 달렸고, 건너고 계속 달렸다. 저들의 추적이 이미 시작되었다면, 내가 이렇게 지그재그로 움직이는 한 정확한 위치를 파악하는 데 애를 먹을 것이다. 방향을 바꿔 달리면서도 계속 동쪽을, 거대한 산들을 향했다.

어느 배수로에 도착했다. 내 몸이 들어갈 크기의 파이프가 보였고, 어둠이 내릴 때까지 거기 숨었다.

배수로에서 보니 피가 흐르고 있었다. 그 사실은커녕 바지가 축축하다는 것조차 느끼지 못했다. 차가운 물이 출혈을 막아주는 듯했다. 가시철조망에 찢긴 허벅지가 길고 깊게 벌어져 있었다.

물소리를 가만히 듣고 있으니 그 너머의 소리들이 들렸다. 다른 소리들을 구분해낼 수 있었다. 곤충들. 까마귀. 지근거리의 도로를 달리는 자동차 소리. 나는 양손으로 용수로의 물을 떠서 마셨다.

해질녘, 파이프 밖으로 나왔다. 젖고 해진 수감복 차림으로 빠르게 걸었다. 산이 보이지 않았지만 어느 방향에 있는지는 알았다. 여기서는 모든 게 일직선이다. 나는 거대한 격자구조 안에 있었다. 사람은 없지만 사람이 만든 곳. 온 세상이, 적어도 여기, 스탠빌밸리, 저 산들부터 서쪽 지평선까지가 하나의 거대한 감옥이었다. 가시철조망과 포탑 대신 농장과 송전선이 있는 감옥. 무인의, 그리고 인공의 감옥.

그 격자무늬 덕에 방향을 잡을 수 있었다. 길을 잃는 상황을 피하면서도 도로에서 멀찍이 떨어진 상태를 유지할 수 있었다. 대신 농장에 난 길들로 움직였다.

밤새 걸었다, 더 천천히 그리고 더 빠르게.

날이 새기 전, 폐차들에 둘러싸인 집을 발견했다. 부엌에서 싸늘한 수은등 불빛이 새어나왔다. 마당에서 구아바 냄새가 풍겼다. 빨랫줄에 널린 옷가지가 보였다. 옷, 저 옷들을 가져가야 했다. 하지만 부엌에서 나오는 빛 때문에 위험했다. 안에서 나는 소리를 듣고 걸음을 재촉했다. 그 길에서 황폐한 판잣집들을 몇 채더 지났다. 모두 컴컴했고, 가져가달라고 제 존재를 알리는 옷가지도 없었다. 집이라곤 없는 길이 길게 이어진 후 다른 집이 나타났고, 현관 옆 플라스틱 의자에 널어 말린 옷들이 있었다. 과감히 마음먹고 숨어들어가 바지와 티셔츠를 챙겼다.

—

　새벽녘, 어느 작은 마을의 끝자락에 있었다. 공원에 있는 쓰레기통에 주정부 지급 수감복을 숨겼다. 다른 옷, 빳빳하고 거친 남성용 청바지와 티셔츠를 입었다. 뛰지 않고 걷는 법을, 불법적이 아니라 합법적으로 행동하는 법을 연습했다. 길을 따라 걸을 권리를 가진 사람처럼.

　이곳에는 농장도, 격자무늬로 구획된 길도 더는 없었다. 굽이진 도로를 따라 나무와 돌출된 바위와 탁 트인 풀밭을 지났다. 외따로 떨어져 있는 덤불더미를 발견하고 그 밑에서 잠을 청했다. 잠들고 깨기를 반복하다보니 어느덧 해질녘이었다. 기운이 없는 상태였지만 밤이 내리자 스스로를 다그치며 걸었다. 배수로를 지난 이후로 물 한 모금 마시지 못했다. 먹지도 못했다.

짐승의 울부짖음이 들렸다. 교도소 운동장을 떠나면서부터 심장이 쿵쾅거렸다. 그렇게 쿵쾅거리며 두려움, 교도관, 저들이 옭죄어오고 있다는 그 모든 징후를 떨쳐버리려는 내 경계심을 연주하고 있었다. 이제는 어둠 또한 두려웠다. 다시 비명을 지르는 이 짐승도. 그 울부짖음은 거의 인간의 것에 가까웠지만, 야생의 동물이 낼 수 있는 것 중 가장 인간 같은 소리일 뿐이었다.

—

한참을 걸은 후에야 불빛이 나왔다. 주유소가 있는 교차로였고, 도로 하나가 산을 구불구불 오르고 있었다. 한밤중이었다. 주유소는 아직 영업중이었다.

픽업트럭 한 대가 들어와 섰다. 운전사가 내려 주유기를 꽂았다. 남자 혼자. 이 사람이라고 느꼈다. 부탁을 할 사람이라고. 그에게로 걸어갔다.

"무슨 일이요?" 그가 말했다. 말보로 로고가 박혀 있고 희끗하게 표백된 재킷을 입은 토실토실한 남자.

"차 좀 태워주세요."

"태워달라고. 그렇겠지. 그렇겠지. 유부녀요?"

"결혼 안 했어요."

"여기 어디다 남자 하나 숨겨놓고 둘이서 날 덮치거나 뭐 그럴 거요?"

나는 혼자라고 말했다.

"어디로 가쇼?"

"위로요." 내가 산 방향으로 고갯짓을 했다.

"얼마나 멀리?"

"꼭대기까지요."

"슈거 파인 산장 말이네, 거기서 일하는 뭐 그런 거요?"

"맞아요."

"좋소. 이것만 마저 채웁시다. 원대로 태워다줄 테니." 그가 단조로운 목소리로 말했다. 외딴 주유소에서 무작위로 마주치는 여자들이 늘 도움을 구걸하기라도 한다는 듯, 그리고 그 부탁을 이번 한번 더 들어주기로 했다는 듯.

남자가 트럭 좌석에서 음료수통을 집어들었다. 3.8리터들이에 '갈증파괴자'라고 쓰여 있었다.

———

히터를 31도까지 올린 남자는 그 거대하고 얼뜨기 같은 음료수를 홀짝거리면서 자판기 사업에 뛰어들 계획에 대해 떠들었다. 상처가 다시 벌어져 나는 좌석에 피를 흘리고 있었다. 갈증으로

어지러웠다. 하지만 그렇다고 내색하면, 그 음료수를 나눠주기를 얼마나 간절히 원하는지 드러내면, 그가 알아챌지도 모른다.

남자가 가스통 노즐만큼이나 굵은 빨대로 음료수를 마시는 모습을 지켜보며 기절하지 않으려고 안간힘을 썼다.

"해야 할 일이라고는 돈을 투자하고 재고를 채우고 수입을 거둬들이는 것뿐이지." 그는 거기서 남긴 이윤으로 프랜차이즈 업체를 굴릴 생각이었다. "던킨 도너츠에 사만 오천이 들어요. 타코 벨은 더 비싸고. 시작은 자판기로 했는데 던킨 도너츠가 생기는 거지. 그걸로 펀드를 땡겨서, 그다음에 타코 벨을 사는 거요."

우리는 좌우로 덜컹이며 급커브를 오르고 돌았다. 남자가 음료수를 마셨다. 트림을 했다.

"난 계획이 많아. 부동산에도 뛰어들 생각이거든. 사람들이 뭐라고 하는 줄 아쇼?"

그가 내 대답을 기다리고 있었다.

"아뇨."

"1온스짜리 물건을 굴릴 수 있으면 집 한 채도 굴릴 수 있다. 꽤나 멋지지, 그렇지 않소? 날 써주는 사람이 없다고 한탕 해먹을 방법까지 없는 건 아니지. 기회란 게 어떻게 생겨먹은 건지 알아야 하는 거요. 그 포스터들 본 적 있나? 못생긴 집 삽니다 닷컴? 그 사람들 지금 판돈을 쓸어 담고 있잖아. 위기를 기회로 바꾸면서, 안 그렇소? 다른 예도 있지. 틀에서 벗어난 생각을 하는 사람은, 틀 밖에 머문다. 이건 좀 심오하지.

또 있지. 친구를 보면 그 사람을 안다. 난 루저들과 어울리지 않아. 지금 금주중이거든. 아, 물 좀 빼야겠네."

남자가 속도를 늦추며 갓길의 정류소로 들어가 주차장에 차를 세웠다. 그러나 내리지 않았다. 엔진이 계속 돌고 있었다. 그가 나를 빤히 쳐다보았다.

"파티 좋아하쇼?"

"아뇨."

"그래도 나랑은 할 수 있겠지."

"그럴 것 같지 않은데요."

"그쪽이 먼저 태워달라느니 뭐니 했잖소."

"필요했으니까요."

"그렇다면, 이걸 서로서로 좋게 만들어볼 수 있잖아."

"산꼭대기로 데려다주세요, 그다음에 어떻게 되는지 보죠."

"그래 그러지. 그거 괜찮네. 좋소." 남자는 트럭에서 내려 도롯가로 걸어가 바지 지퍼를 열었다. 3.8리터들이 갈증파괴자를 이미 반쯤 끝낸 참이었다.

그가 덤불에다 소변을 보는 사이에 나는 살며시 운전석으로 넘어갔다. 기어를 넣고 달렸다.

31

어느 밤, 커트 케네디는 마스 룸을 나서는 버네사의 뒤를 밟았다. 그가 무슨 소름 끼치는 인간인 건 결코 아니었다. 이 여자에게 준 정이 너무도 깊다보니 집에 무사히 도착하는지 확인할 필요가 있었을 뿐이다. 그녀가 택시에 올라타는 모습을 지켜보았고, 오토바이로 뒤따라가 테일러 스트리트의 아파트식 호텔에 닿았다. 텐더로인 지구 북쪽 경계의 노브힐, 일명 텐더노브에 있는 그 호텔은 그가 상상하는 것보다도 추잡한 건물이었지만 어쨌든 그녀가 사는 곳이었다. 그 밤, 그녀가 들어가는 모습을 지켜보았다. 그리고 다른 밤에도. 수많은 다른 밤에도.

그녀가 자기 집 대신 어떤 쓰레기 같은 작자의 집, 노스 비치의 아파트에 가는 날도 있었다. 커트의 관점에서 놈은 호모일 가능성이 높았고, 그녀가 거기 들르는 날이 사태가 심각할 정도로 많지는 않았다.

그녀를 살피는 게 임무처럼 느껴졌다. 어떤 책무였다. 어느 아침에는 그녀가 사는 건물 근처에 오토바이를 댔다. 모퉁이를 돌아 오패럴 스트리트에서 건물 입구가 잘 보이는 곳에. 어떤 때는 일요일 내내, 마스 룸이 휴무이기 때문에. 그녀가 나오면 헬멧 가리개를 내려쓴 후 오토바이를 타고 맴돌았다. 뒤를 따를 수도 있었다. 그녀가 기어리 스트리트행 버스에 오르기라도 하면. 택시에 타기라도 하면. 그런데 왜 매번 같은 회사 택시만 타는 건가? 택시기사가 다른 남자친구 혹은 그녀를 자빠트리려고 공들이는 자식일까 걱정됐지만, 이 일을 반복한 결과, 기사들은 무작위로 서로 다른 사람임이 확인되었다.

그녀가 택시를 타는 대신 어딘가로 걸어가려고 하면, 그는 주변을 맴돌면서 속도를 늦추고 따라붙었다. 그녀가 어린 남자애를 데리고 건물을 나설 때도 있었다. 아이의 손을 잡고. 아주 사랑스럽지 않은가. 엄마라도 되는 듯. 물론 아이의 엄마가 아닌 건 확실했다. 도저히 어울리지 않았다. 그저 같은 건물에 사는 꼬마겠지. 한번은 그녀가 그애와 다른 여자, 그리고 또다른 아이 둘과 함께 있는 모습도 봤다. 커트는 꼬마 셋이 전부 그쪽 여자의 애라고 보는 편이 합당하다고 생각했다. 그러면 모든 게 설명되었다. 버네사 인생의 면면을 다 알지 못하게 가로막는 벽이 짜증스러웠다. 하루

내내 따라다닌 통에 그녀가 무엇을 하고 어디로 가는지 줄줄 꿰고 있는 순간에마저 그랬다. 그녀가 집을 떠나는 모습을 지켜보고 어디로 가는지 확인하고 언제 돌아오는지 알 수 있는 한, 그녀의 삶으로 이어진 가닥을 온전히 놓쳐버리는 건 아니었다.

그쯤에서 선을 유지하고, 행적을 파악하고, 지속적으로 집중하는 것. 그게 그가 했던 일이고 또 원했던 일이었다.

처음에 그녀는 전혀 몰랐다. 당시에는 상황이 더 깔끔했다. 초창기였다. 하지만 그녀가 마스 룸에 나타나지 않는 시기를 맞았고, 그러니 그녀와 얘기하고 싶은 건 당연한 일이었다. 그렇게 나쁜 짓인가? 그에게는 대수롭지 않은 일처럼 보였다. 그저 인사를 하고 싶었을 뿐이다. 마스 룸에서 볼 수 없었으므로 그녀의 집을 더 가까이서 맴돌았다. 그녀의 근처로 접근했다. 그녀는 자기가 다니는 개같은 구멍가게에서 그가 쇼핑을 하는 게 불법적인 일이라도 되는 양 굴었다. 가게는 공공장소다. 누구나 갈 수 있다.

가게에서 그를 보고 발끈하며 떠난 버네사가 마침내 복귀했을 때, 그는 마스 룸에서 여자들을 부를 때 쓰던 나름의 휘파람, 프슷 하는 소리를 내며 옆에 와 앉으라고 신호했지만 그녀는 그를 무시하고 장내 통로를 걸어내려가 다른 남자와 앉았다. 매일매일, 똑같았다. 곁에 와주지 않았다. 그의 돈이 갑작스레 위력을 잃었다. 계속 나타나서 계속 시도했다. 무대 옆에 딱 붙어 그녀의 춤을 기다리기를 계속했다.

망할, 정녕 그녀가 그리웠다. 정말로 그리웠다. 그렇게 말하려고 시도해봤다. 계속 해보는 것 외에는 방도가 없었다. 그는 앤젤리크와 앉아, 땀에 젖어 축축한, 그나마 5달러짜리도 아닌 1달러 지폐들을 그녀에게 쥐여주었다.

━

그는 쓰레기를 샅샅이 뒤져서 버네사의 번호를 손에 넣었다. 그녀가 사는 건물 옆 공동 쓰레기통에서. 쓰레기통은 노상에 있었으니 기본적으로는 누구에게나 공개된 셈이었다. 그는 버네사가 거기에 쓰레기봉투를 넣는 모습을 보았다. 그 봉투를 통째로 오토바이에 묶어 집으로 가져갔다. 내용물을 이것저것 구분하며 목적의식과 행복감을 느꼈다. 그녀가 버린 공과금 청구서가 나왔다. 이제 그도 진짜 이름을 알게 되었지만 굳이 그 이름으로 그녀를 생각하지 않았다. 그 혹은 다른 누군가에게 하는 서약, 보다 거창한 무언가의 일부처럼 들렸었다. "내 이름은 버네사예요"라던 그녀의 말은. 그는 그 이름을 고집했다. 그 이름은 일종의 계약이었다. 그런 계약 따윈 아무것도 아니라는 듯 그녀가 저버리게 그냥 두지는 않을 생각이었다.

전화요금 청구서 상단에 전화번호가 인쇄되어 있었다. 거기로 전화를 걸었다. 그녀가 받았다. 그냥 끊었다. 달리 어쩔 수 있단 말인가. 그가 만약 "나 커트요"라고 말하면 그녀는 전화를 끊어 버릴 게 뻔했다. 마스 룸 밖에서 혹은 아파트 밖에서, 그 근처에서, 단골 가게에서, 우연히 마주치는 장면을 연출하려 애썼던 모든 장소에서 그녀가 자신을 보고도 무시한다는 걸 이미 알고 있었다. 그래서 전화를 걸어 아주 잠깐이나마 그 목소리를 들은 다음, 그녀가 전화를 끊거나 끊으려 들기 전에 그가 먼저 끊었다. 그가 전화를 걸고 그녀가 받고 그가 끊었다. 그가 전화를 걸고 그녀가 받고 그가 끊었다.

힘든 날이면, 권태롭고 무릎 통증이 극심한 날이면, 그가 알아왔고 또 살아가는 세상이란 게 어느 신神이 마구 쥐어 쓰레기통으로 던져버린 메모지처럼 구겨지고 내팽개쳐지고 그나마 목적지도 빗나간 것이란 느낌이 드는 날이면 전화를 하지 않고는 못 배길 지경이 되었다. 스무 통, 서른 통씩 전화를 걸었다. 그러자 그녀가 전화 연결을 끊어버렸다. 짐작건대 전화기 본체에서 그 작은 플라스틱 같은 걸 뽑아놓아 이쪽에서는 신호음이 가고 또 가도 그녀의 아파트 안에서는 울리지 않는 것 같았다. 이쯤 되니 그에게도 별다른 방도가 없었다. 그곳에 가서 오토바이를 세워두고 그녀가 나오기를 기다리는 수밖에. 영장송달원으로 일하던 시절, 추적에는 감시가 필요하다는 것을 배웠다. 그런 일은 수도 없이 해봤다. 세상에 이 커트님을 얕잡아볼 수 있는 인간은 없다. 더이상 일할 수는 없게 되었지만 그는 프로였다.

이십사 시간 감시체제를 발동하고 있던 중, 예전에 미리 계획해두었던 칸쿤 여행 날짜가 다가왔다. 몇 달 전, 버네사를 만나기 전에 예약한 싸구려 패키지 여행이었다. 여행을 좋아하는 그였지만 슬프게도 떠나기가 매우 망설여졌다. 그러나 버네사에 대한 생각을 조금 쉬는 것도 좋으리라 판단했다. 여행을 연기하면 환불을 받지도 못할 터였다. 이미 지불을 마쳤으니 가야만 했다. 그렇다고 제대로 쉰 것도 아니었다. 칸쿤에 있는 동안 그녀를 떠올리지 않으려 애쓰면서도 매 순간 그녀만을 생각했다.

───

그가 칸쿤에서 돌아온 후부터 그녀가 마스 룸에 나타나지 않았으니 집으로 찾아가는 수밖에 없었다.

처음에는 건물 앞에서 기다렸다. 그러다가 안으로 들어갔다. 입구에 딸린 부스에 기름지고 누르스름해 보이는 흰머리의 영감이 들어앉아 있었다.

"5달러." 영감이 말했다.

뭐?

"올라가는 데 5달러." 분명히 해두겠다는 듯 영감이 꽥꽥거렸다. 불법 통행세였다. 마약 딜러들이 사는 건물이었고, 관리인은 한몫 떼어 받기를 원했다. 영감이 커트의 5달러를 낚아챘다. 기다란 손톱 끝이 꼭 불에 탄 것처럼, 녹은 플라스틱처럼 보였다.

이층 층계참에 사람들이 나와 있었고, 뭐라 달리 표현할 말이 없었다. 단체로 알짱거린다고 할밖에. 어딘가 구린 행동, 낮은 목소리의 대화, 열리고 닫히는 문들. 커트는 태연히 굴려고 애썼다. 친구를 하나 찾고 있다고 말했다.

"백인 여자, 어? 그 여잘 찾는다고? 8호, 가보쇼 형씨."

8호라.

층계참의 남자 둘이 다투기 시작했다. 다른 방에서 여자가 튀어나와 둘 중 하나에게 고래고래 소리를 질렀다. 이들이 악다구니를 쓰는 사이에 커트는 8호실 문을 두드렸다. 답이 없었다.

꼬박 사흘을 건물 밖에서 잠복했다. 그가 아는 한 그녀는 돌아오지도 나가지도 않았다.

그녀가 평소 다니던 모든 곳에 들렀다. 마스 룸의 쉬는 시간에 샌드위치를 사는 모습을 본 적 있는 간이식당. 그 싸구려 숙소 건물 근처의 구멍가게.

하루는 테일러 스트리트에서 그 층계참 남자들 중 한 명을 알아보았다. 자동차 사이에 기대서서 약을 파는 건지 사는 건지, 아무튼 무언가를 하고 있던 남자가 커트에게 말했다. "그쪽 여자이사 나갔어."

커트는 건물로 들어가 기름진 머리의 영감 문지기에게 말을 걸었다. 누군가를, 세입자 하나를 찾고 있는 중이라고.

"드나드는 세입자가 한둘인 줄 아시나. 맨날이야, 맨날."

"한동안 여기 살았던 여자요." 커트가 설명했다. "갈색 머리. 예쁘장한 애. 다리가 끝내줘. 모든 게 끝내줘. 무슨 말인지 아시겠소?"

영감이 고개를 저었다. 그냥 몰라. 네놈이 물으려는 모든 질문에 대해 몰라.

"지금 수사중이란 말이요." 커트가 경찰인 척 가장할 생각으로 에둘러 말했다. 이런 일이야 숱하게 해봤다. 영장을 수령하게 만들려고. 먹히지 않았다.

"영장 가져와, 밥맛없는 놈아. 세입자 장부는 그때 보여주지."

———

그는 무릎 수술에 실패했고 또다른 수술을 앞두고 있었다. 늘 통증 속에 살았고, 아침 맥주와 여섯 시간 낮잠을 새로운 일과로 삼았다. 여력이 되면 마스 룸으로 건너가 이제는 쓸 수밖에 없는 지팡이에 의지해 절뚝거리며 다녔지만 그녀는 없었다. 앤젤리크가 걔, 일 완전히 관뒀다고 얘기해줬으나 정보를 주는 척하고 돈이나 빼먹으려는 수작은 아닌지 의심스러웠다.

———

그리고 느닷없이 내게 부활절이 왔다. 그냥 그렇게 되어버렸다. 마스 룸에 갔고 나는 이스터에그*를 찾았다.

그곳 문지기, 턱수염이 수북한 남자가 말했다. "버네사를 찾고 있죠, 그렇죠? 그애가 메시지를 남겼어요. 주소를 알려주겠다고."

그녀는 로스앤젤레스로 이사했다. 그런데 이 남자는 무슨 속셈으로 주소를 넘기는 거지? 버네사가 그러기를 바랐다는 말을, 그는 믿는 동시에 믿지 않았다. 문지기가 비열하게 웃었다. 지금 이 상황에 웃길 일이 뭐가 있나. 이 남자가 허튼소리를 지껄인 건지, 아니면 이 모든 게 진짜인지는 알 수 없으나 그래도 조사는 해봐야 했다. 집으로 가서 소지품을 챙기고 오토바이에 올라 로스앤젤레스까지 내달렸다. 주유, 에너지바, 약기운을 씻어줄 레드 불이 필요할 때를 빼고는 멈추지 않았다.

———

주소지에 도착했을 즈음 그의 오토바이 페어링은 곤충의 내장

---

* 사전적 의미로 부활절 달걀을 뜻하고, 게임이나 영화 등에서 창작자가 재미로 숨겨놓는 메시지를 뜻하기도 한다.

으로 녹색 범벅이었다. 장갑의 마디마디도 마찬가지였다. 끔찍한 통증을 느꼈다. 쉬이 부서지는 석고로 만들어진 무릎을 누군가가 둥근 망치로 반복해서 내려치는 것만 같았다. 걸음을 옮길 때마다 무릎에서 으드득거리는 소리가 났다. 5번 도로를 달리는 내내 아픈 쪽 다리로 기어를 바꿔야 했다. 사실 절대로 오토바이를 타면 안 되는 상태였다. 일어나서 돌아다니기는커녕 걷는 것조차 안 될 일이었다. 걸을 때는 한 손에 하나씩 쥔 지팡이 두 개에 의지했다.

그녀의 집을 발견하고 오토바이를 댔다. 많은 노력 끝에 계단 세 개를 겨우 올라 문을 두드렸다. 기척이 없었다. 아무도 없으리라고 미리 짐작해볼 수도 있었을 것을. 유리문이 달린 복층집이었고 내부가 들여다보였다. 사람이 살지 않는 집의 모양새였다. 늦은 오후였고 무더웠다. 현관에 공간이 있었다. 드리워진 그늘 밑으로 의자가 보였다. 거기 앉아 진통제를 두 알 더 삼켰다. 쉬면서 기다릴 것이다. 시간이야 많았다. 급할 것 없었다.

———

사람 목소리에 잠을 깼다. 어두웠다. 내리 자다보니 밤이었고, 잠시 혼란스러웠다. 여기가 어디더라.

계단에서 발소리가 났다.

그토록 오랜 시간 끝에, 여기 그녀가 있었다. 그 꼬마, 이미 한참 전에 그가 다른 여자의 아이로 결정지은 꼬마와 함께.

"버네사." 그가 말했다.

무릎이 심하게 부어오른 통에 일어서려 하면 넘어질 판이었다. 지팡이가 필요했다. 두 개 다 바닥에 미끄러져 있어 손이 닿지 않았다.

현관은 컴컴했다. 그녀의 얼굴이 잘 보이지는 않았지만 목소리로 봐서는 화가 난 것 같았다. 그녀가 당장 가라고 말했다.

"버네사, 자기. 버네사, 얘기를 좀 하고 싶을 뿐이야." 그가 손을 뻗었다. 그녀가 너무도 그리웠다. 그 촉감이 너무도 간절했다. 그 피부의 온기가 너무도 절실했다. 그녀가 뒷걸음질치며 서둘러 현관문을 열었다. 꼬마를 안에 넣고 다시 나왔다.

그가 원했던 건 대화가 전부였다. 그저 그녀와 대화할 필요가 있었을 뿐이다. 그렇게 말했다, 한번 더.

"나가." 그녀가 말했다. "망할, 여기서 꺼져."

그는 일어설 수 없었다. 무릎이 있어야 할 곳에 망치로 난타당한 흙주머니가 달려 있는 기분이었고, 거기에 체중을 싣기란 도저히 불가능했다.

둘 중 보다 가까이에 있는 지팡이로 손을 뻗었다. 그녀가 그쪽으로 향했다. 지팡이를 들어 건네주기라도 하려는 것처럼. 그 대신 다른 무언가를 집었다. 쇠지렛대처럼 보였다. 그게 뭐든, 그녀가 집어드는 사이에 콘크리트 바닥에서 육중하게 쩽그렁거렸다.
너무 어두워 앞이 잘 보이지 않았다.

"가라고 했어. 날 내버려두라고."

"이봐!"

그녀가 물건으로 후려쳤다. 다시 한번 더.

체크무늬, 그는 보았다. 흑백의 패턴. 패턴들. 귀에서 요란스레
윙윙거리는 소리가 났다. 머리 전체로 고통이 홍수처럼 밀려들었
다. 현관의 콘크리트 바닥이 쿵 소리를 내며 올라왔다. 육중한 쇠
막대가 다시 타격을 가해 들어왔다.

"그만!" 그는 비명을 질렀다. "그만!"

V

32

마을은 없었다. 트럭 전조등으로 가르고 들어가는 울창한 숲뿐. 첩첩산중에서 교차로에 도달했다. 양쪽 방면 전부 금속제 출입문이 막고 있었다. 동절기 폐쇄, 라는 표지판이 보였다. 차를 돌려 계곡 방향으로 내려가더라도 지금쯤은 교도관들이 도로를 봉쇄했을 것이다.

트럭 운전사의 음료수통 뚜껑을 열고 전부 마셨다. 들이켜는 사이에 얼음이 목에 걸려 따가웠다. 길에 트럭을 버려두고 숲으로 걸어들어갔다.

여기 위쪽 공기는 더 싸늘했다. 싸늘하고 건조하고 폐 속에서는 마냥 희박하기만 했다. 달이 나와 있었다. 반달이었으나 내가 딛고 선 길이 보일 만큼은 밝았다. 사방이 나무였다. 걷는 동안

솔잎의 보드라운 바스락거림과 솔가지가 발밑에서 탁탁거리는 소리만이 귀에 들리는 전부였다.

—

새벽녘에는 안개가 완전히 자리를 잡았다. 나지막이 매달린 채 나무의 사지 사이에 도사린 운무 한 점. 나는 이미 길에서 벗어난 상태였다. 통나무 너머로 발을 디디고, 산마루를 따라 조금씩 모로 움직이다, 아래로 내려가서 산비탈을 가로지르고, 거기서 나무 하나와 맞닥뜨렸다. 둥치 둘레가 다른 나무 열 그루를 합쳐놓은 것쯤 되는 듯했다. 아니 열둘. 아니 스물. 웬만한 작은 집 한 채에 맞먹는 크기였고, 밑동에서는 사자의 발처럼 거대하고 옹이진 뿌리가 퍼져나왔다. 굵직하니 밑동을 덮은 빨간색 세로줄무늬 나무껍질들이 꼭 벨벳 끈 같았다. 내 머리 위 높은 곳, 나무의 중간쯤에서 시작되는 가지들에 안개가 걸려 있었다. 몸통 대부분이 사지 없이 껍질뿐이다가 저멀리 위쪽, 하늘이 있어야 할 곳에 가서야 나오는 나뭇가지들의 도시. 나는 밑동을 따라 돌았다. 반대편에 열린 틈이 있었다. 거대한 나무의 내부는 공허했다. 건너에 또다른 거대 나무가 있었다. 둘은 이곳에서 자랐다. 함께.

안개가 걷히고 옅어지자 다른 거대 나무들이 보였고, 한줄기 광휘가 들이치며 낮의 숲이 모습을 드러냈다. 그 규모를, 저런 나무도 있을 수 있다는 걸 알고 난 지금에야 이 산비탈의 다른 거대 나무들이 눈에 들어왔다. 녀석들의 곁을 바짝 붙어 지나면서도 나는 알지 못했다. 녀석들은 그 거대함을 위장책으로 삼아왔다. 다른 나무보다 몇 배는 굵은 덩치들. 빤히 보이는 비밀들.

나무 안 동굴로 걸어들어갔다. 내부는 위로 길쭉했고, 나무가 스스로를 덮는 저 위 지붕은 손이 닿지 않을 정도로 높았다. 검은 수액이 낭자하게 흘러내리며 만든 겹겹의 내벽이 빛나고도 두꺼웠다. 수액을 만져보았다. 찐득거리리라 예상하면서. 매끄럽고 서늘하기가 마치 유리 같았다. 빨간 수액도 있었는데, 그 또한 유리 같았다. 그리고 노란 수액. 붉은 머리를 금발로 보는 사람들이 있지. 그들은 잭슨을 구에로라 불렀고 금발이라는 뜻이라고 내게 설명했지만, 아이의 머리칼은 밝은 갈색이었다.

나무동굴 속 바닥을 자그마한 솔방울들이 덮고 있었다. 이 거대한 나무가 아기 방울들을 만들었다. 내게는 물과 음식이 필요했다. 다리가 아팠다. 열이 있는 것도 같았다. 몸이 좋지 않았다. 저들이 내 뒤를 쫓고 있을 게 분명했다. 갈림길에 트럭을 버렸다. 밤새 걸었다. 나는 바닥에 누워 잠들었다.

—

윙윙거림 속에서 잠을 깼다. 멀지 않다, 가깝다.

자리에서 일어나 나무 밖으로 걸어나갔다. 윙윙거림이 더 커졌지만 등치 근처에서 들려오고 있어 나무 자체가 내는 소음처럼 느껴졌다. 해가 떠 있었고 그 빛이 나무 윗부분을 황금빛 노랑으로 채색했다. 윙윙거리는 건 벌떼였다. 녀석들이 눈에 들어왔다. 마치 먼짓덩어리들처럼, 높은 가지에 홍수처럼 쏟아지는 태양 광선의 안으로 밖으로 떠다녔다. 녀석들은 저 위에 살았다. 나무 밑동까지 와서 닿는 녀석들의 소리에 모든 것이, 아니 대지 전체가 윙윙거렸다.

나무등치 안에서 벌들의 윙윙거림은 나무의 윙윙거림과 같았다.

나무의 소리는 고요였고, 그래서 벌들이 대신 말해주고 있었다. 벌들의 소리가 곧 나무의 소리였고, 나무가 내게 들려주려는 소리였다.

다른 소리가 들렸다. 딱딱. 땅 위를 종종걸음으로 지나는 새들 가족. 덩치 큰 녀석들 뒤를 따르던 조그만 녀석들이 가파른 경사면에서 탁구공처럼 쏟아져내렸다. 덤불 속으로 달려들어가 거기에 머물렀다.

두 나무 모두 밑동 둘레에, 그 속과 겉에 새까맣게 탄 부분이 있었다. 검게 바싹 탄데다 쩍쩍 갈라진 잔금들이 기하학적 무늬를 만들었다. 벼락이 내리친 것이리라. 주변 숲이 온통 불타오르는데도 저 둘은 삶을 이어갔다. 삶이 이어졌으니까. 이어갈 수 있었으니까. 천 살쯤 될지도 몰랐다. 어쩌면 이천 살.

나무들에게 그렇게 긴 세월은 아닐 것이다. 그저 삶일 뿐이다. 인간에게 삶이 곧 수명을 의미하듯. 그리고 삶을 측정하는 다른 수단도 있는 법이다. 이 나무는 너무도 높이 치솟아 끝이 보이지 않았다. 그나마 눈길 닿는 곳에 있는 아기 팔들, 작은 가지들마저도 저 높은 곳, 하늘 높이에서 시작되었다. 다른 세계, 적어도 이 세계의 끝에는 가닿고도 남지 싶었다.

미래는 영원히 계속된다. 누가 무슨 의미로 한 말이던가. 저 나무는 저렇게 위로 치뻗어 있을 것이다. 잭슨이 남자가 될 때까지, 그리고 그뒤로도, 그뒤로도 한참을. 그애가 제 아이를 가질 때까지. 죽을 때까지.

새로운 소리가 들렸다. 구멍을 뚫는 소리, 빠르고 짧다. 저들이 왔나? 뭘 하는 거지? 그리고 다시 들리는 소리. 딱. 홀로 외로이 작업중인 딱따구리였다. 저들은 아직 오지 않았다.

—

안전한 장소를 찾을 때까지 달린다. 그리고 그 나무는 내 것이 되었다.

밤의 숲은 진정한 어둠이다. 손으로 더듬더듬 짚어가며 나무 밖으로 나왔다. 그 밖, 나는 별들의 반짝임 아래에 있었다. 바람 결에서 바스락거림을 들었다. 덤불 속에 편안히 자리잡은, 혹은 무언가 할일을 하는 그 작은 새들의 소리를 들었다.

은하수, 혹은 내가 은하수라고 생각한 무엇인가가 만들어내는 무성한 별들의 길을 올려다보았다. 그때껏 은하수를 본 적이 없었다. 아니, 있었던가? 그게 무언지는 알았다. 흩뿌려진 희미한 별들 사이에 보다 밝게 빛나는 별들이 있었다. 하늘은 별로 가득한데 도시에 살면 그걸 모른다. 교도소에 살면 별이라고는 아예 못 본다. 교도소 안의 빛 때문이다. 여기, 나는 저 하늘로 닿는 길의 중간에 있었다. 사람들이 사라지고 세상이 열리는 곳. 사람들이 사라지고 아래에서 위로 밤이 번지는 곳, 인적 없는 암흑이 내리는 그곳에.

—

빛줄기들이 숲을 이리저리 갈랐다.

저들이 와 있었다.

머리 위로 헬리콥터 소리가 들렸다. 탐조등이 땅을 휘휘 훑었다.

할머니의 벽장, 아이들은 말하곤 했다. 마리화나에 불을 붙이려고 들어가는 바람막이를 부르는 말이었다. 스타디움 계단 밑 혹은 버스정류장 안. 포리스트힐의 지린내나는 대피소. 할머니의 벽장. 어디든 될 수 있었다.

그 모든 후회의 말들. 저들은 당신의 삶이 한 가지, 당신이 이미 저질러버린 그 한 가지를 중심으로 맴돌게 만든다. 그리고 당신은 그 되돌릴 수 없는 일로부터 스스로를 성장시켜야만 한다. 저들은 당신이 무無로부터 무언가를 만들어내기를 원한다. 저들을, 당신 자신을 미워하게 만든다. 저들 자신이 곧 세상인 양 굴고, 당신이 그 세상을, 저들을 배반했다는 양 굴지만 세상은 그보다 훨씬 크다.

후회한다는 거짓말, 선로를 이탈한 삶이라는 거짓말. 무슨 선로. 삶이 곧 선로다. 삶 그 자체가 선로이고, 삶이 가는 곳이 곧 길이다. 삶은 제 길을 끊기도 한다. 내 길이 나를 이곳으로 이끌었다.

잭슨이 이 나무를 본다면 얼마나 좋을까. 그애를 여기 데려온 적은 없었다. 나는 이곳을 몰랐다. 여기가 어떤 곳이었는지. 어떤 곳인지. 잭슨이 포인트레예스에서 본 건 삼나무였다. 여기 있는 나무들은 다른 종류다. 더 크고 더 낯설다. 이 나무들이 여기 있다는 걸 사람들은 알까. 잭슨도 이런 나무를 볼지 모른다. 아니면 이것처럼 사람들이 잘 알지도, 기대하지도 않은 다른 어떤 나무를.

저 밖엔 좋은 사람들도 있는 법이야. 진짜로 좋은 사람들이.

헬리콥터가 낮게 날아왔다. 목소리가 메아리쳤다. 중앙 운동장의 확성기 소리 같았다.

"홀, 지정된 구역을 벗어났다, 홀."

삶이 곧 선로이고, 나는 운동장에서 꿈꾸던 산속에 있었다. 그

속에 있기는 했지만 멀리서 보았던 것들은 일단 가까이 다가가면 머물러 있지 않는다.

그래, 나는 내가 특별하다고 생각한다. 나는 나답게 사는 사람이니까. 잭슨 말고 내가 신경쓸 사람은 없었다. 내가 아끼는 잭슨 말고는. 정말이다. 그 사람들이 구에로라 불렀던 잭슨은 금발이 아니었다. 그들이 구에로라 불렀던 건 잭슨을 사랑해서다. 나를 사랑한 건 아니었다. 그럴 이유가 없었다. 그럴 필요가 없었다. 그들은 잭슨을 사랑했고, 나도 그애를 사랑했다.

지금 느끼는 안개의 축축함, 그건 내 안에도 있다. 그러니 안전하다. 떨지조차 않는다. 그런 종류의 차가움은 내 기억의 가장 깊은 층을 이룬다. 나는 그곳, 모래 위에 지어져 나무 한 그루 없는 거리들과 망가진 바다, 콘크리트 벽으로 된 거대한 파도가 몰아치는 깨진 병조각들의 바다에서 자랐으니. 익사 다발 지역, 아래로 내려가는 계단마다 표지판이 붙어 있었다. 모닥불로, 스프레이 페인트로, 주먹다짐으로 가는 계단. 그 해변에서 할머니의 벽장은 자동차면 되었다. 혹은 자동차 뒤. 혹은 바람에 따라 그 계단들 위. 이곳은 익사 다발 지역입니다.

우리는 옷을 입은 채 수영했다. 익사는 한 번도 걱정해본 적 없었다. 우리의 미래 속에 죽음은 없었다. 미래 속을 사는 사람은 없다. 현재, 현재, 현재. 삶은 계속 현재일 뿐이다.

"홀, 넌 포위됐다."

저들이 내게 말하고 있었다. 운동장의 지시방송처럼 들렸다.

잭슨이 여기 없는 것을 기뻐하라고 말하고 있었다. 삶은 선로를 이탈한 것이 아니라고, 왜냐하면 삶이 곧 선로이고 삶이 가는 곳이 곧 길이니, 기뻐하라고.

개 짖는 소리. 더 가까워졌다.

빛이 숲을 흠뻑 적셔 모든 것이 낮처럼 밝았다.

"손을 들어라." 저들이 말했다. "우리가 볼 수 있게 손을 올리고 천천히 걸어나와라."

잭슨이 여기 있었더라도 나는 그애를 보호하지 못했을 것이다. 내 아이는 이것으로부터 안전하다.

나는 나무에서 나와 빛을 향한다. 천천히, 아니다. 달려든다. 저들에게로, 저 빛으로.

———

내가 나의 길 위에 있듯 그애는 그애의 길 위에 있다. 세상은 오래, 아주 오래 지속되어왔다.

나는 그애에게 삶을 주었다. 그토록 큰 것을 주었다. 무와는 정반대다. 무의 반대는 무언가가 아니다. 무의 반대는 전부다.

감사의 말

세상의 형벌 시스템이라는 가시적이고 비가시적인 그물망에 대한 지혜와 전문성, 그리고 경이로울 정도의 수천 가지 지식을 제공해준 테레사 마르티네즈에게 고마운 마음을 전한다.

미컬 콘셉시온, 하킴, 트레이시 존스, 엘리자베스 로자노, 크리스티 클린턴 필립스, 미셸 르네 스콧이 일깨워준 모든 것에 감사한다. 또한 아일릿 월드먼, 몰리 코블, 조애나 네보르스키, 마야 안드레아 곤잘레스, 어맨다 셰퍼, 저스티스 나우 캘리포니아주 오클랜드 지사, 폴과 로리 서턴에게도 고마움을 전한다.

여러모로 굉장한 지원을 아끼지 않은 수전 골럼, 나를 믿고 이 작품의 핵심적이고 정확한 편집 방향을 잡아준 낸 그레이엄에게 감사한다.

편집 과정에서 조언해준 미컬 셔빗과 애나 플레처, 더불어 돈 드릴로, 조슈아 페리스, 루스 윌슨 길모어, 에밀리 골드먼, 미치 커민, 레미 쿠시너, 나이트 랜즈먼, 재커리 라자, 벤 러너, 제임스 릭워, 신시아 미첼, 머리사 실버, 다나 스피오타에게 감사한다. 그리고 무엇보다 무한한 지적 관용을 베푸는 일이 무엇인지 보여준 제이슨 스미스에게 고마움을 전한다.

다방면에서 증언해준 에밀리에게 감사한다.

수전 몰도, 케이티 모나한, 타마 매콜럼, 대니얼 로델, 그리고 스크리브너 출판사의 모든 분들에게 감사한다.

헨리 데이비드 소로와 테드 카진스키에 대한 생각들은 제임스 베닝의 『두 오두막*Two Cabins*』프로젝트와 그가 제작한 다큐멘터리 〈스템플 패스Stemple Pass〉에서 직접적인 영감을 받았다. 그의 우정과 도움에 더해 지난 몇 년간 이어진 방대한 논의에 선뜻 참여해준 점, 그리고 테드의 일기를 작품에 사용할 수 있게 해준 점에 고마움을 전한다.

이 작품의 집필에는 구겐하임 재단, 미국 문학예술아카데미, 치비텔라 라니에리 재단이 필수적인 지원을 제공했다.

옮긴이의 말

레이철 쿠시너가 캘리포니아 교정법제를 공부하기 시작한 것은 2012년의 일이다. 저술을 위한 취재 목적이 아니었다. 범죄와 처벌이 인간과 사회에 미치는 영향에 대한 개인적 관심의 일환이었다. 2014년부터는 인권단체 '저스티스 나우'의 자원봉사자 자격으로 세계 최대 규모의 여자 교도소인 차우칠라 교도소를 수차례 방문했다. 범죄학과 학생들 사이에 끼어 교도소들을 견학했다. 법원에 정기적으로 나가 죄상인부절차를 참관했다. 이 과정에서 만난 장기수와 전과자는 하나같이 극도로 불우했던 유년기를 언급했다. 어쩌면 가난과 폭력은 서로 맞닿아 있는 것인지도 모른다는 생각이 들었다. 그러나 사회는 가난의 문제에는 눈을 감으면서 폭력의 처벌에는 열을 올린다. 누군가에게 고통을 안겼고 그 대가로 이제 스스로가 고통 속에 사는 이들. 쿠시너는 그 '죄지은 자'들의 위치에서 목소리를 내보기로 했다. 그렇게 탄생한 작품이 스탠빌 여자 교도소라는 가상의 공간에 갇힌 기구한 운명들의 이야기 『마스 룸』이다.

『마스 룸』은 2018년 출간 후 "예정된 파멸의 길을 가는 독창적 인물들을 앞세워 사회에서 소외된 자들의 삶을 가슴 아프게 그려냈다"는 극찬을 받으며 맨부커상 최종후보에 올랐다. 주인공 로미 홀이 일했던 클럽의 이름인 '마스 룸'의 마스에는 화성 혹은 3월 등의 의미가 있다. 이 작품에서 쿠시너는 하나의 스토리에 집중하는 대신 다양한 인물들의 과거와 죄상을 주저 없이 펼쳐놓는다. 캘리포니아 교정법제 전반의 모습을 담아내기 위한 전략적 선택이었다. 새미 페르난데스, 박사, 캔디 페냐 등의 캐릭터와 개인사는 실존 인물에서 가져왔다. 주인공 로미는 샌프란시스코 선셋 지구에서 비행청소년들과 십대 시절을 보냈고, 성인이 되어서는 클럽에서 바텐더로 일하며 모토구찌 바이크를 몰았던 쿠시너 자신의 기억과 경험을 덧입혀 완성했다. 등장인물 하나하나가 그토록 생생하고 입체적으로 느껴지는 이유다. 이들이 얽히고설키며 계급과 인종, 가난, 착취, 분노, 모성애, 기회, 운명에 관한 질문들을 쏟아낸다. 그 묵직한 여정을 함께하는 쿠시너 특유의 신랄하고 뒤틀린 유머가 웃기면서도 슬프고, 짜릿하면서도 아프다.

작품 속에서 고든 하우저가 읽는 테드 카진스키의 일기는 그가 숫자 암호로 남긴 실제 기록을 해독한 것이다. '유나바머'라는 별명으로 더 유명한 테드 카진스키는 자연 속 자급의 삶을 위협하는 인간 존재에 크게 분노했고 그것을 테러라는 폭력으로 분출시켰다. 어느 인터뷰에서 쿠시너는 그의 일기를 읽는 순간 고든 하우저가 떠올랐다고 밝혔다. 이 실패한 지식인의 손에 테드 카진스키의 일기를 쥐여주고, 둘 사이 사고의 경계가 서서히 허물어지며 서로 뒤섞이는 과정을 그리고 싶었다고 한다. 한편, 용의자들의 근무 이력을 나열하는 아이디어는 법원의 죄상인부절차에서 얻었다. '피시탱크fish tank'라 불리는 유리장 안에 앉은 피고인들이 생계를 위해 했다고 설명하는 일들에서 쿠시너는 어떤 경향성을 발견했다. 그 또한 소외계층의 삶과 현실을 여실히 보여주는 것이라 생각했고 목록 형태로 정리해 작품에 포함시켰다.

『마스 룸』 속 인물들은 모두가 나름의 죄를 지은 자들이다. 과거와 운명과 체제라는 쇠사슬에 매여 철창 안에서도 밖에서도 자유롭지 못하다. 고약한 결말을 맞이할 것이 분명해 보이는 이 인물들은 그러나 동정을 바라지 않는다. 자신들의 범죄를 미화하지도 않는다. 이들이 담담히 전하는 날것 그대로의 내면과 인생의 이야기는 타인의 헐벗은 삶을 들여다보는 불편함과 슬픔을 넘어, 존재의 가치와 인간다움에 대한 또다른 고민으로 우리를 이끈다.

강아름

지은이 레이철 쿠시너
1968년 미국 오리건주 유진에서 태어났다. UC버클리에서 정치경제학을 전공하고 컬럼비아대학교 소설창작프로그램을 이수한 후 문예창작 석사학위를 받았다. 데뷔 장편 『쿠바에서 온 텔렉스*Telex from Cuba*』(2008)와 두번째 장편 『화염방사기*The Flamethrowers*』(2013)로 전미도서상 최종후보에 호명되고 〈뉴욕 타임스〉 베스트셀러에 오르며 평단과 대중의 호응을 얻었다. 세번째 장편 『마스 룸』으로 2018 메디치 외국문학상을 수상하고 〈타임〉 올해의 소설에 선정되었다. 2013년 구겐하임펠로십, 2016년 미국 문학예술아카데미의 헤럴드 D. 버셀 추모기념상을 받았다.

옮긴이 강아름
이화여자대학교에서 신문방송학·사회학을 전공하고 동대학교 통역번역대학원 번역학과를 졸업 후 전문 번역가로 활동하고 있다. 옮긴 책으로 『널 만나러 왔어』가 있다.

문학동네 세계문학
마스 룸

1판 1쇄 2020년 6월 24일 | 1판 2쇄 2020년 8월 18일

지은이 레이철 쿠시너 | 옮긴이 강아름 | 펴낸이 염현숙

기획·책임편집 고선향 | 편집 김정희 오동규
디자인 엄자영 최미영 | 저작권 한문숙 김지영 이영은
마케팅 정민호 이숙재 양서연 박지영
홍보 김희숙 김상만 지문희 우상희 김현지
제작 강신은 김동욱 임현식 | 제작처 상지사

펴낸곳 (주)문학동네
출판등록 1993년 10월 22일 제406-2003-000045호
주소 10881 경기도 파주시 회동길 210
전자우편 editor@munhak.com | 대표전화 031) 955-8888 | 팩스 031) 955-8855
문의전화 031) 955-3578(마케팅) 031) 955-1917(편집)
문학동네카페 http://cafe.naver.com/mhdn | 트위터 @munhakdongne
북클럽문학동네 http://bookclubmunhak.com

ISBN 978-89-546-7283-2 03840

www.munhak.com